Cornelia de Pablos
144000

CORNELIA DE PABLOS

144000

DIE

VERSIEGELTEN

ROMAN

Dachbuch
Verlag

Dachbuch Verlag

1. Auflage: Dezember 2020
Veröffentlicht von Dachbuch Verlag GmbH, Wien

ISBN 978-3-903263-29-1
EPUB ISBN 978-3-903263-30-7

Autor: Cornelia de Pablos

Lektorat & Korrektorat: Nikolai Uzelac, Teresa Emich
Satz & Umschlaggestaltung: Daniel Uzelac
Umschlagmotiv: Triff/Shutterstock.com
Druck und Bindearbeiten: Rotografika, Subotica
Printed in Serbia

Besuchen Sie uns im Internet
www.dachbuch.at

Gewidmet meinen Söhnen

Ian-Paolo und Samuel

und allen Kindern dieser Welt, in der Hoffnung auf eine Zukunft.

»Das Leben ist manchmal wie ein Stein; hart und undurchdringbar, aber manchmal schafft es doch ein kleines Pflänzchen der Hoffnung durch diesen Stein zu dringen und die Härte zu brechen.«
Ein Straßenkind

TAG 1

Ein stechender Schmerz in der Magengegend reißt Jo unwillkürlich die Augen auf. Schnell kramt er nach einer Leuchtkugel in seiner Hosentasche und wirft sie auf den kalten, nackten Höhlenboden. Binnen Sekunden ist der Raum hell erleuchtet. »Sanft ist anders«, denkt er und reibt sich über die, mit Kohle geschminkten, Augen aus denen es Meer-blau funkelt, wie bei einem Husky. Geblendet von dem grellen Licht, kneift er sie schnell zusammen. Bei geschlossenem Lid erinnert er sich an eine Zeit, als beim Erwachen die Sonne noch hell in sein Kinderzimmer strahlte und ihn sanft wachstreichelte. Ein bitteres Lächeln umspielt seinen Mund, während er sich durstig mit der Zunge über die spröden Lippen fährt.

Sein erster, sich an die Helligkeit gewöhnter Blick fällt zwangsläufig auf Ritzi, die ihm direkt gegenüber liegt. Zusammengezogen in Embryonalstellung, kauert sie auf dem kalten grauen Steinboden, lediglich geschützt von ein paar Pappkartons, die unter und über ihr liegen. »Sie sieht schön aus, so ungeschminkt«, fällt ihm auf. Er hat sie noch nie so ungeschminkt gesehen. Aus irgendeinem Grund hatte sie sich, gestern Nacht noch, wie wild das Gesicht geschrubbt und wären da nicht die vielen Sicherheitsnadeln durch ihre Ohren gestochen und der Ring durch ihren Nasenflügel, hätte sie fast etwas Unschuldiges, Reines, Kindliches denkt er und versucht, ihr Alter zu schätzen. Erst jetzt fällt ihm auf, dass er sie nie danach gefragt hat. Sein über ihr Gesicht wandernder Blick bleibt an ihren vollen Lippen hängen. »Ich würde sie schon mal gerne küssen«, denkt er und sieht beschämt schnell wieder weg. Er hasst diese unkontrollierbaren Gedanken am Morgen, die einfach so durch sein Hirn streifen und in letzter Zeit immer öfter auftauchen. Er verbietet sich diese sofort.

Jo rappelt sich zum Sitzen auf, greift instinktiv zur fast leeren Schnapsflasche, die neben seiner Schlafstätte steht und trinkt den restlichen Inhalt auf ex. Kurz darauf legt sich die Unruhe und die Wirkung des Alkohols verschafft ihm einen Moment wohliger Wärme in seiner Magengegend. Während er tief ausatmet, sieht er sich wie immer nach den Kleinen um. Ein Automatismus, der ihn manchmal selber erstaunt und beängstigt. Gefühle und Nähe ängstigen ihn generell. Die Zwillinge, Jake und Jill, schlafen noch fest umklammert neben ihm auf der Pappe.

Beruhigt zündet er sich einen Zigarettenstummel an und inhaliert kräftig. Dabei streift seine zittrige Hand über den immer wieder kehrenden Flaum im Gesicht und er fragt sich selbst, wie alt er jetzt wohl ist? 13 oder 14 vielleicht? Wie soll er das so genau wissen? Geburtstage kennt er schon lange nicht mehr. Im Untergrund gibt es keine Zeit. Er könnte nicht mal sagen, welcher Tag heute ist oder welches Jahr, geschweige denn, welche Uhrzeit.

Er schnippt den Zigarettenstummel weg, schlüpft in die völlig verdreckten und veralteten Springerstiefel und schnürt diese mit dem kläglichen Rest des gestückelten Bandes zusammen. Dann steht er auf. Sich räkelnd, schlurft er in die Ecke der Höhle, in der sich die leeren

Farb- und Spraydosen auf einem Haufen türmen. Er schüttelt und rüttelt an leeren Dosen, bis er schließlich an einer schnüffelt, die vielversprechend klingt. »Das Ergebnis lässt zu wünschen übrig«, denkt er schlecht gelaunt und lässt die Dose fallen. Dann schleppt er sich zur gegenüberliegenden Seite und betrachtet sich in einer Spiegelscherbe an der Wand, die das Badezimmer symbolisiert.

Den Anblick muss er erst einmal verkraften: Der Alkoholkonsum des Vorabends steht ihm noch deutlich ins Gesicht geschrieben. Seine blauen Augen liegen in angeschwollenen, schwarzen Höhlen, der Blick scheint weit entfernt. Sein ca. sechs Zentimeter langer, blonder Irokese hängt zur rechten Seite so, als bräuchte er dringend einen Schluck Wasser. Notdürftig versucht er ihn mit Spucke aufzurichten, was nur bedingt gelingt, da sein Mund vor Durst sehr trocken ist. Der Flaum scheint stoppliger über Nacht geworden zu sein. Vielleicht aber auch nur dreckiger?! Fast wie ein Bart, der seine kindlichen, weichen Backen ziert. Seine Nase befindet sich in einem Stadium zwischen Kind und Mann, wohlgeformt und gerade, noch etwas klein und an der Spitze stupsig, dafür ist der Nasenrücken markant. Eigentlich sieht er aus, wie man sich James Dean als Teenager vorstellen könnte. Nur dreckiger, verkommener, nicht so strahlend, gebrochener und irgendwie härter, trotzdem mit dem gleichen melancholischen Blick und der Aura einer tiefen, geheimnisvollen Traurigkeit. Und mit der gleichen Geste streicht er sich sein störrisches Haar aus dem Gesicht.

Eigentlich wäre er ein hübscher Junge! Er gefällt sich, meistens, nicht heute, wenn er so fertig aussieht. Die pickelige Haut, macht den Anblick auch nicht besser.

Und er muss zugeben, dass er für seine Verhältnisse echt scheiße aussieht! Er wirkt krank und angegriffen von den Lebensumständen. »Das ist eine tote Seele, die mich da anstarrt«, erschrickt er und wischt über den Spiegel, als könne er wegwischen, was er eben gesehen hat.

»Du siehst grottenschlecht aus, Alter!«, kommt es prompt aus der Ecke in der Ritzi liegt, die sich jetzt zum Sitzen aufrappelt.

»Ich weiß«, antwortet er mit brüchiger Stimme und sogleich folgt ein Räuspern.

Selbst seine Stimme scheint er nicht mehr richtig unter Kontrolle zu haben. Ein kurzes Lächeln huscht über sein Gesicht, als er bemerkt, dass Ritzi ihn beobachtet. Wie automatisch bläht er seinen wohlgeformten Oberkörper auf. Und wäre er nicht so dünn, würde er fast schon männlich aussehen. Sein abgeschnittenes, einst hellblaues Sweatshirt legt seine sehnigen Oberarme frei, die jede Menge selbstgestochene Tattoos zieren, die an Kinder-Gekritzel erinnern. Aufgerichtet geht er zu einem dreckigen Kanister, der an der Rückseite der Höhle steht, schüttet den kläglichen Rest abgestandenen Wassers in seine Hände und wäscht sich notdürftig sein Gesicht.

Ritzi ist mittlerweile auch aufgestanden, was ihr schwerfällt. Sie hasst es aufzuwachen, am liebsten würde sie immer nur schlafen und träumen, die Tage ausblenden. Sie ist eine Expertin im Träumen, die sogar, wenn sie einmal aus dem Schlaf hochgeschreckt ist, wieder auf Anschluss träumen kann. Meist erinnert sie sich an ihre Träume und oft kommen sie ihr realer vor als die tatsächliche Welt. Wie der Traum vom Fliegen. Sie flog über grüne Wiesen, über Berge mit schneebedeckten Bergspitzen und tiefen Tälern, eine Welt, die sie so nur aus alten Filmen kannte. Eine Welt, die heil zu sein schien, voller Farben und Gerüche aus längst vergangenen Zeiten. Das Gefühl war so intensiv, dass sie, als sie aufwachte, es nicht glauben konnte, nicht fliegen zu können. Also stellte sie sich hin, breitete ihre Arme aus und versuchte es. Ohne Erfolg! Ihre Enttäuschung darüber war groß und sie war tagelang schlecht gelaunt. Heute aber erinnert sie sich an nichts. Vielleicht war das auch gut so, denn oft genug plagten sie auch schreckliche Alpträume, aus denen sie manchmal schreiend und wild um sich schlagend erwachte.

Ritzi streicht sich ihre blonden Haare, die an den Seiten abrasiert sind, mit Spucke zurecht. In der Mitte sind sie lang und so hängt immer ein schräger Pony über einem Auge und verschleiert zur Hälfte ihr schönes Gesicht und auch ihren Blick, der meist, mit schräggelegtem Kopf, von rechts unten kommt. Ritzi ist ein wunderschönes Mädchen, doch sie setzt alles daran, ihre Schönheit zu kaschieren. Sie möchte nicht schön sein und sie hasst Komplimente. Sie schiebt die Ärmel ihres eng ansitzenden, schwarzen T-Shirts hoch und streicht zärtlich über ihre zerschnittenen Unterarme, so, als würde sie eine Trophäe berühren. Sie ist stets drauf bedacht, dass die Ärmel den ganzen Arm bedecken, als hüteten sie ein Geheimnis, das sie jeden Morgen aufdeckt, um beruhigt festzustellen, dass ihre Narben noch da sind. Daher gab Jo ihr diesen Namen. Ihren richtigen Namen kennt er nicht und das will sie auch nicht ändern. »Ritzi« gefällt ihr!

Über das T-Shirt wirft sie sich ein metallenes Kettenhemd aus alten Dosenverschlüssen, das sie selbst gemacht hat und das ihr ganzer Stolz ist. Kaum hat sie das Hemd an, fühlt sie sich sicherer, ja fast unverwundbar, vielleicht auch, weil das Hemd ihre apfelförmigen Brüste komplett kaschiert und sie damit flach wie ein Brett aussieht, fast wie ein Junge. Ihre enganliegende, schwarze Hose aus Kautschuk, die mit Ketten verziert ist und löchrig wie ein Sieb, zieht sie niemals aus. An der Seite der Hose befindet sich eine kleine Tasche, in die sie ihr geliebtes Messer schiebt. Es ist ihr ständiger Begleiter, selbst im Schlaf hält sie es fest umklammert. Ihre Füße stecken in klobigen Springerstiefeln, die sie hart und taff wirken lassen, fast burschikos. Wie alle hier, hat auch sie in voller Montur geschlafen, immer bereit aufzuspringen und wegzulaufen.

»Hey, Alter, verbrauch nicht das ganze Wasser, wir brauchen auch noch was!«, raunzt sie Jo an, obwohl sie es war, die gestern zu viel davon für ihr Gesicht verbraucht hatte.

»Zu spät, eh nichts mehr da!«

Jo feuert den Kanister in die Ecke. Die Kleinen, Jill und Jake, wachen, von dem Knall geweckt, unsanft auf.

»Was ist passiert?«, schreckt Jake fragend hoch, reibt sich die kleinen Äuglein und sieht sich erschrocken um.

»Nichts, schlaft weiter, ich schau, ob ich was zu essen abgreifen kann. Cyber ist nicht zurückgekommen, hoffentlich haben sie ihn nicht gebusted«, letzteres murmelt Jo mehr zu sich selbst.

Ihm ist unwohl bei dem Gedanken, in die Stadt zu müssen. Aber da sie nicht einmal mehr Alkohol haben, geschweige denn Drogen, bleibt ihm wohl nichts anderes übrig. Er ist der einzige aus dieser Runde, der sich in der Stadt auskennt und bei ihm ist die Wahrscheinlichkeit, dass er mit irgendetwas zu Essen zurück kommt am größten. Das wissen alle, auch er selbst. Er hasst diesen Zustand, keine Dröhnung in Aussicht zu haben. Und schon meint er die Wirklichkeit zu spüren, wie sie erbarmungslos in seine Gedanken eindringt und ihn nervös werden lässt.

»Fuck, Cyber!«, zischt er ärgerlich.

»Der kann schon auf sich aufpassen, musst ja nicht gleich so einen Krach machen!«, meckert Ritzi weiter. Ritzi ist morgens, wie immer, schlecht gelaunt. Missmutig betrachtet sie nun ebenfalls ihr Gesicht in der Spiegelfliese und bemalt sich ihre Augenlider mit schwarzer Kohle. »Mann, sehe ich scheiße aus!«, kommentiert sie auch ihren Anblick.

Jo sieht sie an und kann nur das Gegenteil empfinden. Sie sieht so schön aus wie immer, denkt er und betrachtet ihre smaragdgrünen Augen und ihre edlen Gesichtszüge, die schon fast ausgereift wirken und so gar nicht zu ihrer pubertierenden, ruppigen Art passen. Mit den bemalten Augen sieht sie älter aus und taffer. Er mag sie ungeschminkt und kindlicher lieber.

Die kleine Jill reibt sich unruhig den Bauch und winselt: »Ich habe Bauchweh.« Seit Tagen haben die Kinder keine richtige Nahrung mehr zu sich genommen und der Hunger gräbt sich schmerzhaft durch ihre, vom Alkohol angegriffenen Eingeweide. Ihr Bruder deckt sie väterlich zu.

»Jo holt was zu essen, dann geht es dir gleich besser.«, sagt Jake beruhigend.

»Hey, ich bin nicht euer Babysitter, verstanden, warum soll immer ich gehen?!«, raunzt Jo Jake an.

Er hat die beiden zwar irgendwie aufgenommen, trotzdem ist jeder für sich selbst verantwortlich, das hat er ihnen von Anfang an klargemacht. Auch wenn er selbst diese Grenze längst überschritten hat, indem er sich immer wieder um die beiden kümmert, versucht er sich dennoch abzugrenzen und die Nähe nicht zu sehr zuzulassen, aber ohne Drogen fällt es ihm noch schwerer. Und auch wenn er es nicht wahrhaben will, so hat er doch, ohne es zu merken, eine kleine Familie gegründet.

»Ich hab so Bauchweh«, jammert Jill erneut und krümmt sie sich vor Schmerzen zusammen. Jill's kleines Gesicht wirkt eingefallen und obwohl sie erst sieben ist, hat sie etwas Altes, ihre Haut ist fahl und blass. Sie hat offene Ekzeme im Gesicht, die sie immer wieder aufkratzt. Ihre langen braunen Haare sehen fettig aus und kleben an ihrer verschwitzten Stirn. Auch ihr Zwillingsbruder wirkt für seine sieben Jahre abgeklärt, jegliche Kindheit scheint aus seinen Augen verschwunden zu sein. Sein Blick ist trüb und ernst, seine Kleidung alt und dreckig, dennoch bemüht er sich, sie jeden Morgen glatt zu streichen.

»Jill braucht was zu essen und Medizin!«, sagt Jake jetzt ganz besonnen und ruhig, so als wäre er der Ältere.

»Dann geh doch selbst!«

Jake ist jetzt hellwach und schreit Jo an: »Siehst du nicht, wie dreckig es ihr geht? Ich kann sie nicht allein lassen!«

Jo wirft nun doch einen besorgten Blick auf das Mädchen, ihr geht es schon seit einiger Zeit schlecht. Sie sieht elendig aus. »Verflucht, warum muss ich mich immer um andere kümmern?! Der Weg in die Stadt ist weit und gefährlich«, denkt er, während er sich über das kranke Mädchen beugt und ihr seine Hand auf die glühende Stirn legt. »Scheiße, sie hat Fieber! Ich geh ja schon. Dieser verdammte Cyber, nie kann man sich auf den verlassen, Fucker! Du bleibst bei den Kleinen«, ermahnt er Ritzi und sieht sie streng an.

Er hatte die Zwillinge vor ca. einem Jahr aufgegabelt und seitdem begleiten sie ihn. Er weiß noch genau, wie er sie fand, eng umschlungen und ausgehungert in einem dreckigen Kanalschacht. Als er sie herausholen wollte, schlugen sie wild um sich wie kleine wilde Tiere, die Angst vor jedem menschlichen Wesen hatten. Irgendwie taten sie ihm leid und er gab ihnen Essen, das sie sofort hungrig heruntergeschlungen hatten. Seitdem folgten sie ihm. Sie wichen ihm einfach nicht mehr von der Seite. Anfangs versuchte er noch sie los zu werden, doch sie hingen wie die Kletten an ihm. Irgendwann fassten sie so viel Vertrauen, sodass sie auch mit ihm sprachen. Er erfuhr, dass sie aus einem Haus geflohen waren. Sie brauchten nicht zu erzählen, was geschehen war. Er wollte es nicht wissen, konnte aber ahnen, was sie durchgemacht hatten. Derlei Häuser gibt es viele in der Stadt, in denen Kinder gefangen gehalten werden wie Tiere.

Mittlerweile hat er manchmal fast schon brüderliche Gefühle für die Kleinen. Jo hatte keine Geschwister und jetzt waren sie seine kleine Familie, ob er wollte oder nicht. Und irgendwie war er auch froh darüber. Sie gaben ihm einen Sinn und das Gefühl, gebraucht zu werden. Jo nimmt das sorgfältig zusammengelegte Hemd von seiner Schlafstätte, das ihm auch als Kopfkissen dient, zieht sein Sweatshirt aus und streift es sich sorgsam über. Das Hemd ist sein ganzer Schatz! Es besteht aus Nanomaterial und besitzt bei herkömmlichem Gebrauch eine hohe

Flexibilität, doch sobald ein Geschoss darauf einwirkt, wird das Hemd steif. Es hatte Jo schon einige Male das Leben gerettet und bevor er die Zwillinge hatte, legte er es oft darauf an, beschossen zu werden. Es war einfach ein geiles Gefühl, wenn die Geschosse auf ihn einwirkten und zu sehen, dass sein Hemd noch hält, als könnte keine Macht der Welt ihn zerstören.

Jo streicht über das enganliegende Hemd an seinem Körper. Nur wenige besitzen ein solches Hemd, das sonst nur die Oberen der Miliz und die Bewohner des Reichensektors tragen, hat er jedenfalls einmal gehört. Seine Hand gleitet weiter zum Hals an dem er die Narbe fühlt, die er sich, vor nicht allzu langer Zeit, selbst zugefügt hatte. Wie alle Cliquenmitglieder musste er sich, als er noch zu einer Gang im Untergrund gehörte, drei rote sechsen auf den Hals tätowieren lassen. Als er die Clique verließ, versuchte er sich, aus Protest, die Zahlen mit einem heißen Eisen wegzubrennen. Die Wunde nässte monatelang. Zurück blieb eine dicke Narbe, die er heute immer noch spürt. Vorsichtig streicht er mit seinen schlanken Fingern, mit dreckigen und abgekauten Nägeln, über die empfindliche Stelle.

»Ich hab heute Geburtstag«, verkündet Ritzi völlig unvermittelt aus ihrer Ecke. »Ich werde 13.«

»Wenigstens weißt du noch, wann du Geburtstag hast«, denkt Jo zynisch und zieht sich sein Sweatshirt wieder an. Er selbst hat keine Ahnung mehr, wann er geboren ist.

»Alles Gute, dann feiern wir heute, oder? Jo, du musst Schnaps mitbringen, ein paar Dosen wären auch nicht schlecht«, witzelt Jake aus seiner Ecke. Wie alle Kinder unter der Stadt berauscht sich auch Jake am liebsten, um die raue Wirklichkeit in Watte zu tauchen.

»Immer langsam, Kleiner. Kaum ist er aufgestanden will er Schnaps und sich zudröhnen.«

Jo wirft sich die, an den Ärmeln abgeschnittene, löchrige Lederweste über, die auf dem Rücken ein rotes Peace-Symbol ziert, das aussieht wie eine Zielscheibe. Er schließt seinen immer noch offenen Gürtel, denn wenn er auch sonst alles anbehält nachts, offener Gürtel und Schuhe aus, das muss sein, darin unterscheidet er sich von den anderen. Er geht zu Jake und tätschelt ihm liebevoll über den Kopf.

»Bin in ein paar Stunden wieder da, Großer.«

Jake, der immer noch neben seiner Schwester auf der Pappe sitzt, umschließt Jo's Beine, so, als wollte er ihn doch aufhalten. »Beeil dich!«, sagt er und weiß doch, dass es ein langer, beschwerlicher und riskanter Weg ist mit ungewissem Ausgang.

»Ich scheiß auf meinen Geburtstag, eigentlich ein Tag, sich umzubringen«, redet Ritzi, scheinbar mit sich selbst weiter, aber dafür war es etwas zu laut.

Er weiß nicht viel über Ritzi, keiner kennt ihre Geschichte. Ritzi redet nicht darüber und duldet auch keine Fragen. Er weiß nur, dass ihre Eltern noch in irgendeinem Sektor leben und sie einfach von zu Hause abgehauen ist. Er sah sie eines Tages auf einer Parkbank, wie sie sich gerade die Pulsadern aufschneiden wollte und nahm ihr das Messer gewaltsam ab. Da er sich weigerte, es ihr wieder zu geben, folgte sie ihm und den Zwillingen heimlich in die Katakomben. Sie freundeten sich an und seitdem begleitet sie ihn. Irgendwann bekam sie auch ihr Messer wieder.

»Mach keinen Scheiß Ritzi! Du passt auf die Kleinen auf, bis ich wieder da bin! Verstanden?« Jo schaut sie eindringlich an, gerne hätte er sie geschüttelt, aber Ritzi lässt sich nicht berühren, von niemanden. Selbst wenn es versehentlich passiert, kann sie überreagieren und einem eine scheuern. Also lässt er es. »Du wartest hier, bis ich zurück bin!«, ermahnt er sie erneut und hebt drohend seinen Zeigefinger: »Versprich es, hörst du?! Hand drauf.«

Er lässt Ritzi nur ungern mit den Kleinen allein. Immer macht er sich Sorgen, sie könnte sich etwas antun. Solange kennt er sie jetzt auch noch nicht, vielleicht ein halbes Jahr, aber er weiß, dass sie oft unberechenbar ist. Trotz alledem mag er sie. Sie ist wie ein guter Kumpel für ihn und Ritzi tut alles dafür, ihre Kumpelhaftigkeit zu unterstreichen. Irgendwie haben sie dieselbe Wellenlänge, ein ähnliches Alter und den gleichen schwarzen Humor, den er an ihr so mag.

»Ja schon gut, ich verspreche es.« Widerwillig streckt sie ihm ihre Ghettofaust hin. Jo schlägt seine Faust dagegen. Normalerweise hält sie ihr Wort, denkt er nun etwas erleichterter.

»Hier!« Jo fischt, hinten aus der schwarzen, enggeschnittenen, Lederimitathose einen weißen Plastikrevolver hervor und hält ihn Ritzi hin.

Die Dinger, die aus 3D-Druckern stammen, gibt es in der Stadt zur Genüge. Der Revolver hat nur einen Schuss, danach kann man ihn eigentlich wegschmeißen. Doch oft werden sie nach dem Gebrauch gereinigt und wiederverkauft, sodass man eigentlich nie genau weiß, ob wirklich eine Kugel drin ist oder nicht. Ritzi dreht stolz den Revolver in ihren Händen.

»Cool! Den kriegst du nicht mehr!«, scherzt sie.

»Mach keinen Scheiß, hörst du, der ist nur für den äußersten Notfall.«

»Ist ja schon gut, reg dich ab.«

Er ermahnt sie noch einmal eindringlich, dann macht er sich auf den Weg.

Die Höhle der Kinder befindet sich tief unter der Erde nahe Sektor 6, direkt neben dem Kirchenviertel. Unter der Kirchenmauer gibt es einen geheimen Gang aus vergangenen Zeiten, der tief ins Dunkel der Geschichte führt. Jo hat ihn beim Pinkeln entdeckt, als er gegen die Mauer stand. Und obwohl es klamm und feucht ist und von den felsigen Wänden tropft, für Jo und seine kleine Clique ist es der sicherste Platz unter der ganzen Stadt. Niemand kam bisher hierher und auch Jo entdeckt immer wieder neue Gänge und Tunnel in dem 350 Kilometer langen Labyrinth unter der Stadt, oft hat er sich auch schon verlaufen.

Jo muss sich erst durch die schmalen Tunnel quetschen, die scheinbar immer enger werden. »Lange passe ich nicht mehr durch«, denkt er jedes Mal, wenn er sich, auf allen vieren robbend, durch die schmalen Schächte zwängt, immer in Angst, die Decke könnte einstürzen und ihm den Weg abschneiden. Endlich erreicht er die unterirdischen Katakomben, die er aufrecht durchgehen kann. Die Wände sind mit Graffitis bemalt und überall liegen leere Flaschen, Müll und verlassene Feuerstellen von nächtlichen Gelagen. Je näher er zu den, schon vor langer Zeit stillgelegten, U-Bahnschächten gelangt, umso mehr trifft er auf Menschen, die auch den Untergrund besiedeln. Jo geht eine Weile am Gleisbett entlang. Schienen sind kaum noch vorhanden, Eisen lässt sich gut verkaufen und so hängen nur noch die vereinzelten Teile herum, die wohl keiner herausbekommen hat. Rechts und links neben den Gleisen, liegen, sitzen oder darben Menschen auf den verkommenen Bahnsteigen. Sie liegen unter Planen auf Pappen, oder haben andere provisorische Unterschlüpfe gebaut, um ihre wenigen Habseligkeiten unterzubringen. Sie kochen auf kleinen Feuerstellen und versuchen, ein halbwegs würdiges Dasein zu fristen. Manche saufen sich auch einfach nur zu Tode. Viele haben schon seit Monaten kein Tageslicht mehr gesehen, aus Angst aufgegriffen und ins »Abschaumdorf« abgeschoben zu werden. Mittlerweile werden die dreckigen Lager vor der Stadt so genannt, in der die Regierung alle neuen Flüchtlinge sammelt, die in die Stadt wollen. In die Stadt selbst kommt schon lange keiner mehr. Und jeder, der keinen Chip hat und von der Miliz festgenommen wird, wird dorthin abgeschoben. Die Lager sind berüchtigt und gelten allgemeinhin als Ort des Grauens. Die Menschen werden dort systematisch und wissentlich ihrem Schicksal überlassen und erkranken zumeist oder verhungern gar. Deswegen verstecken sich die meisten im Untergrund. So wie Jo und die anderen Kinder, die stolz darauf, sind keinen Chip zu haben. Sie betrachten sich als vogelfrei. Jo und seine Mutter hatten Glück, denn als sie vor der Stadt ankamen, waren sie eine der letzten denen es gelang, durch ein Abwasserrohr in die Stadt hineinzuschlüpfen, bevor diese komplett abgeriegelt und später in Sektoren unterteilt wurde.

Kurz vor dem Bahnsteig, der unter Sektor 5 liegt, verschwindet Jo in einem kleinen Seitengang. Aufgeschreckte Ratten laufen ihm entgegen. Angewidert tritt er die Tiere zur Seite. An einem Schacht der nach oben führt angelangt, zwängt er sich durch eine schmale Öffnung und klettert flink eine verrostete Stahlleiter hoch. Den Kanaldeckel stößt er mit seinem Kopf auf und schiebt ihn beiseite. Vorsichtig sieht er sich um. Er befindet sich in einer kleinen, stinkenden und vermüllten Seitengasse. Dem rosa Himmel nach zu urteilen, ist es noch früher morgen und so hat ihn keiner bemerkt. Jo wundert sich, wie früh es noch zu sein scheint und klettert aus dem Kanalschacht. Es weht ein angenehm leichter, wenn auch kalter Wind, der ihm den Gestank der Stadt in die Nase treibt. Unbemerkt schiebt er den Kanaldeckel wieder zu und macht sich auf den Weg zur nächsten größeren Querstraße. Autos gibt es hier schon lange keine mehr. Sie stehen höchstens noch ausgehöhlt oder ausgebrannt am Straßenrand und dienen manch einem als Schlafplatz. Funkmasten, Ampelanlagen, elektrische Leitungen, die alle ausgedient haben, hängen lose herum und werden nur noch zum Aufhängen der Wäsche benutzt. Einzig Fahrräder und Rikschas bewegen sich noch durch die, in Müll versinkenden Straßen.

Auf den Straßen muss Jo ständig auf der Hut sein, denn auch oberhalb der Katakomben hat jeder Sektor seine Gangs, die ihr Revier so gut es geht verteidigen und nach außen hin abriegeln. Und auch vor der Miliz, die die einzelnen Sektorengrenzen schwer bewaffnet überwacht, muss er sich in Acht nehmen, um nicht geschnappt zu werden. Jo will sich bis Sektor 2 durchschlagen, dort befinden sich noch einige verbliebene Geschäfte, die sich die immense Ladenmiete noch leisten können und von Plünderern verschont geblieben sind. Früher befand sich hier das Zentrum der Stadt, mit Shoppingmalls und vielen Geschäften. Heute gibt es nur noch vereinzelt Läden, die meisten Häuser sind zerstört, die ehemaligen Hochhäuser ragen wie, dem Verfall geweihte Mahnmale, gen Himmel, mit riesigen Löchern von Meteoriteneinschlägen, die die Erde vor einigen Jahren trafen. Handel wird wild auf der Straße betrieben, dort hofft Jo etwas Essbares abgreifen zu können. Er beschließt, die ehemalige Hauptstraße entlang zu laufen, die seit den Meteoriteneinschlägen in Trümmern liegt und eher an einen Schotterweg erinnert als an eine Straße. Rechts und links schmiegen sich kleine Hütten aus Blech, Plastik und Pappe eng an die Häuserwände. Überall schlafen Menschen auf den Straßen. »Die Stadt wuchert wie ein Eitergeschwür, das immer weiterwächst und immer hässlicher wird«, muss Jo jedes Mal denken, wenn er aus dem Untergrund auftaucht. Er mag die Stadt nicht. Weit entfernt erinnert er sich noch an Natur, an ein Zuhause und an sein kleines Dorf, in dem er einst lebte, bevor es von den Wassermassen des überquellenden Flusses davongetragen wurde.

Kurz vor der nächsten Grenzstraße verschwindet Jo in einer Seitengasse und als er gerade wieder in einen Kanalschacht abtauchen will, bemerkt er einen sehr alten, in hellen Lumpen gekleideten Mann. Ein eigentümliches Gewand aus Sackleinen, das mit einer Kordel zusammengehalten wird und vom Schnitt her eher einem Priestergewand gleicht, darüber eine graue Kutte. Seine alten, faltigen, mit blauen Flecken und Adern übersäten Füße stecken in selbstgemachten Schuhen aus einer Ledersohle, mit Riemen, die bis zu den Knien geschnürt sind. Noch nie hat Jo einen so alten Menschen gesehen. Die Alten sind versteckt, in irgendeinem Sektor, hat er mal gehört. Alte sieht man jedenfalls nur selten. Wenn man die Kindheit überstanden hat, liegt die Lebenserwartung höchstens bei Mitte 30.

Jo´s Neugier ist geweckt und er kann es nicht lassen, den Alten zu beobachten. Dieser schiebt einen alten Einkaufswagen vor sich her, in dem plötzlich ein Säugling zu schreien beginnt. Der Mann nimmt das Kind aus dem Wagen, als würde er wertvolles Porzellan tragen. Für einen kurzen Augenblick meint Jo, die Aura des Alten leuchten zu sehen. Vielleicht war es aber auch nur die Spiegelung der Sonne?! Der Alte legt das Kind liebevoll und sanft an seine knochige Schulter und wippt es beruhigend hin und her. Jo‘s ganze Aufmerksamkeit ist jetzt bei dem kleinen Wesen, das schon beachtlich viele Haare hat. Nur in alte Stofffetzen gewickelt, sieht es aus wie ein Kokon. Fasziniert bleibt Jo wie angewurzelt stehen. Er meint, die Liebe des Alten förmlich spüren zu können. Ein eiskalter Schauer läuft ihm über den Rücken. Der alte Mann legt das beruhigte Kind wieder zärtlich in den Wagen und geht weiter. »Er muss mächtig alt sein«, denkt Jo, »mindestens 100!« Unzählige tiefe Falten zeichnen sein Gesicht, tiefe Lebenslinien, die jede für sich vermutlich eine eigene Geschichte erzählen könnte. Jo weiß nicht warum, aber er beschließt den Beiden zu folgen. Der alte Mann schiebt den Einkaufswagen eine kleine Gasse entlang. Jo folgt ihnen in einigem Abstand. Plötzlich bleibt der Alte stehen und dreht sich um. Jo drückt sich schnell in einen Hauseingang.

»Kannst ruhig rauskommen Kleiner, ich tue dir nichts.« Doch Jo reagiert nicht, sondern drückt sich weiter in den Schatten des Mauervorsprungs und verharrt still. »Dann eben nicht!« Der Alte setzt seinen Weg unbeirrt fort.

Jo fühlt sich magisch angezogen und folgt den beiden weiter. Plötzlich biegt der Alte in die Hofeinfahrt eines bröckelnden Gebäudes. Er stellt den Einkaufswagen ab und ist auf einmal wie vom Erdboden verschwunden, als Jo die Einfahrt erreicht und in den Hinterhof späht. Neugierig geht er zu dem Einkaufswagen und wirft einen Blick hinein. Das Baby strahlt ihn lächelnd und quiekend an. Da legt sich von hinten eine Hand auf Jo's Schulter. Der Alte steht wie aus dem Nichts hinter ihm. Jo erschrickt.

»Warum verfolgst du uns? Hier gibt es nichts zu holen, also mach, dass du wegkommst!«, fordert ihn der Alte freundlich auf.

Jo starrt in das verrunzelte Gesicht, aus dem schlaue, liebevolle, fast junge Augen blitzen. »Hey Alter, beruhig dich! Ich wollte nichts stehlen«, antwortet er keck.

»Nun werde mal nicht frech, haben dir deine Eltern keinen Respekt beigebracht?«, sagt der Mann sanft ermahnend.

»Ich hab keine Eltern«, murmelt Jo und senkt seinen Kopf.

Wirkt er sonst eher wie ein Jugendlicher, sieht er jetzt aus wie ein kleiner, bemitleidenswerter Junge.

»Hm«, der Alte schaut nachdenklich und mustert ihn von oben bis unten. »Ach herrje, armes Kind Gottes!«, sagt er schließlich und sieht ihn gütig mit seinen grün-grauen Augen an. »Hast du Hunger?«

»Blöde Frage, wer nicht?«, entgegnet Jo ruppig. Ihm war die kleine Schwäche eben, die er gezeigt hatte, nicht entgangen und sogleich versucht er alles Kindliche zu durchbrechen.

»Na, dann komm!« Der Alte hebt das Kind sanft aus dem Wagen, zuppelt seine Kleidung zurecht und verschwindet im Rückgebäude. Jo bleibt zögernd im Hof stehen. »Na nun komm schon, kriegst was zu essen.«

Jo hat eigentlich kein Vertrauen zu Erwachsenen, noch nie gehabt und so mustert auch er den Alten noch einmal gründlich von Kopf bis Fuß. Er hat langes, graues, schütteres Haar, das er am Hinterkopf zu einem Knoten zusammengebunden hat, genau wie es die jungen Apostel tragen. Aber wie ein Apostel sieht er nicht aus, denkt Jo. Sein dünner Körper ist so klapprig und knochig, als müsste er beim Gehen Geräusche machen, amüsiert sich Jo still und folgt den beiden schließlich doch ins Haus. Sie steigen eine kaputte Treppe hinauf in den ersten Stock. Im Dach klafft ein großes Loch und Putz bröckelt von den Wänden. Auf halber Strecke muss sich der Alte erst einmal auf das Fensterbrett setzen und tief durchatmen. Nach einer kleinen Pause kann er weiter. Jo empfindet auf einmal ein Gefühl des Ekels und der Abscheu vor dieser Gebrechlichkeit. Nein, er möchte niemals alt werden! Seine Überlegenheit kehrt zurück. »Was soll's«, denkt Jo, »zur Not hau ich den doch locker um, sollte der mir an die Wäsche wollen! Erst mal sehen, was es da zu holen gibt.«

Mit zittrigen Fingern steckt der Alte einen großen Schlüssel ins Schlüsselloch und öffnet die quietschende

Türe, die zu einer kleinen Wohnung führt. »Eine richtige Wohnung!«, denkt Jo und sieht sich neugierig um. Das letzte Mal war er vor sechs oder sieben Jahren in einer gewesen, als seine Mutter und er vor dem Hochwasser flüchten mussten, in dem sein Vater ertrank. Sie verließen ihre Wohnung und ihr Dorf für immer und zogen in die Stadt, wo sie seither auf den Straßen leben. Der kleine Gang ist vollgesteckt mit Bücherregalen. Noch nie hat er so viele Bücher gesehen, geschweige denn eines gelesen. Fasziniert streicht er über die Buchrücken.

»Kannst du lesen?«

Statt eines Neins, zeigt ihm Jo automatisch den Stinkefinger.

»Dachte ich mir, komm!«

Der Alte führt Jo, ungerührt von der Geste, in eine kleine Küche. Zwischen Stapeln alter Zeitungen entdeckt er einen kleinen Ofen, der mit Holz geschürt wird, daneben einen alten Elektroherd, der jetzt als Schrank dient, da es ja seit der fünften Katastrophe, die die Erde heimsuchte, keinen Strom mehr in der Stadt gibt.

Besagte Katastrophe ereignete sich vor ca. zwei Jahren. Es kam zu einem nie dagewesenen Sonnensturm. Die Sonneneruptionen legten die letzten Transformatoren lahm. Alle Kommunikationssatelliten fielen aus. Die Welt lag im Dunkeln. Globaler Blackout. Straßenbahnen, U-Bahnen, Züge, nichts fuhr mehr. Die Regierung gab kein Geld mehr für den Wiederaufbau aus. Es war hoffnungslos. Einzig das Reichenghetto wurde weiter versorgt und aufgerüstet. Man hatte die Stadt und ihre Bewohner aufgegeben und die Sektoren in Anarchie versinken lassen.

Jo sieht sich weiter in der Küche um. Auf den Fensterbrettern stehen riesige Blumentöpfe mit selbstangebauten Tomaten und anderen Pflanzen, die Jo nicht kennt. Er kennt nur die Tomaten, die hatte seine Mutter auch immer auf ihrem kleinen Balkon gepflanzt. An der Seitenwand ein kleiner Tisch, der übervoll mit lauter merkwürdigen und kuriosen Gegenständen ist, die Jo noch nie gesehen hat. In einer Ecke ein kleines Körbchen, in das der Alte behutsam das Baby legt. »Sieh dich ruhig um!«

Ohne Scheu geht Jo in das angrenzende Zimmer. Auf dem Boden liegt eine Matratze mit einer bunten Wolldecke, daneben stapeln sich wieder Bücher. Obwohl alles chaotisch wirkt, fühlt sich Jo wohl und sicher, fast ein bisschen geborgen in der heimeligen Umgebung. Die Wohnung wirkt friedlich, wie eine kleine Oase im Getümmel der Stadt, mit Türen und Fenstern, keine Löcher in den Wänden, überhaupt sind noch alle Wände da – eine kleine heile Welt. Und ruhig ist es auch! Der Alte hängt seinen Umhang an einen Haken an der Küchentür und öffnet den Herd, aus dem er ein Stück Brot angelt. Er zupft eine Tomate ab und schneidet sie klein.

»Setzt dich!« Jo's anfängliche Skepsis entspannt sich gänzlich beim Geruch der Tomate und er zwängt sich auf den gegenüberliegenden Stuhl. Die Küche ist so eng und vollgestellt, dass man sich kaum umdrehen kann. Der Alte kann alles im Sitzen bedienen. Er macht ein kleines Feuer in dem alten Ofen an. Eisen, Flaschen, Blech – alles Mögliche steht herum oder ist auf Haufen gestapelt. Kleinkriminelle Gedanken, die er sich zu verbieten versucht, drängen immer wieder an die Oberfläche. Jo geht, wie automatisch, in seinem Kopf kurz durch, was er alles mitnehmen könnte, um es zu Geld zu machen. Der Alte scheint seine Gedanken zu lesen: »Hier gibt es nicht viel zu holen, Kleiner!«

Ertappt starrt Jo unschuldig vor sich hin. Der Alte angelt zwei Schälchen unter dem Tisch hervor und bröselt das Brot hinein, dann vermengt er es mit den Tomaten, gibt einen Schuss Öl darüber und stellt es Jo hin.

»Danke.«

»Oh, also doch erzogen. Schluck Wasser?«

Jo zeigt den Daumen nach oben, er hat den Mund bereits voll. Der Alte deutet es als ein Ja und schüttet aus einem Kanister eine dreckige Brühe in einen Topf, den er dann auf den Herd stellt. Jo schlingt gierig weiter die Tomaten-Brot-Mischung in sich hinein. Es tut gut, er merkt wie sein Körper Energie bekommt. Es schmeckt herrlich. Noch nie hat er so gute Tomaten gegessen, denkt er; er kann sich gar nicht erinnern, wann er zum letzten Mal überhaupt welche gegessen hat. Die Kinder ernähren sich meist von irgendwelchen Dosen, die sie sich aufwärmen, frisches Obst oder Gemüse kennen sie kaum.

»Nun erzähl mal, wie heißt du?«

»Ich heiß Jo.«

Der Alte muss lachen und sagt: »Jeder zweite nennt sich heutzutage Jo! Hast du auch einen richtigen Namen?«

Der Alte gießt sich und Jo die kochende Brühe in die Schälchen, aus denen sie gerade gegessen und die sie danach feinsäuberlich ausgeschleckt haben. Das ist durchaus üblich, Wasser ist zu kostbar geworden, um es für den Abwasch zu verschwenden und ohnehin kommt es nicht mehr aus der Leitung. Dann bereitet der Alte eine selbstgebastelte Konstruktion vor, die wohl als Fläschchen für den Kleinen dienen soll. Eine Art Trichter mit Schlauch und einem Säckchen am Ende. Er kippt ein Pulver in das Gefäß und übergießt es mit dem abgekochten Wasser. Um es abzukühlen streckt er seine Hand mit dem Säckchen aus dem offenen Küchenfenster in den immer noch frischen Tag. Die braune Brühe schmeckt seltsamerweise fruchtig und lecker. Heiß brennend schluckt Jo das Gebräu hinunter, bis es sich in seinem geschundenen Magen wohlig warm ausbreitet und diesen beruhigt. Der Alte holt das glücklich glucksende Baby aus dem Körbchen und legt es sich in den Arm, dabei lässt er Jo nicht aus den Augen. Dieser fängt unwillkürlich an, nervös mit den Beinen zu wackeln und an seinen dreckigen Nägeln zu kauen. Er hat das seltsame Gefühl, dem Alten nichts vormachen zu können und fühlt sich irgendwie durchschaut.

»Ist das dein Kind?«, versucht er von sich abzulenken.

»So in der Art.«

»Wie heißt er denn?«

»Ich nenne ihn ›Trash‹«.

»Was soll das denn bedeuten?!«

»Trash kommt aus dem Englischen und heißt Abfall.«

Jo muss plötzlich laut lachen. Sein erstes Lachen an diesem Tag, vielleicht auch in der ganzen Woche. Im Untergrund gibt es nicht viel zu lachen.

»Haha Trash, kein Mensch heißt Trash, hat der auch einen richtigen Namen?«, ahmt er den Alten nach. Nun muss auch der Alte lachen.

»Nein hat er nicht, aber du hast recht, vielleicht hat er einen würdigeren Namen verdient.«

»Warum nennst du ihn so?«

Der Alte saugt an dem Säckchen, um zu kontrollieren,

ob es nicht zu heiß ist. Dann füttert er den Kleinen. Das Baby beginnt sogleich genüsslich an dem Säckchen zu nuckeln.

»Ich hab ihn im Müll gefunden, das war vor sieben Tagen und seitdem ist er bei mir«, sagt er sanft und dabei tätschelt er liebevoll Trash‘s Rücken, bis dieser ein Bäuerchen macht. »Gell, mein Kleiner, haben sie dich einfach weggeschmissen, die bösen Menschen«, turtelt er mit dem Kind, bevor er sich wieder Jo zuwendet. »Und, hast du einen richtigen Namen?«, wiederholt der Alte seine Frage von vorhin.

»Ich hieß mal Joshua, also früher.«

»Aha, also Joshua, schon besser!«

»Und was bedeutet mein Name? Bedeutet der auch was?«

Jo glaubt nicht, dass sein Name irgendeine Bedeutung hat und rechnet nicht wirklich mit einer Antwort, umso verwunderter ist er, dass der Alte ihm doch eine Antwort gibt.

»Joshua bedeutet der ›Gesandte‹, mein Junge, du hast noch Großes vor.«

Jo kann nur müde lächeln, der Gesandte, was soll das denn bedeuten? Dieses Wort hat er noch nie gehört! Obwohl ihn der Gedanke, dass sein Name eine Bedeutung hat, kurz erhebt.

»Wie alt bist du?«, endlich stellt Jo die Frage, die er schon stellen wollte, seit er den Alten gesehen hat.

»Ich bin jetzt genau 100«, antwortet der Alte.

»100, wie kann man denn 100 Jahre alt werden?!«

»Ich hatte eben Glück«, dabei zwinkert er Jo verschmitzt zu. »Wie alt bist du denn?«

»Zwölf oder 13, keine Ahnung.«

Und obwohl Jo das gleiche gefragt hat, nervt es ihn jetzt, hierauf zu antworten.

»Auf der Straße aufgewachsen, Kleiner?«, fragt der Alte anteilnehmend weiter.

Jo nickt und spielt mit dem Gedanken zu gehen, da ihm die Fragen zu intim werden. Der Alte ist aufgestanden und streicht Jo über den zusammengefallenen Irokesen. Jo springt unwillkürlich auf. Er hasst es, wenn ihm jemand über die Haare streicht. Die Zärtlichkeit des alten Mannes wird ihm unheimlich. Überhaupt die ganze Vertrautheit ist ihm nicht ganz geheuer.

»Ich muss jetzt gehen!«, sagt er schnell.

»Nun, Reisende soll man nicht aufhalten«, der Alte begleitet Jo mit dem Baby auf dem Arm zur Tür. Jo sieht sich noch einmal die Bücherregale an.

»Warum hast du so viele Bücher?«

»Ich war einmal Lehrer, das ist aber schon lange her. Wenn ich dir Lesen und Schreiben beibringen soll, kannst du gerne wiederkommen.«

»Zu was soll das gut sein? Auf der Straße nutzt das gar nichts«, entgegnet Jo verärgert, denn zu gerne hätte er eine normale Kindheit gehabt und die Schule besucht, anstatt sich auf der Straße herumzuschlagen.

»Man kann nie wissen. Seit die Zeiten von Handy und Internet vorbei sind, sind nur noch die Bücher geblieben. Die werden immer bleiben und du wirst immer aus ihnen Wissen erfahren und auch Antworten auf deine Fragen bekommen«, sagt der Alte mystisch und öffnet die Tür.

»Ich hab keine Fragen«, entgegnet Jo bockig.

Ihre Blicke treffen sich. Jo verspürt auf einmal wieder

dieses unbekannte Gefühl. Wohlige Wärme, Liebe?! Irgendetwas durchströmt seinen Körper und lässt ihn erneut erschauern. Das Baby strahlt ihn an und auch Jo muss plötzlich lächeln. Er will schon zur Treppe, da hält ihn der Alte zurück.

»Hier zieh das besser an, du bist im Gebiet der ›Blauen‹«!

Er nimmt die Apostelkutte vom Haken und hält sie Jo hin. Dem Alten waren das rote Zeichen auf der Lederweste und die Narbe am Hals nicht entgangen.

»Du glaubst doch nicht wirklich, dass ich das anziehe, Alter, die haben doch alle einen Chip?!«, dabei deutet er ihm frech einen Vogel.

Alltägliche Gesten, wie jene eben, verursachen ihm jetzt plötzlich ein schlechtes Gewissen. Der Alte sieht milde über die Respektlosigkeit hinweg.

»Die hier nicht, die kannst du ruhig tragen. Und hüte dich vor den ›Blauen‹ da draußen, wenn die rot sehen, sehen sie rot und außerdem ist es keine Schande den anderen etwas Voraus zu haben.«

Die Anspielung bezog sich auf die Gang, die auf der Straße lungert und die Jo schon beim Einbiegen in den Hof bemerkt hat. Sie nennen sich die »Blauen« und sind erbitterte Gegner der »Roten«, bei denen Jo einige Zeit Mitglied war. Und mit seiner abgeschnittenen Lederjacke und dem roten Kreis, würde er sofort als einer von den Roten erkannt werden. Wieder zwinkert der Alte Jo zu, freundlich, gütig, warmherzig, aber nicht ohne Schalk im Nacken und hält ihm auffordernd die Kutte hin. Widerwillig, aber doch einsichtig nimmt Jo die Kutte entgegen: »Danke.«

Jo tastet den Umhang, den sonst nur die Apostel tragen, misstrauisch nach einem möglichen Chip ab. Er mag die Apostel nicht und ohnehin glaubt er nicht an Gott, auch wenn er hin und wieder, in brenzligen Situationen, doch ein Stoßgebet gen Himmel sendet. Das hat er von seiner Mutter. Er weiß von Cyber, dass alle Apostelkutten einen Chip haben und von Stammapostel Simon in seiner Schaltzentrale kontrolliert und überwacht werden. Cyber hat es ihm erzählt. Doch die hier scheint clean zu sein.

»Schon gut mein Junge, wenn du Hunger hast bringst du mir die Kutte einfach wieder«, sagt der Alte so einladend, dass Jo ihm nichts abschlagen kann und ihm sogar die Hand zum Abschied hinhält. Doch in dem Moment fasst sich der Alte ans Herz, heult kurz auf, lehnt sich zurück an den Türrahmen und sackt in sich zusammen. Noch im Sinken streckt er Jo das Baby hin, der es verstört entgegennimmt. Jo blickt völlig fassungslos von dem Kind zu dem Alten, auf dessen Stirn ein Zeichen erscheint: JHWH 1 »Was ist das denn?!«, entfährt es ihm ungläubig. Jo sieht sich nach allen Seiten um, so, als müsste noch jemand das Zeichen gesehen haben. Aber keiner ist da.

Er eilt zurück, legt das Kind in sein Körbchen und geht wieder zu dem Alten. Das Zeichen ist verschwunden. Vorsichtig streicht Jo ihm über die faltige Stirn. Da war doch eben ein Zeichen? Wo ist es hin? Jo weiß nicht, was er von dem Ganzen halten soll. Er ist völlig ratlos und bereut es, den beiden überhaupt gefolgt zu sein. Vorsichtig rüttelt er an dem Alten, hält sein Ohr an dessen Mund, um sich zu vergewissern, ob dieser noch atmet und muss feststellen, dass er tot ist. Eilig zieht er den Alten zurück in die Wohnung. »Nichts wie weg hier«, denkt er und will schon wieder zur Türe hinaus, als das Baby plötzlich zu weinen beginnt. Das Kind hatte er schon völlig vergessen. »Verdammt! Was mach ich jetzt nur? Ich kann dich nicht mitnehmen, Kleiner! Noch ein Kind kann ich beim besten Willen nicht gebrauchen.« Da fällt ihm Jill ein und er durchstöbert die Wohnung nach Essbarem und Medizin. Medizin und Geld hat er leider nicht gefunden. Als er aus dem Schlafzimmer zurückkommt, ist der Alte verschwunden.

»Wo ist er hin? Das kann doch nicht sein?! Was geht denn hier ab?« Völlig verwirrt starrt Jo auf die Stelle im Gang, an der er ihn eben noch abgelegt hatte. Das Ganze kommt ihm jetzt doch recht spooky vor. Er rennt ins Treppenhaus, doch auch hier ist keine Menschenseele zu sehen. Zurück in der Wohnung setzt er sich entgeistert auf den Boden. Da das Baby immer noch weint, nimmt er es hoch und wiegt es in seinen Armen. »Ruhig, ich muss nachdenken.« Jo´s Gedanken rasen wie wild durch seinen Kopf: Die Wohnung wäre ein sicherer Platz für die Kinder, das Baby kann er nicht hierlassen, das bringt er nicht über das Herz, aber wohin damit? Jo befindet sich in Sektor 3, eine Apotheke würde er nur in Sektor 2 finden. Dort könnte er auch den Kleinen vor irgendeiner Schichterwohnung ablegen. Ja, so wird er es machen! Jo bindet sich das Baby mit einem Tuch um den Bauch, packt die Fläschchenkonstruktion ein und ein paar Lebensmittel, dann wirft er sich die Kutte um die Schultern, nimmt den Schlüssel der Wohnung, sperrt sie sorgfältig ab und geht.

Während er auf die Straße biegt, schließt er die Kutte über dem Kind, zieht sich die Kapuze tief ins Gesicht und senkt seinen Kopf. Auf der anderen Straßenseite stehen immer noch die Blauen. Jo kann beim Vorbeigehen noch einen kurzen Blick erhaschen und scannt die Gangmitglieder. Es sind fünf Jungs, drei vermutlich afrikanischer Herkunft, die anderen könnten Araber sein, vermutet er. Vielleicht zehn oder elf Jahre alt, halbstark und gefährlich. Der eine hat ein blaues Cape, der andere einen blauen Schal um den Hals und das blaue Tuch, das einem aus der Hosentasche hängt. Klares Zeichen für eine Gang. Je jünger sie sind, desto gefährlicher sind sie oftmals. Sie wollen sich beweisen, wollen, dass man über sie spricht, also begehen sie brutale und spektakuläre Taten. Das weiß er aus eigener Erfahrung, also ist er auf der Hut. Eines der Gangmitglieder ruft Jo zu: »Hey Apostel, Alter, schau mich mal an«, dabei hält er sich zwei Finger vor die Augen und bedeutet ihm, dass er keine Angst hat und bereit wäre ihm in die Augen zu sehen. Da die Apostel immer nur mit gesenktem Haupt durch die Straßen laufen, wird von ihnen gemeinhin behauptet, dass sie Gedanken lesen können! »Fucker!«, schreit der Junge ihm hinterher, da sich Jo nicht beirren lässt und einfach weitergeht.

Jo hält seinen Kopf weiter gesenkt, die Kapuze tief über den Augen, das Kind fest an seinen Körper geschnürt und die Kutte darüber, geht er zurück zur Hauptstraße. Die Apostel werden nicht kontrolliert, sie können sich durch die ganze Stadt bewegen, ohne angehalten zu werden. Außer ins Reichenghetto, dort kommen selbst sie nicht hinein. Ein Hauch von Unbesiegbarkeit befällt ihn. »Nur immer schön den Kopf gesenkt halten«, denkt er und verschwindet im bunten Treiben, das auf der Hauptstraße bereits herrscht. Und obwohl noch früher Morgen ist, feilschen und streiten die Menschen bereits in einem Dutzend von Sprachen, um zu handeln. Keiner beachtet ihn.

Cyber springt waghalsig von einem Hausdach zum anderen. Er ist ein exzellenter Runner und überfliegt so die Sektoren. Keiner springt so über die Dächer wie er. Von unten sieht er mit seinem schwarzen, langen Ledermantel aus wie ein großer Vogel und das ist durchaus gewollt. Verfolgt wird er von drei bewaffneten Männern der Miliz, die aber kaum mit ihm mithalten können. Cyber nimmt Anlauf und überspringt eine breite Grenzstraße. Gekonnt landet er in einem kleinen Garten auf dem Dach eines Hauses, rollt sich ab, hüpft elegant auf und rennt weiter. Die Miliz kann ihm nicht mehr folgen. Die Schlucht ist ihnen zu breit, also bringen sie sich in Stellung, um auf ihn zu schießen. Doch Cyber verschwindet blitzschnell hinter einer Stahltür auf dem Dach. Statt die Treppen hinunter zu gehen, überspringt er sie über die Geländer. Weiter unten sitzen Kinder auf den Stufen und vertreiben sich die Zeit. Auch die Treppenhäuser sind heutzutage von Menschen bevölkert. Weiter oben gibt es kaum welche, da die meisten Häuser Einschlaglöcher haben und von oben nach unten in sich langsam zusammenbröckeln. Auch ist es für die meisten Bewohner zu mühsam, die vielen Stufen hinauf zu gehen. Und so sind die alten, baufälligen Hochhäuser meist nur unten bewohnt. Aus Angst vor weiteren Beben oder Meteoriteneinschlägen fühlt man sich in den unteren Etagen sicherer und kann gleich auf die Straße flüchten, während man in den oberen Stockwerken in der Falle sitzen würde.

Unten angelangt betritt Cyber die Straße, zieht die

Kapuze seiner Sweatshirt-Jacke, die er unter dem Mantel trägt, über den Kopf und verschwindet im Getümmel. Er ist ein Networker par excellence, überall hat er seine Informanten und Quellen, wo er Essen, Drogen oder sonstiges besorgen kann. Er ist ein Einzelgänger. Man weiß nie, wo er ist oder wann er wiederkommt. Auch gehört er, genau wie Jo, keiner Gang an und zählt, wie die anderen Kinder, zum Freiwild – stets auf der Hut, nicht von der Miliz oder irgendeiner Clique geschnappt zu werden. Cyber saß schon einmal im Gefängnis, kam aber wieder frei. Wie er das geschafft hat, weiß keiner. Auf dem Unterarm hat er eine Narbe. Es ist die Stelle, wo ihm einst ein RIFD-Chip implantiert wurde. Diesen Chip trägt jeder der schon einmal gebusted wurde, aber auch die Reichen und die Schichter tragen ihn sowie die meisten Bewohner der Stadt, um immer und überall geortet werden zu können. Jo und die anderen sind stolz darauf, keinen zu haben. Und wenn man doch einmal registriert wurde, schnitt man ihn sich einfach wieder heraus. Viele im Untergrund tragen eine ähnliche Narbe. Cyber verschwindet in einem Haus, seine Verfolger hat er längst abgehängt, und springt wieder wie zuvor über das Geländer das Treppenhaus nach oben. Eigentlich gibt es einen Fahrstuhl, aber da es schon lange keinen Strom mehr gibt, fährt dieser natürlich nicht mehr. Lose Kabel hängen vereinzelt in den Schächten, die Kabinen sind völlig ausgeschlachtet. Oben angelangt, checkt Cyber kurz die Häuserschlucht. Er befindet sich nahe der Grenze zu Sektor 7, dem Kirchensektor. Unten auf der Straße sind die Grenzposten damit beschäftigt, die Passierscheine zu kontrollieren und die Chips zu scannen, keiner von ihnen schaut nach oben. Cyber nimmt Anlauf und überspringt ungehindert eine weitere Grenzstraße. Auf der anderen Seite landet er in einem Maisfeld. »Vertikale« Bauernhöfe sind in dieser Zeit völlig normal geworden, nicht nur auf dem Dach. In manchen Wolkenkratzern werden ganze Etagen für den Anbau von Obst und Gemüse, Weizen oder Gerste genutzt. Es gibt aber auch Hühner in Bodenhaltung und Fische in Wassertanks. Und da die Pflanzen meist in Granulat oder in einer Lösung mit Nährstoffen wachsen, benötigen sie kaum Wasser. Man versucht sich so gut es geht, selbst zu versorgen. Generatoren, selbstgebaute Stromkreise, Solar, Wasser, Windräder, an Kuriositäten ist alles dabei. In manchen Häusern werden sogar ganze Marihuana-Plantagen angebaut, natürlich streng bewacht von ihren Gärtnern. Cyber kennt sie fast alle, die vertikalen Gärten und die illegalen Plantagen. Er fühlt sich auf den Dächern der Stadt zu Hause, hier findet er sich zurecht. Nur manchmal versteckt er sich nachts bei Jo und den anderen Kindern, die er erst seit kurzem kennt. Im dunklen Untergrund oder irgendwo anders, da nachts die Drohnen über die Stadt fliegen, ausgestattet mit Wärmebildkameras und jeden ausfindig machen, der sich nach der Sperrstunde noch auf den Straßen befindet.

Schnell lässt Cyber ein paar Maiskolben in seinem Mantel verschwinden, der jede Menge Innentaschen für sein Diebesgut hat und die er sich selbst eingenäht hat. Geduckt schleicht er bis an den Rand des Wolkenkratzers. Er muss auch hier ständig auf der Hut sein, denn die Besitzer der Felder bewachen diese mit Argusaugen und scheuen sich nicht, Selbstjustiz zu üben. Wahrscheinlich würde man ihn einfach von der Dachkante stoßen. Und manchmal, denkt er, könnte sein Ende ruhig so aussehen: Im freien Fall! Doch Cyber hat Glück. Der Mann, der am Rande des Feldes in einem Klappstuhl mit einem Gewehr über den Knien sitzt, scheint gerade sein Nickerchen zu halten. »Vermutlich schiebt er schon die ganze Nacht Wache«, mutmaßt Cyber im Vorbeihuschen. Er überspringt eine weitere Straße und landet auf einem ebenso hohen Gebäude direkt am Rande des Kirchenviertels, das durch hohe Mauern abgeschirmt, aber aus dieser Höhe gut einsehbar ist.

Der Kirchensektor mit seinen Gläubigen bildet eine in sich geschlossene Gemeinschaft und umfasst ein riesiges Areal, umgeben von hohen Mauern, die mit Überwachungskameras ausgestattet sind. Hier gibt es sogar Strom, zumindest in den Hauptgebäuden. Die Apostel, die wie Schattenmenschen durch die Stadt laufen, immer in grauen langen Capes mit Kapuze, bleiben für sich. Ihre Gesichter sieht man so gut wie nie. Ein völlig in sich geschlossener Sektor, ein Hineinkommen ist als »Nicht-Gläubiger« und unabdingbarer Diener der Kirchenmacht unmöglich. Nicht einmal die Regierung hat Einblick in diesen Sektor. Selbst die Drohnen fliegen nie über ihr Gebiet. Sie scheinen ein geheimes Abkommen mit der Regierung zu haben. Sie nennen sich »Gotteskindschaft« und entstammten einst einem Seitenarm der »Church«. War ihre Anhängerschaft vor den Katastrophen schon gewaltig, ist sie nun ins Unermessliche gestiegen. Sie ist zu einer Ein-Weltreligion aufgestiegen.

Ihre wichtigste Glaubensanschauung ist die Wiederankunft von »Jesus« und das damit verbundene ewige Leben. Angeführt werden sie von einem sogenannten

Stammapostel, dem einzelne Sektorenaposteln unterstellt sind. Sie leiten die Sektorenkirchen, gefolgt von den Aposteln. Gemeinsam mit den Stammaposteln sorgen sie für die weltweite Einheit des Glaubens und der Seelsorge. Die »Gotteskindschaft« finanziert sich aus Spenden, sogenannten Opfern, die eigentlich jeder bringen muss. Dafür gewährt sie einem Kleidung, Nahrung und Obdach. Überall stehen Hütten und Baracken in dem einstigen »Schlosspark«, der jetzt einem Slum gleicht. Aber angesichts der Katastrophen und der steigenden Kosten konnte man auch den kleinen gläubigen Spendern den Einlass nicht verwehren und so wurden diese, mit jeder Katastrophe, mehr und mehr. In jedem Sektor gibt es eine Bezirkskirche der Apostel und Unterkünfte. Ihr Innenleben schirmt die »Großsekte« aber sorgfältig ab. Steuern werden dieser Kirche nicht berechnet.

In einem riesigen und weitläufigen Innenhof, noch einmal extra ummauert, befindet sich das Kirchengebäude. Es ist in der Form eher klar und zurückhaltend, dennoch, mit seinen dicken Mauern, imposant und noch fast vollständig erhalten. Nur hier und da klafft eine offene Wunde an der Außenwand. Bräunliche Ziegel decken das Dach. An der Stirnseite über dem Eingang sind zwölf, fast menschengroße Apostelfiguren in gebranntem Ton dargestellt. Die Ecke des L-förmigen Baus ist durch einen Turm betont, der wiederum in einer dreieckigen Spitze mit Glocke endet. Rechts daneben liegt das ehemalige Pfarrhaus, in dem die Apostel untergebracht sind, die dem Stammapostel Simon unterstehen. Beide Gebäude sind miteinander über einen quergelagerten Bau mit hohen, kräftigen Türmen verbunden, ausgestattet mit

Überwachungskameras, Satelliten und Apostelwachen. Auch sämtliche kleinere Nebengebäude, von denen es viele gibt, sind von Aposteln bevölkert. Im hinteren Teil des Parks befindet sich ein großes Herrenhaus mit einer prächtigen Glaskuppel, in dem Stammapostel Simon residiert. Davor liegt ein großer steinerner Platz, der ummauert ist und von Aposteln bewacht wird. Kam einst danach der Park, rücken nun die Hütten immer näher heran. Nur der hintere Garten ist privat. Hinter dem Herrenhaus stehen fünf große Gewächshäuser, ein kleiner Rosengarten und Obstbäume, angelegt in einer Miniaturausgabe eines Schlossparkes, mit Springbrünnchen und Sitzecken aus Stein.

Plötzlich klopft Cyber jemand von hinten auf die Schulter. Es ist ein Junge von ca. 15 Jahren in Apostelkutte.

»Hey, was geht?«

Cyber fährt erschrocken herum: »Mann, hast du mich erschreckt! Musst du dich immer so anschleichen?!«

»Schon gut. Beruhig dich!«

Jungapostel Johann setzt sich umständlich neben Cyber auf die Dachkante. Höhe ist nicht ganz so sein Ding, das würde er aber vor Cyber nie zugeben und so versucht er, sich seine Angst nicht anmerken zu lassen. Johann, den Cyber immer nur Ratte nennt, nicht weil er aussieht wie eine, sondern weil er sich in der Stadt wie eine bewegt und auch Verhaltensweisen einer Ratte hat. Linkisch, diebisch, selbst im Untergrund kennt er sich ganz gut aus und hält sich gerne dort auf. Oft erkundet er die dreckigen Kanalsysteme, gemeinsam mit den Ratten der Stadt. Einmal brachte er sogar eine als Haustier mit ins Herrenhaus. Nicht viele Apostel trauen sich in die Unterwelt, aber »Ratte« ist einer davon. Er ist fasziniert von dieser dunklen Welt. Und vielleicht nennt Cyber ihn auch so, weil Johann sich jedes Mal tierisch darüber aufregt, wenn Cyber ihn so nennt.

Die beiden kennen sich aus frühester Kindheit und sind gleich alt. Cyber wuchs mit seiner Mutter bei den Aposteln auf, bis ihm eines Tages die Flucht gelang. Kinder durften das Apostelgelände bis zu ihrem 14. Lebensjahr nicht verlassen. An jedem Ausgang sind Apostel postiert. Die Gemeinschaft ist autoritär-hierarchisch gegliedert. An deren Spitze steht der Stammapostel; mit seinen elf Gebietsaposteln bilden sie die zwölf Apostel. Man ist ihnen zu absolutem Gehorsam verpflichtet, wer sich dagegen auflehnt wird bestraft. Wie das aussah durften Cyber und Johann unzählige Male am eigenen Leib erfahren. Wer nicht parierte, wurde in die Kellerräume gebracht und mit einem Stöckchen gepeitscht, bis man Gehorsam zeigte. So ging das schon seit frühester Kindheit.

Cyber war zwei als seine Mutter und er zu den Aposteln kamen. Seine Mutter war schon immer streng gläubig. Wie viele andere auch, hatte die Familie alles während der großen Weltwirtschaftskrise, einige Jahre vor den Katastrophen, verloren. Ihr Mann sah keinen Ausweg mehr und erschoss sich. Allein mit einem Kind kam sie in die Stadt und bangte, Tag für Tag, ums Überleben. Sie war nicht geschaffen für ein Leben auf der Straße und so klopfte sie eines Tages völlig verängstigt, verzweifelt und halb verhungert an die Kirchenpforte und bat um Einlass. Wenigstens ein Dach über dem Kopf sollte ihr Kind haben. Sie opferte ihren Ehering und ein bisschen Schmuck – das Einzige, was ihr noch geblieben war –

und lebte fortan mit ihrem Sohn unter den Aposteln. Im Laufe der Jahre verschrieb sie sich dem Glauben bis zur Selbstaufgabe. Schließlich schaffte sie es, als eine Art Haushälterin Stammapostel Simon zu dienen. Sie schuftete von früh bis spät. Es war ein Privileg, ehrenamtlich für ihn zu arbeiten, dafür bekamen sie und ihr Kind Kost und Logie – immerhin im Herrenhaus. Wie konnte sie da nicht dankbar sein? Cyber wurde von Stammapostel Simon mehrfach missbraucht, aber davon wollte seine Mutter nichts wissen, sondern schlug Cyber ihrerseits ins Gesicht, dafür, dass er so sündige Gedanken hatte. »Geh und wasch dir den Mund mit Seife aus!«, sagte sie dann.

Das Leben unter den Aposteln war kein Zuckerschlecken. Um fünf Uhr morgens ging Cyber in den Jugendgottesdienst, die Jugendleiter wurden ständig ermahnt , ihre Schützlinge moralisch aufzurüsten und von der sündigen Stadt fernzuhalten. Dann gab es ein karges Mittagessen und nachmittags musste er, wie alle Kinder, hart arbeiten: Holz hacken, die Gärten bestellen, Kutten waschen. Die Kinder schufteten wie Sklaven bis zum späten Abend. Mit elf Jahren hielt es Cyber nicht mehr aus und haute, mit der Hilfe von Johann, ab. Dieser ging mit ihm bis ans Ende des Ganges, in dem sie regelmäßig Züchtigungen erfuhren. Dort befand sich eine verborgene Tür, die durch ein schweres Eisenregal verstellt war und durch diese schleuste Johann Cyber hindurch. Er selbst kam nicht mit. Er wollte um keinen Preis zurück auf die Straße, zu schlecht waren seine Erfahrungen dort. Doch Cyber konnte er von seinem Vorhaben nicht abbringen. So gelangte dieser direkt von Sektor 7 in den angrenzenden Sektor 6 und damit in die Freiheit.

Cyber änderte seinen Namen – eigentlich hieß er Christian –, schnitt sich das lange, schwarze Haar auf halblang, schminkte sich seine dunklen Augen noch dunkler, so wie es eben die meisten Straßenkinder taten und tauschte die Apostelkutte gegen Kleidung, die er sich irgendwo zusammengestohlen hatte. Tagsüber hielt er sich auf den Dächern auf, nachts im Untergrund. Das waren die Orte, an denen die Apostel nicht anzutreffen waren. Schnell lernte er ein Runner zu werden und entwickelte eine hervorragende Technik. Er konnte von Hauswand zu Hauswand springen und dabei Flickflacks in der Luft machen. Und er entdeckte die Faszination der Dächer. Er liebt es, sich an den Rand zu setzen, seine Beine über den tiefen Abgründen baumeln und den Blick über die Dächer der Stadt schweifen zu lassen. Er spürt dann grenzenlose Freiheit. Der Horizont ist immer noch schön, der Himmel immer noch blau und die zerstörte Stadt, tief unter ihm, für einen Moment ausgeblendet. Seit seiner Flucht kommt er oft hierher an den Rand, von dem aus er das Kirchenviertel einsehen kann, insgeheim in der Hoffnung, seine Mutter zu erspähen.

»Arbeitet sie immer noch für den alten Sack?«, fragt Cyber Johann und spuckt in die Tiefe. Johann tut es ihm gleich.

»Kennst sie ja«, sagt er brüderlich. »Hier!« Johann holt ein Stück Brot aus der Kutte und hält es Cyber hin.

Obwohl sie gleichalt sind, sieht Johann wesentlich jünger aus, fast noch jungenhaft, im Gegensatz zu Cyber, der schon recht männlich wirkt. Johann ist von schmaler, feingliedriger Statur und sein Gesicht hat etwas Engelhaftes, was er gekonnt einzusetzen vermag. Die braunen, lockigen Haare und die braunen Augen runden das Bild ab. Wie alle Jungapostel trägt er langes Haar, das im Nacken zu einem Knoten zusammengebunden ist. Erst wenn die Apostel volljährig sind, werden ihre Haare zu einer Tonsur rasiert. Vor diesem Moment graut ihm besonders, er findet diese Frisur ausgesprochen hässlich und liebt sein langes Haar.

Johann bringt Cyber immer etwas mit. Für ihn ist er mehr als ein Bruder, und was er Stammapostel Simon klauen kann, entwendet er ihm mit Genugtuung. Stammapostel Simon nahm Johann eines Tages auch unter seine Fittiche. Er war ein Straßenkind, allein und verwildert, aber er fiel Stammapostel Simon gleich wegen seiner Schönheit auf und dieser nahm ihn mit. Seither wuchsen die beiden im Herrenhaus auf wie Brüder.

Cyber lässt das Brot in seinem Mantel verschwinden. »Was gibt's Neues bei den Aposteln? Ist er immer noch nicht gekommen?«, fragt Cyber mit zynischem Unterton und funkelt Johann mit seinen undurchdringlichen, dunkelbraunen, fast schon schwarzen Augen an. Die Pupillen sind kaum zu erkennen. Cyber sieht aus wie ein mystischer Mensch, ein Magier aus einer anderen Zeit, mit seinem schwarzen Mantel, den pechschwarzen Haaren, den dunklen Augen, die durch die Schminke noch schwärzer wirken. Dazu seine blasse Haut, die seit einiger Zeit von Pickeln bevölkert ist, die ihm Johann nur allzu gerne ausdrücken würde, denkt er sich, als er ihn so ansieht.

»Nein, keine Spur von Jesus, keine Wiederkunft, der hätte ja schon vor sieben Tagen kommen sollen. Stammapostel Simon fürchtet nun, er hat etwas übersehen und erlebt die Wiederkunft nicht mehr. Sein Darmkrebs ist wieder schlimmer geworden. Der Alte versteht die Welt nicht mehr. Er traut sich kaum noch außer Haus. Er hatte ja alles für die Wiederkunft vorbereitet und nach den Sternschnuppen, die er als das siebte Zeichen gedeutet hat, meinte er, nun sei der Zeitpunkt gekommen, aber Jesus hat sich nicht blicken lassen. Nicht bei ihm und auch sonst nirgends! Jetzt weiß er nicht mehr weiter und ist nervös und fürchtet um seine Anhängerschaft. Auch die Schildberger sind erbost und zweifeln an ihm und an der Kirche. Sie fürchten neue Unruhen. Man will ihn zur Rede stellen. Wenn Jesus jetzt nicht bald in Erscheinung tritt, ist er am Arsch.« Der letzte Satz, aus Johanns Mund, lässt beide in Gelächter ausbrechen. »Ich hab sowieso nie an die Prophezeiung geglaubt, haha.«

Auch wenn Cyber früher immer eingetrichtert wurde, dass nur diejenigen von Jesus gerettet werden, die nach den Geboten der »Church« leben, hat er sich nie daran gehalten. Er war und ist rebellisch und lässt sich überhaupt nicht gerne etwas sagen. Dass Jesus nun überhaupt nicht erschienen ist, amüsiert ihn umso mehr.

»Und jetzt hat er Angst zu sterben und die Wiederkunft und das damit verbundene ewige Leben zu verpassen«, fährt Johann fort.

»Oh, der Arme, dann waren ja alle Vorbereitungen umsonst!«, antwortet Cyber sarkastisch und kann sich ein breites Grinsen nicht verkneifen.

Nach allem, was Stammapostel Simon Johann und ihm angetan hat, ist es für ihn nur gerecht, dass Simons Prophezeiung nicht eintritt und dieser nicht zu jenen 144.000 Auserwählten gehört, die im Endgericht »Heil« erfahren. Das wäre ja noch schöner!

»Ja, er bekommt mächtig Druck von allen Seiten, auch von den Gebietsaposteln, die um ihre Glaubwürdigkeit bangen. Irgendetwas ist wohl schiefgelaufen!«

»Ich kann dir sagen, was schiefgelaufen ist: Jesus kommt nicht, die Welt wird ohne ihn untergehen.«

Cyber blickt provokant gen Himmel. Für ihn würde es keine Erlösung geben. Warum sollte ausgerechnet er zu den 144.000 Auserwählten gehören? Nein, da besteht wohl keine Hoffnung. Er gehört zu den Gottlosen. Cyber glaubt längst nicht mehr an Gott. Denn was für ein Gott wäre das, der zulässt, dass derartige Dinge in seiner Kirche mit den Kindern passieren? Aber irgendwie hatte der Gedanke, dass alles bald vorbei sein könnte, etwas Beruhigendes für ihn. Der fehlt ihm jetzt. Johann fängt seinen plötzlich sehr traurig wirkenden Blick auf. »Wir werden schon nicht untergehen, Bruder«, sagt Johann, legt seinen Arm um Cyber‘s Schulter und drückt ihm ein Küsschen auf die Backe. Cyber ist bei dieser Art von Berührung etwas unbehaglich. Er möchte Johann keinesfalls irgendwelche Hoffnungen machen und wischt sich die Backe deutlich ab. Aber verletzen will er ihn auch nicht und so schüttelt er Johanns Arm, durch die Änderung seiner Sitzhaltung, sanft ab.

Johann ist schwul und bekennt sich auch dazu. Es wäre auch schwer für ihn es zu vertuschen, da sein ganzes Verhalten und seine Mimik eher weiblich anmuten. Schon als Kinder hatten sie Gespräche darüber, schließlich hatten auch beide irgendwann ihre ersten, ungewollten sexuellen Erfahrungen mit Simon gemacht, über die sie sich austauschten. Das half ihnen, darüber hinwegzukommen. »The Church«, wie sie sich schlicht nennt, betrachtet Homosexualität als Veranlagung und hat kein Problem damit, sie wird toleriert. Wahrscheinlich rechtfertigt Stammapostel Simon damit auch seine Vergehen, obwohl die beiden Kinder minderjährig waren und vom gegenseitigen Einverständnis keine Rede sein konnte. Johann liebt Cyber jedenfalls schon immer.

Vom ersten Tage an, war er mehr als ein Bruder für ihn. Er fühlt sich in seiner Nähe sicher. Geborgen. Für ihn strahlt Cyber Männlichkeit und Kraft aus. Außerdem verbindet sie vieles und er weiß, dass er sich auf ihn verlassen kann. Schon oft ist Cyber für ihn in die Presche gesprungen und hat für Johann Nötigungen erhalten, weil dieser schon immer zarter war als er. Und Johann dankte es ihm mit Geschenken und liebevollen Gesten. Aber Cyber fühlt nicht die gleiche Neigung, weshalb sie beschlossen, einfach Brüder zu bleiben. Und obwohl Johann in den Pakt einwilligte, nimmt er das Versprechen nicht ganz so ernst und testet immer wieder die Grenzen aus. Auch gefällt ihm Cyber mehr denn je mit seinen geschminkten Augen, den wilden Haaren und seinem durchtrainierten Körper. Er sieht unglaublich männlich aus, findet Johann und lässt keine Gelegenheit aus, seine wohlgeformten Muskeln versehentlich zu streifen.

»Wie geht's meiner Mutter?«

»Sie hält nach wie vor zu Simon. Auch wenn in der Kirche bereits Stimmen laut werden und sich gegen ihn erheben, bleibt sie ihm treu ergeben.«

»Dumme Kuh! Fragt sie nach mir?«

Johann senkt den Kopf und verneint. Er weiß, wie sehr Cyber diese Tatsache schmerzt, auch wenn dieser noch so cool tut. Aber hätte er lügen sollen? Für seine Mutter war Christian gestorben, als er wegging. Er hat sich von ihr und damit auch vom Glauben abgewandt, an dem sie immer noch verzweifelt festhält.

»Dachte ich mir.« Cyber spuckt noch einmal in die Tiefe. »Ich muss los, noch ein paar Opfergaben von den Alten und Kranken einsammeln. Du weißt, was los ist, wenn ich mit leeren Händen komme. Und im Augenblick ist es ganz schlimm, kannst du dir ja vorstellen.«

Johann erhebt sich und ist froh, endlich von der Kante wegzukommen. Cyber steht ebenfalls auf. »Wir sehen uns, Bruder!«

Sie umarmen sich und klopfen sich kameradschaftlich auf den Rücken. Dann verschwindet Johann in einer Luke auf dem Dach. Cyber's Blick schweift über die dreckige Stadt, rüber zu den hohen, verglasten Konturen der Gebäude des Reichensektors, die sich in der Ferne im Gegenlicht scharf abzeichnen.

Luise, Rother's Tochter, gleitet wie eine Meerjungfrau durch das Wasser. Ihr kleiner – sie ist gerade mal 1,60 Meter groß – zarter Körper steckt in einem silberfarbenen Swimsuit mit Kapuze, der sich farblich kaum von ihrer blassen Haut abhebt. Das Schwimmbad liegt ganz oben auf dem Gebäude und steht nur der Präsidentenfamilie, Familie Rother, zur Verfügung. Es ist mit Glas überdacht, und wenn Luise auf dem Rücken schwimmt, kann sie in den Himmel blicken. Sie liebt es, frühmorgens zu schwimmen und in den rosa Sonnenaufgang zu sehen. Zug um Zug spürt sie dann die Unendlichkeit und versinkt in bunten Phantasiewelten. Schwimmt sie auf dem Bauch, sieht sie auf einen mit Gold verzierten Mosaikboden mit Darstellungen aus der alten griechischen Mythologie. Zu sehen ist Aphrodite, die in einem weißen Kleid anmutig dem Meer entsteigt, sowie die goldene Inschrift »Thalassa«, die mit türkisfarbenen Ornamenten umrandet ist und in der Mitte aus Gold besteht. Das Wasser funkelt und glitzert in der Sonne und die künstlichen Palmen, die am Beckenrand stehen, erzeugen die Atmosphäre von Wärme und Strand und lassen Luise oft von fernen Ländern träumen, die sie einzig aus Filmen kennt. Anmutig und elfenartig entsteigt sie dem Wasser, dabei streift sie die Kapuze ab und schüttelt ihre pechschwarzen Haare, die ihr blasses, edles und doch sehr kindlich wirkendes Gesicht umrahmen. Der Pagenschnitt betont ihr asiatisch-europäisches Antlitz perfekt. Bei ihr ist alles halb. Die Augen sind etwas schlitzig, aber eben nicht ganz. Ihr Mund ist zwar schmal, aber dafür schmollig. Die Form ihres Gesichts fällt, im Gegensatz zur Nase, eher europäisch aus und verläuft zum Kinn hin spitz zu. Die Nase ist von der Höhe her eher asiatisch flach und verleiht ihr dieses süße, kindliche, fast püppchenhafte Aussehen. Luise zieht den Reißverschluss ihres Anzuges auf. Darunter zeichnen sich kleine knospenartige Brüste ab, die nur darauf warten aufzugehen, während der Rest ihres Körpers schon fertig, aber dennoch klein scheint.

»Wunderschöne Mischung«, muss Teresa, eine Schichterin um die 50 Jahre, die am Beckenrand auf sie wartet, zum wiederholten Male feststellen und reicht Luise ein flauschiges Handtuch mit Familienemblem. Gedankenversunken nimmt sie es, rubbelt sich ihre Haare und geht zu der riesigen Fensterfront. Jenseits der Mauer und dem blitzblanken Garten blickt sie auf die Stadt. »Heute ist es soweit«, denkt sie sich, während sie aus dem Handtuch einen Turban bindet und sofort ein Kribbeln verspürt.

»Wie ist es da unten, Teresa?«, dabei dreht sie sich zur Schichterin um, die in ihrer weißen Arbeitstracht, ein grobes Kleid mit weißer Schürze, immer noch auf demselben Fleck steht, als wäre sie ein Einrichtungsgegenstand. Luise geht zu ihr und sucht den Blick ihrer braunen, sanften Augen. Teresa senkt sofort ihren Kopf mit dicken, schwarz-grau melierten Haaren, die sie stets zu einem Knoten gebunden hat, so wie sie es als Schichterin gewohnt ist. Demütig, einer Herrschaft niemals in die Augen blickend:

»Ich bin nicht befugt, mit dir darüber zu reden. No me preguntes hija!« Zweiteres sagt sie deutlich strenger und sucht sich sogleich eine Aufgabe aus Verlegenheit, da sich Luise mittlerweile, im Gehen, ihres Anzugs entledigt hat und jetzt, ohne Scham, splitternackt vor ihr steht.

»Ach, komm schon, irgendwann nimmst du mich mit. Ich will mal deine Familie kennenlernen!«, dabei versetzt sie Teresa einen Klaps auf ihren voluminösen Hintern, der an Frauen aus einem Gospelchor erinnert und beim Gehen auch genauso hin und her schwingt.

Teresa kann das gar nicht gutheißen, derartige Vertraulichkeiten! Da sie es aber als ein Zeichen der Zuneigung empfindet, rügt sie Luise nur sanft: »Ya savez no puedo hablar de estas cosas! No piensas en este!«, dabei hebt sie ihren Zeigefinger.

Seit geraumer Zeit ist Luise ziemlich frech, dabei war sie noch vor zwei oder drei Jahren so brav, wundert sich Teresa immer wieder. Jetzt ist sie aufsässig, wild und neugierig. Zum hundertsten Mal fragt sie Teresa, ob sie ihr mal die Stadt zeigt. Teresa hat sogar ihre Eltern darüber informiert, als sie nicht mehr wusste, wie sie damit umgehen soll. Und Luise wurde strengstens verboten, auch nur daran zu denken, genauso wie es Teresa verboten wurde, ihr irgendwelche Informationen über die Stadt zu geben. Teresa kann ihren Wunsch ja ein bisschen verstehen, schließlich lebt das Kind seit seiner Geburt in dieser gläsernen Festung, wie ein Vögelchen in einem goldenen Käfig. Niemals war sie draußen. Noch nie hat sie Wind, Regen oder einfach nur die Sonne gespürt. Ihr ganzes Leben hat sich in Glasbauten abgespielt. Ihre Neugierde, ihre Freude an Geschichte und Geschichten haben in ihr, im Laufe der Jahre, den ungestümen Hunger erzeugt, einmal die Freiheit erleben zu können und die liegt für sie nun mal außerhalb dieser Mauern und außerhalb des Reichenviertels. Bisher hat sie diesen Drang mit ihrem Wissensdurst gestillt. Aber wie lange noch?

Die 13-Jährige hat Zugriff auf eine der größten Datenbanken der Welt und so verbringt sie heimlich oft ganze Nächte damit, alte Filme und Dokumentationen anzuschauen und Recherchen zu betreiben. Sie ist für ihr Alter äußerst belesen und hat ein umfangreiches Wissen. Ihr Gehirn gleicht dem eines Computers. Sie scheint alles abzuspeichern. Kein Wunder bei einem IQ von fast 140. Teresa kennt kein Kind, das schlauer ist! Luise hat sich auch ausführlich mit ihrer Familiengeschichte befasst. Sie hat sie regelecht studiert:

Eine geheime Gemeinschaft, die über 100 Jahre lang als Schattenregierung fungierte und vor einiger Zeit die Macht offen an sich gerissen hat. Sie sind die eigentlichen »Königsmacher« gewesen. Ein jeder Präsident war ihre Marionette, eingesetzt, um ihre Interessen zu verfolgen. Der Schlüssel ihrer Machtausübung war einst Geheimhaltung, die sie nun angesichts der Ereignisse nicht mehr nötig hatten. Wovon jeder Diktator träumt, haben die Schildberger nun geschafft. Die neue Weltordnung! Novus Ordo Seculorum! Zuerst hatten sie die Welt vorsätzlich in eine der größten Wirtschaftskrisen gestürzt, denn wie eines ihrer ältesten Mitglieder immer wieder betonte: »Es braucht nur eine große Krise und die Welt wird die neue Weltordnung akzeptieren«. Jeden, der sich ihnen in den Weg stellte, ließen sie töten, um ihr Ziel zu Gunsten ihrer eigenen selbstsüchtigen Interessen durchzusetzen. Natürlich im Geheimen. Und so bemerkten die Menschen in Zeiten der Krisen und Katastrophen nicht, wie sie auf einen diktatorischen Polizeistaat zusteuerten mit einer Weltarmee, die sie kontrollierte. Es gab keine andere Verfassung, keine andere Währung, kein anderes Rechtssystem und auch keine andere Identität mehr. Alles wurde von den Schildbergern lange Zeit vorbereitet und lag nun endlich ganz in ihren Händen. Die totale Macht!

Sie bilden jetzt die Weltregierung. Europa, Asien und die nordamerikanische Union wurden nun von einer Handvoll Männern regiert. Afrika galt ohnehin nur noch als billiger Rohstofflieferant, wie irgendwelche Drittländer. Die Ressourcen waren fast vollkommen ausgebeutet. So wuchs eine Weltmacht heran, geführt von einer Elite bestehend aus Größen der Weltwirtschaft, Großindustriellen, alten Familien, denen die Weltbanken gehörte und bedeutenden Politikern. Obwohl die Schildberger ihr Ziel längst erreicht hatten, die Schaffung eines globalen Superstaates mit einer Ein-Weltregierung, mussten auch sie sich dem Ausmaß der Katastrophen, die im Laufe der Jahre immer mehr zunahmen, stellen. Sie reagierten mit noch mehr Zäunen, Mauern, Überwachung, Kontrolle und Abschottung. Auch wenn die Bevölkerung nun wusste, dass sie in eine Falle getappt war, hatte sie keine Kraft mehr, dagegen zu protestieren. Zu groß war der eigene Kampf ums tägliche Überleben außerhalb des Reichenghettos. Mehr als 30 Millionen Menschen drängten sich auf den Straßen und die Lage geriet zunehmend außer Kontrolle. Zu viele konnten nicht mehr registriert werden, die Kameras in der Stadt wurden von der Bevölkerung zerstört und in den einzelnen Sektoren herrschte Anarchie. Also schottete man sich weiter ab. Rother arbeitet fieberhaft an einem Plan, um der Lage Herr zu werden, denn die Situation wurde und wird immer unübersichtlicher. Während die Stadt im Chaos und in Armut versank, baute er Sektor 1 weiter aus und errichtete so seine Festung, die nur den oberen 10.000 Schildbergern vorbehalten ist und für uneinnehmbar gilt.

Luise ist nicht unbedingt stolz darauf, Rother‘s Tochter zu sein, seit sie begonnen hat zu recherchieren. Ihr selbst ist Reichtum nicht wichtig, sie kennt aber auch nichts Anderes. Luise ist nicht dumm und sie weiß, wohin Wissen und Macht die Menschheit gebracht haben. Das Ungleichgewicht ist immens: Während acht Prozent alles haben, leidet der Rest Hunger und Not. Der Preis dafür war hoch – Muttererde vermüllt und zerstört, alles durch Menschenhand. Seit dieser Erkenntnis spürt sie eine Last auf ihren Schultern und eine große Ungerechtigkeit gepaart mit Scham. Ihre Familie hat einen großen Beitrag dazu geleistet, dass die Welt verarmte, die Klimakatastrophen zunahmen und die Hölle auf Erden losbrach. Auch wenn sie noch zu jung ist, um das ganze Ausmaß zu erfassen, spürt auch sie deutlich das Pulverfass, das jeden Augenblick hochgehen kann. Ihre Sehnsucht nach einer besseren, freieren Welt und einem Leben außerhalb der Mauern wächst seither von Tag zu Tag.

»Also was ist jetzt, nimmst du mich mal mit?«, ärgert sie Teresa weiter.

»Das würde Ihr Herr Vater nie gestatten.«

»Eines Tages werde ich es tun, ob mit oder ohne deiner Zustimmung!«, neckt sie Teresa weiter, um ihre Reaktion abzuwarten.

Ein eigenwilliges Mädchen, denkt Teresa, nicht ohne Stolz, denn den Hauptanteil an Erziehung hat schließlich sie geleistet! Ihr Interesse an den unteren Schichten und das Aufbäumen gegen ihren übermächtigen Vater imponieren ihr, sie liebt dieses Mädchen. Es fühlt sich fast so an, als wäre Luise ihr eigenes Kind. Sie kennt Luise von Geburt an und das sind jetzt immerhin 13 Jahre. Und so herzlich Luise auch mit ihr und dem anderen Personal umgeht, ist Teresa doch stets darum bemüht, ihre Herkunft nicht zu vergessen und den nötigen Abstand zu wahren. Auch wenn es schwerfällt und es ihr mexikanisches Herz oft in Bedrängnis bringt, versucht sie, das Kind nicht zu sehr zu lieben. Manchmal fiel es ihr besonders schwer, vor allem dann, wenn Luises Eltern wieder mal keine Zeit und kein Interesse an ihrem eigenen Kind zeigten, was häufig geschah und mit den Jahren immer schlimmer geworden ist. Da hätte sie das Mädchen am liebsten einfach mit nach Hause genommen und ihren Job geschmissen! Den Eltern wurde das Kind regelrecht fremd und genauso fühlt sich Luise, fremd in ihrer eigenen Familie.

Während sie sich anzieht, quatscht Luise munter weiter: »Teresa, hast du mal das Meer gesehen?«

»Ja, hab ich, hija, es war ein trauriger Anblick.«

»Warum?«

»Das Meer, wie es in meiner Kindheit war, blau, tief, funkelnd und voller Fische, gibt es so schon lang nicht mehr. Es ist tot, trübe und dreckig geworden, vor allem aber giftig! Es malo!«

»Ich kenn das Meer nur von Bildern und Filmen. Das muss ein tolles Gefühl sein in der endlosen Weite. Blau, wellig und am Ende der Horizont und du schwimmst darin! Natur muss sich toll anfühlen!«

Die Schwelgerei wird durch das Heranschreiten ihrer Mutter unterbrochen. Die kleine, aber resolute Frau, die mit ihren durchdringenden, schmalen Augen keine Zweifel an ihrer Kompromisslosigkeit zulässt, marschiert geradewegs auf Luise zu.

»Du sollst dich nicht mit dem Personal unterhalten, junges Fräulein! Wie oft muss ich dir das noch sagen?!« Dann wendet sie sich mit einem noch schärferen Ton an Teresa: »Du kannst gehen!« Teresa zieht sich mit gesenktem Haupt behutsam zurück.

»Ach, hab dich nicht so. Sie ist auch nur ein Mensch, genau wie du und ich«, meint Luise, weil sie es nicht leiden kann, wie ihre Mutter mit Teresa umgeht.

»Sie ist Schichterin, mehr nicht! Und ein Mädchen von deinem Stand darf das nicht, merk dir das«, sagt sie im Luise so verhassten Ton einer Oberlehrerin.

»Und wer hat sie zur Schichtern gemacht?«, fragt Luise schnippisch zurück.

»Sei nicht so frech, das gehört sich nicht und jetzt beeil dich!«

Das aufmüpfige Verhalten ihrer Tochter missfällt Yan-Jie zunehmend. So etwas wäre ihr als Kind nie eingefallen. Sie ist eine funktionierende Person und das war sie schon immer. So wurde sie erzogen, immer auf Leistung bedacht. Deswegen hat sie auch der von ihrem Vater arrangierten Ehe ohne Murren zugestimmt. Sie hat sich ihrem Schicksal gefügt, auch wenn ihr Mann 27 Jahre älter ist als sie, sie keine Liebe für ihn empfindet und er vermutlich auch nicht für sie. Leidenschaft gibt es in ihrer Welt nicht. Sie untersteht Größerem, wie sie findet. Für ihren Mann war es ein Glücksfall, die reichste Tochter Chinas zu heiraten und somit seine Macht zu steigern. Yan-Jies Vater hat unter anderem Milliarden mit Leuchtkugeln gemacht, die, in Zeiten von Stromnotstand, weggehen wie warme Semmeln. Für sie wiederum war diese Heirat in eine der mächtigsten Familien der Welt ein enormer gesellschaftlicher Aufstieg. Also gehorchte sie ihrem Vater, wie sie auch jetzt ihrem Mann ohne Murren gehorcht. Sie würde niemals offen widersprechen. So etwas gehört sich nicht! Und sie würde nie ihr Gesicht verlieren, indem sie ausrastet. Sie ist stets beherrscht. Für sie gibt es nur eine Prämisse, nämlich immer zu den besten und einflussreichsten der Welt zu gehören.

Und so musste Luise, trotzdem ihre Freundin Annabell, nach langem Hin und Her, endlich bei ihr schlafen durfte und es Sonntag ist, zum Schwimmtraining. Jeder Protest war zwecklos, also gab Luise irgendwann nach.

Einzig die Zeit konnte sie etwas verkürzen. Luise steht jetzt fertig angezogen vor ihrer Mutter. Ein kurzes Faltenröckchen in lupenreinem Weiß, dazu ein eng anliegendes weißes Oberteil mit einem gold-gestickten, umgekehrten Dreieck auf der Brusttasche. Dazu weiße Kniestrümpfe und weiße Schuhe aus Lack. Die Kleidung ist wie bei allen oberen Schichten weiß und selbstreinigend. Und da alle in dieser Glasstadt Weiß tragen, sieht sie eher wie eine Uniform aus wie Alltagskleidung. So gefällt sie Yan-Jie und auch wenn Luises Gesichtsausdruck immer noch rebellisch wirkt, sieht sie ordentlich aus. Ihre Mutter trägt ein silberfarbenes schlichtes Kostüm, bestehend aus Rock und Jacke mit Stehkragen, das ihre Strenge und Kälte noch betont. Ihre ohnehin schon blasse Haut unterstreicht sie mit noch blasserem Puder und so wirken ihre dunklen Mandelaugen wie die einer Porzellanpuppe. Dazu trägt sie roten Lippenstift, den sie mittig auf ihren kleinen, verkrampften Mund aufträgt, der so aussieht, als hätte er schon viel Bitternis geschluckt. Eigentlich wäre sie eine hübsche Frau in einem jugendlichen Körper, hätte sie nicht diese Härte, die sie ausstrahlt. Ihr schwarzes Haar ist stets nach hinten zu einer Banane gesteckt, die ihre mit Diamanten geschmückten Ohren freilegen und ihr diesen Sekretärinnen-Look verleihen, wie Luise findet.

»Ist ja gut, ich komme schon«. Luise verdreht die Augen hinter dem Rücken ihrer Mutter und folgt ihr zum Fahrstuhl, der direkt in die darunterliegende Wohnung fährt. Der Aufzug stoppt, verborgen hinter einem riesigen Spiegel, in einem beeindruckenden Entree. Der acht Meter hohe, sechseckige Raum ist vom Boden bis zur Decke mit schwarz-weiß kariertem Marmor verkleidet, nur die Umrandungen und Vertiefungen sind in rosa Granit gehalten.

»Wollt ihr nicht doch mit in die Kirche?«, fragt Yan-Jie ihre Tochter und ein Hauch von Besorgnis huscht über ihr sonst emotionsloses Gesicht, was aber sogleich wieder in Strenge umschlägt. Nur ungern lässt sie ihre Tochter mit Annabell allein. Sie findet, dass das Mädchen ein schlechter Umgang für sie ist. Diese rebellische Art kommt von ihr, da ist sie sicher. Und dann diese Prophezeiung! Sie hing über allem und jedem wie ein Damoklesschwert. Sie ist überall zu spüren, diese Ungewissheit. Passiert es oder passiert es nicht? Yan-Jie ist seit Wochen von Ängsten geplagt, darum lässt sie auch ihre Tochter nur ungern aus den Augen, solange bis sich alles geklärt hat. Sie hat ständig ein mulmiges Gefühl in der Magengegend.

»Du hast versprochen, dass wir nicht müssen!«, dabei schaut Luise ihre Mutter ermahnend an. In gewissen Dingen hat sie die gleiche Kompromisslosigkeit wie ihre Mutter. Und auch wenn Luise einen Anflug von Besorgnis sah, heute wird sie es tun und mit Annabell in die Stadt gehen! Es ist alles geplant. Und das war gar nicht so leicht. Das Unterfangen gleicht einem Ausbruch aus einem Hochsicherheitsgefängnis.

Die Gebäude sind durch verglaste Brücken und Straßen verbunden, auf denen die Bewohner sich mit elektrischen Caddies fortbewegen. Es gibt sogar eine Magnetbahn, die die oberen 10.000 in die unterirdischen, aber nichtsdestotrotz funkelnd und edel ausgestatten Shopping-Malls bringen. Der gesamte Sektor ist in sich geschlossen und verfügt über ein Sauerstoffsystem sowie über eine eigene

Strom- und Wasserversorgung. Jeder Ausgang, jeder Zugang, jede Tür wird von Männern der Miliz überwacht oder ist mit Sicherheitsschleusen versehen. Und da man Angst vor eingeschleppten Seuchen hat, darf auch kein Bewohner des Reichensektors den Sektor verlassen und hinaus in die Stadt. Das ist der Preis: Eingesperrt in der Glasstadt! Und auch die Schichter, die im Reichenviertel arbeiten, müssen sich strengsten Sicherheitskontrollen unterwerfen. Allmorgendlich müssen sie durch eine Schleuse und sich desinfizieren lassen, werden auf Krankheiten gecheckt und geimpft, bevor sie ihre Arbeitskleidung anlegen und sich in den Haushalten, Malls oder Technikräumen verteilen.

»Ich hab nie Zeit für Freunde! Außerdem waren wir letzten Sonntag erst in der Kirche und nichts ist geschehen! Du hast es versprochen…«, klagt Luise weiter, aus Angst, ihr Plan könnte doch noch durchkreuzt werden. Letzteres Argument überzeugt. Ein Versprechen würde Yan-Jie niemals brechen. Und da sie ja ohnehin nie an die Prophezeiung geglaubt hat, die letzten Sonntag hätte eintreffen sollen, gibt es eigentlich keinen Grund, dass sie heute mitgehen müsste. Schließlich waren sie vorher auch nie in der Kirche gewesen. Ab und an, wenn ihr Mann es sozusagen politisch tun musste. Beerdigungen prominenter Schildberger oder ähnliche Anlässe, dann! Er ist der Präsident und zu öffentlichen Auftritten muss ihn seine Familie natürlich begleiten und lächeln. Aber so langsam könnten sich alle wieder beruhigen und zum normalen Leben zurückkehren, denkt Yan-Jie. Die Welt wird untergehen, aber vielleicht anders als prophezeit.

Vielleicht auch gar nicht? Yan-Jie versucht, die Gedanken daran zu verdrängen, was ihr jedoch nur bedingt gelingt.

In der Wohnung angekommen, die sich über die ganze Etage des Wolkenkratzers erstreckt, läuft Luise direkt in ihr Kinderzimmer. Sie durchquert dabei das 120 Quadratmeter große Wohnzimmer. Die gesamte Fensterfront ist bis zum Boden doppelwandig verglast und offenbart eine atemberaubende Aussicht, weit über die Stadt. Der weiße Flügel vor dem Panorama ist der zweite Blickfang, gefolgt von einer riesigen, weißen, futuristischen Sofalandschaft. Nichts sonst schmückt diesen Raum, außer seine weiße Schlichtheit. Auf einem kleinen Glastisch liegt ein Pad, mit dem sich alles steuern lässt.

Am anderen Ende des Wohnzimmers befindet sich ein hoher, edel wirkender Gang. Weiß-schwarz gekachelter Marmor im Schachbrettmuster schmückt auch hier den Boden. Ein antiquiertes, weißes, mit goldenen Intarsien verziertes Sideboard ist dort das einzige Mobiliar, zusammen mit einem riesigen Kronleuchter, der von der Decke hängt. Luise mag keine Kronleuchter und kann nicht nachvollziehen, wie sich ihre Eltern so altmodische Dinger in die Wohnung hängen können. Auch das Sideboard aus der Hinterlassenschaft ihres Großvaters ist ihr stets ein Dorn im Auge. Sie öffnet eine der Flügeltüren mit goldenen Türgriffen, die sie auch nicht leiden kann. Jeder offensichtliche Protz ist dem aufsässigen Teenager mehr und mehr zuwider. Annabell, die auf dem Bett sitzt, erwartet sie bereits ungeduldig. »Und, hast du ihn?«, fragt Luise flüsternd, während sie die Tür hinter sich schließt.

Annabell ist genau wie Luise ein aufmüpfiger Teenager, bereit Risiken einzugehen. Sie kennen sich seit frühester Kindheit und sie verbindet vieles. Beide Mädchen kommen aus aristokratischen, alten Familien, deren Väter beide Schildberger sind. Während Luises Vater der oberste Präsident des Kontinents geworden ist, ist Annabells Vater sein Vize. Strenge Männer der Macht, die sich beide Söhne gewünscht hatten und nur Töchter bekamen. Und aufgrund der von ihnen selbst eingeführten Geburtenkontrolle wird für beide Männer dieser Wunsch wohl nicht mehr in Erfüllung gehen. Jede Familie darf nicht mehr als ein Kind haben und als Vorbilder kommen sie nicht umhin, sich daran zu halten. Das haben sie sich selbst eingebrockt und zur Strafe Töchter bekommen, darüber sind sich die Mädchen einig. Karma!

Und nun hat Annabell ihn gefunden. Einen Ausgang der nicht überwacht ist, ein Schlupfloch – einzig der Generalschein von Luises Vater ist nötig, um die Tür zu öffnen. Keine Linsen oder Fingerabdrucksicherungen, die auch für Luise schwer zu knacken sind, dennoch nicht unmöglich. Längst hat sie die Pupille ihres Vaters gescannt und einen Silikonabdruck gemacht. Auch von seinen Fingern hat sie Silikonabdrücke gemacht, was es ihr ermöglicht, auf seine Datenbanken zuzugreifen. Selbst auf die, die nur dem Präsidenten vorbehalten sind.

»Und den Generalschein, hast du den auch?«, ungeduldig zupft Luise an den roten, lockigen, langen Haaren ihrer Freundin herum, um die sie diese beneidet. »Logo!« Annabell zieht den Schein hinter ihrem Rücken hervor, dabei grinst sie triumphierend über beide Backen und legt ihre die strahlend weißen Zähne frei, während Sommersprossen auf der kleinen Stupsnase herumtänzeln. Verschwörerisch funkelt sie Luise mit ihren smaragdgrünen Augen an, die an eine Lagune erinnern.

Luise gab Annabell genaueste Instruktionen, wie sie an den Schein kommt. Ihr Vater legt ihn jeden Abend auf das Sideboard, so, als lege man einen Schlüssel ab. Die einzige Sicherheitsnachlässigkeit die Luise von ihrem Vater kennt, der doch sonst äußerst bedacht ist, meint er jedenfalls. Während Luise im Schwimmbad war und ihre Mutter sie holen gegangen ist, schlich sich Annabell, ohne große Skrupel, aus dem Zimmer und nahm den Generalschein an sich. In vielerlei Hinsicht ist sie mutiger und verwegener als ihre Freundin, was wohl daherkommt, dass ihre Eltern nicht ganz so streng sind wie die von Luise.

»Der wird toben«, wird es Luise plötzlich bewusst angesichts der Größe ihres weiteren Vorhabens und sie wird noch blasser.

»Wir müssen unbedingt pünktlich zurück sein, sonst gibt es mächtig Ärger«, dämmert es jetzt auch Annabell, »wir kriegen bestimmt ein Leben lang Hausarrest«, scherzt sie aber dann doch.

Und schon ertönt die cholerische, laute Stimme ihres Vaters auf dem Gang, die die ganze Wohnung erschüttern lässt.

»Frau!!!«

Auf den gellenden Schrei folgt für einen kurzen Moment unerträgliche Stille, wie nach einem heftigen Donner. Dann sind heraneilende Schritte zu hören. Die beiden Mädchen verharren, ängstlich und mucksmäuschenstill in Luises Zimmer und halten den Atem an. Fast müssen sie loskichern, so groß ist die Anspannung.

»Was schreist du denn so?«, hören sie Yan-Jie sagen, die herangeeilt ist.

»Mein Generalschein, ich hab ihn hier hingelegt!«, dabei tippt er wie ein Irrer mit seinem Zeigefinger immer wieder auf das Sideboard. »Wo ist er?«

Unterschwellig scheint er seine Frau dafür verantwortlich zu machen. Sein Gesicht ist bedenklich rot angelaufen. Panisch sieht er auf seine Watch, die ihm unter anderem auch den Blutdruck anzeigt. Hastig wirft er eine Pille ein, die er einem silberneren Döschen entnimmt, das er immer bei sich trägt.

»Woher soll ich das wissen, ich hab ihn nicht weggenommen. Wo warst du denn heute schon?«, versucht Yan-Jie ihren Mann zu beruhigen und beginnt sogleich zu suchen.

»Auf der Basis! Dumme Frage!«, wie jeden Morgen, denkt Rother, denn dass er jeden Morgen als erstes mit seiner Kaffeetasse in der Hand, aber noch im Pyjama und Morgenmantel, auf die Basis fährt, sollte seiner Frau nicht entgangen sein.

Die Basis ist ein siebenstöckiger unterirdischer Komplex, in dem sich im Notfall bis zu 10.000 Menschen aufhalten können. Die Schildberger hatten bereits vor Jahren begonnen, daran zu bauen, immer im Geheimen natürlich. Die Bevölkerung ahnt nichts von dem riesigen Tunnelgeflecht, das sich unter dem Reichenviertel befindet. Es gibt lediglich Gerüchte darüber und den Schichtern ist es untersagt, irgendetwas über den Reichensektor nach außen zu tragen. Auf Ebene 1 befindet sich das Sicherheits- und Kommunikationszentrum der Regierung, auf Ebene 2 sind die Unterkünfte der Elite für den Fall eines

Atomschlags oder sonstige Katastrophen. Luise und Annabell verbrachten hier während jeder Katastrophe die Zeit mit ihren Familien, in luxuriösen, modern ausgestatteten und erdbebensicheren Appartements, denen es an nichts mangelt. Darunter, auf Ebene 3, befinden sich das Management, Büros und Labore.

Bis Ebene 4 kommen die Mädchen problemlos mit ihren Chips, dies ist ihr zweites Zuhause. Da sie in letzter Zeit oft mit ihren Familien hier unten waren, fällt es kaum auf, wenn sie hier auftauchen. Hier gibt es einen unterirdischen See und eigene Plantagen mit Obst und Gemüse. Zu Ebene 5 bis 7 haben sie keinen Zutritt. Nur das Militär hat Zugang. Dort befinden sich die geheimen Labore der Regierung. Ebene 5 beheimatet das Mind-Control–Experimentier-Zentrum, auf Ebene 6 befindet sich eine Art Zoo, das Labor für genetische Experimente und auf Ebene 7 das dazugehörige Gefrierlager für fehlgeschlagene Experimente sowie der geheime und gut gesicherte Eingang zur Arche.

Die Arche ist ein unterirdisches Tunnelgeflecht, das die großen Städte eines Tages miteinander verbinden soll. Es gibt Straßen, Elektroautos und Wege für Fußgänger. Sogar ein Zug auf Magnetfeldern, der sogenannte Schienen-Jet, ist hier zu finden. Kaum einer weiß genau, wie weit das Geflecht ausgebaut ist, aber man arbeitet angeblich fieberhaft daran, es rund um den Globus zu installieren, um so die Kontinente und ihre Regierungen zu verbinden. Die Schichter, die hier arbeiten, sind unter Androhung von hohen Strafen zum Stillschweigen verdonnert worden und verbringen Jahre in dieser Unterwelt. Sie schlafen in provisorischen Containern in der Arche und bleiben ihr ganzes Arbeiterleben dort. Nach getanen Dienstjahren werden sie meist eliminiert. Es ist eine Wegwerf-Sklavengesellschaft, die hier lebt. Sonst haben nur noch Mitglieder der Regierung Zugang.

»Na dann ruf doch an, vielleicht hast du ihn ja dort vergessen?!«, antwortet Yan-Jie etwas lapidar, denn auch wenn Rother sich für unfehlbar hält und das meist auch war, Yan-Jie hat in letzter Zeit immer öfter bemerkt, dass ihr Mann etwas verlegt oder vergisst. Das würde sie ihn aber niemals merken lassen. Sie hat Respekt vor älteren Männern, das ist in ihrer Kultur verankert und so überspielt sie jede Vergesslichkeit, als wäre sie völlig normal. Rother stellt seine Watch auf Telefon um, doch dann zögert er und legt wieder auf. Vor seinen Generälen will er sich die Blöße, eine Sicherheitslücke zu sein, nicht geben.

»Und Duschen«, sagt er stattdessen.

»Dann schau im Ankleidezimmer! Ich hab dir deinen Anzug schon rausgelegt. Beeil dich, der Gottesdienst beginnt gleich.« Genervt geht Yan-Jie an ihrem Mann vorbei in Richtung der Küche. »Im Übrigen kommen die Mädchen nicht mit.«

Rother stoppt seine Frau mit einem festen Griff am Oberarm.

»Was soll das heißen, sie kommen nicht mit?«

»Ich hab es ihnen versprochen und was soll es auch bringen? Die Prophezeiung ist nicht eingetreten, das Leben geht weiter. So ist das.«

In diesem Punkt kann Rother seiner Frau nur zustimmen. Sie haben sich von Simon in die Irre leiten lassen. Er hat alle verrückt gemacht mit seiner Ankündigung der siebten Katastrophe und dem damit verbundenen

Weltuntergang, dem ganzen Gerede über die Wiederkunft! Lediglich 144.000 würden Heil erfahren. »So ein Quatsch«, denkt Rother und hofft inständig, dass der Spuk nun endgültig ein Ende hat und die Sache vom Tisch ist. Schon die Apokalypse und deren Folgen waren nicht Teil seines Plans und nun musste er sich auch noch mit dieser verdammten Prophezeiung auseinandersetzten. Sollte die Prophezeiung doch noch eintreten, würde die Kirchenmacht noch größer werden, er und seine Familie wären in Gefahr. Was, wenn Jesus ihn und seine Familie für seine Gier und seine Machenschaften bestrafen würde? Würde er zu den 144.000 Versiegelten gehören, die gen Himmel fahren? Vermutlich nicht! Doch sie ist nicht eingetroffen, trotzdem spürt auch er diese über allem hängende Ungewissheit.

Rother zwirbelt nervös an seinem Menjou-Bärtchen, wie ihn einst die Männer vor 200 Jahren getragen haben und geht gedankenversunken zurück ins Schlafzimmer. Den Generalschein hat er anscheinend schon wieder vergessen, zu sehr nimmt ihn jetzt dieser Gedanke ein. Doch da die Prophezeiung nicht eingetroffen ist, fürchtet er nun, dass sich das Volk gänzlich von der Kirche abwendet und es zu neuen, nie dagewesenen Unruhen kommen könnte. Unzufriedenheit aufgrund der verlorenen Hoffnung sowie enormer Widerstand wären die Folge. Und sollte diese doch eintreffen, hat sie vielleicht Unmut geweckt? Ein jeder rechnet dann mit seinem Ende und alles könnte schnell außer Kontrolle geraten. Er hasst Kontrollverlust! Die ganze letzte Woche hat die Familie deshalb auf der unterirdischen Basis verbracht, aus Angst, es könnte irgendetwas passieren. Doch nichts ist geschehen und erst seit zwei oder drei Tagen stellt sich wieder etwas Alltag ein.

Trotzdem möchte Rother die Andacht nicht verpassen. Die Neugier treibt ihn an. Wie sich wohl die Kirche aus dieser Blamage herausretten wird?! Schon sieht er das peinlich berührte Gesicht von Gebietsapostel Gabriel vor sich, wie er den oberen Schichten dieses Dilemma zu erklären versucht. Gabriel ist der Gebietsapostel von Sektor 1 und da auch viele im Reichensektor gläubig sind, hören sie auf ihn. Rother öffnet den weißen Bademantel mit dem goldenem Dreieck auf der Brusttasche und betrachtet seinen hageren, aber durchtrainierten Körper eitel im Spiegel. Dann streicht er sich mit einer Handvoll gut duftendem Gel das noch volle, graue Haar aus seinem europäischen Gesicht. Er sieht immer noch ganz gut aus, findet er und tatsächlich hat er etwas von Sky Dumont, nur dass er kräftiger wirkt.

Er wäscht sich gründlich seine Hände, da fällt ihm plötzlich der Generalschein wieder ein und er läuft zurück in den Gang. »Frag die Mädchen, ob sie den Ausweis gesehen haben... und Teresa!«, schreit er in Richtung Küche. »Wenn ich zurück bin, ist der Schein da!«, dann geht er erleichtert, wieder wissend warum er verärgert war, zurück in die Schlafgemächer mit angrenzendem Kleiderzimmer und zieht den weißen Anzug an, der schon bereit liegt.

Yan-Jie öffnet rabiat ohne Vorwarnung die Tür zum Kinderzimmer, ein ca. 60 Quadratmeter großer Raum mit weißem Teppich und weißen Möbeln. Ein pinker, runder kleiner Läufer vor Luises Bett ist der einzige Farbtupfer, für den Luise tagelang betteln musste. Es liegt kein Spielzeug herum. Keine Kuscheltiere, keine Puppen, keine Klamotten. Nichts verrät, dass hier ein heranwachsender Teenager wohnt, außer vielleicht der weiße, kleine Schminktisch an der rechten Wand, der voll mit Kosmetika ist und zu Luises absoluten Lieblingsstücken zählt. Oft schminken sich die Mädchen wie kleine Mangapüppchen zum Leidwesen ihrer Eltern und ziehen sich bunte Perücken an, die sie in den Malls heimlich gekauft haben. An der Stirnseite des Zimmers befindet sich auch hier eine riesige Fensterfront mit Blick über die Stadt. Luise hat schon viele Stunden vor den Fenstern verbracht und über die Ungerechtigkeit in dieser Welt nachgedacht.

Die beiden Freundinnen sitzen auf der Bettkante und sehen Yan-Jie erschrocken an. »Hast du den Generalschein deines Vaters gesehen?«, fragt Yan-Jie streng und sieht die Mädchen durchdringend mit ihren kleinen Augen an, so, als wäre sie der Lügendetektor in Person. Luise ist eigentlich eine schlechte Lügnerin und dieser Blick macht sie nervös, doch angesichts der Größe ihres Vergehens, reagiert sie unverhofft souverän.

»Nein, ich war doch schwimmen. Den hat er bestimmt irgendwo verlegt«, antwortet sie so leicht, wie es ihr möglich ist und zu ihrer eigenen Verwunderung klang es überzeugend. Außerdem ist auch ihr die Vergesslichkeit ihres Vaters nicht entgangen. Yan-Jie schließt überzeugt die Tür und lässt die beiden allein. »Gleich gehen die!«, flüstert Luise ihrer Freundin zu.

Still und leise lauschen die Mädchen weiter nach jedem Geräusch in der Wohnung. »Ich glaube sie sind weg«, sagt Luise, als sie die Fahrstuhltüren hört. Wie immer sind ihre Eltern gegangen, ohne sich von ihr zu verabschieden. Sonst verpasst ihr das immer einen kleinen Stich ins Herz, doch heute nicht, dazu ist sie zu aufgeregt. Und im Laufe der Jahre hat sie sich auch daran gewöhnt, keinerlei körperliche Nähe mit ihren Eltern zu teilen. Umarmungen und Verabschiedungen gibt es im Hause Rother nicht.

Vorsichtig öffnet Luise die Kinderzimmertüre und späht hinaus. Die Luft ist rein! Im Wohnzimmer bedient sie als erstes die Fernsteuerung und öffnet ein 3D-Hologramm, das über der Sofalandschaft erscheint. »Gebäudeüberwachung«, ruft sie ein Programm am Bildschirm auf und sofort erscheinen auf dem Hologramm die Bilder der Überwachungskameras. »Kamera 4«, gibt sie weiter ein und zu sehen sind ihre Eltern, wie sie schweigend nach unten fahren.

»Hast du das Narkotikum?«, fragt Annabell sie.

»Noch nicht, aber gleich. Wir treffen uns in der Küche!«

Während Annabell in Richtung Küche geht, huscht Luise in das Schlafzimmer ihrer Eltern mit angrenzendem Badezimmer. Im Schrank ihres Vaters befindet sich eine ganze Apotheke mit sauber aufgereihten Dosen und Fläschchen, alle fein säuberlich etikettiert. Hypochondrisch und narzisstisch wie ihr Vater ist, findet sich hier alles: von Schmerzmittel bis hin zu allen möglichen Anti-Aging Produkten. Ihrem Vater fällt es schwer, alt zu werden und obwohl sein Körper schon deutliche Verschleißspuren aufweist, versucht er, diese mit solchen Mitteln zu bekämpfen, was nur bedingt gelingt. Zielsicher greift sie nach einem Fläschchen und lässt es in ihrer Rocktasche verschwinden.

In der Küche hat Annabell währenddessen versucht,

Teresa die Küchengeräte zu erklären, mit denen diese seit Jahren im Clinch liegt. »Hier musst du drücken und dann die Essensbestellung aufgeben«, schiebt sie Teresa zur Seite. »Setzt dich einfach. Wir bringen dir einen Kakao.« Doch Teresa ist viel zu pflichtbewusst und wischt mit einem Lappen über die blitzblanken, weißen Arbeitsflächen. Erst als Luise zurück ist und sie eigenhändig zum Tisch führt, setzt sie sich mit der halben Pobacke auf den Rand eines Stuhls.

»Entspann dich, wir machen uns selbst Frühstück.«

»Gracias hija.«

Zurück in der Küche, träufelt sie eine Flüssigkeit in den für Teresa vorgesehenen Kakao. »Hoffentlich ist das nicht zu viel?«, überlegt sie laut und schaut Annabell fragend an, die ihr gefolgt ist. Doch diese weiß es auch nicht so genau und wackelt nur zweifelnd mit dem Kopf. Luise rührt das Narkotikum in die Tasse, pustet ihn noch etwas kühl, bevor sie ihn Teresa vor die Nase stellt. »Gracias mi hija«, seufzt diese dankbar und nippt an dem heißen Getränk. Die beiden Mädchen mustern sie erwartungsvoll. Es dauert keine Minute, bis ihr Kopf schlafend auf die gläserne Tischplatte sinkt. Verantwortungsbewusst prüft Annabell ihren Puls.

»Alles okay, sie schläft nur tief und fest. Los jetzt, wir haben knapp drei Stunden!«, leitet Annabell die Mission »Stadt« ein. Blitzartig wirbeln die Mädchen durch die Wohnung. Sie ziehen sich die ältesten Klamotten an, die Luise finden konnte und von denen sie denken, dass diese tauglich für die Stadt sind, packen den Rucksack mit geklauten Militäroveralls und wollen schon die Wohnung verlassen, da fällt Luise noch etwas ein: »Warte, die

Chips! Wir brauchen was zum Rausschneiden und Verbandszeug!« Das hätten sie in der Aufregung fast vergessen! Eilig laufen die Mädchen zurück ins Badezimmer. Luise fischt Verbandszeug und eine Rasierklinge aus den vollgestopften Schränken. Ohne zu zögern, schneidet sich Annabell einen tiefen Schnitt an der Stelle wo ihr RFID-Chip sitzt. Vorsichtig zieht sie den Chip mit einer Pinzette heraus und wirft ihn ins Klo. Luise streckt ihr ihren Arm hin: »Mach du, ich kann kein Blut sehen.« Und schon dreht sie ihren Kopf weg, während Annabell ihr den Chip rausschneidet.

Luise kann Blut oder Verletzungen jeglicher Art nicht sehen. Dabei bekommt sie immer weiche Knie. Selbst bei Filmen muss sie an blutigen Stellen ihre Augen zuhalten. Sie ist empathisch wie ein Schwamm, der alle Gefühle und Emotionen seiner Mitmenschen aufsaugt und mitfühlt. Oft ist es ihr selbst zu viel, aber bisher hat sie kein Mittel dagegen gefunden. Annabell hingegen hat sich schon immer für Medizin und den menschlichen Körper interessiert und schneidet ihr gekonnt den Chip aus dem Arm.

»Jetzt können wir Blutsbrüderschaft schließen.« Lachend legen die Mädchen ihre Arme aneinander, bevor sie sich die Wunden notdürftig verbinden.

»Schwestern?«

»Schwestern!«

Dann eilen sie zum Fahrstuhl. Luise hält den Ausweis ihres Vaters an einen Scanner im Inneren und drückt auf Ebene 7, die für sie verbotene Ebene. Immer wieder steigen Männer des Militärs zu und wieder aus. Keiner wundert sich über die Mädchen, schließlich hat der gesamte

Sektor die letzte Woche auf der unterirdischen Basis verbracht. Kurz bevor der Aufzug auf Ebene 5 hält, drückt Annabell auf den Stopp-Knopf. Luise sieht sie fragend an.

»Was machst du, warum hältst du an?«

Annabell flüstert Luise mit Blick auf die Kamera zu: »Wir müssen uns umziehen, bevor wir auf der 7 sind, da würden wir in Zivilkleidung nur auffallen.«

Annabell hat wirklich an alles gedacht, muss Luise anerkennend feststellen. Die Mädchen beginnen ihre weiße Kleidung zu wechseln. Beide tragen unter ihren T-Shirts Unterhemden aus Nanopartikeln mit mikroverkapselten Medikamenten, die auch kugelsicher sind. Das gehört zur Standardkleidung unter den Reichen und die wollen sie sicherheitshalber anlassen. Nichts fürchten sie mehr, als sich in der Stadt mit irgendwelchen Krankheiten anzustecken. Sie schlüpfen in die blauen Overalls, die auf der rechten Brustseite ein umgekehrtes orangenes Dreieck aufweisen und die das Erkennungszeichen der Schildberger sind. Ihre Haare lassen sie unter den Kappen verschwinden, verstauen die restliche Kleidung im Rucksack und fahren weiter zu Ebene 7.

Dort angekommen erstreckt sich vor Ihnen ein ca. 500 Meter langer Gang aus Beton. Rechts und links gehen Türen zu einzelnen Laboren ab und am Ende des Gangs ist eine riesige Stahltür zu sehen, über der in Leuchtbuchstaben »Arche« steht. Die Mädchen rennen den langen Gang runter, bis sie vor der riesigen Stahltür stehen, rechts davon ist ein Scanner angebracht. Kurz stockt ihnen der Atem. Luise hält den Ausweis gegen den Scanner und das Tor öffnet sich. Vor ihnen liegt eine riesige, hell erleuchtete Halle. Links sind an die hundert Hybridautos geparkt, dahinter ein Magnetzug und vor ihnen eine Straße, die tief in ein Tunnelgeflecht führt und immer schmäler wird. Männer und Frauen in den gleichen Overalls wie sie die Mädchen tragen laufen geschäftig hin und her. Die Freundinnen ziehen sich ihre Kappen tief ins Gesicht und mit gesenktem Haupt gehen sie auf einem Gehweg entlang, rechts neben der unbefahrenen Straße. Sie versuchen, zielstrebig zu wirken, auch wenn sie nicht wissen, wohin der Tunnel führt. Zwei Männer gehen haarscharf an ihnen vorbei. Man grüßt sich flüchtig. Die Mädchen fallen nicht weiter auf, es ist nicht ungewöhnlich, Frauen im Militär zu haben, im Gegenteil, und Annabell mit ihren 1,70 Metern und schon sehr fraulichen Rundungen wirkt ohnehin älter als sie eigentlich ist.

Endlich haben sie die helle Halle hinter sich gelassen und biegen in einen weiteren, noch dunkleren Tunnel ein. Nachdem sie eine ganze Weile in den immer dunkler werdenden Tunnel gelaufen sind, stoppt Annabell plötzlich ihre Freundin.

»Da rechts die Tür, siehst du?«, Annabell deutet auf eine Stahltür die rechts, etwas zurückgesetzt, in einer Nische liegt. Luise will die Tür aufziehen, doch sie ist verschlossen. »Nimm den Ausweis«, zischt Annabell ihr zu.

Luise führt den Ausweis an den Scanner rechts neben der Tür und die Tür öffnet sich. Wieder landen die Mädchen in einem Tunnel. Der Tunnel ist wesentlich enger. Annabell zieht einen Leuchtstab aus ihrem Rucksack. Vorsichtig gehen sie weiter. Ihr wird mit jedem Schritt unheimlicher.

»Bist du sicher, dass wir hier lang müssen?«, fragt Luise ihre Freundin verunsichert.

»Laut meiner Berechnung und den alten Bauplänen schon«, entgegnet diese und auch in ihrer Stimme schwingt etwas Angst mit, auch wenn sie gut vorbereitet zu sein scheint.

Nach einer gefühlten Stunde Marsch bleibt Annabell abrupt stehen. Vor ihnen gabelt sich der Tunnel in zwei Wege. Für die Strecke haben sie jetzt schon 20 Minuten gebraucht. Sie müssen unbedingt pünktlich zurück sein, bevor ihre Eltern merken, dass sie in die Stadt gegangen sind. Luise überkommen jetzt ernsthafte Zweifel:

»Sollen wir nicht besser umkehren?«

Doch Annabell will die Sache unbedingt durchziehen.

»Nein. Jetzt sind wir schon so weit gekommen. Lass uns umziehen, ich hab das Gefühl, wir sind bald da und wir können ja schlecht in diesen Overalls in den anderen Sektoren rumlaufen.«

Annabell hat wirklich an alles gedacht. Die Mädchen wechseln schweigend ihre Kleidung, ganz wohl ist ihnen nicht in ihrer Haut. Das Ungewisse erscheint ihnen jetzt doch sehr mächtig.

»Hast du eigentlich an die Prophezeiung geglaubt?«, unterbricht Luise die Stille.

»Ich weiß nicht, du?«

»Eigentlich nicht, meine Eltern glauben nicht an Gott.«

»Meine schon«, antwortet Annabell nachdenklich.

»Aber an irgendeine Gerechtigkeit hab ich schon geglaubt. Die ganzen Katastrophen und so, das fällt ja auf uns Menschen zurück. Ich denke, dass wir selber daran schuld sind«, sagt Luise ernst, will aber nicht weiter auf das Thema eingehen, weil es sie traurig machen und ablenken würde.

»Lass uns weitergehen – rechts oder links?«

Sie entscheiden sich für links, da nach Annabells geographischem Gedächtnis Sektor 3 dort liegen müsste. Luise öffnet eine weitere Stahltüre mit dem Generalschein und auf einmal stehen die Mädchen mitten in der Stadt, in Sektor 4, in einer kleinen Seitengasse. Der Gestank der Stadt schlägt ihnen entgegen und unwillkürlich halten sich beide die Nase zu.

»Wir müssen uns merken, wo die Türe ist. Viel Zeit haben wir nicht mehr«, stellt Luise beunruhigt fest und muss ihren Brechreiz unterdrücken.

»Wir machen nur eine kleine Runde, ich glaube wir sind in Sektor 3, siehst du das Gebäude?«, dabei zeigt Annabell auf das Pharaohaus, das sich ganz in der Nähe erhebt. Doch sie irrt sich, die Mädchen sind mitten in Sektor 4 gelandet.

»Wir haben es geschafft!«, freut sich Annabell und schlägt mit ihrer Freundin ein. »Spürst du den Wind?«

»Fühlt sich toll an!«

Annabell hat sich in die Mitte der Gasse gestellt und lässt den Wind mit ihren roten Haaren spielen.

»Was für eine Kraft!«, jubelt sie.

Noch nie hat sie Wind, Luft oder Sonne gespürt. Sie fühlt sich plötzlich unheimlich lebendig. Zum ersten Mal in ihrem Leben erleben die Mädchen die Natur am eigenen Leib. Luise ist zwar ängstlich, aber dennoch neugierig. Mit vorgehaltener Hand ist sie bis zum Ende der Gasse gegangen, dorthin, wo die große Straße beginnt. Der Gestank ist wirklich fast nicht auszuhalten. Plötzlich macht es einen Knall und ein Windstoß schlägt die Stahltüre zu. Die Mädchen sehen sich erschrocken an. Luise ist zurückgelaufen. Annabell sucht die Wände nach einem Schlitz oder Ähnlichem ab. »Ich finde keinen Scanner, keinen Schlitz für den Generalschein!« Nervös rütteln sie an der Türe, doch nichts tut sich! Die beide Mädchen versuchen, die Türe mit Gewalt zu öffnen, jedoch erfolglos. Ratlos sehen sie sich an.

»Und jetzt?«, fragt Luise verstört.

»Keine Ahnung, hier kommen wir auf jeden Fall nicht zurück! Wir müssen durch die Stadt«, sagt Annabell ganz ruhig, obwohl auch sie einen Anflug von Panik verspürt.

»Bist du verrückt? Das ist viel zu weit und dauert ewig. Wir haben jetzt nur noch knapp zwei Stunden!«

Sie versuchen ein letztes Mal, die Türe zu öffnen, bevor sie aufgeben und sich auf den gefährlichen Weg durch die Stadt machen.

Stammapostel Simon steht schwitzend und kurzatmig vor einem pompösen, barocken, bodenlangen Spiegel, der mit Blattgold üppig veredelt ist und betrachtet sich zum ersten Mal seit Tagen. Allein der Wechsel in ein frisches Unterkleid hat ihn viel Kraft gekostet, denkt er. »Nun mach schon Maria! Wo ist meine Kutte?« Für seine 80 Jahre hat er eine erstaunlich laute und feste Stimme. Stets harsch gegenüber seinen Untergebenen. Mit seinen speckigen, groben Fingern, die mit wertvollen Ringen verziert sind, fährt er sich über den ungesund wirkenden und von Gasen aufgeblähten Bauch. Sein kaum noch vorhandenes, graues, schütteres Haar ist zu einer Tonsur rasiert, kahlgeschoren bis auf einen dünnen, schmalen Rand, der sich fast rundherum um den Schädel zieht. Nur die Stirnseite ist unbedeckt, aufgrund seines natürlichen Haarausfalls. Er ist wahrlich keine Schönheit, muss er immer wieder selbst feststellen. Seine Nase ist klobig und rot geädert, vermutlich vom vielen Wein, den er bei jedem Abendmahl reichlich zu sich nimmt und die im starken Kontrast zu seinen kaum vorhandenen Lippen steht. Seine Statur, er ist fast zwei Meter groß, wirkt mächtig. Seinen Gang unterstreicht er mit ausladenden Armbewegungen, sodass man fast gezwungen ist, zur Seite zu gehen, wenn er einem entgegenrollt und dabei aussieht wie ein tanzender Bär. Dazu seine strengen, durchdringenden Augen, die ihr Gegenüber immer zu sezieren scheinen und auf jeden angsteinflößend wirken. Man verneigt sich fast automatisch vor ihm und dieses Machtgefühl lässt ihn sich selbst manchmal doch als schön empfinden. Doch heute fühlt er sich erbärmlich klein und am liebsten hätte er sich zurück in sein Bett verkrochen. Seit ein paar Tagen plagen ihn wieder extreme Bauchschmerzen. Fast dachte er schon, er hätte seinen Darmkrebs überwunden, doch die Ereignisse und der Druck, den er von allen Seiten abbekommt, haben ihm schwer zugesetzt und es geht ihm gesundheitlich merklich schlechter.

Er kann nicht glauben, dass die Prophezeiung bis heute nicht eingetroffen ist! Was war nur passiert? Alle Berechnungen seiner Propheten wiesen auf letzten Sonntag hin. Seit Monaten predigt er dem Volk die Wiedergeburt Christi und die damit verbundene Himmelfahrt der 144.000. Immer mehr Schäflein konnte er so um sich scharen und auch die immense Spendenwilligkeit erfreute sein Herz. Selbst Rother hat eine beträchtliche Summe springen lassen. Wie ein Idiot war er und damit die ganze Kirche letzten Sonntag dagestanden! Und was soll er jetzt predigen? Während normalerweise in jeder Kirche weltweit die gleiche Predigt abgehalten wurde, kam von oberster Stelle diesmal nur der Rat, die Menschen zu beschwichtigen und ihnen weiter Hoffnung auf Erlösung zu geben. Er spürt deutlich den Argwohn, der ihm seit einer Woche selbst unter seinen treuesten Anhängern entgegengebracht wird und ihm, immer deutlicher, auf den Magen schlägt. Seit letztem Gottesdienst hat er seine Gemächer nicht mehr verlassen und entgegen dem Rat seines Arztes zu viel gegessen. Auch aus seinem Nachtgewand war er seither nicht mehr zu bekommen.

Maria, seine getreue Dienerin, hat ihm die schwere Robe aus dem Schrank geholt und wirft sie ihm über die Schultern. Sie versucht, seine Arme in die dafür vorgesehenen Schlitze zu schieben. Aufgrund seiner aktuellen Störrigkeit keine leichte Aufgabe. »Au!«, schreit er sie an, begleitet von einem heftigen Schlag gegen ihren Oberarm. Maria reagiert stoisch, so, als wäre nichts gewesen, obwohl sie den blauen Fleck, denn sie morgen haben wird, schon jetzt spürt. Sie verliert kein Wort und verzieht keine Miene. Mit Eifer arbeitet sie an ihrer Demut und an ihrem Glauben. Je schwerer die Prüfung, desto härter arbeitet sie daran und desto grauer wird sie. Die letzte Woche war eine harte Prüfung! Der besoffene Simon war kaum aus dem Bett zu kriegen. Johann und zwei weitere Jungapostel mussten ihn hieven und den langen Gang zur Toilette mit ihm machen. Oft schafften sie es nicht und Maria musste das Malheur entfernen, bis sie ihm eine Bettpfanne brachte, was Simon zu schätzen wusste. Fortan verließ er sein Zimmer gar nicht mehr. Als seine engste Vertraute bekam sie am meisten von seiner Übellaunigkeit ab. Manchmal warf er auch wild Dinge nach ihr oder schlug sie, nicht fest und immer nur mit der Hand auf den Arm, aber die Ringe tun weh. Jedenfalls war die letzte Woche die härteste, die sie je erlebt hat und das sieht man ihr auch an. Sie scheint in kürzester Zeit um Jahre gealtert zu sein. Und obwohl sie erst 45 Jahre alt ist, wirkt sie wie eine Oma. Trotz allem ist sie Simon zutiefst ergeben, ja dankbar, und hält nun noch eiserner an der Idee fest, dass sich Simon und seine Astrologen nur verrechnet haben. Sie glaubt an die Prophezeiung und hofft insgeheim, auch zu den 144.000 zu gehören, die aus diesem Leben befreit werden. An was hätte sie auch sonst glauben sollen?! Die Kirche und Simon sind das einzige, was ihr noch geblieben ist. Und so dient sie ihm weiter demütig. Ihr dünnes Haar ist stets streng zu einem Knoten nach hinten gebunden, selbst ihre Augen schimmern grau, ohne jedes Funkeln. Immer trägt sie ein dunkles, hochgeschlossenes Kleid, darüber eine taubenblaue Schürze, über der sie meist die Hände gefaltet hält, so, als wäre sie im Dauergebet.

»Wo ist Johann?!«, faucht Simon weiter und lässt seinen schweren Körper nach der anstrengenden Anziehprozedur laut stöhnend in einen thronähnlichen Stuhl sinken. Am liebsten würde er weiter seine Wunden lecken, stattdessen muss er jedoch vor die Gemeinde treten und weiß gar nicht, was er ihr sagen soll. »Wo ist der Junge?!«, schreit er hilflos herum und es klingt so, als wolle er sich an irgendeinen Strohhalm klammern. In dem Moment steckt auch schon Johann seinen Kopf zur Türe herein. Er zieht einen Schemel heran und setzt sich zu Simons Füßen. Vorsichtig versucht er, den engen, roten Lackschuh über den geschwollenen Fuß zu stülpen. »Was hast du mir gebracht?«, fragt Simon, während er mit Daumen und Zeigefinger Johanns Kinn aufrichtet und ihn durchdringend ansieht. Der Anblick erhellt sein Gemüt ein wenig. Johann zieht einige Schmuckstücke aus seiner Rocktasche und legt sie Simon in den Schoß. Missmutig betrachtet dieser die Opfergaben. Eine Kette aus Gold, nichts Besonderes aber immerhin Gold, drei silberne Löffel, ein paar Münzen. »Das ist alles?«, fragt er freudlos. Johann nickt stumm. Er hat keine Angst mehr vor Simon, wohl auch deshalb, weil dieser ihn schon seit mehr als zwei Jahren nicht mehr unsittlich angefasst hat. Wahrscheinlich war er Simon zu alt geworden, vermutet er. Und würde er es wagen, würde er Simon eine auf die Schnauze hauen, oder Schlimmeres! Da ist er sich sicher. Dass Simon ihn noch nicht verbannt hat, hat er einzig seiner Schönheit zu verdanken. Und er weiß damit zu kokettieren und sie für sich zu nutzen, deshalb sieht er ihn so unschuldig und kindlich wie möglich an.

»Wird auch immer weniger, diese Abtrünnigen! Undankbares Volk…!«, flucht Simon weiter, während Johann den schweren Mann endlich in den engen Schuhen hat und aus dem Sessel heraufzieht, bevor er ihn auf die Beine stellt. »Lasst uns gehen, ihr seid spät dran«, schnauft Johann, fast erdrückt von dem Gewicht, das schwer über seiner Schulter hängt. Wieder hat er etwas von den Opfergaben unter seinem Rock verschwinden lassen und möchte Simon schnell loswerden. Mittlerweile hat er sich heimlich ein kleines Vermögen zusammengestohlen. Und auch deshalb wird er von Cyber »Ratte« genannt – vor ihm hat er es nicht verheimlicht, im Gegenteil, er versorgt ihn mit. Vielleicht hätte er doch damals mit ihm fliehen sollen, denkt Johann unter der schwitzenden Achsel Simons, die streng nach altem Mann riecht. Und trotz allem glaubt Johann an Gott, irgendwie! Und er betet viel, meist um Vergebung für seine sündigen Gedanken, die er gegenüber seinem »Bruder« hegt. Weitere Gedanken in sexueller Hinsicht verbietet er sich strikt. Wohingegen die, die an ein gemeinsames Leben mit zwei, drei Kindern von der Straße, die sie einmal gemeinsam hüten würden, ausschweifend sind. Ein Schlag bringt ihn zurück in die Realität.

»Träum nicht! Steht mein Gefährt bereit?«

»Alles bereit«, erwidert Johann und stoppt vor der mit Holz vertäfelten Bücherwand, hinter der die verborgene Fahrstuhltür liegt. Bevor Simon auf den versteckten Knopf drückt, der die Wand öffnet, muss Johann normalerweise gehen. Er verabschiedet sich wie gewohnt, doch Simon hält ihn fest umklammert.

»Du kommst mit, vielleicht brauch ich dich!«

Johann spielt würdige Anerkennung vor, als Simon vor seinen Augen die Türe öffnet. »Großes Vertrauen, das mir Simon in diesem Augenblick entgegenbringt«, denkt er mit ein wenig Stolz. Auch wenn er das Versteck des Knopfes längst kennt und auch das Geheimnis hinter dieser Tür, zu der sonst nur noch der Privatsekretär von Simon Zutritt hat, sieht er ihn, die Geste würdigend, dankbar an. Kaum öffnet sich die Wand und die dahinterliegende, stählerne Fahrstuhltür, steht der Sekretär auch schon vor ihnen und hält für Simon einen schwarzen

Gehstock mit einem klobigen, goldenem Griff bereit. Der Sekretär, ein kleiner, schmächtiger Mann um die 70 mit Nickelbrille und Luchsaugen, mustert Johann argwöhnisch aus dem Schatten seiner Kapuze, während er Simon den Stock hinhält. Johann schlägt mit triumphierendem Grinsen zurück und besteigt, wie selbstverständlich, mit Simon den Fahrstuhl. Jede Erweiterung seiner Befugnisse ärgert den Sekretär und freut Johann. Während die drei nach unten fahren, greift Simon nach dem Stock.

»Was soll ich damit? Hättet ihr keinen einfachen nehmen können?! Wie sieht das denn aus, angesichts der Lage?!«

»Ich dachte, weil es euch doch nicht so gut geht«, stottert der Sekretär, während er sich einen Schlag einfängt und den Stock wieder an sich nehmen muss.

»Ich laufe selber oder Johann stützt mich!«

Gekränkt sieht der Sekretär weg und schweigt schmollend. Die Ehre, ihn zu stützen, hätte ihm zu Teil werden sollen, findet er.

Der Fahrstuhl ist zum Stehen gekommen und die Türe öffnet sich. Vor ihnen steht ein weißes Hybridauto. Das Dach und die Fenster sind aus Panzerglas und die Sitzbänke mit rotem Samt überzogen. Früher zeigte Simon sich damit in der Öffentlichkeit und nannte es liebevoll sein Papamobil. Damals, als es noch Straßen gab. Doch das ist lange her, in der Stadt war er schon lange nicht mehr. Und seit sieben Tagen lässt er sich sowieso nicht mehr blicken. Weder auf dem Balkon noch in der Kirche. Zu groß ist die Angst vor der Reaktion des Volkes. Dementsprechend mulmig steigt er in den Wagen. Johann spielt abermals Erstaunen vor, dass er »offiziell« den geheimen

Tunnel gezeigt bekommt, den er aber schon längst selbst erkundet hat. Dennoch fühlt er sich wie auf ein neues Level gehoben! »Wow, sowas hab ich ja noch nie gesehen! Wohin kann das Ding überall fahren?«, täuscht Johann Überraschung vor. Fast klang es ein wenig zu übertrieben. Der Sekretär, immer noch gekränkt von der eben erhaltenen Demütigung, beobachtet ihn weiter misstrauisch, analysiert jede Geste. Johann war ihm schon immer ein Dorn im Auge. Schon oft war er ihm auf den Fersen, aber dieser entwischte ihm immer wieder durch irgendwelche geheimen Schlupflöcher. Und auf den Überwachungsvideos war immer nur die Apostelkutte zu sehen, kein Gesicht. Aber er war sich sicher, dass es Johann ist, der durch die Tunnel schlich. Er vermutet bei ihm auch alle verschwundene Gegenstände. Umso größer der Ärger, ihn jetzt nicht überführen zu können. Schweigend fahren sie durch den hell erleuchtenden Tunnel bis zu einer Wendeltreppe, die direkt zu einem kleinen Raum hinter der Kanzel führt. Dort angekommen, späht Simon, jetzt schon erschöpft, durch einen Spalt in der Tür in das Mutterschiff, wie er es nennt. Vielleicht weil er sich sonst so geborgen fühlt in seiner Kirche. Heute aber nicht. Heute hat er Angst.

Die Kirche war bereits eine halbe Stunde vor Beginn des Gottesdienstes bis auf den letzten Platz gefüllt. Sogar in den Gängen stehen Männer, Frauen, Kinder, Apostel und warten auf Simon und seine Predigt. Die Stimmung ist aufgeheizt. Mit letztem Sonntag hat Simon ihnen die Hoffnung auf Erlösung genommen. Und hier auf Erden war das Ende abzusehen, wenn nicht durch die Prophezeiung, so doch durch weitere Katastrophen, die immer schlimmer und häufiger wurden. Die durchschnittliche Lebenserwartung liegt bei 36 Jahren und sinkt von Jahr zu Jahr. Und was haben sie sich alle schon Wochen davor Mühe gegeben, noch schnell ein guter Mensch zu werden und ein Ticket zu erhalten, um in den Himmel aufzufahren. Sie hatten gefastet, gebetet, sich geläutert, gebeichtet, geholfen und in Demut gelebt. Und das alles soll umsonst gewesen sein?! Jetzt sind sie enttäuscht, wütend und hoffnungsloser als jemals zuvor. Nicht einmal auf das Ende war Verlass.

Um 10.00 Uhr beginnt der Gottesdienst mit dem Einzug der Amtsträger. Rechts und links an den Säulen wird mittels eines Projektors die aktuelle Lied- bzw. Bibelstelle projiziert, sodass jeder mitsingen kann und die richtige Stelle in der Bibel findet. Heute wird der Einzug der Amtsträger mit dem Lied »Sei uns gegrüßt, Du Fürst des Lebens / Jesus erstandener Siegesheld / … Du brichst auf ewig des Todes Ketten / willst auch als Fürst des Lebens heut / Menschen von Sünden und Tod erretten / in der Apostel Wirksamkeit« eröffnet. Stammapostel Simon betritt ohne Johann und ohne Gehstock die Kanzel. Wie ein geschlagenes Tier schleppt er sich zu dem Mikrofon und rückt es umständlich zurecht.

»Meine Andacht steht heute im Zeichen der Verstorbenen, die noch Heil und Sündenvergebung finden können«, beginnt er umständlich, nach Worten suchend. »Wir Apostel sind die Gesandten Christi, die, wie er, in die Bereiche der Toten hineinzuwirken vermögen. Mit seiner Vollmacht ausgestattet, vermitteln wir zum Wohl für die gesamte Menschheit den Zugang zu den Verdiensten Christi, also für Lebende und Tote.« An den Säulen leuchtet in hellgrüner Schrift die Bibelstelle, die die Gemeinde aufschlagen soll.

(1. Petrus 4,6) »Denn dazu ist auch den Toten das Evangelium verkündigt, dass sie zwar nach Menschenweise gerichtet werden im Fleisch, aber nach Gottes Weise das Leben haben im Geist.«

»Buh«-Rufe gehen durch die Menge, begleitet von immer der gleichen Frage, warum er nicht gekommen ist? Stammapostel Simon ringt nach Luft, sein Gesicht ist rot angelaufen. Schnell kommt er zum nächsten Punkt seiner Predigt: Die stellvertretende Spendung der drei Sakramente (Taufe, Versiegelung, Abendmahl) für die Entschlafenen. Die Handlungen werden stellvertretend an zwei Sektorenaposteln vollzogen, die rechts und links von der Kanzel sitzen. Stammapostel Simon legt ihnen dazu die Hände auf und spendet den Verstorbenen so die drei Sakramente. Die Heilige Wassertaufe, die Heilige Versiegelung und das Heilige Abendmahl. Nur die Sektorenapostel und er haben die Vollmacht zum Erlösungsdienst an den Toten.

Gerade will er die Zeremonie mit den Worten beenden: »Und nun feiern wir das Heilige Abendmahl!«, da geht eine Unruhe durch die Menge, wie eine Welle, bis sie schließlich die vorderen Reihen erreicht. Alle reden aufgeregt durcheinander und blicken auf die Säulen, die Simon von der Kanzel aus nicht einsehen kann.

»Was ist los?«, fragt er den Sektorenapostel zu seiner linken, aber dieser weiß es auch nicht.

Die Gemeinde ruft: »Seht nur, so seht doch! Es hat begonnen!« Simon eilt, so gut er kann, von seiner Kanzel und reiht sich unter die Gläubigen ein, die gebannt auf die Säulen starren. Dort leuchtet die Zahl 144.000 auf.

»Was soll das? Was ist das?« Er blickt hoch zu dem Apostel, der die Technik bedient, doch dieser zuckt nur mit den Schultern und bedeutet, nichts gemacht zu haben. Simon beeilt sich keuchend die Treppe zur Orgel hinauf, wo auch der Projektor steht. Er schubst den Apostel zur Seite. »Was machst du da?!«

Doch der völlig verwirrte Apostel beteuert nur: »Gar nichts, ich hab nichts gemacht.«

Kurzerhand reißt Simon den Stecker aus der Wand. Die aufgewühlte Gemeinde beobachtet ihn. Doch nichts tut sich, die Zahl leuchtet immer noch an den Säulenwänden, 144.000 dann zählt sie plötzlich runter: 143.999, 143.998, 143.997 usw. Es wird totenstill. Alle blicken sich um, ob jemand aus ihrer Mitte fehlt. Stammapostel Simon starrt ebenfalls ungläubig auf die Zahl. »Es hat begonnen, es hat tatsächlich begonnen«, murmelt er. Dann reißt er die Arme nach oben und ruft herunter zur Gemeinde: »Es hat begonnen! Jesus ist da! Die Versiegelten werden gen Himmel fahren! Preiset den Herren!« »Preiset den Herrn«, ruft die in Ekstase geratene Menge zurück.

> *»Denn also hat Gott die Welt geliebt, dass er seinen eingeborenen Sohn gab, damit alle, die an ihn glauben, nicht verloren werden, sondern das ewige Leben haben!« (Johannes 3,16)*

Zitiert Simon weiter lauthals. Von seiner Schulter fällt eine schwere Last, endlich ist die Erlösung da! Er hat es immer gewusst, Jesus wird kommen, die Zeichen waren deutlich, die Prophezeiung bewahrheitet sich. Er kann es selbst kaum fassen! Auch er hatte schon die Hoffnung aufgegeben. Den Tränen der Erleichterung nahe, steigt Simon die Treppe hinab. Die Gemeinde macht ihm Platz, fällt vor ihm auf die Knie und bekreuzigt sich ehrfürchtig. Ein jeder will seine Hand oder den Saum seines Gewandes küssen. Wie ein Messias schreitet Simon durch die Menge und lässt sich feiern. »Ich bin doch ein wahrer Prophet!«, denkt er, »aber warum heute? Und wo ist er?« Noch einmal blickt er auf die Zahl die stetig runterzählt. Eine Frau hält ihm ihr Baby hin, damit er es segnet. Simon starrt auf das Kind, als hätte er eine Erleuchtung.

»Wie alt ist er?«

»Zwei Monate und es ist ein Mädchen«, antwortet die Frau freundlich.

Simon gibt ihr ohne Segnung das Kind zurück, eilt zur Kanzel und verschwindet mit Johann und seinem Sekretär, so wie er gekommen ist.

Zurück im Herrenhaus läuft Simon aufgeregt hin und her und ruft nach Maria. Es gibt noch so viel zu tun, denkt er, während er weiter nach Maria schreit. Diese kommt kurze Zeit später zur Vordertüre herein, denn auch sie war in der Kirche, musste den Weg zurück aber über das ganze Gelände laufen. »Lass nach den Aposteln rufen! Sie sollen alle kommen. Ich habe große Neuigkeiten.« Maria eilt los, ohne weiter nachzufragen. Dann wendet sich Simon an seinen Sekretär: »Kommt, wir müssen eine Schaltung zu den anderen Stammaposteln herstellen. Schnell!«

»Und ich?«, fragt Johann.

»Du kannst gehen, aber bleib in der Nähe!«

Froh, endlich gehen zu können und das Diebesgut wegzuschaffen, eilt Johann zu seinem Zimmer.

Simon steigt mit dem Sekretär zurück in den Lift, der sie in die High-Tech-Schaltzentrale, die sich unterhalb des Tunnels befindet, bringt. Sein Sekretär fährt eilig die Systeme hoch. Auf den Bildschirmen tauchen die Kontinente auf. »Konferenzschaltung«, gibt er den Befehl ein und die Stammapostel der jeweiligen Kontinente erscheinen kurze Zeit später auf den Bildschirmflächen. Der Computer übersetzt simultan in die jeweilige Sprache. Simon sagt:

»Verzeiht, wenn ich euch aus dem Schlaf gerissen habe, aber ich habe etwas sehr Wichtiges mitzuteilen. Ich denke auch ihr habt die Zahl gesehen, die heute erschienen ist?«

Die Stammapostel bejahen in ihrer jeweiligen Sprache. Auch auf ihren Kontinenten ist, in verschieden Kirchen, die Zahl erschienen. Sie sind aufgeregt.

»Von jetzt an sind es nicht einmal mehr sieben Tage bis zur Errettung der 144.000 und bis zum Ende der Welt, richtig?«

Wieder bejahen die Apostel auf den Bildschirmen.

»Doch in einem Punkt haben wir uns geirrt.« Stammapostel Simon macht eine theatralische Pause. Er liebt es, im Mittelpunkt zu stehen und ist sich der Bedeutung seiner Aussage bewusst. Die Apostel sehen ihn erwartungsvoll an. »Bisher gingen wir davon aus, dass der Herr so auf die Erde kommt, wie er in den Himmel gefahren ist. Die Zeichen waren unmissverständlich und ich sage euch, er ist gekommen, doch nicht als Mann. Er ist so angekommen, wie er schon einmal gekommen ist, als Kind, als Wiedergeburt.«

Für einen Moment ist es ganz still. Dann sprechen alle durcheinander: »Ein Kind, der Menschensohn, ja natürlich!« »Wie kommt ihr darauf?« »Wir müssen das Kind suchen!« Stammapostel Simon ergreift wieder das Wort:

»Brüder, lasst uns das Kind finden, schickt eure Apostel aus, um nach ihm zu suchen, in jedem Winkel der Welt, in jedem Haus. Sucht nach dem Kind, einem Neugeborenen! Vielleicht ist es auch schon sieben Tage alt.«

Die Apostel sind aufgeregt, hatte doch jeder schon seine Zweifel an der Prophezeiung. Einige Anhänger sind bereits vom Glauben abgefallen, doch diese Botschaft gibt ihnen neue Hoffnung.

»Verkündet es in der Welt, sucht und bringt das Kind, denn es ist der Eine!«, endet Simon, verheißungsvoll, die Schaltung. Er spürt seine Lebensgeister zurückkommen und hat das deutliche Gefühl, kurz vor der Erfüllung seiner Wünsche zu stehen. Er wird dieses Kind finden und mit ihm die Erlösung! Sein Ende ist nah und sein Abgang wird ein Triumph! Er wird in den Himmel kommen, da ist er sich sicher! Und er sieht sich schon emporsteigen, mit dem Kind auf dem Arm.

Voller Elan fährt er zurück in seine Gemächer. Nach einer kurzen Verschnaufpause tritt er hinaus, eilt den langen Gang hinunter und betritt, nicht ohne sich noch einmal kurz zu sammeln, den großen Saal. In der Mitte des Raumes steht eine lange hölzerne Tafel, an der bereits seine elf Sektorenapostel sitzen und ungeduldig auf ihn warten. Die Wände sind reich mit Bildern verziert, die die Apostelgeschichte nacherzählen. An der Stirnseite des Saals hängt eine Abbildung der zwölf Apostel mit ihren langen Gewändern, an den Seitenwänden befinden sich kleinere Gemälde von Albrecht Dürer, die ebenfalls die Apostel zeigen. Simon nimmt an der Stirnseite des langen Tisches Platz, der Sekretär platziert sich dahinter.

»Brüder, ich habe euch zusammengerufen, um euch eine Botschaft zu überbringen. Die Zeichen haben wir alle gesehen und erwartet, dass Jesus vom Himmel steigt, sichtbar für jeden. Aber so ist es nicht.« Ein Raunen geht durch die Runde. »Er ist bereits da!« Wieder genießt Simon eine Pause und schaut sich triumphierend in der aufgeregten Runde um. »Ja, meine Brüder, er ist gekommen! Der Menschensohn, aber nicht in Form eines Mannes, sondern als Kind. Vielleicht schon vor sieben Tagen, aber er ist gekommen, so wie er einst kam!«

»Wie könnt ihr da so sicher sein?«, fragt einer der Sektorenapostel. »Und wie soll man ihn erkennen?« Stammapostel Simon schaut ihn durchdringend an.

»Wie könnt ihr daran zweifeln? Habt nicht auch ihr die Zeichen gesehen? Und erinnert euch an eure Berufung! Ein Apostel wird nicht geboren; ein Apostel ist ein Mann, der von Gott berufen und bestellt wird, von ihm mit einem Auftrag ausgesandt wird.«, zitiert er mit Strenge. Er will jeden Zweifel beiseite schieben, obwohl auch er nicht so genau weiß, wie er zu dieser neuartigen Einsicht gekommen ist. Der Apostel bereut seine Fragen bereits, denn Stammapostel Simon ist nun völlig in seinem Element. Um seine Schäfchen wieder auf den rechten Weg zu bringen, zitiert er weiter aus der Bibel:

»Das sagt, der da hält die sieben Sterne in seiner Rechten, der da wandelt mitten unter den sieben goldenen Leuchtern: Ich kenne deine Werke und deine Mühsal und deine Geduld und weiß, dass du die Bösen nicht ertragen kannst; und du hast die geprüft, die sagen, sie seien Apostel, und sind's nicht, und hast sie als Lügner befunden, und hast Geduld und hast um meines Namens willen die Last getragen und bist nicht müde geworden.« (Offenbarung 2,1-3)

Ein anderer Apostel wirft ein: »Warum hat er sich dann noch nicht gezeigt?«

Stammapostel Simon ist aufgestanden. »Steht nicht in der Bibel geschrieben, dass Jesus zuerst die Toten, die ihn als persönlichen Erlöser angenommen haben, auferstehen lässt und sie einen unverweslichen Körper erhalten. Und erst dann werden die Lebenden verwandelt werden. Also gehet hin und sucht mir das Kind. Verbreitet die Neuigkeit! Sucht in jedem Winkel und ruht nicht eher, bis ihr es gefunden habt! Ich will jeden Säugling einer Prüfung unterziehen.«

Die Apostel verabschieden sich, doch Simon hält den zweifelnden Apostel am Ärmel fest und bekreuzigt ihn und zitiert:

»Aber ich habe gegen dich, dass du die erste Liebe verlässt. So denke nun daran, wovon du abgefallen bist, und tue Buße und tue die ersten Werke!« (Offenbarung 2,4)

Der Apostel macht schuldbewusst einen Knicks und küsst geläutert Simons Hand zum Abschied. Euphorisch und von sich selbst und seinen heiligen Fähigkeiten völlig überzeugt, kehrt Simon in seine Gemächer zurück. Fast scheint er zu schweben. »Ich hatte recht in Allem!« Und er ist sicher, ein Kind von sieben Tagen suchen zu müssen.

Jo befindet sich immer noch in Sektor 3. Noch ein Sektor, den er durchlaufen muss, bis er endlich Sektor 2 erreicht hat. Mittlerweile scheint die ganze Stadt auf den Beinen zu sein. Es herrscht ein heilloses Durcheinander auf den Straßen und eine eigentümliche Anspannung. Da die Prophezeiung nicht eingetreten ist, scheint nun keiner mehr so recht zu wissen, was das Richtige ist. Jo, der sehr empathisch ist, spürt die nervösen Energien um sich herum und eine innere Leere, die ihn aufzufressen scheint und an nichts anderes mehr denken lässt, als an Drogen, Alkohol – Hauptsache es betäubt seine Gefühle. Seit gestern Abend hat er nichts mehr konsumiert und das spürt er jetzt schon deutlich. Seine Hände sind zittrig, die Gedanken fahrig. Er will jetzt endlich das Kind loswerden! Jo steuert direkt auf das Pharaohaus, am Ende eines großen Platzes, zu. Eine dreiflügelige Architektur, die nach oben spitz zuläuft und in der sich unzählige kleine Terrassenwohnungen verbergen. Er befindet sich mitten in der Trabantenstadt der Schichter. Die Wohnungen hier sind nur den Arbeitern des Reichensektors vorbehalten.

Jo läuft über den betonierten Vorplatz. Die vielen Augen, die aus den verhängten Fenstern blicken, meint er, trotz seiner Kostümierung, deutlich auf seinem Hinterkopf spüren zu können. »Ich hätte den Kleinen einfach seinem Schicksal überlassen sollen. Gesandter, dass ich nicht lache, jetzt hab ich das Baby auch noch am Hals!«, denkt er wütend über sich selbst, während er auf die Eingangstür des Gebäudes zusteuert. »Wir legen dich jetzt genau dort ab!«, spricht er dem Baby gut zu. »Und wenn sie es verkaufen oder schlimme Sachen mit ihm machen?«, fragt er sich kurz selbst, wischt diesen Gedanken aber sofort beiseite. Was geht das ihn an?! »Dem wird es hier schon gut gehen«, entscheidet er schließlich, packt das Baby aus dem Tragetuch und legt es sanft, mit seinem Fläschchen, vor die Eingangstür. Liebevoll tätschelt er den Kleinen noch einmal, bevor er sich schnell verabschiedet. »Nichts wie weg hier! Endlich eine Plage weniger«, denkt Jo erleichtert und will schon gehen, doch in dem Moment kommt eine Frau aus dem Gebäude und fängt sofort mit dem Schreien an:

»Was macht ihr hier?! Nimm deinen Balg mit! Erst Kinder machen, aber kümmern sollen wir uns dann darum! Wir haben genug mit unseren eigenen zu tun! Und ihr wollt Apostel sein?!« Die Frau schlägt wie wild auf Jo ein. »Schöne Apostel seid ihr! Nehmt euren Bastard wieder mit!«

Alle Beruhigungsversuche nutzen nichts und bevor die Frau noch weitere Schichter auf den Plan ruft, einige Fenster haben sich bereits geöffnet, packt Jo das Baby schnell zurück in das Tragetuch und lässt es unter seiner Kutte verschwinden. Er rennt zurück über den Platz, weg von der immer noch schreienden Frau.

Das Baby beginnt fürchterlich zu weinen. Den ganzen Weg hat es keinen Ton von sich gegeben und jetzt weint es so laut, dass Jo befürchten muss, aufzufliegen. Schnell steuert er auf den angrenzenden Park zu. Dort setzt er sich mit dem Kleinen auf eine Anhöhe und gibt ihm das Fläschchen. Sofort ist das Baby beruhigt. Jo befindet sich nicht weit weg von der Sektorengrenze und so beschließt er, das Kind mitzunehmen und erst einmal die Medizin zu holen. Mit Apostelkutte würde das ein Leichtes sein. Die Vorzüge seiner Tarnkleidung sind ihm bewusst geworden.

Als er die Grenzstraße erreicht, senkt er seinen Kopf und wird von der Miliz einfach durchgewunken und kann passieren. Endlich ist er in Sektor 2. Erleichtert sieht er sich um und wirft einen Blick auf das schlafende Baby unter seiner Kutte. Trotz der Lautstärke, die um ihn herum herrscht, ist es ruhig. Hier wimmelt es von Geschäften und kleinen Buden, die legalen und illegalen Handel betreiben. In kleinen Verschlägen werden Dosen und sonstige Abfälle zu Gebrauchsgegenständen verarbeitet. Es gibt tote Ratten am Spieß, gehacktes Hundefleisch und Fledermäuse, Kakerlaken und sonstige Insekten zum Essen. Es wird einfach alles angeboten. Jo schiebt sich durch das Gedränge. Er muss nicht lange nach einer kleinen Apotheke suchen. Ein rotes Kreuz auf der Hausmauer kennzeichnet diese deutlich.

Wie bei fast allen Geschäften sind die Fenster vergittert, aus Angst vor Überfällen und Plünderungen. Verkauft wird durch ein ebenfalls vergittertes Fenster und vermutlich mit einer Waffe in der Nähe. Jo senkt seinen Kopf, zieht die Kapuze tief in die Stirn, um nicht erkannt zu werden und tritt an das Fenster heran. »Wie kann ich euch helfen?«, fragt ihn der Verkäufer freundlich, der vermutlich indischer Herkunft ist. Der Mann trägt einen gelben Turban, hat schöne schokoladenbraune Haut, seine Zähne wirken ungewöhnlich weiß und seine vollen Lippen sind umrahmt von einem langen schwarzen Bart, der am Ende zu einem Knoten zusammengebunden ist. Wäre da nicht der lange Bart, würde Jo ihn jünger schätzen als er vermutlich ist.

»Ich brauche Medizin, verehrter Herr.« Jo muss sich ein Grinsen verkneifen, als er sich selbst sprechen hört. Wie gut er doch spielen kann, denkt er. Nur den Kopf darf er nicht heben, sonst würde der Inder seine immer noch bemalten Augen sehen. »Irgendetwas gegen Fieber und Bauchschmerzen. Es geht um ein Kind. Habt Erbarmen«, sagt er und bekreuzigt sich.

»Hm, Geld habt ihr vermutlich keines dabei?«, entgegnet ihm der Inder.

Jo schüttelt den Kopf. »Gott wird es euch danken.«

»Götter gibt es viele. Aber ich will sehen, was ich für euch tun kann.«

Der Inder verschwindet zwischen den Regalen und sucht nach dem passenden Medikament. Jo wartet nervös und wippt hin und her, denn das Baby unter seiner Kutte wird unruhig und tritt gegen seinen Bauch.

»Hier, bereitet einen Tee daraus zu und trinkt ihn mehrmals am Tag, dann sollte das Fieber rasch verschwinden.« Der Inder überreicht Jo einige Eukalyptusblätter.

Jo lässt die Blätter unter seiner Kutte verschwinden und bedankt sich, dabei blickt er den Inder aus Versehen an.

»Hey, du bist gar kein Apostel! Na warte!«

Schon zieht er ein Gewehr unter dem Tresen hervor und zielt auf Jo. Dieser rennt davon und hört noch, wie hinter ihm der Inder immer wieder schreit und schießt: »Ein falscher Apostel, haltet ihn, haltet den Dieb!« Eine Kugel trifft ihn am Rücken. Er spürt es deutlich. Ein harter, dumpfer Aufprall. Kurz kommt er ins Straucheln, fängt sich aber wieder und läuft weiter. Mittlerweile hat der Inder seinen Verschlag verlassen und hastet ihm hinterher. Durch sein Geschrei hat sich eine gierige Meute um ihn versammelt und sich seiner Verfolgung angeschlossen.

Jo verschwindet in einer dunklen Seitengasse. Sein Rücken schmerzt und auch wenn sein Hemd den Aufprall abgefangen hat, spürt er doch deutlich den Einschlag. Es scheint sich ein dickes Hämatom zu bilden, denn sein Blut pulsiert an dieser Stelle schmerzlich. Jo rennt bis ans Ende der Gasse und eilt eine Treppe hinunter, die zum unteren Teil des Marktes führt. Am Ende sinkt er erschöpft auf einem Treppenabsatz nieder. Er zieht sich schnell die Kutte aus, begutachtet das Loch und lässt sie sofort unter seiner Lederweste verschwinden. Auf der Straße gegenüber sitzt eine Frau mit ihren vier Kindern unter einer Plane vor einer kleinen Kochstelle und sieht ihn an. Trotz des Elends lachen die Kinder und kuscheln sich an ihre Mutter. Sie wirken glücklich. Jo kann den Anblick kaum ertragen, es erinnert ihn schmerzlich an seine Mutter. Dennoch rennt er hinüber und legt ihr das Baby vor die Füße. Er bedeutet ihr, nichts zu sagen und setzt sich wieder auf die gegenüberliegenden Stufen. »Ich muss hier weg, vielleicht kann ich das Baby einfach bei der Frau lassen«, denkt er, »sie sieht nett aus.«

Bevor er den Gedanken zu Ende denken kann, spürt er eine Hand auf seiner Schulter. Erschrocken fährt er herum. Ein Junge um die zehn Jahre hält ihm eine Schnapsflasche unter die Nase und spricht ihn mit italienischem

Akzent an: »Hier trink.« Der Junge setzt sich neben ihn auf die Treppe. Dankbar greift Jo zu und kippt das Zeug runter, so, als könnte er sein inneres Brennen damit löschen. »Nicht so hastig! Mann, Alter, das war ja eine Show! Der hat doch voll auf dich geschossen?! Was trägst du drunter?« Schon fummelt der Kleine mit seinen dreckigen Händen an Jo's Weste herum, um zu sehen, was sich darunter verbirgt.

»Finger weg!« Jo will aufstehen, doch in diesem Augenblick hört er die Meute die Treppe herunterkommen. Er setzt sich schnell wieder, legt seinen Arm um den Kleinen und tut so, als ob sie alte Saufkumpanen wären. Die Meute sieht sich suchend nach einem Apostel um. Sie befragen die Frau gegenüber, ob sie einen Apostel gesehen hat. Die Frau deutet mit ihrem Finger in die entgegengesetzte Richtung, woraufhin sich die Menschenmenge angestachelt dorthin begibt. Dann geht sie zu Jo und legt ihm das Baby in die Arme. Jo bedankt sich mit einem Lächeln, kurz überlegt er, wie es wohl gewesen wäre, wenn diese Frau seine Mutter wäre. Ein Spiel, das er immer wieder gespielt hat, mit unzähligen Frauen, seit seine Mutter ihn einfach an einer Straßenkreuzung stehengelassen hat.

Das war vor ca. sechs Jahren, kurz nachdem sie in die Stadt kamen und schon eine ganze Weile unter einer Brücke gelebt hatten. Sie bettelten sich durch und stahlen so gut es ging, doch Jo wurde zusehends schwächer, also beschloss seine Mutter, sich zu prostituieren und verabredete sich heimlich mit einem Freier. Sie stellte Joshua an einer Kreuzung ab und ermahnte ihn, hier auf sie zu warten, während sie mit einem Mann, den er nicht kannte, in einem Haus verschwand. Er wartete gefühlte

Stunden und als er gerade zu dem Haus gehen wollte, in das sie verschwunden war, rollte eine aufgebrachte Menge auf die Kreuzung zu. Sie schrien Parolen gegen den geplanten Sektorenbau, zündeten Autowracks an und errichteten Barrikaden gegen die Miliz, die von der anderen Seite in die Stadt drang und wahllos auf die Menschen schoss. Joshua wurde mitgerissen, bis er sich schließlich in eine kleine Seitengasse retten konnte. Unter einem Treppenabsatz verharrte er ängstlich die ganze Nacht. Am nächsten Tag war die Stadt in Sektoren unterteilt, die Bewohner mussten sich in provisorischen Zelten einen Chip implantieren lassen und durften die Sektoren nicht mehr verlassen. Die Sperrstunde wurde eingeführt und Drohnen flogen nachts mit Wärmebildkameras über die Stadt. Wer sich noch auf den Straßen befand, wurde weggesperrt und so flüchteten viele in den Untergrund oder versteckten sich in dem 350 Kilometer langen Labyrinth unter der Stadt.

Seitdem hat er seine Mutter nicht mehr gesehen. Anfangs suchte er sie noch und betete. Doch als auch er aufgegriffen wurde und in ein »Kinderheim« kam, gab er auf und erklärte sie einfach für tot. Sie hatte ihn im Stich gelassen und mit voller Absicht vergessen. So denkt er bis heute und würde es ihr nie verzeihen. Denn im Kinderheim war auch er, Joshua, gestorben und damit auch jede Aussicht darauf, jemals ein guter Mensch zu werden. Es war der grausamste Ort, den er je gesehen hat. Schlimmer als seine Kindheit mit dem immer prügelnden Vater, schlimmer als die Flut und der lange elende Marsch in die Stadt. Selbst das Sammeln von Müll und das Betteln war nicht so schlimm wie diese Zelle, die er sich mit ca. 50

anderen Kindern teilen musste. In der er Tag für Tag ums Überleben kämpfte und sich selbst dabei zusah, wie er zu einem brutalen, wilden Tier wurde, das er selbst nicht leiden konnte.

Seit jener Zeit träumt er manchmal von anderen Müttern, wie auch jetzt beim Anblick dieser lieben Frau mit ihren Kindern. Sie würde für ihn da sein, ihm helfen, er wäre nicht allein, sie würde alles dafür tun, dass er überlebt. Und er würde seinerseits für seine »Mutter« sorgen. Vielleicht wäre sie auch stolz auf ihn und würde ihn lieben. Ihre Kinder sehen jedenfalls, trotz des Elends, glücklich aus. Kurz verliert er sich in den Gedanken, doch dann sieht er auf das Baby in seinem Arm, das ihn scheinbar dankbar anlächelt. Er wirft sich die Kutte wieder um und wickelt das Baby in sein Tragetuch. Noch einmal nimmt er einen kräftigen Schluck aus der Flasche und sagt:

»Danke Kleiner, ich muss weiter. Hast du vielleicht eine Kippe?«

»Ach, ne Kippe auch noch, aber rauchen kannst du sie selber, oder? Hier hast du eine, aber ich komm mit«, antwortet der Kleine frech.

Jo sieht ihn belustigt an und greift nach der halben Zigarette, die dieser ihm hinhält.

»Du kannst nicht mitkommen. Ich hab genug am Hals«, dabei zeigt er auf das Baby.

»Du wirst mich noch brauchen können, ich kann alles besorgen und ein bisschen Geld hab ich auch.«

Jetzt ist seine Aufmerksamkeit geweckt.

»Als ob du Geld hast!« Jo fängt zu lachen an. »Kein Mensch hat in diesen Zeiten noch Geld.« Doch der Kleine hält ihm stolz einige Münzen unter die Nase. »Woher hast du die?«

»Gestohlen«, antwortet Giovanni verschmitzt und grinst ihn herausfordernd an.

»Pass nur auf, dass ich sie dir nicht stehle«, denkt Jo und mustert den Kleinen nun doch neugierig von Kopf bis Fuß. Der Junge trägt eine verschlissene Hose aus Sackleinen, darüber eine Art Tunika aus dem gleichen Material. Beides hat er am Bauch mit einem Stück Seil um die schmalen Hüften geschnürt. Dazu braune Schuhe, die alt und viel zu groß, dafür aber auffallend sauber sind.

»Kannst du sauberes Wasser besorgen?«

»Ich weiß, wo wir welches finden. Komm, ich zeig es dir!«, antwortet Giovanni gewitzt.

Jo überlegt. Noch ein Kind kann er nicht gebrauchen, aber der Kleine scheint gewieft zu sein und da wären ja auch noch die Münzen! Davon könnte man Drogen besorgen. Er beschließt, sich von ihm das Wasser zeigen zu lassen, ein seltenes Gut in diesen Zeiten, ihm das Geld abzuknöpfen und ihn und das Baby dann los zu werden. »Na gut. Wo lang?« »Da lang.« Der Kleine zeigt auf einen großen Schuttberg, der sich in der Nähe auftürmt. »Hinter dem Berg.« Auf dem Schuttberg arbeiten kleine schmutzige Kinder, wie einst Jo, als er noch mit seiner Mutter unter einer Brücke lebte, die im Müll nach irgendetwas Verwertbarem graben. Währenddessen sitzen ihre »Wärter«, meist ältere Männer mit Knüppeln in den Händen, am Rand und achten darauf, dass sie sich nichts in die Taschen stopfen und keine Pausen machen. Jo und der kleine Italiener laufen in einigem Abstand um den Berg herum.

»Wie heißt du eigentlich, Kleiner?«

»Giovanni, und du?«

»Jo.«

»Ah, Jo! Was bedeutet das Ypsilon auf deiner Jacke?«

Jo blickt ihn verwundert an. Der Kleine wird doch nicht lesen können? Weil er sich aber keine Blöße geben will, fragt er nicht weiter nach.

Giovanni kann nicht lesen, er kennt Jo's Jacke aus Beschreibungen und weiß, dass Festo ihn schon lange sucht und eine Belohnung auf ihn ausgesetzt hat. Das rote Peace-Zeichen auf seiner Lederweste hat ihn verraten. Festo ist Anführer der Roten, einer Gang, die Jo einst aufnahm, kurz nachdem er aus dem Kinderheim fliehen konnte.

Ein glücklicher oder unglücklicher Zufall verhalf ihm zur Flucht aus dem Kinderheim, in dem er sechs Monate war. Ein Wärter wollte ihn gerade ins Loch bringen, da kam ein neuer Junge an. Das Loch war ein gefürchteter Ort, noch schlimmer als das Kinderheim selbst, aus dem die Kinder gebrochen und zerstört wiederkamen, wenn sie überhaupt wiederkamen. Als sich die Stahltüre öffnete, reagierte Jo blitzschnell. Mit einer gekonnten Handgriffbefreiung löste er sich von dem Wärter und schlüpfte durch den zugehenden Türspalt. Der Wärter schoss ihm noch hinterher, traf aber nur die Türe, die Kugel prallte ab und traf dann den Neuankömmling. Davon bekam Jo aber nichts mehr mit. Er rannte und rannte und wurde schließlich von den Roten aufgegriffen, die ihn in den Untergrund verschleppten. Und als er auch von dort wegwollte, klaute er Festo das Hemd aus Nanomaterial. Dieser besaß als einziger im Untergrund dieses Hemd, das sein ganzer Schatz war, mehr noch: seine Lebensversicherung. Seither wird er von ihm und seiner Clique gesucht. Deshalb versteckt Jo sich am liebsten tief unter der Erde, nahe dem Kirchensektor, im letzten Winkel der Stadt.

»Italiener?«, fragt er Giovanni und mustert diesen misstrauisch.

»Ein Halber, oder sowas. Vielleicht auch nur ein Viertel.«

Jo nimmt ihm die Flasche aus der Hand, langsam fühlt er sich ziemlich benebelt, ein vertrautes Gefühl. Endlich lässt auch der pochende Schmerz auf seinem Rücken nach.

»Wie weit ist es noch?«

Sie biegen in eine kleine dunkle Gasse ein, die auf der anderen Seite des Schuttbergs liegt. Hier stehen, dicht gedrängt, Baracken rechts und links auf den Gehwegen. Ratten, Hunde und Katzen laufen durch die dreckige Gasse. Der Geruch wird immer strenger und selbst für Jo, der Gestank gewöhnt ist, riecht es hier schlimmer als irgendwo sonst in der Stadt. Ein eigenartig scharfer Geruch nach Verwesung.

»Nicht mehr weit!«, lockt Giovanni Jo immer tiefer in die immer enger werdende Gasse. Auch Giovanni verfolgt einen Plan. »Nicht mehr weit und du sitzt in der Falle«, denkt er. Es dringt kaum Sonnenlicht an diesen Ort. Über den Straßen hängen unzählige Wäscheleinen, an denen Lumpen zum Trocknen hängen. Am Straßenrand sitzen meist alte Menschen und betteln. Sie sehen mehr tot als lebendig aus. Kaum einer hat noch Zähne im Mund, manch einer kann nicht einmal mehr laufen und vegetiert nur noch vor sich hin. Es riecht nach Kot und Urin.

»Wo sind wir hier?«, fragt Jo beim Anblick der vielen Alten angewidert.

»Sie nennen sie die ›Gasse der lebenden Toten‹.« Giovanni grinst Jo breit an: »Hast du Angst?«

»Quatsch!«

Jo hat zwar schon mal von der Straße der Toten gehört, ein Ort, an dem die verbliebenen Alten leben, aber so viele?! »Wie viele Alte muss ich heute noch ertragen?«, fragt er sich, denn er fühlt sich bei ihrem Anblick unbehaglich. Die Alten strecken ihnen zitternd ihre bettelnden Hände entgegen und wimmern vor sich hin. Der Gestank ist selbst für Hartgesottene unerträglich und Jo muss einige Male würgen. Genervt stoppt er Giovanni: »Wo ist jetzt das Wasser, Kleiner?!«

»Ich heiße Giovanni, merk dir das! Wir sind gleich da. Hier, siehst du, das Haus am Ende der Gasse, dort gibt es Wasser.« Giovanni zeigt auf ein altes, verfallenes, weißes Haus, auf dem ein rotes Kreuz aufgemalt ist.

»Was ist das?«

»Dort lassen sie die Alten sterben.« Frauen in grauen Kleidern mit blauen Schürzen und Körben in den Händen gehen in das Gebäude und bringen den Kranken und Sterbenden etwas zu essen. »Siehst du? Die Apostel-Frauen bringen jeden Tag Essen und Wasser für die Sterbenden. Wer hier ist, kann sich glücklich schätzen, der stirbt wenigstens nicht hungrig«, dabei lacht Giovanni höhnisch.

Jo schaut ihn ungläubig an. »Ach ja, aber umsonst gibt es ja wohl nichts!«

»Nein, natürlich nicht! Die, die hier liegen, haben noch

ein paar Kröten unter dem Kopfkissen oder Verwandte, die für sie zahlen und es Simon geben.«

»Hast du daher deine Münzen?«, dabei sieht Jo Giovanni scharf an.

Dieser macht eine gleichgültige Geste, die man aber auch als ein »Ja« deuten könnte und meint: »Und wenn schon! Wen interessiert's?«

»Stimmt also«, denkt Jo, nicht ohne Anerkennung und überlegt, wie er dem Kleinen die Münzen am besten abnehmen kann. Soll er ihn einfach zusammenschlagen? Warten, bis dieser mit dem Wasser zurückkommt und dann...? Das Wasser braucht er auf jeden Fall! Da fällt ihm plötzlich Jill wieder ein und, dass er es eilig hat.

»Was ist jetzt mit dem Wasser?«, fragt er erneut genervt.

»Nimmst du mich dann mit?«, fragt Giovanni provokant und sieht Jo herausfordernd an.

Giovanni will unbedingt raus aus diesem Viertel, in dem nur Alte und Sterbende leben. Hier ist er zwar einigermaßen sicher, aber der Tod ist allgegenwärtig. Und in Jo sieht er seine Gelegenheit. Irgendetwas Wertvolles muss Jo Festo geklaut oder etwas Schlimmes angetan haben, sonst würde dieser nicht so auf Rache sinnen und eine Belohnung aussetzen. Zu Festos Clique wollte Giovanni aber auch nicht gehören. Einmal hatte er Gelegenheit dazu, sie wollten ihn rekrutieren. Als er aber sah, wie sie kleine Kinder terrorisierten und quälten, lief er davon. Seitdem verkriecht er sich hier bei den Alten. Trotzdem hat er sich einen Namen gemacht und wird respektiert. Er verkauft Informationen und weiß, wo er was besorgen kann – egal ob Drogen, Essen oder sauberes Wasser, das absolute Mangelware ist. Wahrscheinlich trinken deshalb so viele Alkohol, der ist billiger und einfacher zu bekommen. Giovanni hat sich dieses Talent zunutze gemacht und ist stolz darauf, mittlerweile lassen ihn auch die Roten in Ruhe.

»Hol erst mal das Wasser, dann werden wir ja sehen!«, antwortet Jo diplomatisch. »Dann werden wir ja sehen?«, das war nicht die Antwort mit der Giovanni gerechnet hatte. Er hoffte auf ein wenig Anerkennung! Aber eines hat ihm die Antwort doch verraten, Jo will ihn auch linken. »Wenn nicht, dann werde ich dich eben ans Messer liefern«, denkt Giovanni. Er hat Jo sofort erkannt und seit er ihm begegnet ist, grübelt er darüber nach, ob er ihn an Festo ausliefern oder ob er lieber selbst herausfinden soll, was diesen Kerl so unverwundbar macht. Giovanni schiebt Jo unsanft unter eine Plastikplane, die über einen Boden aus Pappkarton gespannt ist.

»Was ist das?«

»Willkommen in meinem Zuhause! Versteck dich hier und warte, ich bin gleich zurück.« Giovanni nimmt Jo das Baby ab und legt es auf die Decke: »Macht's euch gemütlich, aber rühr nichts an, klar?!«

»Jaja, schon gut.«

Der Kleine verschwindet und lässt Jo und das Baby unter der Plane zurück. Jo durchwühlt sogleich Giovannis Sachen, doch er kann nichts Brauchbares finden, also beschließt er, doch zu warten. Die Müdigkeit übermannt ihn langsam. Er ist jetzt schon ewig unterwegs und froh, für einen Moment seine Ruhe zu haben. Außerdem spürt er jetzt deutlich den Alkohol, die Flasche hat er mittlerweile fast geleert. Jo legt sich neben das Baby auf die

Decke und füttert es mit dem kläglichen Rest aus dem Fläschchen. Eng aneinander gekuschelt schlafen sie ein. Jo träumt von seiner Mutter, er hört ihre Stimme und wie sie ihn immer wieder ruft: »Joshua, Joshua wo bist du?!« Doch Joshua wird von einer Menschenmenge fortgetrieben. Er will antworten, aber er bringt keinen Ton heraus, so sehr er es auch versucht.

Luise und Annabell laufen dicht gedrängt an der Häuserfront die Hauptstraße entlang. Der Gestank ist unerträglich für die Mädchen und so halten sie sich ständig eine Hand vor den Mund. Eine Menschenmenge zieht an ihnen vorbei und obwohl die beiden Mädchen wie Fremdkörper wirken in ihrer viel zu sauberen, makellosen Kleidung, beachtet sie keiner.

Luise trägt als »Fluchtkleidung« ein weißes, kurzes Röckchen, geringelte weiß-blaue Kniestrümpfe und ein pinkfarbenes T-Shirt über ihrem langärmeligen, weißen Hemd aus Nanomaterial. Darüber eine blaue Sweatshirt-Jacke. Allein ihre Haut, weiß wie Elfenbein und die wunderschön gepflegten Hände sowie der süßliche Duft hätten sie schon verraten! »Kein Mensch in der Stadt trägt weiß!«, bemängelt Annabell sofort, als sie ihre Kleidung wechseln. Annabell hat sich hingegen mehr Gedanken um die Kleidung gemacht. Sie trägt eine schlichte, graue Jogginghose, dazu ein enganliegendes, khakifarbenes T-Shirt, darüber eine dunkelblaue Seidenbluse mit weißen Streifen auf den Ärmeln und einem gestickten Drachen auf dem Rücken. Sie sah fast so aus, als ob sie auch Teil von irgendeiner Gang wäre. Ihre roten, lockigen Haare sind wild durcheinander geweht. Sie sieht irgendwie cooler aus als Luise, hat gänzlich auf Weiß verzichtet und fällt somit auch nicht so sehr auf wie diese.

»Wohin gehen die alle?«, fragt Luise ihre Freundin ängstlich, die jetzt neben ihr zum Stehen kommt.

»Keine Ahnung, irgendetwas scheint passiert zu sein. Frag doch einfach.«

Luise hält eine Frau an, die mit ihren zwei Kindern an der Hand dem Strom der Menschen folgt: »Entschuldigen Sie, wohin gehen die alle? Ist etwas passiert?«

Die Frau mustert die beiden Mädchen, als kämen sie von einem anderen Planeten: »Er ist da! Jesus ist gekommen und wird die Versiegelten mit sich nehmen. Wir werden alle sterben«, dabei bekreuzigt sich die Frau und folgt weiter der Menge, die in Richtung Kirchensektor pilgert. Luise starrt ihre Freundin wie vom Blitz getroffen an.

»Die Prophezeiung, sie ist eingetroffen! Und jetzt?«, fragt Luise fast schon panisch.

»Ich weiß auch nicht. Durch die Stadt, wir müssen so schnell wie möglich durch die Stadt zurück. Sie schließen bestimmt den gesamten Sektor und gehen auf die Basis! Wenn wir zu spät kommen, kommen wir nicht mehr rein!«

Auch Annabell wird schlagartig bewusst, was das bedeuten könnte. Sie wären ausgeschlossen! Luise und Annabell halten sich fest an den Händen, um nicht vom Strom der Menschen getrennt zu werden, der ihnen entgegenkommt. Dicht gedrängt an den Häuserwänden bahnen sie sich, so gut es geht, ihren Weg, während sie sich mit der anderen Hand immer noch die Nase zuhalten. Und obwohl sich die Mädchen sehr auffällig und ungewöhnlich benehmen, schenkt ihnen niemand Beachtung.

Ein jeder scheint auf dem Weg nach seinem Seelenheil zu sein. Nur die Anders-Gläubigen oder die Atheisten bleiben in ihren Behausungen und warten auf die Dinge, die da auf sie zukommen werden. Aber selbst diese sind jetzt andächtiger, in sich gekehrter, leiser als sonst und beobachten skeptisch, beinahe ängstlich das Treiben in der Stadt. Die Botschaft von der Ankunft Jesus hat sich verbreitet wie ein Lauffeuer. Und auch wenn keiner weiß, was weiter passieren wird und was genau das jetzt für den Einzelnen bedeutet, liegt eine unerträgliche Spannung, eine Mischung aus Euphorie und Todesangst, in der Luft.

Festo, der mit seiner Clique durch die Straßen streift, hat die beiden Mädchen sofort bemerkt. Zusammen mit fünf Mann und seinem Hund folgt er ihnen, ganz unbemerkt in einiger Entfernung, schon eine ganze Weile. Ihm war sofort klar, woher die Mädchen kommen und er wittert fette Beute. Kurz vor Sektor 3 drängen die Jungs die beiden Mädchen in eine Seitengasse. Luise und Anabell prallen hart an die Wand, eingekesselt von Festo und seinen Leuten.

»Na, ihr zwei Hübschen, wo kommt ihr denn her?«, zischt Festo Luise bedrohlich nah ins Ohr, während ein anderer Junge bereits einen Kanaldeckel öffnet.

»Wir sind Schichter«, lügt Luise schlecht.

»Schichter also! So seht ihr mir aber nicht aus!«

Und schon reißt Festo Luise das Shirt hoch. Darunter trägt sie ihr Unterhemd aus Nanomaterial.

»Und was ist das? Dacht ich mir doch, ihr seid aus dem Reichensektor! Na, dann werden sich Mami und Papi aber freuen, dass ich euch gefunden habe! Jetzt geht es aber erst einmal abwärts für euch. Runter da!«, befiehlt

Festo und zeigt auf den offenen Kanaldeckel inmitten der Gasse. Die beiden Mädchen sehen sich ängstlich an.

»Wir müssen zurück«, bettelt Annabell, »bitte lasst uns gehen.«

»Gehen, wohin?«

Festo steht jetzt dicht vor Annabell, die hilfesuchend zu ihrer Freundin blickt. Er sieht furchteinflößend aus. Festo's Kopf ist kahlgeschoren, ein tätowiertes Spinnennetz überzieht seine ganze Glatze und auch sonst ist er von Tattoos übersät. Seine tiefliegenden, dunklen Augen wirken diabolisch, das Weiß der Augäpfel hat er sich rot tätowieren lassen. Die anderen Jungs sind ebenfalls tätowiert und auch ihre Augäpfel sind entweder schwarz oder rot tätowiert, was wirklich gruselig aussieht. Sein breiter, großer Körper strotzt vor Kraft, seine Adern quellen an den Armen hervor. Am Hals trägt er ein rotes Tattoo, das die drei Sechsen symbolisiert. Gewaltsam schiebt Festo Annabells Ärmel hoch und sieht die verbundene Wunde von dem rausgeschnittenen Chip. »Gut! Das habt ihr ja schon selbst gemacht, sonst hätte ich es tun müssen!« Dann hält er Annabell einen weißen Plastikrevolver an die Schläfe. Auch sein Arm ziert ein Tattoo, das das Skelett seines Armes bis zu den Fingerspitzen nachzeichnet. Boshaft wendet er sich an Luise: »Du sagst mir jetzt sofort wessen Kinder ihr seid, oder du wirst dabei zusehen, wie deine Freundin stirbt!« Luise sieht ihn erschrocken und ängstlich an. Sie sehen aus wie leibhaftige Teufel, denkt sie.

»Ich bin Rother's Tochter und das ist meine Freundin. Wenn ihr uns nicht gehen lasst, habt ihr bald die gesamte Miliz am Hals«, bringt sie schließlich mutig hervor und sieht ihn dabei direkt an. Sie kann sich nicht vorstellen, dass irgendjemand es wagen könnte, ihr etwas anzutun, so beschützt wie sie bisher aufgewachsen ist.

Doch Festo lässt diese Drohung völlig kalt. Innerlich triumphiert er über den riesen Fisch, der ihm da ins Netz gegangen ist! Auf seinen Befehl hin drängen die Jungs, die ebenfalls alle eine rot Sechs am Hals tragen und auch sonst von Kopf bis Fuß tätowiert sind, die beiden Mädchen die Leiter hinunter in den Untergrund. Luise und Annabell sind den Tränen nahe, als sie, mit zittrigen Knien, in das dunkle Loch hinabsteigen. Auch Annabell, die sonst mutiger als Luise ist, ist das Herz in die Hose gerutscht. Das ist deutlich zu sehen. Als sich das Loch über ihnen schließt, die Mädchen wie vom Erdboden verschluckt sind und in völlige Dunkelheit tauchen, ist ihnen klar, dass es ein Fehler war, eigenmächtig in die Stadt zu gehen. Sie bereuen ihren Ausflug zutiefst und haben jetzt Todesangst.

Rother ist aus der Kirche gestürmt, im Schlepptau seine Frau, den Vize, dessen Frau und seinen Kommandanten. Er ist total aufgebracht: »Riegelt den gesamten Sektor ab. Es kommt keiner mehr rein oder raus!«, ruft er seinem Kommandanten zu, während er, sein Vize und die Frauen in den Caddie steigen und in der Glasröhre zu ihrem Wohngebäude fahren. Dort angelangt, bringt sie der Fahrstuhl nach oben. Die Stimmung ist gedrückt, ein jeder ist mit seinen Gedanken beschäftigt. Dass es wirklich geschehen würde, damit hatte keiner mehr gerechnet! Yan-Jie weiß überhaupt nicht, was sie von davon halten soll. Sie ist nicht religiös. Für sie zählt nur das Dao, das innere Gleichgewicht und die Harmonie, was mit der Suche nach dem richtigen Weg und Karma einhergeht. Solange die Religion nicht den Staat bedroht, sieht sie darin nur etwas Fremdes, ähnlich wie ihr Mann. Doch jetzt scheint der Staat bedroht zu sein, die Menschen könnten in Aufruhr geraten und das macht ihr und ihrem Mann Angst. Sie weiß, dass ihre politische Stellung ins Wanken geraten könnte.

»Was hast du jetzt vor?«, fragt sie zögerlich, als sie den Aufzug verlassen.

»Hol die Kinder! Wir werden sicherheitshalber auf die Basis gehen«, antwortet ihr Mann barsch und wirbelt durch die Wohnung. »Und such meinen Generalschein! Frag Teresa!«

Hastig eilt Rother in sein riesiges Arbeitszimmer und loggt sich an seinem Computer aus allen Systemen sorgfältig aus. Er will gerade seine wichtigsten Dokumente zusammensammeln und sorgsam im Wandsafe verstauen, als seine Frau völlig aufgelöst in sein Büro stürmt, gefolgt von Annabell's Eltern.

»Luise und Annabell, sie sind nicht da! Teresa scheint ohnmächtig zu sein, sie rührt sich nicht.«

»Was soll das heißen, sie rührt sich nicht?!«

»Keine Ahnung, sie bewegt sich nicht!«

Rother hat genug, noch mehr Hiobsbotschaften kann er heute nicht gebrauchen. Er merkt deutlich, wie sein Herz schneller zu schlagen beginnt. Sein Kopf wird bereits rot. Er wirft eine seiner Pillen ein und schiebt seine Frau lieblos beiseite.

»Wo ist Teresa?«

»Im Esszimmer.«

Rother stürmt ins Esszimmer und rüttelt heftig an der immer noch schlafenden Frau. Endlich öffnet diese ihre Augen.

»Wo sind die Kinder!«, schreit er sie an und schüttelt sie.

Teresa ist noch völlig benommen, versucht sich zu erinnern: »Sind sie nicht da?«, fragt sie verwirrt.

»Nein, also wo sind sie?!«

»Die Mädchen haben mir Kakao gegeben... Oh mein Gott, sie werden doch nicht etwa…«, antwortet Teresa völlig verdattert und riecht an der leeren Tasse.

»Sie werden doch nicht etwa, was?«, schreit jetzt auch Yan-Jie sie an. Sie hat Wasser geholt und stellt es Teresa hin. »Trink das und jetzt noch einmal von vorne, was war los? Wo sind die Kinder?«

»Ich weiß es nicht Madame, sie gaben mir Kakao und dann bin ich eingeschlafen«, antwortet Teresa verzweifelt. Natürlich dämmert ihr, dass die Kinder in der Stadt sein könnten.

Rother hat mittlerweile von ihr abgelassen und ist mit seinem Vize ins Wohnzimmer geeilt. Er öffnet das 3D-Hologramm und die Überwachungskameras, die in der ganzen Wohnung und im Gebäude installiert sind. Er spult zurück und sie sehen die Bilder vom Morgen: Wie die Kinder etwas in den Kakao fallen ließen. Wie sie durch die Wohnung wirbelten, sich verkleideten und mit seinem Generalschein in den Fahrstuhl stiegen. Sie verfolgen am Bildschirm, wie die Mädchen sich die RFID-Chips entfernten und sich auf den Weg bis zur Arche begaben, um dort in einer Seitentür zu verschwinden.

»Sie wollen in die Stadt, diese dummen Gören!«, faucht

er und zwirbelt nervös an seinem Bärtchen. »Nichts läuft heute nach Plan«, denkt er und sieht seinen Vize fragend, aber auch vorwurfsvoll an.

Sein Vize, ein kleiner rundlicher Mann, der ihm stets verschwitzt hinterherläuft, hat sich auf das weiße Sofa fallen lassen. Seit er von der Prophezeiung gehört hat, steht er nicht mehr hinter Rother. Im Gegensatz zu ihm ist er gläubig und der Gedanke, dass in sechseinhalb Tagen die Welt untergeht und das das Ende der Menschheit bedeuten könnte, macht ihn demütig und lässt ihn in sich zusammensacken.

»Und was jetzt?«, fragt auch er völlig ratlos und scheint ehrlich bekümmert um Rother's Tochter zu sein.

»Das ist ein Skandal!«

»Ein Skandal?!« Der Vize sieht Rother erstaunt an. »Das ist alles was dir dazu einfällt, ein Skandal?! Das ist weitaus schlimmer! Die Zeit läuft, wir haben noch sechseinhalb Tage, um Jesus zu finden und unsere Kinder. Wenn überhaupt?! Wer weiß, was noch passieren wird?!«

»Geht die Welt unter, ich hab doch auch keine Ahnung!«, sagt Rother jetzt leicht hysterisch. »Wir setzen unseren Plan um, wie gehabt. Je eher, desto besser!«, fährt er schon etwas gefasster fort.

Der Vize sieht ihn eine Weile nachdenklich an. »Wir versündigen uns«, sagt er schließlich.

Denken tut er, dass es einzig und allein Rother's Plan war und ist. Er stand noch nie hinter diesem menschenvernichtenden Szenario. In diesem Punkt waren sie sich immer uneinig gewesen und mehr und mehr aneinandergeraten. Deutlich fühlt er seine Abkehr von ihm und spürt sie umgekehrt auch an dem scharfen Blick Rother's.

Yan-Jie ist mit der Mutter von Annabell ins Wohnzimmer gekommen. Nachdem sie Teresa weiter befragt hatten, sind sie zum einzig plausiblen Schluss gekommen: »Die Mädchen sind in der Stadt!«

»Wissen wir«, antwortet Rother knapp. »Wir ziehen trotzdem auf die Basis. Ich informiere die Geheimdienste, sie werden die Mädchen schon finden. Pack die Sachen!«

Dann wendet er sich wieder an seinen Vize: »Und du schaff mir Simon ran, sofort!«

Der Vize, froh gehen zu können, erhebt sich und verlässt mit seiner mehr als besorgten Frau die Wohnung.

Yan-Jie ist zurück zu Teresa in die Küche gegangen. Sie ist ebenfalls in großer Sorge. Für sie ist klar, dass sie nicht mit auf die Basis geht, solange die Kinder nicht zurück sind. »Such nach den Kindern, hör dich überall um«, fleht sie Teresa an und schickt sie mit ein paar Scheinen in die Stadt.

Jo ist von seinem eigenen Schrei aus einem tiefen, schwarzen Loch aufgewacht. Verwirrt sieht er sich in dem kleinen Verschlag um und reibt sich versehentlich die geschminkten Augen. »Verdammt«, denkt er, »ich muss weg hier!« Giovanni sitzt ihm gegenüber auf einer Pappe, wiegt das Baby im Arm, als wäre es sein eigenes und beobachtet ihn listig.

»Na, hast wohl gepennt? Gemütlich bei mir, oder?«, fragt er und fügt einladend, wie ein Mafiasohn, hinzu: »Mein Haus ist dein Haus.«

Jo will sich nicht mehr lange aufhalten. Er hat die Faxen nun endgültig dicke! Kurz überlegt er, das Kind einfach bei dem Italiener zu lassen, so lieb wie dieser mit dem Baby umgeht, verwirft diesen Gedanken aber sofort wieder. Giovanni fischt hinter seinem Rücken eine Flasche mit sichtlich sauberem Wasser hervor und hält sie ihm hin. Jo will danach greifen, doch Giovanni zieht den Arm schnell zurück.

»Nur keine Hektik, du bekommst dein Wasser schon.«

»Jetzt gib schon her, ich muss los!« Jo´s Schädel dröhnt und er fühlt sich hungrig. »Wie lange habe ich geschlafen?«

»Eine ganze Weile«, Giovanni sieht Jo immer noch wie ein kleines Füchslein an, während er sich mit einer gekonnten Kopfbewegung das halblange, braune Haar aus dem Gesicht wirft. »Jetzt kommt es auf die paar Minuten auch nicht mehr an, oder?«

»Es reicht, hör auf mit den Spielchen. Gib mir jetzt das Wasser und das Kind!«, sagt er erbost.

»Nimmst du mich dann mit?«, fragt Giovanni nun etwas ängstlicher.

»Hör zu Kleiner! Ich brauch das Wasser, sonst stirbt ein Kind!«

Das trifft Giovanni ins Herz und er sieht Jo entgeistert an. Kleinlaut fragt er: »Wie, was soll das denn heißen?«

»Ein kleines Mädchen, sie ist sehr krank und braucht Medizin. Ich muss mich beeilen, sie wartet auf mich!«

Für einen Moment scheint die Zeit stillzustehen, so wie ihn gerade der Italiener anschaut. Dann gibt er Jo schnell das Wasser und das Baby, packt hastig seine Sachen zusammen und macht sich bereit zum Gehen.

»Dann los! Lass uns abhauen!«, sagt er nervös.

»Ich kann dich nicht mitnehmen, ich hab genug am Hals.« Jo bindet sich das Baby um den Bauch und will schon aus dem Verschlag krabbeln, da dreht er sich noch einmal um. »Ciao Kleiner und danke.«

»Ich kann jetzt nicht mehr hierbleiben!« Giovanni hält Jo am Fuß fest, der aber versucht ihn abzuschütteln.

»Warum nicht? Du hast es doch hier bei den Alten sehr gut. Es kann dir nichts passieren«, sagt Jo sanft und sieht den Kleinen fast liebevoll an. Irgendwie erinnert Giovanni ihn an sich selbst, als er so klein war. Frech, gewieft und linkisch, aber irgendwie auch unschuldig. Kurz hält er inne. Der Kleine ist ihm in der Kürze der Zeit ans Herz gewachsen.

»Ich habe dich verraten. Festo wird mit seinen Leuten gleich hier sein. Ich wusste ja nicht…«, stammelt Giovanni und umklammert sein Bein noch fester.

Jo sieht ihn fassungslos an und verpasst ihm einen heftigen Tritt mit seinem Springerstiefel.

»Du erbärmlicher Idiot, warum hast du das getan?!«

Giovanni liegt auf seinem selbstgeschnürten Rucksack wie eine kleine Schildkröte und sagt: »Na wegen dem Kopfgeld…ich konnte ja nicht wissen. Du musst mich mitnehmen! Festo kennt jetzt mein Versteck und wird mich umbringen, wenn du nicht da bist!« Dabei rappelt er sich auf.

»Das hast du dir selbst eingebrockt«, dreht Jo sich um und tritt noch einmal nach ihm.

»Aua!« Giovanni ist ein exzellenter Schauspieler und hat es voll drauf, in das Klein-Kindchen-Schema zu fallen. »Bitte, nimm mich mit, ich weiß sonst nicht wohin«, winselt er mit schräg gelegtem Kopf, so wie ein verängstigter Vierjähriger.

»Verdammter Idiot!«

Jo lässt sich von dem Gewimmer nicht beeindrucken und kriecht aus dem Verschlag. Doch als sein Kopf aus der Plane hervorlugt, sieht er am unteren Ende der Gasse Festo mit fünf von seinen Leuten die Gasse heraufhetzen. An einer silberfarbenen, ziemlich kurzen Kettenleine führt Festo seinen Bullterrier, der ebenso blutrünstig aussieht wie die Jungs. Vom Jagdfieber ergriffen, schreien sie jetzt immer lauter nach Jo und Giovanni. »Heute krieg ich dich!«, droht Festo und reißt mit einem Stock jeden Verschlag auf. Schnell kommen sie näher. »Komm raus Jo! Wir kriegen dich so oder so! Italiener, wo bist du?!«

Die Bewohner der Gasse drücken sich ängstlich in ihre Verschläge. Jo verschwindet wieder unter der Plane. In Windeseile krabbelt er in die andere Richtung, unter die Plane des Nachbarn. So arbeitet er sich ein ganzes Stück die Gasse hoch, gefolgt von Giovanni, der dicht hinter ihm bleibt. Mittlerweile hat Festo Giovannis Verschlag erreicht und reißt die Plane hoch. Wieder nichts! Wütend brüllt er seine Leute an: »Sucht sie! Durchkämmt das ganze verdammte Viertel!« So dicht auf den Fersen war er Jo noch nie, dabei sucht er ihn schon seit fast zwei Jahren. Jetzt will er sich endlich rächen. Nicht nur, dass er ihm sein Hemd geklaut hat! Nein, auch der Verrat macht ihn so wütend. Er hat Jo zu einem seiner besten Kämpfer ausgebildet. Er hat ihn sogar zu seinem Vertrauten gemacht und vier Jahre für ihn gesorgt. Er wird ihm niemals verzeihen! Festos Leute reißen weiterhin brutal jeden Verschlag auf und knüppeln auf die Alten, die dort liegen, wahllos ein.

Jo und Giovanni haben mittlerweile, immer noch krabbelnd, den letzten Verschlag am oberen Ende der Gasse erreicht. Jo steht auf, geht hinaus, verneigt sich vor dem Bewohner, der überhaupt nicht weiß wie ihm geschieht und spielt weiter den Apostel: »Gott sei mit euch«, sagt er und bekreuzigt ihn. Er richtet sich auf und will, ganz cool, die Gasse in der entgegensetzten Richtung verlassen, doch Giovannis Anwesenheit, der kurz nach ihm aus dem Verschlag kommt, verrät ihn. Schon hört er Festo hinter sich schreien: »Da sind sie! Da ist der Apostel und gleich dahinter der kleine Italiener!« Festo lässt seinen Hund von der Leine. »Fass, fass!«, schreit er, während er selbst auch losläuft und den beiden hinterher hastet.

»Schneller, lauf!«, schreit Giovanni, »hier rein!«

Giovanni zieht Jo in eine kleine Seitengasse. »Hau endlich ab, du Verräter«, reißt der sich los. »Über den Zaun! Er hat den Hund auf uns gehetzt!« Da wirft Giovanni schon seinen Rucksack über den Bretterzaun, der einen Teil der Gasse säumt. Festo und seine Gang sind jetzt schon ganz dicht hinter ihnen, der Hund hat bereits die Gasse erreicht und stürmt laut bellend auf Jo zu. Also springt auch er schnell über den Zaun. Giovanni zieht ihn weiter durch einen Hauseingang in einen vermüllten Hof.

»Hier lang!«, dirigiert er Jo weiter in ein Gebäude. Sie eilen eine Kellertreppe hinunter, wo Giovanni im letzten Abteil eine Bodenplatte zur Seite schiebt. Eine Leiter führt in einen dunklen, tiefen Schacht.

»Wo führt der hin?« Giovanni schiebt die Bodenplatte von innen wieder über den Schacht.

»Ein geheimer Gang, der uns direkt in Sektor 3 führen wird. Hast du Licht?«

Jo wirft eine seiner Leuchtkugeln in den Schacht, der sich augenblicklich erhellt. Schnell klettern sie die ca. drei

Meter lange Leiter hinunter. Unten angekommen, müssen sie durch ein enges Loch, das in einen weiteren Tunnel führt, durch den sie auf allen vieren durchkrabbeln müssen, da er nur einen halben Meter hoch ist.

Festo und seine Gang durchkämmen inzwischen Hof für Hof, doch sie können die beiden einfach nicht finden. Bei all den Gerüchen kann auch der Hund keine Spur aufnehmen. Erfolglos treten sie den Rückzug an. Sie vermuten, dass die beiden durch irgendein Loch in den Untergrund verschwunden sein müssen.

Zum Glück war der Tunnel nicht allzu lang, denkt Jo. Ihm behagen die selbstgebauten Schächte nicht so ganz, anders als die U-Bahnhöfe oder die einst professionell gebauten Tunnel. Am Ende des Tunnels angelangt, klettern Jo und Giovanni wieder eine Leiter hoch und öffnen eine Falltür. Sie befinden sich jetzt im Keller eines Hauses, Mitten in Sektor 3. Da dieser Sektor oberhalb von den Blauen regiert wird, sind sie vor Festo und seinen Leuten erst einmal sicher. Festo kann sich hier nicht an die Oberfläche wagen, ohne einen Bandenkrieg auszulösen. Jo streift seine Haare zurück, zieht sich erleichtert die Kapuze wieder tief in die Stirn und schließt die Kutte fest um das Kind. So kann er, ohne aufzufallen, das Viertel durchqueren. Nur den Italiener muss er noch loswerden, der hier jedoch ziemlich bekannt zu sein scheint und zu jedem zweiten auf der Straße »Ciao« sagt.

»Danke Kleiner, aber ab hier gehe ich alleine weiter«, sagt er versöhnlich und streckt ihm die Hand zum Abschied hin. Giovanni verweigert. Jo dreht sich um und geht. Doch Giovanni lässt sich nicht abwimmeln. Trotzig bleibt er hinter ihm.

Simon ist genervt, eigentlich wollte er den Tag ganz seiner eigenen Heiligkeit widmen und mit sich und Gott alleine sein. Das Kind war eine Erleuchtung, eine Offenbarung! Und nun hat ihn Rother schon wieder zu sich bestellt. Schwerfällig, wie ein Bär mit zu kurzen Beinen, steigt er aus seinem Hybridauto, das ihn direkt zum Eingang des Reichensektors gebracht hat. Er hält sein Gesicht in eine Kamera und die Stahltüre öffnet sich zu einem langen, ebenfalls mit Stahl verkleideten Gang. Am Ende des Tunnels erwarten ihn bereits zwei schwer bewaffnete Security Männer des Präsidenten und führen ihn in einen kleinen Vorraum. Dort steigt Stammapostel Simon in einen Aufzug, der ihn zur Residenz des Präsidenten in der obersten Etage bringt. Sein Sekretär muss unten auf ihn warten. Der Aufzug funktioniert auf elektromagnetischer Basis und läuft, ohne verdrahtet zu sein. Im Innern befindet sich ein Scanner, der Simon bis auf die Unterhose röntgt, was dieser als äußerst unwürdig empfindet. Simon fühlt sich auch so schon unbehaglich in der mit Edelstahl ausgekleideten Kabine, in der kein Geräusch zu hören ist! Lautlos gleitet der Aufzug nach oben. Er kennt keinen anderen Ort, an dem es so still ist wie hier. Ein beklemmendes Gefühl, sodass er sich unweigerlich an die Kehle fassen muss. Der Aufzug stoppt und endet direkt in den prachtvollen Arbeitsräumen des Präsidenten. Bereits vor einer Woche wurde Simon schon zu ihm zitiert, weil die Prophezeiung nicht eingetreten ist und jetzt wieder, weil sie eingetreten ist. Doch heute kann er wenigstens triumphieren, denkt Simon. Er ist froh, die Kabine, die für seine Begriffe viel zu schnell nach oben rauscht, verlassen zu können.

Rother erwartet ihn schon ungeduldig und empfängt ihn an der Fahrstuhltüre. Simon betritt, leicht ehrfürchtig, den lichtdurchflutenden Raum. Die große Fensterfront mit Blick über die ganze Stadt lässt bei Sonnenschein die weißen Wände mit ihren goldenen Applikationen funkeln, sodass man das Gefühl hat, man befindet sich mitten im Himmel. Heute ist es allerdings bewölkt und nicht ganz so hell, wie Simon mit Bedauern feststellen muss. In der Mitte steht ein riesiger Schreibtisch aus Glas mit eingebautem Computer und Touchscreen. An der Wand prangt in goldener Schrift: »Dein Wille ist Gesetz«. Von hier aus regiert Rother sein Imperium und hält Verbindung zum Rest der Welt und zu den Präsidenten der anderen Kontinente, wenn er nicht gerade auf der Basis in seiner Schaltzentrale sitzt.

»Eure Eminenz, setzt euch!« Rother führt Simon zu einem prunkvollen Stuhl, der mit weißem Brokatstoff überzogen und rechts und links mit üppigen goldenen Flügeln verziert ist. Er weiß nicht, wie er das Gespräch beginnen soll: »Nun Eminenz, ihr wisst, warum ihr hier seid? Hattet ihr nicht die Wiederkunft Christi prophezeit? Sollte dieser nicht bereits vor sieben Tagen auf die Erde gekommen sein? Da ist er nicht gekommen! Aber jetzt ist er also plötzlich doch erschienen?«, dabei sieht er Stammapostel Simon streng und durchdringend an.

Nicht die kleinste Geste entgeht ihm. Auch wenn Rother mit seinen 1,80 Metern ein gutes Stück kleiner ist als

Simon, fühlt er sich körperlich fit und überlegen – ganz im Gegensatz zu dem fetten Simon. Doch heute nicht! Die Ungewissheit stört ihn!

»Seid ihr nicht in die Welt gegangen, um das Evangelium zu verkünden und die Menschen auf das Wiederkommen Jesu und damit auf ewige Leben vorzubereiten? Und was wird jetzt werden? Wo ist er? Ein bisschen viel hin und her, findet ihr nicht?!«

Simon rutscht unruhig auf seinem Stuhl herum. Ihm gefällt der Ton nicht.

»Es steht euch frei, zu glauben oder nicht zu glauben«, fällt es ihm Gott sei Dank ein und die Diplomatie seiner Worte freut ihn, was ihn im Sessel sogleich wieder höher rutschen lässt.

»Das Volk wird unruhig, einen Aufstand können wir uns nicht leisten. Was, wenn ihr euch wieder getäuscht habt, es keine Hoffnung und keine Erlösung gibt?«, sagt Rother etwas sanfter und mit heuchelndem Respekt.

»Die Zeichen waren deutlich, die sieben Reiter in Form der sieben Katastrophen, die die Erde heimsuchten. Dann vor sieben Tagen die Sternschnuppen, die vom Himmel fielen – ihr habt sie doch selbst gesehen! Und dann die Zahl, die in jeder Kirche erschienen ist und kontinuierlich nach unten zählt. Ein untrügliches Zeichen! Glaubt mir, die Endzeit ist gekommen! Jesus Christus ist da und wird die 144.000 mit sich nehmen, die im Endgericht schlussendlich Heil erfahren«, fast wäre Simon bei seinen Worten abgehoben. Die Unsicherheit Rother‘s, der sonst so kontrolliert scheint, bereitet ihm Genugtuung.

»Und wer werden die 144.000 sein?«

Rother ist aufgestanden, ans Fenster getreten und lehnt

nun seine Stirn gegen die kühlende Scheibe. Er blickt auf den Garten tief unten zu seinen Füßen. Schichter in weißen Overalls mit Mundschutz, die aussehen wie kleine Männchen, lesen jedes verwehte Blatt und jede verwelkte Blume auf. Der Garten sieht aus wie in einem kitschigen Film: Grün, sauber, unberührt und umzäunt von hohen Mauern, die mit Kameras und Wachen ausgestattet sind. Dahinter befindet sich die Stadt. Menschengewimmel, Baracken, eingestürzte Gebäude und jede Menge Unrat, der sich in den Straßen häuft. Größer könnte der Kontrast nicht sein. Rother hasst den Anblick der Stadt und würde ihn am liebsten ausblenden. Deshalb steht er gerne dicht an der Scheibe und blickt nach unten.

Nachdenklich zwirbelt er an seinem Bart. Diese Zahl hat auch ihn stark beunruhigt. Wie soll man sich auf eine solche Prophezeiung vorbereiten?! Seine Familie wird wohl nicht zu den Versiegelten gehören, da ist er sich ziemlich sicher. Doch er hat die Zahl, die plötzlich an den Säulen erschien, in seiner Kirche gesehen. Irgendetwas wird geschehen! Er muss seinen Plan umsetzen, um seine Chancen fürs Überleben zu erhöhen. Er dreht sich zu Simon um und steuert direkt auf ihn zu. Dicht neben ihm bleibt er stehen, fest entschlossen, eine Botschaft aus ihm herauszupressen. Apostel Simon blickt nicht hoch. Er schaut scheinbar interessiert auf die Schreibtischglasplatte, auf der die sieben Kontinente zu sehen sind.

Rother dirigiert von seinem Schreibtisch aus alles. Die Technik des gesamten Sektors lässt sich hier steuern und jeder Mensch mit RFID-Chip wird geortet. Während die Bevölkerung keinen Zugang mehr zu Computern, Handys oder Internet hat, haben die Schildberger ihn noch.

Sein Überwachungszentrum, wie es sonst nur die anderen Machthaber auf den anderen Kontinenten haben, ist mit der allerneusten Technologie ausgestattet.

Simon dreht ungeduldig an seinen Ringen, er möchte hier einfach nur weg. Was soll er auch anderes sagen, als schon vor sieben Tagen? Außer, dass die Prophezeiung eben jetzt eingetroffen ist?!

»Und wie wird es jetzt weitergehen?«, wiederholt Rother seine Frage mit Nachdruck.

Simon ist die Veränderung in seiner Stimme nicht entgangen. Er wirkt unsicher, beinahe ängstlich, stellt Simon freudig fest und lehnt sich jetzt noch genüsslicher in den Stuhl zurück. »Ich hatte mit allem recht!«, geht es ihm erneut durch den Kopf und fast fühlt er sich wie ein lebendiger Prophet. Bereitwillig erklärt er noch einmal, was er bereits vor sieben Tagen und auch davor schon erklärt hat:

»Laut Bibel werden, binnen sieben Tagen, die 144.000 ein Siegel von Gott erhalten. Wenn sich jeder Mensch für oder gegen Gott entschieden hat, werden die Winde losgelassen und die Versiegelten gen Himmel fahren.«

Rother wird jetzt äußerst ungehalten. Er hatte nicht mehr damit gerechnet, dass die Prophezeiung doch noch eintreten könnte und gehofft, alles wieder unter Kontrolle kriegen zu können. Er beugt sich über Simon und schaut ihm scharf in die Augen:

»Ihr habt meine Frage nicht beantwortet! Wer genau werden die 144.000 sein?«

Stammapostel Simon fühlt sich buchstäblich in die Enge getrieben. Er darf jetzt nichts Falsches sagen. Und eigentlich hätte er auch gerne für sich diese Frage beantwortet. Er muss Jesus finden, sonst glaubt ihm keiner! Wenn er keinen Beweis hat, laufen auch ihm seine treuen Gotteskinder scharenweise davon und wer weiß, was sie dann mit ihm machen würden. Vielleicht würden sie ihn am nächsten Baum aufhängen. Auch er braucht Sicherheit! Die ganze Stadt pilgert bereits in Richtung Kirchensektor, das wird Rother sicher nicht entgangen sein. Doch was, wenn er Jesus nicht findet? Keiner? Hatten er und seine Kirche doch alles nur für die Wiederkunft Christie vorbereitet. Eine Enttäuschung würde das Volk nicht hinnehmen. Der Glaube ist das Einzige, was ihnen noch geblieben ist. Auch wenn ihn ebenfalls Zweifel plagen, sieht er Rother ruhig an. Er will ihm ein wenig Hoffnung mit auf den Weg geben, denn wer weiß, zu was dieser sonst im Stande wäre zu tun?! Simon hat von geheimen Plänen gehört: Anschläge von Seiten der Regierung, die die Bevölkerung auslöschen sollen. Und auch, wenn er davon überzeugt ist, dass es für Rother wohl keine Erlösung gibt, antwortet er in mildem Gebetston:

»Niemand kann etwas für seine Erlösung tun. Es ist ein Geschenk Gottes. Deshalb ist jeder, der die Versöhnung mit Jesus annimmt, erkauft aus der Erde. Der Kaufpreis ist das Blut Jesu. Mehr kann ich euch auch nicht sagen.«

Rother schreit ihn völlig unkontrolliert an: »Dann findet mir diesen Jesus! Findet ihn oder ihr müsst dafür büßen! Ist eure Prophezeiung wieder falsch, werde ich euch vernichten!!!«

Die Botschaft ist unmissverständlich. Simon weiß, dass, wenn er keinen Beweis für die Wiederkunft findet, er und damit die ganze Kirche dem Untergang geweiht ist. Irgendwo muss Jesus doch sein?! Er ist sich ganz sicher, die Zeichen richtig gelesen zu haben. Sein Leben lang hat er auf diesen Augenblick gewartet und allzu lange hat er nicht mehr zu leben. Sein Glaube ist das, was auch ihn noch am Leben hält; die Aussicht auf die Hochzeit im Himmel und das damit verbundene ewige Leben. Wie sollte er ihn erkennen, das richtige Kind finden? In der Bibel ist dahingehend kein Hinweis zu finden. Nicht mal auf ein Kind... Dennoch ist er sich sicher, dass es auf seinem Kontinent gelandet sein muss.

Als hätte Rother seine Gedanken gelesen, beugt er sich wieder über Simon. »Findet ihn!«, zischt er ihm eindringlich ins Ohr, sodass Simon seinen Atem spürt. Ein kalter Schauer läuft ihm über den Rücken.

Simons Gedanken überschlagen sich und er geht die Bibelstelle noch einmal für sich durch: »Als Jesus in den Himmel aufgenommen wurde, sagten zwei Engel, dass Jesus auf die gleiche Weise wieder kommen würde, wie er gen Himmel fuhr.« Er wird die Bibelstelle noch einmal genau prüfen. Oder ist Himmel auf Erden gemeint? Es gab nie einen Hinweis auf ein Kind und doch ist er sich sicher. Es muss ein Kind sein! Die Vision lag glasklar vor ihm.

Rother drängt weiter auf eine Antwort: »Und wann fahren die 144.000 in den Himmel auf? Wenn es wahr ist, wann ist es soweit?«

»Es hat bereits begonnen. Wie ich schon sagte, sobald sich die gesamte Menschheit für oder gegen Gott entschieden hat, wird es vorbei sein. Das wird am siebten Tag sein«, sagt Simon und ist bemüht, Gelassenheit zu demonstrieren.

»Was passiert mit den Ungläubigen, mit dem Rest?«

»Die Tür der Gnade wird sich für immer schließen und es wird keine Gelegenheit mehr geben, Heil zu erfahren. Das wird das Ende der Gnadenzeit sein und jeder Fall entweder zum ewigen Leben oder zum ewigen Tod entschieden.«

Rother lässt von Simon ab und fragt scheinheilig: »Und ihr seid euch sicher, zu diesen 144.000 zu gehören?«

Stammapostel Simon hat nie daran gezweifelt. Schließlich hat er sein Leben für die Kirche gegeben und von dem Augenblick der »Himmelfahrt« schon immer geträumt. Da konnte es keinen Zweifel geben. Aber er entschließt sich abermals für eine diplomatische Antwort:

»Wenn wir Jesus unser Leben übergeben und ihn darum bitten, uns von unseren Fehlern zu reinigen, so wird er dies auch tun. Und genau das werde ich tun und das solltet auch ihr tun.«

Rother hat sich ihm gegenüber an den Schreibtisch gesetzt. »So könnte also auch ich meine Schuld loswerden und zu den 144.000 gehören«, denkt er. Das ist also das Schlupfloch. »Buße tun oder mit dem Blut Jesu zu bezahlen«. Ersteres erscheint ihm abwegig. »Jetzt gilt es nur noch die Menschen zu reduzieren, dann würden sich meine Chancen weiter erhöhen. Das war doch gar nicht so schlecht. Und falls Jesus auf meinem Kontinent ist, muss ich ihn unbedingt in die Finger kriegen. Und wenn nicht? Auch dann wird es höchste Zeit, der Überbevölkerung Herr zu werden«, wägt er weiter für sich ab.

Die Schildberger dachten schon längere Zeit über eine groß angelegte Vernichtungsaktion nach, um den Tod von drei Milliarden Menschen herbeizuführen. Jetzt war es an der Zeit. Der Plan musste schnell in die Tat umgesetzt werden. Stammapostel Simon hat sich erhoben und meint:

»Mein Präsident, mehr kann ich euch im Augenblick auch nicht sagen.«

»Schon gut, ihr habt mir sehr geholfen, Eminenz. Haltet mich auf dem Laufenden und wenn ihr das Kind findet, bringt es zu mir.«

Beide sehen sich mit falschem Lächeln an, in dem Wissen, dass dies nie geschehen wird. Simon würde ihm Jesus nie bringen, im Gegenteil. Seine Macht würde durch Jesus ins Unermessliche wachsen, das weiß auch Rother.

»Eine letzte Frage noch«, stoppt er Simon. »Wenn er aber nun doch nicht gekommen ist? Wenn ihr euch wieder getäuscht habt?«

»Er ist schon da, da bin ich mir sicher! Auch in eurer Gebietskirche ist die Zahl erschienen, ihr habt es doch gesehen?!«

Rother ist aufgestanden und um den Tisch zu Simon gegangen. Das mit der Zahl war seltsam und zutiefst beunruhigend, da musste er Simon recht geben. Widerwillig verbeugt er sich und verabschiedet ihn mit einem angedeuteten Handkuss.

»Mein Präsident«, erwidert Simon und verschwindet im Fahrstuhl. Simon ist froh, endlich gehen zu können. Die beiden Männer mögen sich eben nicht und trauen sich nicht über den Weg. Dennoch gaukeln sie tiefen Respekt voreinander vor und das strengt ihn jedes Mal mehr an als er zugeben möchte.

Rother sitzt wieder an seinem Schreibtisch und gibt bereits geschäftig Befehle in seine Watch: »Mischt euch unter die Apostel und lasst Simon nicht aus den Augen! Ich will über jeden seiner Schritte informiert werden.« Auch wenn die Regierung ein Abkommen mit der Kirche hat, sich nicht gegenseitig zu überwachen, geschieht es trotzdem. Ein kurzer Blick auf den Bildschirm lässt Rother innehalten. Was ist das?! Rote Punkte auf dem Bildschirm zeigen ihm an, dass etliche Menschen mit RFID –Chip in Richtung Kirchensektor pilgern. »Und schickt die Geheimdienste, sie sollen die ganze Stadt nach einem Kind absuchen. Es ist ca. sieben Tage alt. Ich brauche es, bevor Simon es in die Hände bekommt. Und haltet die Drohnen zum Abschuss bereit. Ich gehe auf die Basis.« Über seine verschwundene Tochter kein Wort! Die scheint er völlig vergessen zu haben.

Ritzi wartet mit Jill und Jake jetzt seit Stunden. Sie sind schon am Zweifeln, ob Jo jemals wiederkommt. Jill geht es zusehends schlechter. Das kleine Mädchen glüht förmlich und ist schweißgebadet. Abwesend wimmert sie vor sich hin, während Jake daneben sitzt und autistisch mit seinem Oberkörper hin und her wippt. Dabei wiederholt er, wie ein Mantra, immer wieder leise: »Sie wird sterben, sie wird sterben.«

»Halt endlich die Klappe und hör auf, zu jammern, das bringt uns auch nicht weiter!«, kläfft Ritzi ihn an.

Sie fühlt sich mit der Situation total überfordert und reagiert gereizt. Nervös spielt sie mit der Waffe in ihrer Hand und hält sie sich immer wieder gegen die Schläfe. »Ja, das werde ich vielleicht tun«, denkt sie kühl, »und vielleicht ist es besser so, denn dann habe ich dieses elendige Leben hinter mir.« Sie hat kein Mitleid mit den Sterbenden, eher mit den Überlebenden. Für sie ist die Erde nichts anderes als ein riesiges Straflager. Doch als ihr Blick erneut auf Jill fällt, empfindet sie Mitleid.

Plötzlich betritt Cyber den Raum, im Schlepptau einen Jungen, den Ritzi nicht kennt. Blitzartig ist sie aufgesprungen, den Revolver im Anschlag.

»Sachte, sachte, ich bin es«, beschwichtigt sie Cyber, den Ritzi jetzt erst erkennt, als er in den Lichtkegel tritt. Dann deutet sie mit der Waffe auf den Neuankömmling.

»Wer ist das? Du weißt, dass du hier niemanden herbringen sollst!«

»Hey, beruhig dich. Das ist ein alter Freund von mir. Und jetzt nimm endlich die Waffe herunter! Ich hab was zu essen dabei.«

Ritzi steckt die Waffe unter ihr Kettenhemd und mustert den Neuen weiter misstrauisch von Kopf bis Fuß. Er ist ein dunkler Kumpan, mit einem blauen und einem braunen Auge. Auch bei ihm sind die Augäpfel rot tätowiert, was wirklich beängstigend und vor allem hässlich aussieht, findet sie. Das straßenköterblonde Haar ist kurz rasiert, sodass es den Schädel stoppelig bedeckt. Er muss so um die 15 oder 16 Jahre alt sein, schätzt sie. Er trägt eine übergroße, grüne Military Hose, aus der eine rote Mütze hängt und die halb unter dem Arsch mit einem Gürtel, ohne Schnalle, zusammengebunden ist. Im Bund steckt ein Messer. Dazu ein überdimensionales, kurzärmeliges Basketball-Shirt, das wohl mal rot-weiß war, über einem langärmeligen schwarzen, zerschlissenen Shirt.

»Das ist Krätze, er hat mir Parcours beigebracht und auch sonst so Einiges, also sei nett zu ihm«, sagt Cyber, dem Ritzi‘s abschätziger Blick nicht entgangen ist. Er will lieber vermeiden, ihr zu sagen, dass er ihn aus dem Jugendknast kennt.

»Ich bin nett zu wem ich will«, raunt Ritzi zurück und schaut Krätze weiter kratzbürstig an. »Nomen ist Omen«, denkt sie. Der Junge trägt lauter Narben im Gesicht, wahrscheinlich vom Aufkratzen irgendwelcher Wunden. Er sieht abstoßend aus. Auf Ritzi wirkt er ekelig.

»Wo ist Jo?«, fragt Cyber in die Runde und sieht dabei Jill besorgt an. »Was ist mit ihr?«

»Sie ist krank«, antwortet Ritzi und Jake winselt daneben: »Sie wird sterben. Ich weiß es.«

Cyber geht zu Jill und hält seine Hand auf ihre Stirn. »Sie hat Fieber.« Er kramt aus seinem Mantel einen Maiskolben, irgendwo hat er noch eine Dose mit Linsen aufgegriffen und zwei Kartoffeln, die er ebenfalls aus einer der vielen Taschen fischt.

»Sie braucht was zu essen. Mach Feuer!«, befiehlt er Ritzi.

»Ich bin nicht deine Sklavin, mach doch selber Feuer!«

Ritzi kann es nicht ausstehen, wenn man ihr Befehle erteilt. Außerdem ist sie immer noch sauer, dass er jemanden mitgebracht hat. Aufgebracht steht sie auf.

»Die Kleine ist ja eine richtige Wildkatze«, mischt sich jetzt Krätze ein. Dabei zwinkert er Ritzi zu, die wie ein Tiger im Käfig in der Höhle auf und ab geht. Krätze ist die Schönheit des Mädchens nicht entgangen und er mustert sie ganz genau.

»Was will der bloß hier?«, denkt Ritzi angewidert, die seine Blicke spüren kann. Generell mag sie keine fremden Menschen. Außerdem ist sie misstrauisch und eifersüchtig auf alles und jeden, dem Cyber mehr Aufmerksamkeit widmet als ihr. Und obwohl sie Cyber im Grunde kaum kennt, findet sie, er könnte ihr größerer Bruder sein, den sie nie hatte.

»Ich hab ihn zufällig getroffen und jetzt beruhig dich! Setz dich endlich hin, du machst mich ganz nervös mit deiner Rumlauferei!« Cyber hat begonnen, Feuer zu machen. Eine alte große Dose dient als Topf, in die er den Mais bröselt, die Linsen dazu schüttet und die Kartoffeln mit seinem Messer hineinschnippelt. Alles zusammen stellt er auf die Flamme.

»Wo ist jetzt Jo?«, fragt er erneut, als sich Ritzi sichtlich beruhigt hat und sich zu ihm setzt.

»Er will Medizin für Jill besorgen, aber er ist schon seit Ewigkeiten weg«, antwortet Ritzi nun etwas entspannter.

Krätze hat ebenfalls Platz genommen, krümelt Marihuana in ein Zigarettenpapier, mischt etwas Tabak unter und dreht das Ganze zu einem Joint. Ritzi's Laune bessert sich mit der Aussicht auf einen Turn. Krätze zieht an der Zigarette, dann hält er sie Ritzi hin. »Na, will die kleine Wildkatze auch mal ziehen?« Ritzi nimmt die Zigarette, ohne ihn anzublicken und inhaliert den Rauch tief in ihre Lungen. Für mindestens 30 Sekunden hält sie die Luft an, damit sich die Droge tief in ihrem Körper ausbreiten kann.

Auf einmal ist auch Jake wieder geistig voll anwesend: »Ich will auch, gib her!« Er reißt Ritzi den Joint aus der Hand und zieht gierig daran. »Hast du auch was anderes?«, fragt er Krätze herausfordernd.

Krätze sieht ihn belustigt an: »So, so, was Starkes will der Kleine. Und was bekomm ich dafür?«

»An was hast du denn gedacht?«

Jake sieht sich verzweifelt in der Höhle um, so als könnte er irgendetwas anbieten, aber es gibt absolut nichts. »Ich hab nichts!«, sagt er schließlich und es klingt fast verzweifelt. Krätze kramt vier Pillen aus seiner Tasche und hält sie ihm unter die Nase.

»Wie wäre es mit einem Kuss von deiner Freundin?!«, dabei sieht er Ritzi schelmisch an.

»Fick dich!«, ist das einzige, was Ritzi darauf antworten kann und nimmt Jake den Joint weg.

Krätze lenkt ein: »War doch nur ein Scherz, hier!« Er hält Ritzi die Pillen hin.

»Was ist das für ein Zeug?«

»Das verteilen sie in den Lagern. Es macht dich ruhig und glücklich, also nimm schon!«

Ritzi nimmt zwei Pillen und wirft sich eine davon ein. »Scheiß drauf«, denkt sie, »heute ist schließlich mein Geburtstag.«

Jake hat sich frech eine Pille geschnappt und mit dem selbstgebrannten Schnaps heruntergespült, den Krätze ebenfalls mitgebracht hat. Inzwischen ist auch die Suppe fertig. Cyber versucht, sie vorsichtig Jill einzuflößen, aber diese ist sogar zu schwach zum Essen. »Du musst essen!«, bittet er sie sanft. Doch Jill sieht ihn nur lethargisch an, hält ihren Mund beharrlich geschlossen und sinkt wieder in einen fiebrigen Schlaf.

»Sie braucht dringend Medizin, hoffentlich kommt Jo bald.« Cyber sieht das Mädchen besorgt an.

Ritzi ist zu ihm gegangen und legt ihm die Hand auf die Schulter. »Das wird schon wieder, lass sie schlafen.« Dann schiebt sie ihm auch eine Pille in den Mund.

Die Droge fängt bereits an zu wirken. Die Realität verschwindet hinter einem bunten Schleier. Ritzi fühlt sich ruhig und glücklich und anstatt etwas zu essen, trinken alle weiter Schnaps. Die Stimmung wird immer ausgelassener. Selbst Jake hat seine kleine Schwester vergessen. Er fühlt sich warm und geborgen. Sie hocken um das Feuer, auf dem immer noch die Suppe köchelt, aber Hunger verspürt keiner mehr. Stattdessen erzählen sie sich Geschichten, Heldentaten von ihren Streifzügen durch die Stadt. Krätze erzählt von seiner Flucht aus dem »Abschaumdorf«, in dem er einst wegen seiner Narben und seinem kranken Aussehen gelandet war und wie er Zuflucht im Untergrund fand. Ritzi findet ihn mittlerweile gar nicht mehr so schrecklich, doch als Cyber und Jake eingeschlafen sind, schlägt die Stimmung plötzlich um. Krätze rückt bedrohlich nah an Ritzi heran, sie riecht seinen stinkenden Atem.

»Na, du kleine Wildkatze, krieg ich jetzt meinen Kuss?« Mit beiden Händen hält er ihren Kopf, zieht ihn zu sich heran und drückt ihr gewaltsam einen Kuss auf die Lippen.

Ritzi stößt ihn angewidert von sich weg, doch Krätze wirft sich auf sie und drückt sie zu Boden. Schnell hat er sich auf sie gesetzt und umklammert sie an den Handgelenken. Immer wieder versucht er sie auf den Mund zu küssen.

»Ich mag es, wenn du dich wehrst. Komm her du kleine Katze.«

Ritzi strampelt wie wild um sich und wirft ihren Kopf hin und her, damit er nicht ihren Mund erwischt.

Jake ist aufgewacht und eilt ihr zu Hilfe. Er versucht, Krätze von ihr herunter zu ziehen und wirft sich auf dessen Rücken. »Misch dich nicht ein, Kleiner!«, zischt Krätze Jake an. Dabei löst er seinen Griff, um ihn mit einer Hand wegzustoßen. Ritzi nutzt den Augenblick, greift schnell nach ihrem Messer und rammt es Krätze zwischen die Rippen. Augenblicklich strömt Blut heraus. »Du Schlampe, was hast du getan?!« Erschrocken lässt Krätze von ihr ab und greift nach dem Messer, das tief in seiner Wunde steckt. Ritzi krabbelt unter ihm durch und springt auf. Sie holt den Revolver unter ihrem Hemd hervor und zielt auf Krätze's Kopf, das Messer steckt immer noch in seinen Rippen. Unter Schmerzen zieht sich Krätze das Messer aus der Wunde.

»Das wirst du bereuen, Schlampe!«

Cyber ist von dem Krach aufgewacht und sieht Ritzi, wie sie auf seinen Kumpel zielt.

Krätze schreit: »Die ist irre, die Alte ist vollkommen verrückt!«

Cyber hat sich den beiden genähert und steht jetzt schützend vor Krätze. Ungläubig sieht er Ritzi an. »Was hast du getan?«

»Was ich getan habe?! Frag doch deinen verdammten Freund, was der getan hat!«, schreit Ritzi.

Dass sich Cyber scheinbar auf Krätze's Seite stellt, verletzt sie zutiefst. Kurzentschlossen schiebt sie den Revolver wieder unter ihr Hemd, packt ihre Jacke und läuft fluchtartig davon. Krätze schreit ihr noch hinterher: »Dich krieg ich noch, Schlampe!«

Simon lässt sich erschöpft in den hellblauen Samtsessel fallen und betrachtet die Pracht des Zimmers. Nachdem er endlich von Rother zurückkam, musste er das für Jesus vorbereitete Zimmer noch kindgerecht gestalten. Also schuf man rasch ein Kinderbett heran, das so überhaupt nicht Simons Ansprüchen entsprach. Darauf war man ja auch nicht vorbereitet. Das schlichte, hölzerne Gitterbett steht im starken Kontrast zu dem Stil des »Blauen Zimmers«, wie er es nennt. Das große Bett wird von vier goldenen Säulen getragen, die mit Engeln verziert sind und von hellblauen, schweren Brokatvorhängen umrahmt, die mit Kordeln an die Säulen geknotet sind. Der gleiche Stoff säumt auch die Glastür, die auf einen kleinen Steinbalkon führt.

Am liebsten würde er gar nicht schlafen wollen, doch die Aufregungen des heutigen Tages übermannen ihn mit großer Müdigkeit, hungrig ist er auch. Mühsam erhebt er sich aus dem Sessel, der neben dem Bett steht und schleppt sich vorbei an der großen barocken Kommode zur Türe hinaus. Bereits am Gang, in dem im Stil der alten Meister Porträts von allen verstorbenen Stammaposteln hängen, schreit er nach Maria.

»Maria, Maria! Verdammtes Weib, nie ist sie da, wenn ich sie brauche!«

Doch Maria ist innerhalb von 30 Sekunden herbeigeeilt. Geduld ist nicht Simons Stärke, das weiß sie und so hält sie sich eigentlich immer in seiner Nähe auf.

»Zu Diensten euer Hochwürden«, steht sie auch schon knicksend vor ihm, den Kopf gesenkt, immer darum bemüht, ihre Aufregung zu verbergen. Denn auch sie traf der Eintritt der Prophezeiung wie ein Blitz und sie ist doch sehr aufgewühlt. Tief verborgene Ängste, nicht genug zu sein, nicht genug Demut gezeigt zu haben, paaren sich mit Schimmern der Hoffnung, Heil zu erfahren. Ein

Gefühlschaos, mit dem die verunsicherte Frau nichts anzufangen weiß.

»Maria, geh in die Hostienbäckerei und bring mir diese süßen Teilchen, du weißt schon. Und eine Flasche von meinem besten Wein.«

»Aber Hochwürden, das dürft ihr nicht. Der Arzt hat euch eine strenge Diät verordnet.«

»Papperlapapp! Jetzt bring schon, worum ich dich gebeten habe«, herrscht er sie ungeduldig an. »Und geh Johann suchen! Diese Schuhe bringen mich um!«

Simon möchte sich jetzt ganz seiner bevorstehenden Himmelfahrt widmen, am liebsten würde er heute niemanden mehr sehen. Maria will noch etwas entgegnen, entschließt sich, es dann aber doch sein zu lassen, auch weil sein Gesicht immer röter wird. »Der Zucker wird ihn noch umbringen«, denkt sie stattdessen, »gerade wo er sich ein bisschen erholt hat.«

Maria tut wie ihr geheißen wurde und macht sich auf den Weg zur Hostienbäckerei, die am Ende des Gartens in einem Seitengebäude untergebracht ist. Zwei Agenten des Präsidenten, verkleidet als falsche Apostel, die sich in der Nähe des Herrenhauses aufgehalten haben, folgen ihr. Sie sind unbemerkt in das riesige Kirchenarsenal gelangt und haben seitdem nahe dem Herrenhaus bei den Baracken gelauert. Unter den vielen Aposteln, die alle die Kapuzen tief im Gesicht tragen, fallen sie nicht weiter auf und können sich unerkannt auf dem Gelände bewegen. Nur ihre Vollglatzen könnten sie verraten, die eigentlich alle Laufburschen der Regierung tragen. Eine Reliquie aus alten Zeiten, um möglichst wenig DNA zu hinterlassen. Sie sahen die aufgeregten Sektorenapostel rein- und rausgehen und wie sich immer mehr Mütter mit Babys vor den Toren versammelten. Als sie Maria erblicken, folgen sie ihr. Sie wissen, dass sie zu den engsten Vertrauten Simons gehört. Auf dem Weg zur Bäckerei stößt Maria mit Johann zusammen, der quer über das Gelände zum Herrenhaus eilt.

»Was ist los, wo gehst du hin?«

»In die Hostienbäckerei, Süßes für Simon holen. Und jetzt geh und leiste ihm Gesellschaft.«

Johann verlangsamt seinen Schritt, wie immer ist er nicht besonders scharf darauf, sich mit Simon abzugeben. Als er endlich das Herrenhaus erreicht hat und ganz langsam die Treppe heraufgestiegen ist, klopft er vorsichtig an die Tür zu Simons Privatgemächern. »Herein«, kommt es von Innen unerwartet schwach und leise. Simon sitzt in seinem roten, prunkvollen Sessel und wartet, dass ihm endlich jemand aus den Schuhen hilft. Johann tritt vorsichtig an Simon heran und deutet Knicks und Handkuss an. Er sieht elendig aus, findet Johann und zieht sich den Schemel heran. Die Aufregungen des Tages sind Simon deutlich ins Gesicht geschrieben. So erschöpft hat er noch nie ausgesehen.

»Die Dinger bringen mich um«, kommt es so jämmerlich, dass selbst Johann ihn mit einem Anflug von Mitleid ansieht. Simon macht einen tiefen Atemzug, als der erste Schuh fällt. »Ich werde wohl bald sterben, mein Kleiner.« Johann stellt die Schuhe ordentlich ab.

»Ach, das habt ihr schon vor Wochen gesagt und seht euch an! Ihr seid immer noch hier«, versucht er ihn aufzuheitern, auch wenn er Gegenteiliges verspürt.

»Diesmal ist es wohl soweit. Für uns alle. Ich will, dass

du etwas für mich erledigst.« Verschwörerisch neigt sich Simon zu Johann, der auf dem kleinen Samtschemel immer noch vor ihm sitzt. »Such nach dem Kind. Geh in den Untergrund und such dort!«

Johann blickt Simon unverwandt an. »Was wird er mit dem Kind wohl machen?«, fragt er sich. Schreckliche Erinnerungen jagen ungewollt durch seinen Kopf.

»Es darf ihm kein Unheil geschehen, ER ist es!«

»Seid ihr euch sicher, dass es ein Säugling ist?«, fragt Johann skeptisch. Auch wenn ihm Jeus als Wiedergeburt in Form eines Kleinkindes irgendwie logisch erscheint, gibt es dennoch keinen Beweis. Es könnte auch einfach eine fixe Idee sein?!

»Daran gibt es keinen Zweifel. Und nun mach das du fortkommst.« In diesem Moment kommt Maria mit dem Gebäck und dem Wein zurück. »Stell alles hin, Maria und dann lasst mich endlich allein!«

Kaum schließt sich die Türe, steht er auf und geht zu dem schweren Sideboard, auf das Maria das Tablett gestellt hat. Gierig stopft er die süßen Teilchen in sich hinein und spült sie mit dem Wein reichlich nach. Dann nimmt er die Flasche und schleppt sich zum Bett.

Endlich haben Jo, Giovanni und das Baby das Labyrinth unter Sektor 6 erreicht. Die ganze Stadt schien auf den Beinen gewesen zu sein und alle hatten nur ein Ziel: das Areal vor dem Herrenhaus. Also schlossen sie sich dem Zug an und pilgerten unbemerkt mit dem Strom mit. Jo und Giovanni hatten so von der eingetretenen Prophezeiung erfahren und, dass die ganze Welt auf der Suche nach einem Kind ist. Giovanni schien das weniger zu beunruhigen. Kurz vor Sektor 6 verschwanden sie wieder im Untergrund und arbeiteten sich durch die engen Schächte bis zu ihrem Versteck vor. Jo betritt als erster die Höhle.

Cyber ist, mit einer Waffe im Anschlag, aufgesprungen. »Verdammt, na endlich! Wo warst du solange, ich warte hier schon seit Stunden!«, sagt er und lässt sie wieder in seinem Mantel verschwinden.

»Es ging nicht schneller! In der Stadt ist die Hölle los!«

Jo schiebt sich an Cyber vorbei und geht direkt zu Jill, die neben dem kleinen Feuer auf einer Decke liegt. Jake sitzt daneben und spielt, stoned und total abwesend, mit einem Stöckchen in der Flamme.

»Wo ist Ritzi?«, fragt Jo, während er das Wasser in einer Plastikflasche, die er über das Feuer hängt, wärmt. Ihm ist sofort aufgefallen, dass sie weg ist.

»Hey… Alter, die ist total ausgeflippt! Sie hat Krätze ein Messer in die Rippen gerammt und dann ist sie abgehauen.«

Cyber hat nicht nur sein Aussehen im Laufe der Jahre im Untergrund verändert, auch seine Sprache passte sich mehr und mehr an. Dabei ist er eigentlich ein gut erzogener Junge, der sogar lesen und schreiben kann.

»Wieso war Krätze hier?! Spinnst du!«, sagt Jo gereizt, während er sich des Babys entledigt und es auf seine Schlafstätte legt. »Der wird mich verraten!«

»Beruhig dich, chill! So schnell kommt der nicht wieder.« Cyber hat begonnen, einen Joint von dem Stoff zu bauen, den Krätze ihm übergelassen hat. Die Aussicht darauf erhellt Jo‘s Stimmung augenblicklich:

»Erzähl, was war? Ach übrigens, das ist Giovanni, kleiner Italiener, lag auf dem Weg«, fügt er noch hinzu und zeigt auf Giovanni, der seinen Stoffrucksack neben das Baby auf die Decke gelegt hat und sich unsicher umsieht. Je enger die Gänge wurden, umso mehr bedrückte ihn der Gedanke, das Richtige getan zu haben. Er war noch nie zuvor so tief im Labyrinth drinnen! Doch Cyber schenkt ihm keine weitere Beachtung und erzählt:

»Der wollte die Kleine küssen, da rammt die dem gleich das Messer in den Bauch. Mann, der hat vielleicht einen Aufstand gemacht. Da ist sie abgehauen. Dann hat er sich das Messer rausgezogen, ich hab ihn verbunden und er ist weg.«

»Es wird aber nicht lange dauern, dann kommt er bestimmt mit Festo zurück«, gibt Jo zu bedenken und inhaliert den Joint, den Cyber ihm hinhält so kräftig, dass er einen Hustenanfall bekommt und an den eigenen Worten fast erstickt. Er kennt Krätze aus seiner Zeit mit den Roten und traut ihm keine Minute über den Weg. Er wird ihn verraten, da ist er sich sicher! »Wir müssen hier so schnell wie möglich weg«, sagt er paranoid.

»Jetzt beruhig dich mal«, Cyber nimmt Jo die Zigarette aus der Hand und gibt sie an Jake weiter. »Heute Nacht bleiben wir hier!«

Nachdem der Joint ein zweites Mal bei Jo gelandet ist, entspannt er sich endlich. Sorge macht ihm aber nach wie vor Ritzi.

»Was soll das eigentlich mit dem Kind?«, fragt Cyber, als sein Blick auf das Baby fällt, dass auf einmal zu quieken beginnt.

»Ist mir zugeflogen!«, antwortet Jo knapp und zieht die Kutte unter seiner Weste hervor, die er in den engen Schächten dort verstaut hat und legt sie als Decke über das Kind. »Wir sind den ganzen Tag gelaufen und in der Stadt ist voll das Chaos ausgebrochen. Die laufen alle rum wie die Verrückten, weil die Prophezeiung eingetreten ist.«

Cyber unterbricht ihn: »Die Prophezeiung ist eingetreten? Woher weißt du das? Wie lange haben wir noch?«

»Sechs Tage, heute ist ja schon fast vorbei.«

»Wow, das ist krass. Und hat man ihn gesehen?« Cyber überwältigt die Nachricht irgendwie. Dass die Prophezeiung tatsächlich eingetreten ist, damit hatte auch er nicht mehr gerechnet.

»Gesehen hat ihn keiner, alle reden von einem Kind.«

»Was für ein Kind?«

»Keine Ahnung, ein Kind eben.«

»Na und das da?«, fragt Cyber weiter und blickt auf das Baby, das Giovanni jetzt im Arm hält. »Und die, wo hast du die jetzt aufgegabelt? Rede schon?!«, fragt Cyber neugierig weiter.

Jo bröselt seelenruhig die gemeinten Eukalyptusblätter in eine leere Dose und übergießt sie mit heißem Wasser. Er spürt die angenehme Wirkung der Droge, die ihn endlich zur Ruhe kommen lässt. »Hier, gib das deiner Schwester«, sagt er zu Jake und überreicht ihm die Medizin. Jetzt hat er all seine Pflichten erfüllt und will einfach nur seine Ruhe haben.

Jake krabbelt zu seiner Schwester und legt ihren Kopf in seinen Schoß. Das Mädchen sieht sehr schwach aus. Obwohl sie fiebert, ist ihr Gesicht weiß wie die Wand. Jake versucht, ihr die Flüssigkeit einzuflößen, doch Jill scheint zu schwach zum Trinken zu sein. Die Flüssigkeit läuft an ihrem Mund vorbei und tropft auf die Decke. »Wird sie wieder gesund?«, fragt er Jo ängstlich. Doch statt zu antworten, zuckt Jo nur schwach mit den Schultern. In dem Moment erscheint ein Zeichen auf Jill's Stirn. JHWH 5003. Während die Zahlen in den Kirchen runterzählen, scheinen die Zeichen auf der Stirn der Sterbenden nach oben zu zählen.

Giovanni ist aufgesprungen und ruft: »Madonna, sieh doch!«

»Verdammt!« Auch Cyber ist aufgesprungen, vor lauter Schreck hat er sich an dem Joint verbrannt.

Alle können es sehen. Ungläubig starren sie auf das Zeichen, das ebenso schnell wieder verschwindet, wie es gekommen ist.

Nach gefühlten Minuten des Schweigens findet Jake als erster seine Worte wieder: »Sie ist tot, Jill ist tot!« Der Kopf des Mädchens liegt schwer in seinem Schoß. Jo kniet sich neben das Mädchen und fühlt ihren Puls. Nichts. Wortlos streicht er Jake über den Kopf. Jake bricht in Tränen aus und umklammert seine tote Schwester.

»Hast du das gesehen? Was war das?«, wendet sich Cyber, immer noch geschockt, an Jo.

»Keine Ahnung, aber heute Morgen hab ich das Zeichen bei dem Alten auch schon gesehen.«

Jo erzählt nun endlich die ganze Geschichte: Von der Begegnung mit dem Alten, wie dieser verstarb und wie er zu dem Baby gekommen ist. Alle hören ihm aufmerksam zu.

»Und was willst du jetzt damit machen?«, fragt ihn Cyber. Die Stimmung ist auf einmal sehr ruhig und friedlich, obwohl Jill tot in der Höhle liegt.

»Dann ist das Jesus?«, fragt Jake naiv in die Runde und

spricht damit aus, was mittlerweile alle denken. Er steht auf, wischt sich die Tränen ab und geht zu den anderen. Ganz dicht setzt er sich neben Jo. »Kommt sie jetzt in den Himmel?«

»Ja, das wird sie«, sagt Jo liebevoll und streicht ihm über den Kopf. Dann steht er schnell auf, als ihm klar wird, wie endlich das Leben ist. Er nimmt Giovanni das Baby aus dem Arm und setzt sich wieder ans Feuer. Jake ist aufgestanden und hat sich neben seine tote Schwester gelegt. Er umarmt sie und drückt ihren Körper fest gegen seinen. Ein jeder hängt seinen Gedanken nach, es ist vollkommen ruhig. Giovanni hat sich ebenfalls eine provisorische Schlafstatt gebaut und scheint schon längst zu schlafen.

»Was ist eigentlich ein Gesandter?«, fragt Jo Cyber nach langem Schweigen.

»Sowas wie ein Bote. Jemand, der geschickt wird, um eine Aufgabe zu erfüllen. Warum? Wie kommst du darauf?«

»Nur so.«

Dann ist es wieder still, es ist nur noch das Geräusch des flackernden Feuers zu hören. Jo's letzter Gedanke, bevor er einschläft, gilt dem Baby und der Frage, was er bloß damit machen soll. Und warum er?

TAG 2

Ritzi hat sich im Untergrund bis Sektor 3 durchgearbeitet. Den Rest der Nacht hat sie frierend auf einer Parkbank verbracht. Seit dem Morgengrauen schleicht sie um ihr Elternhaus, das ganz in der Nähe liegt und beobachtet es aus der Ferne. Ihre Mutter lebt mit ihrem Stiefvater und ihrer kleinen Halbschwester in einem Schichtergebäude im Erdgeschoß. Im Inneren brennt schwaches Licht. Ritzi kann die Silhouette ihres Stiefvaters erkennen. Seinen, vom Alkohol aufgedunsenen, Bauch und wie er mit einer Dose in der Hand durch die kleine Wohnung streift. Plötzlich bleibt er am Fenster stehen. Schnell duckt sie sich hinter die Büsche und beobachtet ihn weiter.

Dunkle Erinnerungen werden in ihr wach. Wie er sie ständig belästigt und beinahe zu Tode geprügelt hat, wenn sie sich weigerte, ihm zu gehorchen. Nicht einmal nachts hatte sie Ruhe vor ihm. Er kam nach Hause, wann es ihm passte und weckte sie oft betrunken auf, um sich an ihr zu befriedigen. Ihre Mutter glaubte ihr nie und so stritten sie ständig. Sie musste früh aufstehen und viel arbeiten und obwohl sie Schichterkind war und die ersten vier Jahre eigentlich die Schule besuchen durfte, konnte sie dort nur hin, wenn sie Zeit dafür hatte. Mit zwölf Jahren ist sie schließlich abgehauen. Seit jenem Tag plagen sie Schuldgefühle, weil sie ihre kleine Schwester zurückgelassen hatte. Eigentlich wollte sie nie zurückkehren. Doch nach den gestrigen Ereignissen und der Tatsache, dass sie Geburtstag hat, zog es sie auf einmal hierher. Sie hat Heimweh nach einem Ort gehabt, von dem sie sich immer wegwünschte. »Vielleicht würde man mich freundlich empfangen? Vielleicht würde sich meine Mutter ja sogar freuen?!«, wägt sie für sich ab. Auf jeden Fall will sie ihre Schwester sehen und sich vergewissern, dass es ihr gut geht.

Gegen Morgen nimmt Ritzi ihren ganzen Mut zusammen und marschiert geradewegs auf ihr Elternhaus zu. Vorsichtig schleicht sie ins Treppenhaus durch die, schon seit ewigen Zeiten, eingeschlagene Glastür. Vor der Wohnungstür rutscht ihr dann doch das Herz in die Hose, als sie die Stimme ihres Stiefvaters aus dem Inneren dröhnen hört. »Wo bleibt mein Kaffee?!« Zaghaft klopft Ritzi an die Wohnungstür. »Hilde, mach die Tür auf!«, hört sie ihren Stiefvater rufen. Eigentlich würde Ritzi jetzt am liebsten kehrtmachen, doch da öffnet ihre Mutter schon die Tür. Erschrocken sieht sie ihre Tochter an. Wieder ertönt die Stimme des Stiefvaters: »Wer ist da?«

Ritzi's Mutter antwortet mit hörbar zitternder Stimme: »Niemand!«, und schiebt Ritzi zurück ins Treppenhaus. »Was willst du hier?«, faucht sie ihre Tochter lieblos an. Da erscheint plötzlich ihre kleine Schwester Anna im Türspalt und als sie Ritzi erkennt, fällt sie ihr sogleich weinend um den Hals. Ritzi nimmt sie in den Arm und drückt sie so fest an sich wie sie nur kann. Augenblicklich löst sich schmerzvoll ein Pflock aus ihrem Herzen.

»Ich wollte nach Anna sehen, sonst nichts«, sagt sie den Tränen nahe und streichelt zärtlich über Anna's Gesicht. Sie könnte weinen, verkneift es sich aber vor ihrer kleinen Schwester und versucht, ihre Gefühle zu überspielen. »Wie groß du geworden bist«, betrachtet sie ihre Schwester liebevoll.

Anna ist jetzt fünf Jahre alt. Ein süßes, kleines Mädchen mit blonden, langen Haaren und vollen Lippen. Genau wie Ritzi damals. Anna ist jetzt genau in dem Alter, als ihr Stiefvater anfing, Ritzi zu betatschen, kommt es ihr und sie mustert ihre Schwester aufmerksam nach irgendwelchen Anzeichen. Ihrem Stiefvater ist der Tumult an der Türe nicht entgangen und schon steht der mächtige Mann im Türrahmen. Als er Ritzi sieht, reißt er ihr das kleine, weinende Mädchen aus den Armen und schreit seine Frau an:

»Was will die Hure hier?« Hilde sieht ihren Mann devot an, während ihr Stiefvater die Kleine rabiat zurück in die Wohnung zieht. »Mach, dass die fort kommt!«, sagt er zu seiner Frau und geht zurück in die Wohnung.

»Tut er ihr weh? Wenn er ihr weh tut, dann bringe ich ihn um!«, schreit Ritzi ihre Mutter hysterisch an.

Umsonst! Ihre Mutter scheint durch sie hindurch zu sehen. »Verbreitest du immer noch deine Lügen? Es ist besser, wenn du gehst, du hast hier nichts mehr verloren.«

Schon will ihre Mutter die Türe zuschieben, doch Ritzi stellt schnell ihren schweren Schuh dazwischen. »Lass mich Anna mitnehmen!«, meint sie allen Ernstes.

»Du wirst deine Schwester in Ruhe lassen, hörst du! Und komm nie wieder hier her. Lass uns endlich in Ruhe! Sieh dich nur an«, dabei mustert sie ihre Tochter abschätzig von oben bis unten.

»Anna!«, versucht Ritzi an ihr vorbei zu schreien, doch

ihre Mutter schubst sie heftig zurück, bevor sie mit aller Kraft die Türe zuknallen kann.

Verloren und irgendwie geschockt steht Ritzi im Treppenhaus. Schwarze Tränen rollen aus ihren geschminkten Augen und hinterlassen graue Bahnen im Gesicht. Betäubt von der Wut und der Trauer, die sich in ihr ausbreiten, läuft sie zurück in den angrenzenden Park. Sie steuert auf die Parkbank zu, setzt sich hin, fingert nach ihrem Messer und stellt verzweifelt fest, dass sie es ja gar nicht mehr hat! Also sucht sie den Boden nach Glassplittern ab, findet endlich eine Scherbe und ritzt sich zwei lange Streifen quer über den Arm. Blut strömt aus. Der Anblick entspannt sie und gibt ihr ein wohliges Gefühl, das ihren ganzen Körper durchströmt. Sie streckt sich auf die Bank und sieht ruhig zu, wie das Blut langsam auf den Boden tropft und sich dort zu einer kleinen Lache ausbreitet. Während ihr Bewusstsein langsam schwindet, malt sie sich aus, wie sie ihren Stiefvater umbringen könnte.

Jo wacht mit einer komischen Vorahnung auf. Instinktiv hatte er Babygeschrei erwartet. Gestern war ihm das Baby noch egal. Jetzt hat er Mutterinstinkte, stellt er belustigt fest und wundert sich über sich selbst, während er sich im Dunklen hochrappelt und mit einer Hand nach dem Baby fühlt. Er hat sich mit der Kutte zugedeckt, merkt er beim Abtasten seiner Kleider, als er auf der Suche nach einer weiteren Leuchtkugel ist. Zum Glück hat er noch einige von den erbsengroßen Dingern in seiner Tasche. Es war ein Leichtes, sie zu klauen, erinnert er sich. Er sieht noch die kleine chinesische Marktfrau vor sich, wie sie ihm hinterhergeschrien hat, als er ihr die Tüte mit den

Kugeln aus der Hand gerissen hat und einfach weggelaufen ist. Es war ein Leichtes! Ihr verdutztes Gesicht wird er nie vergessen. Und ohne die könnten sie sich hier im Dunklen wohl kaum zurecht finden.

Jo wirft die Kugel auf den Boden und die Höhle erhellt sich. Er blickt sich, noch verschlafen, in der Runde um. Jake liegt am gleichen Platz, wo er gestern Abend eingeschlafen war, direkt neben ihm. Aber wo ist Jill? Jo springt auf. Und wo sind Giovanni und das Baby? Und Cyber? Jo ist jetzt hellwach. »Verdammt, wo sind alle hin?«, schreit er und blickt sich panisch um. Sie werden doch nicht alle gestorben sein?

Jake ist von dem Geschrei aufgewacht und bemerkt sofort, dass seine Schwester nicht mehr da ist. »Wo ist Jill? Ich hatte sie doch fest im Arm?!«, schreit er hysterisch.

Jo versucht, beruhigend auf ihn einzureden, aber auch er hat keine wirkliche Erklärung. »Vielleicht ist sie aufgestiegen«, denkt er laut, »da war doch dieses Zeichen, wie bei dem Alten und der war auch plötzlich weg.«

»Dann ist sie jetzt wirklich im Himmel?«, fragt Jake etwas beruhigter.

»Ja, Jill ist im Himmel, Kleiner. Aber die anderen?« Noch einmal sieht er sich suchend um, als könnte er einen Hinweis finden. Aber nichts! »Wir müssen hier weg. Krätze könnte zurückkommen und er könnte mich an Festo verraten. Lass uns abhauen!« Hastig macht sich Jo daran seine Sachen zu packen.

»Aber wenn Jill wiederkommt?«, fragt Jake und bleibt beharrlich sitzen.

»Sie kommt nicht wieder. Los pack dich zusammen!«

In seinem Kopf beginnt es zu arbeiten: »Dieser verdammte kleine Italiener! Was hat er vor?! Und wieso ist Cyber weg? Ob die gemeinsame Sache machen? Und wer hat das Baby? Vielleicht wollen sie mich an Festo ausliefern? Und dann dieses Zeichen? Gesandter? Die Prophezeiung?! Jill?« Jo kann seine Gedanken kaum ordnen. Aber egal wie es auch ist, sie haben mit heute noch sechs Tage Zeit. Nervös kaut Jo an seinen Fingernägeln und spuckt das Abgenagte aus. Er weiß nicht, was er von all dem halten soll.

»Wir gehen in die Wohnung des Alten«, entscheidet er schließlich. »Dort sind wir sicher und uns findet keiner.«

»Ich bleib hier«, murmelt Jake traurig. »Vielleicht kommt Jill zurück und dann ist keiner da.«

Jake versteht immer noch nicht richtig, wie sie einfach so verschwinden konnte, aber Jo kann den Kleinen keinesfalls alleine hier lassen.

»Sie wird nicht kommen!«, antwortet Jo ungehalten. Ihm ist gerade alles zu viel und jede Sekunde zählt. Und er will auf keinen Fall Festo in die Hände fallen. »Los jetzt! Sonst geh ich alleine!«, droht er.

»Aber wie kann sie ohne mich gehen? Ich hatte sie doch fest im Arm«, winselt Jake weiter und verharrt auf seinem Platz.

»Ich weiß, vielleicht ist ein Wunder geschehen und sie ist jetzt ein kleiner Engel und passt von oben auf dich auf. Und jetzt komm!«

Jo nimmt Jake an der Hand, reißt ihn hoch und zieht ihn rabiat aus der Höhle. Auch seine Zeit ist begrenzt, denkt er. Außerdem schmerzt sein Rücken und er will nur noch weg, denn hier sind sie nicht mehr sicher. Beklommen und schweigsam machen sie sich auf den beschwerlichen Weg durch die engen Gänge, hinauf zu den stillgelegten U-Bahn-Schächten. Jo hasst es, dass sie schon wieder durch die engen Tunnel müssen. »Dieses Mal ist es das letzte Mal«, denkt er. »Ich werde nicht mehr zurückkommen.«

Endlich erreichen sie die großen Schächte und können wieder aufrecht gehen. Der Wind pfeift durch den Untergrund, als wolle er alles und jeden an die Oberfläche jagen. Es ist seltsam leer. Unbehelligt gelangen sie in Sektor 3 und verschwinden, ungesehen, in der Wohnung des Alten. Jo fühlt sich schwer, traurig und einsam. Auch er spürt jetzt deutlich die Bedrohung der Prophezeiung, die über jedem zu liegen scheint. Außerdem vermisst er Ritzi. Was soll er denn jetzt mit Jake die letzten Tage machen? Die anderen suchen? Wo soll er da anfangen? Hat er versagt? Der Verlust des Babys macht ihm jetzt doch zu schaffen. Oder sind alle tot?

Jake, unbeeindruckt von der Wohnung, ist zum Fenster gegangen und blickt in den Himmel. Er hat den ganzen Weg lang kein Wort gesagt und auch jetzt nimmt er alles schweigend hin. Noch kann er nicht begreifen, dass seine Schwester nicht mehr wiederkommen wird. Er klettert auf die Fensterbank und sucht verzweifelt den Himmel nach ihr ab. Der Junge sieht aus wie ein trauriges Häufchen Elend. Nach dem langen Marsch ist er körperlich völlig erschöpft. Während er nüchtern wird und seine schmerzenden Gefühle ins Bewusstsein dringen, wimmert er Unverständliches vor sich hin.

Jo geht es ähnlich, doch er weiß, wie er für Abhilfe sorgen kann. »Ich muss schnell was erledigen. Du bleibst hier! Hier bist du sicher. Hast du verstanden?« Jake scheint durch ihn hindurch zu sehen und lässt seinen schlaffen Körper von ihm durchschütteln. »Hast du verstanden? Du bleibst hier bis ich zurück bin!«, rüttelt Jo noch fester an ihm. Jake nickt abwesend.

Jo verlässt die Wohnung mit gemischten Gefühlen und verschließt sie vorsichtshalber von außen. Einerseits tut ihm Jake leid und eigentlich will er ihn nicht alleine lassen, anderseits hat er es endgültig satt, sich Gedanken um andere zu machen. Er will nur noch eines, nämlich genug Drogen, um die nächsten Tage in der Wohnung zu verbringen und zugedröhnt abzuwarten, was passiert. Schließlich ist auch seine Zeit bald um. Vielleicht kommt er auch gar nicht zurück, denkt er, während er sich die Kutte umlegt und die Kapuze tief in sein Gesicht zieht. Denn am liebsten würde er einfach davon laufen. Vor allem aber vor den Menschen.

Giovanni hat sich bis in die Menschenmenge direkt vor dem Herrenhaus durchgeschlagen. Er hat sich im Morgengrauen, als alle noch schliefen, heimlich davongestohlen. Und wenn es auch sonst keiner ist, so ist er sich sicher: Er hat Jesus in der Hand! Den Schatz der Welt trägt er in seinen kleinen Händen. Als Jo in seinem Verschlag auf ihn wartete, erfuhr er, dass man auf der Suche nach einem Kind ist. Er schmiedete sofort einen Plan, wie er Jo das Baby abnehmen könnte und ließ ihn fortan nicht mehr aus den Augen. Und weil er sich so sicher und ebenfalls um sein Seelenheil besorgt war, beschloss er, es zu den Aposteln zu bringen. Schon auf dem Hinweg hatte er sich, in Gedanken, seinen triumphalen Einzug ausgemalt. Ja, er würde königlich empfangen werden und könnte seine letzten Tage als Gast im Herrenhaus verbringen. Und tatsächlich, als er endlich vor den Toren des Kirchensektors steht, schiebt sich die Menge vor jedem auseinander, der mit einem Säugling auf dem Arm ankommt. Die Kunde von dem Kind hat sich wie ein Lauffeuer verbreitet, jedes Baby könnte Jesus sein. Stolz schreitet Giovanni durch die Menge bis hin zu dem großen Platz vor dem Herrenhaus, den friedlich schlafenden Säugling auf dem Arm. Er ist einer der letzten, die durch das große Tor rutschen konnten, bevor es die Apostel, aufgrund des Andrangs, wieder schlossen. Und nun steht er endlich direkt vor dem Herrenhaus, mit ca. 100 anderen, fast alles Frauen, die ebenso wie er einen Säugling auf dem Arm halten.

Stammapostel Simon fühlt sich regelrecht bedrängt angesichts der pilgernden Menge, die sich auf dem großen Platz vor dem Herrenhaus breitgemacht hat. Noch in der Nacht überfielen sie die Grenzposten an den äußeren Mauern und drängten in den ohnehin schon vollen Park. Selbst die Grenze zu seinem Privatgrund drohte zu fallen. Ein jeder möchte plötzlich auf das Gelände, um Gott näher zu sein. Simon musste noch in der Nacht Apostel zur Verstärkung rufen, um der Flut Einhalt zu gebieten. Es hatte Stunden gedauert, bevor sie das Tor endlich dichtmachen konnten.

Nun ist sein Garten voll mit Menschen. Vorsichtig späht Simon durch die Gardinen. Wehmütig erinnert er sich an Zeiten, als dort noch alles grün war. Ein sauber angelegter Pak, so groß, dass man durch ihn reiten kann und der nur ihm gehörte. Jetzt trampeln sie die armseligen Baracken der kleinen Apostel und ihrer Familien nieder, ohne Rücksicht auf Verluste, denkt er und dreht sich angewidert um. Vor diese aufgeheizte Menge wird er jedenfalls nicht treten! Ein vorsichtiger Blick durch die bodenlangen Gardinen hatte ihm gereicht. »Fliehen«, schießt es ihm kurz durch den Kopf. Nein, er muss eine Rede vom Balkon aus an das Volk richten und sie irgendwie nach Hause schicken. Oder in die Wüste? »Mariaaaa!!!«, schreit er durch die Halle.

Maria kommt durch die Küchentür unter der geschwungenen Marmortreppe hervor, wie immer in ihrer üblichen schlichten Aposteltracht. Auch sie hatte die Nacht kaum geschlafen. Etwas Bedrohliches liegt in der Luft. Eine Beklemmung. Ein jeder weiß nun, dass er nur noch sechs Tage hat und das macht die Stadt zu einem unberechenbaren Vulkan, der kurz vor dem Ausbruch steht. Was würde mit ihr geschehen? Die ganze Nacht hatte sie um Vergebung gebetet, auch für die Sünden ihres Sohnes.

»Bring mir ein ordentliches Frühstück! Und lass bekannt geben, um 13.00 Uhr richte ich meine Worte an das Volk. Und mit ordentlich, mein ich ordentlich!«

Angesichts der letzten Tage pfeift Simon auf jegliche Diät und seine Gesundheit. »Zu den ersten Versiegelten gehöre ich wohl nicht«, geht es ihm kurz durch den Kopf, als er sich auf den Rückweg in seine Gemächer macht. »Ob ich zu den letzten gehöre, mit dem Kind auf dem Arm und Einzug ins Himmelreich halte?!« Ein Lächeln huscht über sein Gesicht, angesichts dieser erhebenden Aussicht. Nach einem schnellen, aber ausgiebigen Frühstück, Maria hatte ihm Eier mit Speck gemacht, gibt Simon, während er frisiert und abgepudert wird, seinem Sekretär letzte Anweisungen:

»Die mit Säugling könnt ihr nach meiner Rede unten

durch die Halle schicken, ich werde auf jedes Kind einen Blick werfen. Die anderen sollen ihre Opfergaben ablegen und dann schickt alle Weltkinder heim. Ein jeder Nicht-Apostel wird des Geländes verwiesen. Sollen sie doch alle heim gehen und beten, oder sonst was!«

Endlich lässt der Apostel, der ihn einpudert, von ihm ab. Eigentlich liebt es Simon, geschminkt zu werden, heute aber nicht. Er ist voller Unruhe. Zwei andere Apostel legen ihm behutsam sein Gewand an. Auch Simon spürt diese Beklommenheit. Diese große Ungewissheit, die gleichzeitig eine bedrohliche Gewissheit in sich birgt, dass in sechs Tagen alles vorbei sein wird.

Die zwei Apostel öffnen die beiden großen gläsernen Flügeltüren, die auf den Balkon führen. Die Rede des Stammapostels wird draußen schon sehnlichst erwartet. Die Menge hat sich beruhigt und ist in Gebetsstimmung. Ein jeder mit der Gewissheit, dass noch sechs Tage bevorstehen und dann etwas Entscheidendes passieren würde. Die meisten fürchten um ihr Leben und wollen noch schnell Buße tun, dem Herrn so nah wie nur möglich sein. Oder zumindest Simon.

Ein ekelhafter Wind schlägt Simon entgegen und die Apostel haben Müh und Not, die Türen offen zu halten. Simon stellt sich dem Wind entgegen und tritt auf den kleinen, schmiedeeisernen Balkon. Sein Haarkranz stellt sich merkwürdig auf, als er ins Mikrofon schreit und aus der Bibel liest:

»Und ich sah, und siehe, das Lamm stand auf dem Berg Zion und mit ihm 144.000, die hatten seinen Namen und den Namen seines Vaters geschrieben auf ihrer

Stirn. Und sie sangen ein neues Lied vor dem Thron und vor den vier Gestalten und den Ältesten; und niemand konnte das Lied lernen, außer den 144.000, die erkauft sind von der Erde. Diese sind's, die sich mit Frauen nicht befleckt haben, denn sie sind jungfräulich; die folgen dem Lamm nach, wohin es geht. Diese sind erkauft aus den Menschen als Erstlinge für Gott und das Lamm, und in ihrem Mund wurde kein Falsch gefunden; sie sind untadelig.« (Offenbarung 14,1-5)

Und obwohl im Kirchensektor überall Lautsprecher angebracht sind und seine Stimme normalerweise über die Mauern hinweg zu hören ist, fängt die Menge nur Wortfetzen auf. Simon sieht ein, dass es keinen Sinn macht, der Wind ist einfach zu stark. Er bekreuzigt sich, hebt zur Geste seine Hände schützend über die Menge, dreht sich um und geht wieder hinein. Sofort drängt unten eine Armee von Aposteln die Menschen in Richtung Ausgang. Die mit Säuglingen bilden eine Schlange die große Steintreppe hinauf zum Herrenhaus.

Giovanni steht ziemlich weit unten und wartet geduldig, bis er an der Reihe ist. Simon sitzt auf einem herrschaftlichen Stuhl, den sie eigens an die Treppe in der großen Eingangshalle gestellt haben und winkt eine Frau nach der anderen mit Kind durch. Er weiß überhaupt nicht, wie er es erkennen soll! Irgendein Zeichen müsste doch zu sehen sein? Die meisten Säuglinge aber schlafen oder weinen und sehen nichtssagend aus. Manche versuchen, ihm sogar ein Mädchen unterzumogeln. Endlich ist Giovanni an der Reihe und präsentiert das Kind. Simons Stimmung erhellt sich augenblicklich beim Anblick des kleinen, süßen Italieners. Giovanni macht einen höfischen Knicks und überreicht ihm freudestrahlend das Kind zur Ansicht. Simon öffnet prüfend die Tücher, in die es eingewickelt ist. Das Baby sieht ihn ruhig an. Gefesselt von dem blau der Augäpfel hat Simon für einen Augenblick seine Umgebung vergessen und versinkt in seinen Gedanken. Das ist er, dröhnt es laut in seinem Kopf, sodass er vor Schreck aufsieht, ob nicht doch jemand seinen Gedanken gehört hat. Er gibt Giovanni schnell das Kind zurück und winkt ihn weiter. Mit der linken Hand winkt er sich das Ohr, des hinter ihm stehenden Apostel heran und flüstert:

»Fangt den Jungen am hinteren Ausgang ab und bringt ihn mit dem Baby nach oben.«

Giovanni ist beharrlich vor Simon stehengeblieben. »Aber er ist es, ich bin sicher, ich hab die Zeichen gesehen!«

»Schweig«, entfährt es Simon streng, »bringt ihn weg!«

Zwei Apostel greifen Giovanni unter die Achseln und befördern ihn, samt Baby, zur hinteren Tür hinaus.

Giovanni schreit weiter: »Er ist es, ich weiß es!« Endlich schafft es einer der Apostel, ihm den Mund zuzuhalten.

Draußen stehen die zwei falschen Apostel von Rother, die alles genau verfolgt haben. Sie sehen auch, wie der Junge mit dem Baby zu einer anderen Tür wieder hereingetragen wird.

Simon winkt noch schnell ein paar Frauen mit Babys durch und lässt die restlichen auf morgen vertrösten. Endlich werden die schweren Holztüren geschlossen und er kann aufatmen. Er spürt eine innere Erregung, als er an das Kind denkt. Er ist sich sicher, das muss es sein!

»Jetzt habe ich alles im Haus was ich brauche!«, denkt er. Schwer atmend hastet er die Treppe hinauf. Fast rennt er Maria um, die ihm, mit Wäsche auf dem Arm, entgegenkommt.

»Wo ist er?! Wo habt ihr ihn hingebracht?«

»Im Salon.«

Simon stößt die Türe zum Salon auf. Giovanni fingert gerade in einer silbernen Zigarrendose herum und fährt, mit dem Baby in der anderen Hand, erschrocken herum. Maria hat den Jungen und das Baby gewaschen. Im strahlend weißen, bodenlangen Nachtgewand, das wie angegossen passt, steht Giovanni vor ihm. »Ein Bild für die Götter«, denkt Simon freudig. Gestriegelt, gesalbt und fein duftend. Er ist entzückt, möchte aber erst das Vertrauen des Jungen gewinnen und hält sich zurück. Er zieht einen Stuhl von der großen, immer mit üppigem Blumenschmuck verzierten Tafel und setzt sich erst einmal hin.

»Nimm dir ruhig eine«, züngelt er süßlich und deutet auf die Schachtel. Giovanni nimmt dankend an und steckt sich die Zigarre in den Mund. Tief atmet er ein und aus und spielt so, als würde er rauchen. »Nun zeig mal deinen Schatz.«

Simon öffnet seine Hände. Giovanni legt stolz das Baby hinein. Simon betrachtet das Baby und sucht den kleinen Körper nach irgendeinem Zeichen ab. Ein Gefühl des höchsten Glücks durchströmt ihn, als ihn das Baby anblinzelt. Seine Ratio holt ihn jedoch schnell wieder zurück. Er braucht einen Beweis. Irgendetwas Handfestes. Er will sich ganz sicher sein! Mit seiner Glaubwürdigkeit steht es nicht zum Besten. Einen falschen Jesus kann er sich nicht leisten.

»Und woher willst du wissen, dass das Jesus ist?«

»Weil ich es eben weiß. Gibt's hier auch was zu essen?«, antwortet Giovanni frech und sieht sich weiter in dem prunkvollen Raum um.

Er weiß zu pokern und will Simon noch etwas bei der Stange halten. Und schließlich will er auch wissen, was für ihn dabei rausspringt! Da erscheint schon Maria in der Tür mit einem silbernen Tablett voller Essen und einem Fläschchen für das Baby. Sie kann das Tablett kaum abstellen, da stürzt Giovanni sich schon darüber. Die meisten Speisen kennt er nicht, aber er ist bereit, alles zu probieren, denn er hat Hunger. Gierig stopft er das Essen in sich hinein. Simon drückt Maria das nach einer Brust suchende Baby in die Hand und widmet jetzt seine ganze Aufmerksamkeit dem kleinen Italiener.

»Also, woher?«

»Ich habe es von Gott«, flunkert Giovanni und beißt beherzt in einen Hähnchenschenkel.

»Von Gott? Das ich nicht lache! Du willst mir also erzählen, du hast Gott gesehen und er hat dir das Kind gegeben?«

Maria hat sich zögerlich auf einen Stuhl gesetzt, etwas, das sie noch nie getan hat – aber da sie das Baby füttern muss, nur eine logische Konsequenz. Sie hält ihre Ohren gespitzt. »Denkt Simon, dass das Jesus ist? Hält sie Jesus in Händen?«, fragt sie sich selbst und ihre Wangen röten sich vor Aufregung. Zum ersten Mal hat sie etwas Farbe im Gesicht. Das Baby saugt hungrig an dem Fläschchen. Zärtlich streichelt sie seine Bäckchen und mustert es aufmerksam, während Simon Giovanni weiter auf den Zahn fühlt:

»Er sah jedenfalls aus wie Gott. Und er war mindestens hundert.«

»Weißt du, was ich glaube? Ich glaube, du bist ein Betrüger!«

Simon ist aufgestanden und schleicht um das Tablett. Eigentlich hat er schon ausgiebig gefrühstückt, aber nach all den Aufregungen kann er noch etwas vertragen. Und schon schnalzt Maria mit der Zunge, um ihn daran zu hindern. Vergebens! Simon greift ebenfalls nach einem Schenkel.

Giovanni hat sich in dem großen Stuhl, der Simon gegenübersteht, zurückgelehnt und genießt sichtlich seine Forderungen: »Ein Säckchen voll Goldmünzen«, Giovanni formt seine Hände Tennisball groß. »So viel Essen wie ich möchte, ein großes Bett, das Baby bleibt immer in meiner Nähe und was anderes zum Anziehen natürlich. Das sind Mädchenkleider«, dabei lüpft er verächtlich das bodenlange Nachthemd, das er nicht anziehen wollte. Da Maria aber nichts anderes zur Hand hatte und er nicht nackt aus der Wanne steigen wollte, zog er es doch widerwillig über.

Simon grinst ihn imponiert an. »Ich könnte dir das Kind auch einfach wegnehmen und dich einsperren lassen.«

»Dann würdet ihr nie erfahren, ob ihr das richtige Kind habt und welchen Auftrag ich habe«, blufft Giovanni weiter und grinst Simon breit an.

»Du hast einen Auftrag?«

»Ja, der Alte sagte ich sei der Gesandte.«

Simon muss unverzüglich schmunzeln. Als würde der Kleine wissen, was ein Gesandter ist. Und dennoch imponiert ihm dessen Frechheit.

»Weißt du denn was ein Gesandter ist?«

»Klar, ein Bote, jemand der geschickt wurde, um eine Aufgabe zu erfüllen«, triumphiert Giovanni über sein neu errungenes Wissen.

»Und was war das für ein Zeichen?«

Doch Giovanni lässt sich nichts mehr entlocken, stattdessen kostet er seine Überlegenheit weiter aus: »Ich bin müde, wir müssen uns erst einmal ausruhen.«

So langsam wird Simon ungeduldig, lässt sich aber nichts anmerken, sondern spielt weiter den verständnisvollen, lieben Onkel. Der Kleine gefällt ihm mehr und mehr und der Gedanke, ihn zu brechen, bereitet ihm Lust.

»Nun, dann wollen wir erst einmal sehen, wo wir euch unterbringen.«

Giovanni lädt sich so viel Essen auf einen Teller, als würde er die nächsten Tage nichts mehr kriegen. Dann folgt er Simon und Maria in das blaue Zimmer. Er ist müde, schließlich hat er die ganze Nacht kein Auge zugetan. Nach dem üppigen Essen überkommt ihn auch langsam die Müdigkeit und beim Anblick des riesigen Himmelbettes kann er nicht anders als direkt hineinhüpfen.

»Ein Bett, ein richtiges Bett und was für ein Bett!«, springt er auf und ab. Noch nie hat er in einem Bett geschlafen, immer nur auf der Erde. Selig legt er sich in die duftenden weißen Laken. »Gib mir das Baby«, befiehlt er Maria, die ihn skeptisch anschaut und dann fragend zu Simon blickt.

»Gib es ihm ruhig.«

Maria legt das Kind zögerlich in Giovannis Arme, am liebsten hätte sie es nie mehr losgelassen. So eine große Verantwortung einem kleinen Jungen zu überlassen, findet sie nicht richtig. Aber sie fügt sich. Wie immer!

»Und nun lasst uns alleine«, befiehlt Giovanni weiter, als wäre er ein kleiner Prinz.

Simon tätschelt ihm zärtlich über den Kopf und wiegt ihn weiter in Sicherheit: »Ja, kleiner Mann, ruh dich erst einmal aus.«

Die beiden verlassen das Zimmer. Simon schließt die Türe leise von außen ab und gibt Maria den Schlüssel.

»Warte, bis er eingeschlafen ist, dann holst du das Baby.«

Die beiden haben nicht bemerkt, dass Johann gerade den Gang entlangkommt und die letzten Worte aufgeschnappt hat.

»Welches Baby? Was ist hier los?«

Zum Unmut von Simon plappert Maria eifrig darauf los: »Ein kleiner Junge hat Jesus gebracht, er ist da drin«, sagt sie aufgeregt. Zum ersten Mal erlebt Johann sie lebendig, ja fast schon euphorisch!

Simon verpasst ihr einen Schlag und faucht sie an: »Das geht niemanden was an, ich will das ihr Stillschweigen bewahrt, bis wir uns ganz sicher sind. Höchste Geheimstufe, verstanden?!«

Er braucht irgendeinen Beweis, bevor er auf den Balkon tritt und verkündet, dass Jesus heimgekehrt ist. Heim zu ihm! Der Gedanke, er könnte es wirklich sein, erhebt sich in ihm und erleuchtet sein Gesicht. Auch seine Wangen färben sich rosig.

»Ich hab zu tun, kein Wort zu niemand«, dann eilt er hastig davon. Doch kurz vor der Treppe hält er noch einmal inne und ruft Maria zu: »Giovanni bleibt eingeschlossen!«

Sobald Simon auf der Treppe ist, wendet sich Johann an Maria: »Mach auf, ich will ihn sehen.« Maria zögert einen Augenblick, doch den Blicken Johanns kann sie nicht standhalten. Dieses Engelsgesicht – sie wünschte, er wäre ihr Sohn. Sie mochte ihn schon immer lieber als ihren eigenen, der bereits früh rebellierte. Johann hingegen war immer sanft und gutmütig, nie kam ein böses Wort über seine Lippen und auch zu Simon scheint er den besseren Draht gehabt zu haben. Ein lieber Junge, immer brav... Natürlich weiß sie nicht, dass es Johann war, der Cyber half zu fliehen und auch nicht, dass er Simon bestiehlt. Und natürlich bemerkte sie auch nicht, dass es Zeiten gab, als Simon Johann fast jede Nacht zu sich holte. Davon wusste Maria nichts, oder wollte es vielleicht nicht wissen. Also öffnet sie die Tür.

Johann sieht den kleinen Italiener in seinem ehemaligen, weißen Nachtgewand friedlich schlummern. Im Arm das ebenfalls schlafende Baby ebenfalls in einem weißen Gewand. »Wie ein Opferlamm«, schießt es Johann durch den Kopf und er tritt näher heran. Maria ist dicht hinter ihm und nimmt vorsichtig das Baby auf den Arm.

»Sieh es dir nur an, ist es nicht wunderschön? Komm, lass uns gehen«, flüstert sie ihm zu.

Johann zieht Giovanni liebevoll die Decke höher und streicht ihm die Haare aus dem Gesicht.

»Wo bringst du das Baby hin?«

»Simon will es sich noch einmal ansehen. Dann wird

es in meiner Kammer schlafen.« Zärtlich wickelt sie das Kind in sein Deckchen. »Nicht wahr mein Kleiner, bist du nach Hause gekommen?«

Die beiden verlassen den Raum. Maria schließt sorgfältig die Türe von außen ab und lässt den Schlüssel unter ihrer Schürze verschwinden.

Rother hat die ganze Nacht kein Auge zugetan. Er trägt immer noch seinen weißen, akkuraten Anzug, ein Sakko mit Stehkragen und dazu eine weiße Hose mit silbernen Streifen an der Seite.

Er saß gebannt vor seinen Bildschirmen in seiner Schaltzentrale und verfolgte aufmerksam das Geschehen in der Stadt. Der Versuch, die Grenzstraßen zu halten, scheiterte. Die Bevölkerung durchschritt diese und pilgerte Richtung Kirchensektor. Als sie die Grenzstraße erreichten, dachte keiner von ihnen auch nur einen Moment an die Maschinengewehre, die auf sie gerichtet waren. Eine Menschenlawine drängte die Miliz zurück. Sie durchliefen die Sektoren einfach. Keiner ließ sich, angesichts der Lage, noch aufhalten. Der Miliz waren, aufgrund des Ansturms, die Hände gebunden und sie legten die Waffen völlig überfordert nieder. Einige schlossen sich sogar der Menge an, andere liefen in Richtung Reichensektor, um sich auf der Basis zu verschanzen. Die ersten Plünderer durchquerten bereits die Stadt und stahlen alles, was die pilgernde Menge zurückgelassen hatte. Totales Chaos war die Folge und die Stadt drohte abermals in Anarchie zu versinken. Um die Kontrolle zu behalten, sendete Rother noch in der Nacht eine Armee von falschen Aposteln aus, alle ausgestattet mit Kontaktlinsen, dem sogenannten Glasauge, mit dem sich sämtliche Bilder direkt auf Rother's Bildschirme übertragen lassen.

Und so hat auch Rother die Szenerie hinter dem Herrenhaus genau verfolgt. »Er hat ihn!«, durchfährt es ihn, als er sieht, wie die Apostel Giovanni wieder zum Hintereingang hereintragen. Er gibt den Befehl in seine Watch: »Lasst den Jungen mit dem Baby nicht mehr aus den Augen! Bringt sie mir!« Der falsche Apostel drückt den Knopf tiefer in sein Ohr. Der Wind macht jede Kommunikation schwierig und er kann nur Wortfetzen verstehen. Rother zoomt Giovannis Gesicht näher heran und macht ein Standbild: »An alle übertragen!« Auf einem anderen Bildschirm sind um die 1.000 rote Pünktchen zu sehen, die die ausgesendeten falschen Apostel darstellen. An einen jeden sendet er Giovannis Foto.

Die falschen Apostel sind wie aus dem Nichts aus dem Reichenviertel aufgetaucht und infiltrieren die ganze Stadt. Auf der digitalen Stadtkarte, die auf einem der Bildschirme zu sehen ist, sind ihre Bewegungen deutlich zu erkennen. Rother hat wahrlich eine ganze Armee losgeschickt. »Mit dem Blut Jesus erkaufen«, erinnert er sich an Simons Worte. Seine Lebensversicherung! Er muss das Kind haben. Das wäre wahre Allmacht! Unruhig läuft er in seinem Büro auf und ab. Die Gemälde machen ihm Freude. »Ein wahrer Schatz, den ich da an den Wänden hängen habe«, lenkt er sich selbst kurz ab.

Yan-Jie stört ihn in seinen Gedanken, als sie den Raum betritt: »Hast du was von den Mädchen gehört?«

Rother ist abrupt stehengeblieben und dreht sich erschrocken zu seiner Frau um. Seine Tochter hat er total vergessen.

»Nein, aber wir haben was viel Besseres«, rutscht es ihm heraus. »Wir wissen wahrscheinlich wo Jesus ist«.

Yan-Jie schaut ihren Mann strafend an. Ihr Blick könnte töten und durchdringt ihn bis ins Mark. Auch wenn sie weiß, dass es ihm nicht bewusst ist, treffen sie seine Worte. Sie macht sich ernsthafte Sorgen. Die Kinder sind seit gestern Morgen verschwunden.

»Wozu hast du deine Geheimdienste?«, herrscht sie ihn an.

»Sie sind längst auf der Suche, beruhig dich. Sieh doch!« Dabei tippt er auf den Bildschirm.

»Ob er seine Tochter opfern würde, um Jesus zu bekommen?«, fragt sie sich selbst. »Und mich? Würde er auch mich opfern?« Sie mustert ihren Mann so, als sähe sie ihn zum ersten Mal.

Und als hätte Rother ihre Gedanken gelesen, schiebt er sie besänftigend zur Tür und sagt: »Wir sind dran, wir werden sie finden. Ich verspreche es.«

»Wenn ich erst Jesus habe, bin ich der mächtigste Mann der Welt«, schießt es ihm gleichzeitig durch den Kopf. »Selbst die Kirche unterliegt mir dann. Und wenn es nur für sechs Tage ist. Ich muss ihn haben!« Ein Hochgefühl überkommt ihn und lässt ihn kurz erschauern. Macht ist seine Droge!

»Du bringst mir mein Kind zurück!«, ermahnt ihn Yan-Jie streng. Auch wenn ihr zum Weinen zumute ist und es in ihr kocht, würde sie ihre Gefühle nie offen zeigen. Das verbietet ihr ihre Erziehung und so bewahrt sie Haltung und verlässt mit erhobenem Haupt die Zentrale.

Kaum hat Yan-Jie das Office verlassen, zitiert Rother

seinen Kommandanten zu sich, der augenblicklich aus dem Nebenzimmer erscheint.

»Mein Präsident«, salutiert dieser in Erwartung eines Befehls.

»Was Neues von den Mädchen?«, fragt ihn Rother jetzt doch einigermaßen besorgt. Wobei nicht klar ist, ob er sich wirklich Sorgen um seine Tochter macht, oder doch eher Angst vor seiner Frau hat.

»Nach Auswertung der Bilder müssen sie irgendwo in Sektor 4 gelandet sein, aber dort verliert sich ihre Spur«, antwortet dieser zögerlich. Er weiß, dass Rother schlechte Nachrichten genauso sehr hasst wie ein »Nein«.

Der Kommandant, ein Mann um die vierzig mit komplett kahlgeschorenem Schädel, so wie alle hochrangigen des Militärs es tragen, ist ein wahres Muskelpaket, der in einem engen, grauen Militäroverall steckt. Und obwohl er Rother körperlich weit überlegen ist, hat er immer etwas Angst in dessen Gegenwart. Stets hält er seinen Kopf demütig gesenkt und blickt ihn wie eine gutmütige Bulldogge, die etwas angestellt hat, an.

»Dann findet sie! Und sobald ihr sie habt, schickt ihr die Drohnen los! Ich hätte dieses ganze verdammte Rattenloch schon vor Jahren ausrotten sollen!«

»Zu Befehl«, entgegnet der Kommandant kurz, auch wenn er weiß, dass er diesen Befehl niemals ausführen wird. Auch er hat Grenzen und nie einen Hehl daraus gemacht, dass er gläubig ist. Zu oft war er in den letzten Jahren gezwungen, gegen seinen Glauben zu handeln.

Rother schmeißt sich eine Pille ein und geht zu dem großen Sofa, das in seinem Büro steht.

»Ich werde versuchen, ein bisschen zu schlafen. Falls es

Neuigkeiten gibt, weckt mich sofort auf.« Er spürt jetzt deutlich die Anstrengungen der Nacht und des letzten Tages. Er fühlt sich alt und müde. »Und mach den zwei Aposteln vor dem Herrenhaus Dampf, sie sollen sehen, wie sie da reinkommen.«

»Jawohl, mein Präsident«, verabschiedet sich der Kommandant wieder salutierend.

Cyber hat seit dem frühen Morgen von einem Dach aus das Treiben im Kirchensektor beobachtet. In aller Früh stahl er sich davon, als er bemerkte, dass Giovanni mit dem Kind abgehauen ist. Ihm war eigentlich klar, wohin dieser gehen würde und so bezog er auf dem Dach Stellung. Immer noch versuchen die Apostel, den Platz vor dem Herrenhaus zu räumen. Langsam lichtet es sich und auf dem Gelände sind nur noch Apostel in ihren Kutten zu sehen, während vor der Kirchenmauer die »Vertriebenen« ihre Lager aufschlagen; Johann eilt über das Gelände und hat die dunkle Gestalt auf dem Dach sofort erspäht. Mit einem kleinen Spiegel, den er gegen die Sonne hält, gibt er sich Cyber zu erkennen. Dieser eilt sofort das hohe Gebäude hinunter und wartet vor der Mauer auf Johann, der kurze Zeit später erscheint. Die beiden umarmen sich flüchtig, dann schiebt Johann ihn eilig in einen dunklen Mauervorsprung. Er wirkt völlig aufgelöst.

»Was ist los?«

»Simon hält einen kleinen Jungen gefangen. Er hat ihm angeblich Jesus gebracht. Ein Baby. Das Baby hat jetzt deine Mutter und der Junge liegt eingeschlossen im Bett. Wir müssen ihm helfen. Simon wird sich in Kürze über ihn hermachen.«

Cyber dämmert es sofort: »Ist der Junge Italiener?«

»Ja, woher weißt du das?«

»Heißt er Giovanni?«

»Ja, ich glaub so heißt er. Woher kennst du ihn?«

»Er und Jo haben das Baby von einem Alten, der gestorben ist. Dann starb gestern Abend ein kleines Mädchen aus unserer Gruppe und hatte plötzlich ein Zeichen auf der Stirn, das kurz darauf wieder verschwand. Und in der Früh, als ich aufgewacht bin, war der Italiener mit dem Baby verschwunden.«

»Meinst du, bei dem Baby handelt es sich um Jesus?«, fragt Johann verzückt.

»Keine Ahnung, aber seltsam ist es schon. Wir müssen sie retten, du weißt was sonst mit ihm passiert?!«

»Wenn wir Simon Jesus klauen, kann ich nicht mehr zurück«, gibt Johann zu bedenken.

»Ich weiß, aber was macht das jetzt schon für einen Unterschied?! Unsere Tage sind gezählt, Bruder!«, antwortet Cyber mit einem Achselzucken. Der Gedanke, sich an Simon zu rächen und ihm wohl das Wertvollste zu stehlen, was er je besessen hat, beflügelt ihn.

Johann zögert. Wenn sie das machen, gibt es für ihn kein Zurück mehr, damit wäre seine Apostelgeschichte zu Ende. Aber auch ihn verlockt der Gedanke, Simon seinen Schatz zu rauben. In seiner Fantasie sieht er sich und Cyber das Kind groß ziehen.

»Versprich mir, dass wir dann zusammenbleiben?! Du lässt mich nicht allein, oder?«

»Na die sechs Tage werde ich mit dir schon durchstehen«, scherzt Cyber fatalistisch.

Johann überlegt, was er noch zu verlieren hat. Vielleicht

würde die gute Tat ihn und Cyber auch retten, also willigt er ein. »Wie sieht dein Plan aus?«

»Keine Ahnung, ich hab keinen«, antwortet Cyber.

Schon jetzt freut er sich auf das Abenteuer und den bevorstehenden Nervenkitzel. »Weißt du noch den Gang, durch den ich dich gebracht habe?«

Cyber nickt.

»Ich lass dich da rein und dann holen wir die beiden.«

Cyber ist einverstanden.

Während sich Johann auf den Weg zurück zum Herrenhaus macht, verschwindet Cyber nahe der Kirchenmauer im Untergrund.

Jo konnte ungehindert bis zum großen Platz vor dem Pharaohaus gelangen. Dort angekommen beschließt er, in dem angrenzenden Park sich seiner Kutte zu entledigen und im Untergrund zu verschwinden. Genau unter dem Platz befindet sich eine alte U-Bahn-Station, wo der Drogenhandel floriert. Jo hofft, irgendwie an Stoff zu kommen. Die ganze Situation überfordert ihn. Sechs Tage noch! Was hat das für ihn zu bedeuten? Doch noch ehe er den Gedanken tief in sein Inneres lässt, schmettert er ihn ab. Er wird sich Drogen besorgen und sich die letzten Tage um Jake kümmern. Nicht so wie seine Mutter, denkt er, die ihn einfach hat stehen lassen. Er wird zurückkommen! Jo konnte ja nicht wissen, dass es sich völlig anders zugetragen hat. Er war einfach zu jung, um zu verstehen, was sie tat. Der Freier ließ sie nicht mehr gehen. Und als sie nach Stunden des Martyriums endlich fliehen konnte, war in der Stadt Chaos ausgebrochen und ihr Kind weg.

Plötzlich bemerkt Jo einen ihm bekannten, blonden

Haarschopf auf einer Parkbank. Vorsichtig nähert er sich und traut seinen Augen kaum. Ritzi liegt auf der Bank, schläft tief und fest. Als er näherkommt, sieht er die tiefen, frischen Schnitte an ihren Unterarmen und rüttelt äußerst besorgt an ihren Füßen. Ritzi fährt aus ihrem Dämmerschlaf hoch. Sie hat von ihrem Stiefvater geträumt, wie er sie die ganze Nacht verfolgt hat. Sie sieht nur einen Apostel, der über ihr lehnt und schlägt wie wild um sich. Ritzi verabscheut die Apostel. Gott ist für sie ein Heuchler! Es dauert eine ganze Weile bis sie Jo erkennt und er sie beruhigen kann.

»Ich bin es, hör auf!«, drückt er sie mit beiden Händen auf die Bank und schüttelt die Kapuze ab.

»Bist du jetzt völlig verrückt? Was machst du in der Kutte?«

Jo hat sich neben sie auf die Bank gesetzt und schaut Ritzi sauer an, während er sich eine Zigarette von dem Tabak dreht, den er Cyber geklaut hat.

»Und du? Hab ich dir nicht gesagt du sollst bei Jill und Jake bleiben?! Was machst du hier?«

Ritzi streicht über ihre neuerworbenen Schnitte, die bereits eine leichte Blutkruste gebildet haben, dann zieht sie vorsichtig die Ärmel darüber und erzählt die Geschichte von Krätze, dass sie glaubt, ihn umgebracht zu haben und von ihrem Besuch zu Hause.

»Und da jetzt sowieso schon alles egal ist, warte ich hier bis der Alte rauskommt und erschieße ihn«, schließt sie ihre Geschichte. Ritzi zieht den Revolver aus dem Hosenbund, den ihr Jo gegeben hatte und zeigt damit auf ihr Elternhaus, das sie von ihrer Bank aus voll einsehen kann. Schon als Kind hat sie hier oft gelauert und gewartet, bis der Alte weg war. Genutzt hat es ihr aber nichts. Er kam immer wieder.

»So wie ich das sehe, war das Notwehr«, antwortet Jo trocken, »außerdem ist er nicht tot! Er ist abgehauen. Und jetzt gib mir die Waffe zurück! Vielleicht kann ich sie verkaufen und uns was zum Chillen besorgen!«, lockt er sie und reicht ihr fordernd seine Hand.

Plötzlich muss Ritzi lachen. Einerseits ist sie erleichtert, Krätze nicht getötet zu haben, anderseits weicht sie von ihrem Plan, ihre kleine Schwester zu befreien, nicht mehr ab. Vielleicht lacht sie auch aus Erleichterung, dass Jo so zu ihr steht, dafür mag sie ihn wirklich. Vielleicht aber auch nur, weil sie langsam von der Pille runterkommt und sich dennoch merkwürdig fremd in ihrem Körper fühlt.

»Zieh endlich diese verdammte Kutte aus! Du siehst aus wie ein Idiot!«, sagt sie und haut ihm auf den Oberarm. Eine durchaus liebevolle Geste für Ritzi.

Jo zieht sich die Kutte und die Lederweste aus und schnürt beides zu einem Bündel. So könnte er sich im Untergrund ohnehin nicht blicken lassen.

»Und jetzt gib mir die Waffe! Außerdem habe ich eine Wohnung, dort können wir uns verstecken, bis alles vorbei ist.«

»Wie, eine Wohnung?«, fragt Ritzi jetzt hellwach.

Jo erzählt ihr kurz die Geschichte von dem Alten, den Zeichen, von Giovanni und Jill.

»Und jetzt gib mir endlich die Waffe und komm mit.«

Er nimmt sein Bündel und auch Ritzi ist aufgestanden. Dass Jill gestorben ist, macht sie plötzlich sehr traurig.

»Und Jake?«

»Der wartet in der Wohnung. Da bring ich dich jetzt hin.«

Als sie den großen Platz erreichen, stoppt Ritzi plötzlich: »Ich geh da lang«, dabei deutet sie auf das Wohnhaus am Ende des Platzes.

»Bist du verrückt, was hast du vor?«

»Ich bring ihn um! Ich lande so oder so in der Hölle, also ist es doch egal. Ich gehe nicht ohne meine Schwester.«

»Ist es nicht«, antwortet Jo. »Du hast noch sechs Tage, um dich laut Prophezeiung für gut oder böse zu entscheiden.«

»Hast du vergessen? Es sind nur 144.000 und zu denen werden weder du noch ich gehören«, verhöhnt sie Jo, der ihr insgeheim beipflichten muss. Die Aussage trifft ihn trotzdem.

»Jetzt gib mir schon die Waffe zurück!«

Doch statt Jo die Waffe zu geben, rennt Ritzi einfach los. »Verdammt«, denkt Jo, schon wieder fordert sie seine ganze Aufmerksamkeit. Aber ohne Waffe wird es schwer sein, Stoff zu kriegen und irgendwie hat er das Gefühl, er braucht sie. Also rennt er ihr hinterher. Ritzi steht bereits vor ihrem Elternhaus und tritt mit gezogener Waffe heftig gegen die Eingangstüre. Ihr Stiefvater öffnet in Unterhemd und Unterhose die Tür. Ritzi hält ihm den Revolver direkt ins Gesicht und drängt ihn zurück.

»Wo ist Anna? Anna!«, ruft sie in die Wohnung.

Ihr Stiefvater schäumt vor Wut, sein Gesicht ist hochrot angelaufen: »Bist du jetzt völlig verrückt? Gib die Waffe her!«

»Einen Scheiß werd ich! Umbringen werd ich dich, sonst gar nichts!«, schreit Ritzi.

Da erscheint ihre Mutter mit Anna an der Hand. Sie sieht verweint und müde aus. »Erbärmlich«, denkt Ritzi als sie ihre Mutter sieht.

»Komm zu mir Anna, komm her, ich nehm dich mit.«

»Du machst alles nur noch schlimmer«, jammert ihre Mutter flehentlich.

»Schlimmer kann es nicht mehr werden. Mach endlich deine Augen auf, du bist mit einem Tier verheiratet!«, dabei fuchtelt sie immer noch wie wild mit der Waffe rum.

Ihre Mutter fängt an zu weinen. »Oh mein Gott, womit hab ich das verdient«, jammert sie und schlägt ihre Hände über dem Kopf zusammen. Doch je mehr ihre Mutter in die Opferhaltung geht, desto unerbittlicher wird Ritzi. Das war schon immer so. Mittlerweile hat auch Jo das Treppenhaus erreicht und steht hinter Ritzi.

Jo versucht, beschwichtigend auf sie einzureden: »Gib mir die Waffe und lass uns abhauen. Sei doch vernünftig.«

»Nein, erst werde ich Anna mitnehmen! Komm her Anna, es passiert dir nichts, komm zu mir.«

Anna drängt sich an ihrem Stiefvater vorbei. In dem Moment packt er sie und hält sie hoch.

»Das könnte dir so passen, du wirst niemanden mitnehmen!«

Anna beginnt verzweifelt zu weinen und zu strampeln. »Lass mich runter!«

»Lass sie sofort runter oder ich schieß dir ein Loch in deinen Schädel! Sie wirst du nicht anfassen, sie nicht!«

Plötzlich fängt ihr Stiefvater an, diabolisch zu lachen: »Ach, und wer will mir das verbieten? Du vielleicht oder deine armselige Mutter?! Das ich nicht lache! Ich fasse an, wen ich will und wann ich will«, dabei drückt er das strampelnde Mädchen noch fester an sich.

Hilde sieht ihren Mann fassungslos an, für einen Moment scheint der Vorhang gefallen zu sein. Das klang wie ein Geständnis!

»Was hast du getan?«, wimmert sie in sich hinein und hält die Hände vor ihr Gesicht, so als wollte sie nichts sehen.

»Siehst du jetzt endlich, was du für ein Schwein geheiratet hast?«, schreit Ritzi sie an, »und jetzt lass sie los!«, dabei fuchtelt Ritzi, bedrohlich nah, mit dem Revolver vorm Gesicht des Stiefvaters herum. Zu nah, er greift danach! Plötzlich löst sich ein Schuss und pfeift haarscharf an seinem Kopf vorbei.

Ritzi‘s Stiefvater hat Anna vor Schreck losgelassen und stürzt sich jetzt auf Ritzi: »Du Hure, du verdammte Hure!«

Hilde versucht, ihn zurückzuhalten und klammert sich an seinen Arm. Der mächtige Mann schüttelt sie ab und umgreift mit beiden Händen Ritzi‘s Hals. Ritzi ringt um Luft. Ihr Gesicht läuft rot an. Jetzt greift Jo ein und tritt dem Mann von hinten heftig in die Knie, sodass dieser zusammensackt. Dann verpasst er ihm einen weiteren Schlag ins Gesicht. Als der Stiefvater schon am Boden liegt, entlädt sich in Jo eine unbändige Wut und er stiefelt weiter auf den blutenden Mann ein.

»Ahhhhhh…«, der Stiefvater krümmt sich vor Schmerzen, während Jo wie wild weiter zutritt.

»Hör auf! Hör schon auf, lass uns abhauen!«, schreit Ritzi ihn jetzt an!

Doch Jo sieht und hört nichts, es ist, als befände er sich im Blutrausch und tritt immer weiter zu.

»Du bringst ihn noch um!«, wimmert Hilde weiter und wirft sich schützend auf ihren Mann. Erst jetzt lässt Jo von ihm ab und starrt auf den blutenden Stiefvater, der nach Luft japst. Gerade will der Mann aufstehen, da hält er plötzlich seine Hände ans Herz. Hilde beugt sich besorgt über ihn.

»Was ist mit dir, was hast du?« Doch der Stiefvater bringt keinen Ton mehr heraus, er japst ein letztes Mal nach Luft, dann ist er tot. Hilde sieht die beiden eiskalt an. »Ihr habt ihn umgebracht, du hast ihn getötet.«

Dieser Satz trifft Jo bis ins Mark. Erst jetzt ist er wieder bei sich und realisiert, was er getan hat. Er hat den Mann getötet. Jetzt ist er ein Mörder. Dieser kleine Funke Hoffnung, dass das Gute in ihm stärker ist, hat er sich in dem Moment selbst zunichte gemacht.

»Das hat er nicht! Er hat nur seine gerechte Strafe erhalten«, antwortet Ritzi ungerührt, nimmt ihre Schwester auf den Arm und dreht sich zum Gehen um. »Lass uns abhauen!«

Jo steht noch immer wie versteinert da und starrt auf den toten Mann. Es ist kein Zeichen auf der Stirn zu sehen. Dann nimmt er den Revolver, der im Laufe des Gefechtes auf den Boden gefallen ist, hängt sich sein Bündel um die Schulter und folgt Ritzi. Noch einmal blickt er sich nach dem toten Mann um. Etwas in ihm ist jetzt auch gestorben, das spürt er ganz deutlich. Das Gute in ihm ist jetzt tot. Er ist ein Mörder! Zurück bleibt die weinende Mutter mit dem toten Stiefvater im Treppenhaus.

Ritzi dreht sich nicht mehr um, denn sie weiß, dass sie hierhin nie wieder zurückkehren wird.

Schweigend laufen sie über den großen Platz, auf dem sich mittlerweile viele Menschen versammelt haben und andächtig gen Himmel schauen. Keiner beachtet die drei. Im Gegenteil, jeder scheint sich selbst der Nächste zu sein. Manche schreien und winken mit den Armen: »Er ist gekommen, um uns zu holen! Er ist da, die Erlösung ist nah! Preiset den Herren!« Eine große Menschenmenge pilgert immer noch in Richtung Kirchensektor. Sie führen Opfergaben mit sich. Hühner, Schweine und abgemagerte Ziegen, die sie mühsam in kleinen Hinterhöfen oder auf Dächern großgezogen haben und nun bereit sind, ihr letztes Hab und Gut für ein Fünkchen Hoffnung zu opfern. Während die Gangs aus dem Untergrund gekrochen kommen, die wie Ratten die Stadt infiltrieren, und Beutezug durch die Sektoren und die verlassenen Häuser machen.

Jo bringt Ritzi und Anna zur Wohnung. Den ganzen Weg hat er kein Wort gesprochen. Er hat keine Hoffnung mehr. Keine Hoffnung auf gar nichts. Eigentlich möchte er nur noch alleine sein und seine Ruhe haben. Auch über Selbstmord denkt er nach. Während Ritzi das Glück der gemütlichen Unterkunft kaum fassen kann und fröhlich durch die Wohnung hüpft, fühlt er gar nichts. Emotionslos hält er Ritzi den Schlüssel hin: »Hier seid ihr sicher. Essen gibt es auch! Sieh auf dem Dach nach, vielleicht gibt es Hühner.«

»Wohin gehst du?«, fragt Ritzi besorgt. Sie bemerkt die Veränderung an Jo. Nicht nur sein Aussehen hat sich verändert. Sein enganliegendes Shirt ohne der Weste lässt seine Muskeln deutlicher hervortreten und ihn auf einmal sehr männlich wirken. Sein Gesichtsausdruck sieht merkwürdig erwachsen und ernst aus. Seine Haare hat er zurückgestrichen, sie kleben jetzt flach an seinem Kopf, was ihm viel besser steht, wie sie feststellen muss.

»Du kommst doch wieder?«, fragt sie zögerlich.

Jo nickt, ohne sie anzusehen und geht. Er ist sich selbst nicht mehr sicher, was er tun wird. Am liebsten würde er sterben.

»Du hast ihn nicht getötet, es war sein Herz!«, ruft sie ihm hinterher, doch da ist Jo schon im Treppenhaus verschwunden.

Ritzi schließt die Türe mit einem beklommenen Gefühl. Ihre Schwester ist zu Jake gegangen, der immer noch am Fenster sitzt und zum Himmel sieht. Er spricht immer noch kein Wort.

»Was ist mit ihm?«, fragt Anna ihre Schwester, die jetzt hinter ihr steht und liebevoll ihre Arme um sie legt.

»Ich glaube, er braucht eine Schwester«, sagt sie sanft und streicht auch Jake liebevoll über den Kopf. Dann geht sie auf das Dach, um nach Essbarem zu suchen.

Jo verschwindet nahe der Wohnung in eine Kanalöffnung. Vorsichtig schleicht er durch das Labyrinth, bis er zu einem stillgelegten U-Bahnhof kommt. Hier halten sich die Junkies und Dealer auf. Unbeeindruckt von den Geschehnissen wird hier weiter Handel getrieben und sich an schlechten Drogen betäubt. Keiner hier scheint sich um die Prophezeiung zu kümmern. Gerade will er einen Dealer, von dem er schon öfter etwas gekauft hat, ansprechen, da hört er hinter sich, wie ein Junge mit roter

Mütze und dem 6er-Tattoo am Hals schreit: »Greift ihn! Das ist Jo!«

Jo wirbelt herum, da hat er schon eine Faust im Gesicht. Zwei andere Rote gehen auf ihn los und halten ihn an den Armen fest, während der Junge, der geschrien hat, ihm noch einen kräftigen Hieb in den Bauch verpasst. Jo krümmt sich vor Schmerzen. Keiner der umherstehenden Leute hilft ihm. Mit den Roten will sich hier keiner anlegen und so verschleppen die Jungs Jo ungehindert tiefer in den Untergrund, bis zu Festos Lager. Stolz präsentieren sie diesem ihre Beute.

»Na sowas, scheint meine Glückswoche zu sein! Du Verräter!« Da spürt Jo schon eine weitere Faust in seinem Gesicht. Blut läuft aus seiner Nase und tropft auf den Betonboden. »Zieht ihm alles aus!«

Zwei Jungs reißen Jo die Kleider vom Leib und überreichen Festo das lang vermisste Hemd. Jo steht jetzt mit nacktem Oberkörper vor ihnen.

»Na endlich!« Erleichtert streift sich Festo das T-Shirt aus Nanomaterial über. Endlich fühlt auch er sich wieder unbesiegbar.

»Was sollen wir damit machen?«, fragt einer der beiden Jungs, die Jo immer noch festhalten und überreicht Festo das Bündel mit der Kutte, der Weste und der Waffe. Dieser greift danach.

»Ich nehme an, dass die keinen Chip hat, oder?«, wendet sich Festo an Jo, doch dieser antwortet nicht, sondern sieht seinen Feind nur verächtlich an und spuckt vor ihm auf den Boden, was ihm eine weitere Ohrfeige einbringt.

Nachdem Festo die Kutte gründlich abgetastet hat und feststellt, dass sie keinen Chip hat, befiehlt er dem Jungen mit der Mütze folgendes: »Zieh sie an, damit kommst bis ans Tor von Sektor 1! Überbring Rother die Nachricht, dass wir seine Tochter haben. Ich will eine Million Lösegeld, sonst sterben die Mädchen. Schneid ihnen eine Haarsträhne ab, das sollte als Beweis reichen! Und den sperrt dazu!«, dabei deutet er auf Jo, der immer noch blutend und mit bloßem Oberkörper vor ihm steht. »Was ich mit dir mache, überleg ich mir noch.« Festo sieht Jo diabolisch mit seinen rot tätowierten Augen an.

Er genießt seinen Triumph und mit dem Lösegeld wird er seine Clique zur mächtigsten der Stadt machen. Ja, er ist der unangefochtene Herrscher über den Untergrund. Wäre da nur nicht diese verdammte Prophezeiung! Festo ist genau darüber in Kenntnis gesetzt, was sich in der Stadt tut. Und auch wenn er es niemals zugeben würde, es macht ihm höllische Angst. Wenn nicht ein Wunder geschieht, wird er bald in der Hölle schmoren. Aber vielleicht nimmt Jesus nur die 144.000 mit sich und der Rest würde einfach auf der Erde weiterleben, denn es heißt ja nicht umsonst »Die Hölle auf Erden.« An diesen Gedanken klammert er sich und die »Hölle« wird ihm seine Million versüßen.

Jo wird von den zwei Jungs eine Treppe in einen Gang hinuntergeführt, an dessen Ende eine Art Käfig steht, der aus Brettern zusammengezimmert ist. Einer der Jungs öffnet die Eisenkette mit Vorhängeschloss und stößt Jo unsanft in den Verschlag. Nachdem die beiden Jungs den Mädchen eine Haarsträhne abgeschnitten haben, alles sorgfältig verschlossen und mit ihren Leuchtfackeln abgezogen sind, ist es wieder stockdunkel. Jo greift in seine Hosentasche und wirft eine seiner letzten Leuchtkugeln auf den Boden. Zwei verängstigte Mädchen blicken ihm entsetzt in die Augen. Blut läuft aus einem Mundwinkel und tropft auf seinen nackten Oberkörper, der mit hässlichen Tattoos verziert ist. Mit dreckigen Händen streift er sich das Haar aus dem Gesicht. Er sieht wild aus und die Mädchen drücken sich tiefer in den Verschlag.

»Verdammte Scheiße!« Jo rüttelt wie verrückt an dem Holzkäfig und schreit herum: »Lasst mich raus!«, gibt jedoch entkräftet bald wieder auf. Annabell und Luise starren ihn ängstlich an, wie einen Außerirdischen. »Was glotzt ihr so blöd?« Jo verschränkt seine Arme vor dem Oberkörper. Er schämt sich für seine Nacktheit und fühlt sich auf einmal sehr verletzlich.

Luise, die über ihrem T-Shirt eine Sweatshirt-Jacke trägt, zieht diese aus und hält sie Jo hin. Dankbar nimmt er sie entgegen. Zwar ist sie an den Ärmeln etwas kurz, aber Jo ist froh, nicht mehr so nackt vor den Mädchen dasitzen zu müssen und schoppt die Ärmel nach oben.

»Danke. Ihr seid also die Kinder von Rother? Wo haben sie euch denn aufgegabelt?«, fragt er versöhnlich.

»In der Stadt«, antwortet Luise schüchtern. Sie traut sich Jo kaum anzusehen, aus Angst, er könnte beißen.

»In der Stadt?! Reiche Mädchen gehen nicht in die Stadt!« Jo muss über die Naivität der Mädchen lachen. Es ist ein böses Lachen. Noch nie hat er erlebt, dass irgendein Reicher Sektor 1 verlassen hat. »Und was wolltet ihr da? Shoppen?«, fragt er mit sarkastischem Unterton.

»Nein, nur sehen, wie es dort ist«, entgegnet Annabell trotzig.

»Na, nun seht ihr ja wie es ist. Es ist die Hölle.«

Luise reißt sich ein Stück von ihrem Verband ab und hält es Jo vorsichtig hin.

»Hier, für deine Nase. Mein Vater wird uns schon hier rausholen.«

»Wenn er eine Million zahlt. Festo will Lösegeld für euch.«

»Er wird zahlen. Da bin ich sicher«, beruhigt sich Luise. Sie ist erleichtert, sie dachte schon Festo hätte Schlimmeres mit ihnen vor. Aber das sind doch gute Aussichten und jetzt ist auch sie froh, dass Jo bei ihnen ist. Seit gestern sitzen sie in diesem dunklen Loch im Ungewissen und wären vor Angst und Langeweile fast gestorben. »Und weswegen bist du hier?«, erkundigt sich Luise und kommt etwas hervor.

»Geht euch gar nichts an!«, antwortet Jo heftiger als erwartet und mustert die beiden Mädchen. Die Kleidung der beiden findet er völlig lächerlich! Niemand hier ist so angezogen: Ringelsöckchen, weiß, allein diese Farbe würde in der Stadt keiner tragen. Jo's Blick wandert weiter zu dem merkwürdigen Haarschnitt, zu den großen dunklen Augen, die ihn direkt anblicken. Ein Schauer durchfährt ihn, als sich ihre Blicke treffen. Er hat das Gefühl, Luise direkt in die Seele blicken zu können. Schnell sieht er zu Annabell. Sie wirkt nicht ganz so fremd, denkt er. »Perfekt verkleidet«, sagt er anerkennend.

»Danke«, antwortet ihm Annabell und kriecht etwas dichter an ihn heran. »Wir sollten deine Wunden saubermachen.« Sie macht sich ihren Verband ab, wo der kleine Schnitt bereits eine Kruste gebildet hat, befeuchtet ihn mit Spucke und macht Jo's Gesicht damit sauber. Jo lässt es sich, wenn auch widerwillig, gefallen.

Johann schleicht die Kellertreppe hinunter, geht bis ans Ende des Ganges, schiebt das schwere Eisenregal beiseite und öffnet die Türe von innen. Cyber wartet bereits dahinter. Beklommen gehen sie den Gang zurück und steigen die Treppe hinauf. Das Herz schlägt beiden bis zum Hals. Vor allem Cyber fühlt sich unbehaglich, wieder in diesen Gemäuern zurück zu sein, die er seit seinem Weggang nie mehr betreten hat. Ein beengendes Gefühl. Plötzlich hören sie Simons Stimme:

»Mach, dass das Kind ruhig ist! Wie soll man wissen ob es Jesus ist, wenn es statt Wunder zu vollbringen immer nur heult!« Johann und Cyber sind schnell unter der Marmortreppe in Deckung gegangen. »Gib mir den Schlüssel, der kleine Italiener soll jetzt endlich auspacken!«, schimpft Simon weiter. Maria holt den Schlüssel unter ihrer Schürze hervor und übergibt ihn Simon. Während dieser sich die Treppe hinauf zu den Schlafgemächern schleppt, verschwindet Maria, mit dem Baby auf dem Arm, in ihrer Kammer, um es hinzulegen.

»Was machen wir jetzt?«, fragt Cyber flüsternd.

»Ich hol das Baby und du befreist Giovanni«, antwortet Johann leise. »Wir treffen uns im Keller.«

Das war klar, dass sich Johann die leichtere Aufgabe aussucht und Cyber sich mit Simon anlegen muss. Wenn es zum Äußersten kommt, muss er Simon schlagen. Ihm ist nicht wohl bei dem Gedanken. Stets war er darum bemüht, es gewaltfrei zu versuchen. An »Auge um Auge« hat er nie geglaubt. Und die Züchtigungen ließ er damals ohne Gegenwehr über sich ergehen, denn er wusste schon immer, dass er irgendwann abhauen würde. Da ist es nicht verwunderlich, dass er ein »Runner« geworden ist. Und obwohl er sich der Aufgabe durchaus gewachsen fühlt, hat er doch Angst vor Simon. Gerade als die zwei unter der Treppe hervorkommen, öffnet Maria die Kammertür. Wie vom Blitz getroffen bleibt sie stehen und blickt Cyber in sein geschminktes Gesicht. Sie erkennt ihn sofort.

»Was willst du hier? Wie bist du reingekommen?«, herrscht sie ihn an und es ist das erste was sie sagt, nachdem sie ihn vier Jahre lang nicht gesehen hat.

»Ich tu das einzig Richtige!«, sagt er sachlich.

Dann sieht sie Johann an: »Und du? Was habt ihr vor?« Sie wollen ihn umbringen, ist ihr erster Gedanke und sie rennt die Treppe hinauf, um Simon zu warnen. Cyber sieht ihr verdutzt hinterher. Ihr Anblick hat ihn schwer getroffen.

»Los! Ich schnappe mir das Baby!«, ruft Johann ihm zu.

Nachdem sich Cyber aus seiner Schockstarre gelöst hat, springt er über das Geländer und eilt ihr hinterher.

Johann ist in der Kammer verschwunden, um das schlafende Baby zu holen. Maria hat die Tür zum blauen Zimmer aufgerissen. Was sie dort sieht, bleibt eingebrannt in ihr Gedächtnis! Ein lüsterner Simon, der dem schlafenden Giovanni das Nachthemd hochschiebt.

»Hochwürden!«, entgleist es ihr in einer eigenartigen Stimmlage, laut krächzend, plötzlich überschlagend und ins Schluchzen verfallend.

Giovanni ist von dem Schrei aufgewacht. Sofort überreißt er die Situation und stößt Simon, wie ein wild gewordenes Tier, mit den Füßen weg.

»Du widerlicher Kerl! Was machst du da?! Hau ab!«

Cyber ist hinter seiner Mutter aufgetaucht und marschiert geradewegs auf das Bett zu. Er schiebt Simon heftig zur Seite, sodass dieser von der Bettkante fällt auf dem Boden aufprallt. Cyber packt Giovanni an der Hand und zieht ihn aus dem Bett.

»Komm Kleiner, wir gehen!«

Giovanni steigt angewidert über den sich am Boden windenden Simon. »Wir müssen noch das Baby holen!«, ruft er besorgt. Auf dem Weg zur Tür schnappt er seine Kleidung, die frisch gewaschen auf einem Stuhl hängt und eilt mit Cyber aus dem Zimmer.

Simon ist umständlich zum Stehen gekommen. Keiner hat ihm geholfen. »Lasst die Finger von dem Baby!«, schreit er ihnen hinterher und setzt seinen massigen Körper in Bewegung. Doch Maria hat die Türe bereits von innen verschlossen und sich ihm in den Weg gestellt. »Bist du des Teufels, Weib! Gib mir den Schlüssel!« Er will Maria den Schlüssel entreißen, doch Maria schließt ihre Faust fester und lässt den Schlüssel unter ihrer Schürze verschwinden. Sie schaut ihn merkwürdig ruhig an, sodass selbst Simon ein kalter Schauer über den Rücken läuft. Tief erschüttert von dem Abgrund, der sich gerade vor ihren Augen aufgetan hat, spürt sie ihre Welt untergehen und blickt Simon mit hasserfüllten Augen an. Simon dreht sich geistesgegenwärtig um und läuft zur Balkontür. Er reißt sie auf und schreit nach unten: »Sie sind noch im Haus! Johann und Christian! Sie haben das Kind! Haltet sie auf!«

Sofort stürmen die Apostel, die sich nahe dem Herrenhaus aufhalten und als Wachen postiert sind, die Stufen hinauf ins Herrenhaus. Allen voran die zwei falschen Apostel, die dort auf der Lauer gelegen sind. Während die echten nach oben zu Simon laufen, suchen die »Falschen«

unten die Räume ab. Im Keller hören sie eine schwere Eisentür ins Schloss fallen und rennen in Richtung des Geräuschs. Das weggeschobene Eisenregal verrät den Eingang ins Labyrinth. Oben versuchen die echten Apostel, immer noch mit vereinten Kräften, die schwere Holztür aufzustoßen, indem sie gemeinsam dagegenlaufen. Maria hat sich stoisch in einen Stuhl gesetzt und rührt sich nicht. Den Blick fest auf den, vor Aufregung um Luft ringenden, Simon gerichtet. Äußerlich gefasst, bricht in ihr gerade alles zusammen. Schlagartig dringt die hässliche Wahrheit in ihr Bewusstsein, die sie jahrelang verdrängt geglaubt hatte. Die Wucht der Schuld hat Spuren der Verwüstung hinterlassen. Beim gefühlt hundertsten Anlauf schaffen es die Apostel schließlich, die Tür einzubrechen und stolpern ins Zimmer. Simon japst und zeigt zur Tür:

»Johann und Christian, sie haben das Kind! Hinterher, ihr Schwachköpfe!«

»Raus ist keiner. Es sind vor jeder Türe Wachen postiert«, antwortet einer der Apostel ruhig.

»Dann schaut im Keller nach!«, röchelt Simon mit hochrotem Gesicht. Ihm scheint tatsächlich die Luft auszugehen. »Diese verdammten Jungs! Und schafft mir das Weib aus den Augen!«, dabei sackt er zurück auf die Bettkante und hält, theatralisch, den Unterarm vors Gesicht, so als könne er Maria's Anblick keine Minute länger ertragen.

Maria hat sich, ohne ein Wort zu sagen, erhoben, bindet sich ihre Schürze ab, legt sie fein säuberlich über einen Stuhl und geht an den Aposteln vorbei, auf die Türe zu. Kurz davor dreht sie sich noch einmal nach Simon um und sieht ihn ein letztes Mal an. »Nehmt den Namen meines Sohnes nie wieder in den Mund und den des Herren auch nicht! Ich habe dem Falschen gedient und das werde ich mir und dir niemals verzeihen«, sagt sie bedrohlich und so kalt, als wäre in ihr das ganze Blut gefroren. Dann verlässt sie den Raum, ohne sich noch einmal umzublicken.

Nachdem der Kommandant alle Befehle ausgeführt hat, ist er zurück in die Schaltzentrale gegangen und hat Rother geweckt, als er auf den Bildschirmen sah, wie die zwei falschen Apostel den Kindern, in den Untergrund folgten. Seitdem beobachtet Rother gebannt das Geschehen auf dem Bildschirm zu seiner rechten. Immer tiefer sind die falschen Apostel der kleinen Gruppe in den dunklen Untergrund gefolgt. Die Apostel sind zwar mit Leuchtstäben ausgestattet, doch deren Leuchtkugel beträgt gerade mal zwei Meter und so orientieren sie sich an Johanns weißem Gewand, das sie in der Dunkelheit ausmachen können.

Johann hatte sich die Kutte sofort ausgezogen, um nicht geortet werden zu können. Zum Vorschein kam sein Untergewand, ein weißer Leinenrock und ein weißes Leinenhemd. Wie ein Gespenst huscht er durch das Labyrinth. Giovanni hat sich das Baby wieder auf den Rücken geschnallt und läuft den beiden hinterher. Cyber bemerkt, dass sich der Abstand zu den Verfolgern bedenklich verringert. Geistesgegenwärtig wirft er Johann und Giovanni seinen schwarzen Ledermantel über und lenkt die Gruppe kurz nach einer Abzweigung in einen engen Schacht, der sich am Ende erneut aufgabelt. Als die Apostel dort ankommen, sehen sie zu beiden Seiten des Tunnels sieben Schächte abgehen. Nachdem sie jeden der Tunnel ein Stück abgesucht haben, geben sie auf: »Es hat keinen Sinn. Wir brauchen Verstärkung und mehr Licht!«

Rother ist außer sich vor Wut. Er schreit in seine Watch: »Schickt alle Agenten unter Sektor 6. Von dort strömt ihr aus und durchkämmt den ganzen verdammten Untergrund. Jagt jeden raus! Ich will da keine verdammte Ratte mehr sehen! Bringt mir das Kind! Die Miliz schick ich von hier aus herein!«

Der Kommandant hat nur die Hälfte mitbekommen, da er mit einem Offizier sprach, der ihm die neuesten Nachrichten übermittelte: »Schlechte Neuigkeiten, mein Präsident! Ihre Tochter und ihre Freundin wurden entführt.« Der Kommandant überreicht Rother die Haarsträhnen, die ihm der Offizier gerade gegeben hat.

»Sie wurden was? Von wem?«

»Von einer Gang im Untergrund.«

»Wer hat die Nachricht überbracht?«

Der Kommandant beschreibt den Jungen mit der roten Mütze und der Apostelkutte. »Er sitzt im Verhörraum. Ist Gangmitglied der Roten.«

»Jetzt reicht es aber wirklich! Schickt alle in den Untergrund. Ich will, dass ihr jeden Winkel nach diesen Kindern absucht!« Rother zeigt dem Kommandanten die Standbilder von Giovanni, dem Baby, Johann und Cyber. »Die Fotos von Luise und Annabell habt ihr ja. Und jetzt bring mich zu dem Jungen.«

Der Kommandant führt Rother in den Verhörraum, wo sich dieser sofort auf den 14-jährigen Jungen stürzt und ihn, ohne jede Vorwarnung, an der Gurgel packt.

»Du wirst uns sofort zu meiner Tochter bringen!« Selbst erstaunt über seinen Ausbruch, weicht er zurück, um sich wieder zu fassen. Das alles macht ihm zu mehr zu schaffen, als er gedacht hat. Zur Beruhigung schluckt er eine weitere Pille. Als er sich wieder einigermaßen geordnet hat, versucht er es auf die diplomatische Tour: »Und? Was wollt ihr?«, sagt er mit dem Lächeln einer giftigen Schlange.

Der Junge lehnt sich lässig zurück, wiederholt die Forderung von zuvor und fügt hinzu: »Und wenn ich nicht bis Sonnenuntergang zurück bin, dann…« Er macht eine bedrohliche Geste mit der Hand, die unmissverständlich klarmacht, man würde den Mädchen dann die Kehle durchschneiden.

Rother reicht es jetzt endgültig. Jetzt muss er sich auch noch mit Teenagern rumschlagen. Ungehalten haut er auf den Tisch. »Ein Rother lässt sich nicht erpressen, merk dir das!« Schon gar nicht von einem 14-Jährigen, denkt er und verlässt den stahlverkleideten Raum, in dem außer einem Tisch und zwei Stühlen sonst nichts ist.

Der Junge blickt ihm entgeistert hinterher, ungewiss, was mit ihm geschehen wird und schreit: »Dann wird man ihnen die Kehle durchschneiden!« Unbehaglich sieht er sich in dem kühlen Raum um, in dem er jetzt ganz alleine sitzt und sich merkwürdig klein fühlt.

Für Teresa ist es an der Zeit die Rother‘s zu verlassen, schließlich hat sie noch einen kranken Mann, um den sie sich kümmern möchte! In der Stadt ist bereits die Hölle los, ein jeder scheint auf irgendeinem Weg zu sein und so steigt sie schnell eine Treppe, die zu einer alten U-Bahn-Station führt, hinab und verschwindet im Untergrund. Zielstrebig geht sie durch die Schächte bis zu Festos Behausung, einem alten Tunnelstutzen. Dort erhofft sie sich, Informationen zu erhalten. Und auch wenn sie Festo für das personifizierte Böse hält, gehört er doch zu ihrer Familie, irgendwie tut er ihr auch leid. Er ist der Sohn ihrer, vor Jahren verstorbenen, Schwester, die als drogensüchtige Prostituierte im Untergrund gelebt hat. Und auch wenn Teresa Angst vor dem Jungen hat, tut er ihr eben doch leid. »Dass er so geworden ist, hat er seinem brutalen Vater zu verdanken«, denkt sie, »schließlich kennt der Junge nichts anderes als Gewalt«.

Festo wuchs als Kind unter der Stadt auf. Sein Vater versuchte, ihn mehrfach umzubringen. Er tauchte das Kind manchmal solange unter Wasser, bis es fast ertrunken wäre. Angeblich nur, um die Wahrheit aus dem Jungen herauszupressen, wenn dieser von seinen Bettelzügen zu wenig Geld nach Hause brachte. Festo musste schon früh gegen andere Kinder kämpfen und sich beweisen. Sein Vater trainierte ihn und wenn er verlor, wurde er von ihm fast zu Tode geprügelt. Es gab kein Erbarmen. Er konnte sich den Respekt seines Vaters nur dann verdienen, wenn er selbst so brutal und gnadenlos war. Eines Tages starb seine Mutter unter den Faustschlägen des Vaters. Trauern durfte er nicht. Konnte er auch nicht, sie war immerhin eine drogensüchtige Prostituierte, die sich einen Scheiß um ihn gekümmert hatte. Also wurde die Leiche einfach irgendwo entsorgt, man sprach nie wieder über sie. Da war er gerade acht Jahre alt und sein Frauenbild hat sich bis heute nicht geändert, für ihn sind alle nur Nutten. Eines Tages hatte er wieder einmal Streit mit seinem Vater, weil er zu wenig Geld nach Hause gebracht hatte. Der Vater prügelte wie besessen auf den Jungen ein. Irgendwie bekam Festo ein Messer zu greifen und stach es ihm direkt ins Herz. Sein Vater war augenblicklich tot. Er verscharrte ihn und gründete danach seine Clique im Untergrund. Seither lebt er dort.

Teresa setzt sich auf das schäbige Sofa, das inmitten des Tunnelstutzens steht. Neben ihr liegt Festos Hund, den sie streichelt, als ob es ein harmloses Kuscheltier wäre. »Sie sind alle auf die Basis gezogen«, unterrichtet sie Festo. Wie immer, wenn sie im Untergrund ist, muss sie ihm Rapport abliefern, denn sie weiß, dass sie von ihm keine Hilfe ohne Gegenleistung erwarten kann. Festo hat sich einen Stuhl herangezogen und hört ihr aufmerksam zu.

»In der Stadt heißt es, sie suchen Jesus. Er soll als kleines Baby wiedergekehrt sein.«

»Das weiß ich schon, Tante. Und sonst?« Alleine wie er fragt und sie dabei durchdringend ansieht, lässt sie hellhörig werden.

»Ja, und Rother's Tochter und ihre beste Freundin sind verschwunden. Du hast sie nicht zufällig gesehen?« Teresa zieht ein Foto von den beiden Mädchen aus ihrer Rocktasche, dass ihr die Mädchen einst geschenkt hatten und hält es ihm hin.

Festo wirft einen flüchtigen Blick darauf. »Hübsch, aber nein.« Schnell gibt er Teresa das Foto zurück und lenkt vom Thema ab. »Auf was steht die Zahl jetzt?«

»Heute Mittag stand sie bei 122.365.«

»Es hat also tatsächlich begonnen. Wie lange haben wir noch?«, fragt Festo merklich nachdenklich. »Sechs Tage, mit heute«, antwortet Teresa und bekreuzigt sich. »Wenn du die Mädchen findest, bring sie zurück. Gott wird es dir danken und ich auch. Es sind gute Kinder.«

Festo bricht in schaurig böses Gelächter aus: »Als wenn mir Gott irgendetwas danken würde! Meine Seele ist nicht zu retten, Tantchen, das weißt du genau.«

Teresa hat sich erhoben, steckt ihm ein paar Scheine zu und will gerade gehen, als ein Junge mit einem Verband um die Rippen in den Tunnelstutzen stürmt. Krätze trägt den Verband so offensichtlich, wie eine Trophäe. Nachdem er sich auf Festos ureigener, kleiner Krankenstation, die dieser vor einiger Zeit provisorisch hat einrichten lassen, erholt hat, ist Krätze wieder eifrig dabei, um Festos Gunst zu buhlen. Er überbringt die Botschaft eines Spähers, der vor Sektor 1 auf die Rückkehr des Jungen gewartet hatte.

»Der Junge ist immer noch bei Rother! Sie lassen ihn nicht gehen!«, schreit er durch den hallenden Raum. »Ich glaube nicht, dass er zahlen wird! Wir müssen weg, im Untergrund wimmelt es von Aposteln und der Miliz. Sie durchkämmen alles!«

»Halt's Maul!«, zischt Festo Krätze an, mit Blick auf Teresa. »Gute Nacht, Tante«, komplementiert er sie raus.

Teresa tut so, als ob sie nichts gehört hätte und geht ohne ein weiteres Wort. Sie hat ja schon längst Verdacht geschöpft, schon in dem Moment, als er sie nach den Neuigkeiten gefragt hat.

Jo sieht mittlerweile einigermaßen sauber aus. Seine Augen sind so gut wie abgeschminkt, das Blut in seinem Gesicht ist abgewischt. So sauber er auch ist, innerlich fühlt er sich dreckig! Er hat sich zum Äußersten verleiten lassen, hat gemordet. Seitdem lässt ihn dieser Gedanke nicht mehr los. Er muss daran denken, dass er seine erste Mordgedanken schon als kleiner Junge bei seinem Vater hatte. Dann erinnert er sich an die Zeit zurück, als er noch zu Festos Clique gehört hat. Ständig musste er sich beweisen und mit anderen Kindern prügeln. Die Verlierer wurden verstoßen. Da er ein guter Kämpfer war, bildete Festo ihn weiter aus. Durch die Drogen entwickelte er sich zu einer emotionslosen Kampfmaschine, vor der er sich selbst manchmal erschreckte. Einmal schlug er so heftig auf einen Jungen ein, dass es vier Mann brauchte, um ihn von dem anderen Jungen loszureißen. Das hat er bis heute nicht vergessen und war froh, dass der Junge überlebt hatte. Doch als ihm Festo eines Tages den Befehl gab, einen Jungen zu töten und er den letzten Rest Menschlichkeit in sich entdeckte, floh er und er war stolz darauf – das war zur Zeit der sechsten Katastrophe. Seit mehreren Tagen trafen kleinere Meteoriten die Erde, als plötzlich ein großer einschlug, die Stadt mitten ins Herz traf und den Untergrund aufriss. Festo, der gerade sein Hemd sorgsam über einen Stuhl gelegt hatte, rannte mit ein paar anderen zu der Stelle, um den Schaden zu begutachten. Jo schnappte sich blitzschnell das Hemd und den Plastikrevolver und lief in die entgegengesetzte Richtung los. Seither war es ein Katz und Maus Spiel zwischen ihm und Festo gewesen, indem Jo immer wieder entkam.

»Jetzt hab ich es getan! Ich bin zum Mörder geworden«, denkt er unentwegt. Es fühlt sich wie eine selbsterfüllende Prophezeiung an, die nun eingetreten ist. Er wusste immer, er ist ein schlechter Mensch. Wie konnte es auch anders sein, bei dem schlechten Vater? Dementsprechend reagiert er ungehalten auf die ewige Fragerei der beiden Mädchen. Mittlerweile hat sich auch Luise zu ihm gesetzt und löchert ihn neugierig: Wo seine Eltern sind, wie es ist, im Untergrund zu leben und zu guter Letzt, ob er eine Freundin hat? Luise findet Jo hübsch und obwohl er kalt und einsilbig zu ihr ist, fühlt sie sich zu ihm hingezogen. Irgendwie findet sie ihn faszinierend. Dieses Wilde und dazu die Verletzlichkeit, die er ausstrahlt! Und obwohl sie die gleiche Sprache sprechen, könnten ihre Persönlichkeiten und ihre Herkunft nicht unterschiedlicher sein. Jo hingegen kann menschliche Nähe überhaupt nicht mehr vertragen und würde lieber mit Festo um sein bisschen Leben kämpfen und sterben, als hier mit den beiden Nervensägen eingesperrt zu sein. Plötzlich hören sie Schritte und sehen eine rundliche Gestalt, die den Gang entlangkommt.

»Teresa!«, schreit Luise laut und rüttelt heftig an dem Bretterverschlag.

»Gott sei Dank!«

»Psst… Sei leise, hija!«, flüstert diese ängstlich zurück und macht sich schon daran, mit einer Metallstange das Schloss zu knacken. Mit Hilfe von Jo schafft sie es schließlich. Auch Jo kennt Teresa, von ein oder zwei Gelegenheiten und er weiß, dass sie Festos Tante ist.

»Bringst du uns nach Hause?«, fragt Luise ungewohnt kleinlaut.

»Das kann ich nicht, ich muss nochmal nach meinem Mann sehen. Du wirst es tun!«, dabei sieht sie Jo scharf an und steckt ihm ein paar Scheine zu.

Dieser erklärt sich einverstanden und nimmt das Geld. Dabei hat er aber nur einen Gedanken: Er will die Mädchen loswerden, Drogen beschaffen und sich in seinem Schicksal ergeben. Er ist ein schlechter Mensch, der es nicht verdient hat zu leben. Und auch, wenn ihm Ritzi tausendmal versichert hat, dass es das Herz war, das den Stiefvater getötet hat, so ist er davon überzeugt, dass es doch seine Schuld gewesen ist... Jo fühlt sich merkwürdig hingezogen zu seiner dunklen Seite, die das Gute in ihm überschattet. Kurz muss er an seinen gewalttätigen Vater denken und wie er in den Fluten ertrank. Jo empfand nichts und fühlte sich deshalb schuldig und damals schon ein bisschen wie ein Mörder. Er verspricht also Teresa, die Mädchen in Sektor 1 zu bringen, plant aber insgeheim, sie endgültig irgendwo loszuwerden und verschwindet mit ihnen im Labyrinth.

Ritzi sitzt mit Anna und Jake auf der Matratze. Holprig liest sie ihnen eine Geschichte aus einem der Bücher vor. Sie hat lange nicht mehr gelesen und so fällt es ihr anfänglich noch recht schwer, doch mit der Zeit wird es besser. Sie hat den ganzen Tag auf Jo gewartet, doch er kam nicht zurück. Also hat sie sich die Zeit mit Kochen, Aufräumen und Putzen vertrieben. Die Wohnung ist kaum wiederzuerkennen. Und auch wenn sie sich ernsthafte Sorgen um Jo macht, geht sie doch völlig in ihrer kleinen, heilen Traumwelt und ihrer neuen Aufgabe auf. Sie ist dankbar, ihrer kleinen Schwester ein Zuhause bieten zu können und in ihrer Rolle als große Schwester und Ersatzmutter fühlt sie sich deutlich reifer und erwachsener, das gefällt ihr.

Anna hat sich liebevoll um Jake gekümmert, bis dieser schließlich wieder zu sprechen begann und sich bedankte für den Ersatz, den Gott ihm geschickt hat. Sie haben gut gegessen, auf dem Dach gab es tatsächlich Hühner und die Luft ist immer noch erfüllt von dem köstlichen Bratenduft, den sie gierig hinunter geschlungen haben. Jake und Anna haben noch eine ganze Weile fröhlich zusammen gespielt und Ritzi war ganz gerührt von dem Anblick der Eintracht, sodass sie von einem Gefühl großer Einsamkeit übermannt wurde, gepaart mit Liebe. Fast hätte sie weinen können, reißt sich aber doch wegen der Kleinen zusammen. Als die Kinder eingeschlafen sind, geht sie zum Fenster und blickt in den kleinen Fetzen Nachthimmel.

»Ab morgen sind es nur noch fünf Tage«, denkt sie. Ihr bereitet diese Vorstellung ein mulmiges Gefühl. Auch wenn sie keine Angst vor dem Tod hat, fühlt sie sich doch verantwortlich für ihre kleine Schwester, deren Leben erst so kurz ist. Liebevoll blickt sie zu ihr, die dicht neben Jake auf der Matratze liegt. »Es sollen schöne Tage werden. Die schönsten in Annas und meinem Leben!«, denkt sie und stimmt ein Kinderlied aus längst vergessenen Tagen an.

TAG 3

Die Sonne erhebt sich gerade über der Stadt. Noch in Nebel eingehüllt, wirft sie ein schwaches Licht in die Seitengasse. Es ist merkwürdig still, ein jeder scheint gebannt zu warten, was als nächstes passieren wird. Es liegt eine unerträgliche Spannung in der Luft. Die Nachricht, dass Simon das Kind hatte und es entführt wurde, hat sich rasant schnell verbreitet und lässt nichts Gutes erahnen. Das Volk fühlt sich betrogen und ist aufgewiegelt. Keiner weiß so recht, wie er mit der Prophezeiung umgehen soll. Einen jeden beschäftigt die Frage, wie er die letzten Tage verbringen wird und was er für seine Rettung tun kann? Während andere in Fatalismus verfallen, stehlen und sich an der Hoffnungslosigkeit berauschen.

Johann und Cyber klettern, völlig verdreckt und erschöpft, hinter einem Kanaldeckel hervor. Giovanni steckt gerade als letzter den Kopf heraus, als ihn etwas heftig zurückzieht. Schreiend rutscht er die Eisenleiter zurück nach unten. Auf dem Rücken das Baby in seinem Tragetuch. Johann und Cyber, die ein Stück weiter vorne in der Gasse sind, laufen zurück, doch sie blicken nur mehr in ein dunkles Loch. Zurück können sie nicht mehr. Die Nacht war der reinste Spießrutenlauf: Die Apostel durchkämmten den gesamten Untergrund. Jetzt erst konnten sie die Apostel abhängen und einen Ausgang nehmen. Sie hatten gehofft, in der bald erwachenden Stadt unterzutauchen, da schnappen sie ihnen Giovanni und das Kind weg! Johann und Cyber sehen sich abwechselnd ratlos an und dann wieder in den Schacht.

Plötzlich tritt Festo unten in den Lichtkegel, mit einem Maschinengewehr in der Hand und schreit nach oben: »Sagt ihnen, die sollen ihre Apostel abziehen und die Miliz auch, sonst stirbt der kleine Italiener mitsamt Kind. Und gebt Rother Bescheid, meine Forderung hat sich verzehnfacht! Habt ihr verstanden?«

»Haben wir!«, ruft Cyber nach unten und sieht Johann weiterhin ratlos an.

Ausgerechnet sie sollen die Botschaft überbringen?! Festo tritt wieder aus dem Lichtkegel und ist verschwunden. Nur noch sein diabolisches Gelächter hallt durch den Untergrund.

»Das war Festo!«, entfährt es Cyber erschrocken.

Johann antwortet nüchtern: »Ich weiß.«

Und obwohl selbst Cyber mächtige Angst vor Festo hat, will er die Verfolgung aufnehmen.

»Ich geh runter! Du wartest hier!«, sagt Cyber.

Er will schon nach unten klettern, doch Johann hält ihn zurück. Ängstlich sieht er sich in der dreckigen Gasse um. Rechts und links schälen sich die Menschen langsam aus ihren Pappverschlägen, doch keiner nimmt Notiz von ihnen. Wo soll er hier warten? Und was, wenn Cyber nicht wiederkommt? Zurück kann er nicht mehr. Cyber ist der einzige, den Johann noch hat.

»Du hast versprochen, mich nicht allein zu lassen.«

Cyber zögert und zieht den Mantel, den Johann immer noch um die Schultern trägt, enger.

»Setzt dich dorthin und warte«, sagt er besänftigend

und zeigt auf eine kleine Nische. Dann reißt er ein großes Stück Stoff aus dem weißen Leinenrock.

»Spinnst du? Was hast du vor?«

»Ich werde die Apostel informieren«, dabei winkt er mit dem weißen Stofffetzen, der als Friedensfahne dienen soll.

»Die werden dich niemals gehen lassen«, gibt Johann zu bedenken.

Cyber überlegt. Da könnte er recht haben. Er greift in die Innentasche des Mantels und holt einen Revolver heraus.

»Ich halte sie mir vom Leib und überbringe nur die Nachricht. Dann sind wir die auch los.«

»Und wenn sie dich erkennen und erschießen?«

In dem Moment krabbeln Jo, Annabell und Luise aus dem gleichen Schacht. Die Nacht war auch für sie der reinste Spießrutenlauf: Als Festo bemerkte, dass seine Gefangenen weg waren, hat er sofort einen Suchtrupp zusammengestellt und Jo und die Mädchen durch den Untergrund gejagt. Immer wieder hat Jo versucht, die Mädchen abzuhängen, doch sie wichen ihm nicht mehr von der Seite und hielten gut mit. Ohne ihn wären sie in dem riesigen Labyrinth auch verloren gewesen.

Jo versucht den schweren Kanaldeckel über das Loch zu schieben. Cyber eilt ihm zur Hilfe:

»Wo kommt ihr denn her? Und wer sind die?«, dabei deutet er auf die Mädchen.

Jo versucht immer noch das Loch zu schließen und meint: »Jetzt nicht! Es wimmelt da unten von Aposteln und Miliz, sie sind alle auf der Suche nach dem Kind! Festo war auch hinter uns her!«

»Der war schon hier, er hat Giovanni und das Kind«, antwortet Cyber.

»So ein Mist! Die Tonne da!«

Jo zeigt auf eine Tonne, Johann versteht gleich und versucht, die schwere Tonne über den Deckel zu wuchten.

»Wartet!« Cyber schiebt den Deckel noch einmal zur Seite, beugt sich über das Loch und ruft nach unten: »Hey Apostel, ich hab eine Botschaft für euch! Hallo!!!!«

Cybers' Ruf hallt durch den Untergrund. Die Kinder warten gebannt ab. Ein paar Sekunden später taucht schon ein Apostel im Lichtkegel auf und sieht nach oben. Cyber hält die Waffe direkt in den Schacht.

»Schön unten bleiben. Ich hab eine Botschaft für euch und für Rother. Festo hat das Kind, er fordert das Zehnfache, sonst wird er es töten. Und ihr solltet alle abhauen! Verlasst den Untergrund! Habt ihr verstanden?!«

Der Apostel unten nickt.

»Jetzt!«, ruft Cyber den anderen zu. Er schließt den Kanaldeckel und mit vereinten Kräften schieben die Kinder die Tonne darüber.

»Lasst uns abhauen! Ich weiß, wo wir vorläufig sicher sind!«, sagt Jo und führt die Gruppe aus der Gasse.

Rother blickt am Bildschirm in den Lauf eines Revolvers. Cyber zielt in den Schacht und auf den falschen Apostel, der unten steht und sich in der Nacht unbemerkt unter die echten Apostel gemischt hatte, um das Bild zu übertragen.

»Verdammt! Was ist das für eine Scheiße?!«

Der Kommandant, der hinter ihm steht, sieht Rother

ratlos an. »Und wo sind die Mädchen?«, schreit er weiter in seine Watch.

»Ich glaube sie sind da oben«, antwortet der falsche Apostel kleinlaut und starrt in das Loch, über das sich gerade der Kanaldeckel schiebt. Dann ist es dunkel und auf dem Bildschirm ist so gut wie nichts mehr zu erkennen.

»Ihr zwei mischt euch weiter unter die Apostel, alle anderen kommen zurück.« Dann dreht er sich zu dem Kommandanten um. »Zieh die Miliz zurück und lass den Jungen laufen. Er soll diesem Festo sagen, dass ich zahle. Schick die Geheimagenten. Sie sollen dem Jungen folgen und ihn nicht mehr aus den Augen lassen!«

Der Kommandant schlägt seine Hacken zusammen und salutiert: »Jawohl!« Er lässt den Jungen aus seiner Zelle holen.

»Wo bringt ihr mich hin?«, fragt dieser, sichtlich ängstlich. Von der Großspurigkeit des gestrigen Tages ist nichts mehr übrig.

Doch statt einer Antwort wird ihm ein schwarzer Sack über den Kopf gestülpt und die Hände gefesselt. Der Kommandant führt den Jungen durch die Arche. Er lenkt ihn nach rechts in einen Seitentunnel, bis sie schließlich unter Sektor 3 gelangen. Er öffnet eine Stahltür, löst dem Jungen die Fesseln und stößt ihn auf die Straße. Es ist die gleiche Tür, durch die auch die Mädchen gekommen sind. Der Junge rappelt sich hoch, zieht den Sack von seinem Gesicht und wirft noch einmal einen Blick auf die unscheinbare Stahltüre, die bereits wieder verschlossen ist. Dann macht er sich daran, so schnell wie möglich zu verschwinden. Zwei wie Bettler gekleidete Männer, die sich gegenüber der Tür postiert haben, heften sich unbemerkt an seine Fersen.

Simon hat die ganze Nacht in seiner Schaltzentrale verbracht und auch wenn er, im Gegensatz zu Rother, keine Live-Kamera hat, so kann er doch verfolgen, wie seine Apostel den Untergrund durchkämmen. Auf dem Bildschirm sind sie als kleine grüne Pünktchen markiert, die sich schon bis Sektor 3 vorgearbeitet haben. »Ich muss dieses Kind zurückbekommen, koste es was es wolle«, der Gedanke lässt ihn nicht mehr los. Er greift zur Weinflasche, die neben ihm auf dem Tisch steht und schenkt sich den letzten Schluck ein. Es ist schon die zweite in dieser Nacht. Sein Magen schmerzt fürchterlich, dennoch nimmt er eines der süßen Teilchen, die er sich abermals aus der Hostienbäckerei hat holen lassen, und stopft sie in sich hinein.

Sein Sekretär, der hinter ihm steht, macht sich ernsthaft Sorgen um seine Gesundheit und versucht, ihn schon die ganze Nacht zum Schlafen zu überreden. Er ist müde. Mittlerweile ist der nächste Tag angebrochen und er möchte nur noch ins Bett. Aber da Simon von Technik so gut wie keine Ahnung hat, musste auch er die ganze Nacht wachbleiben.

»Ihr solltet endlich schlafen gehen, eure Eminenz. Sobald es Neuigkeiten gibt, werde ich euch sofort in Kenntnis setzen«, versucht er es zum letzten Mal. Endlich willigt der völlig erschöpfte Simon ein. Der Sekretär nimmt Simon an der Hand und versucht, ihn aus dem Stuhl zu hieven. Eine schier unlösbare Aufgabe für den hageren Mann, denn Simon macht sich schwer wie ein Sack.

Schließlich schafft es der Sekretär Simon auf die Beine zu stellen. Da drehen die grünen Pünktchen am Bildschirm plötzlich um und laufen in die entgegengesetzte Richtung, zurück in Sektor 7.

Simon japst nach Luft: »Lasst mich los! Da seht! Sie haben ihn! Sie kommen zurück! Ich gehe nach oben!«

Simon hat sich in der Eingangshalle positioniert und erwartet die zurückkehrenden Apostel ungeduldig. Etwa zehn Mann kommen die Kellertreppe heraufgeeilt. Zwei Aposteln haben sie die Kapuzen runtergezogen. Unter ihren Kutten kamen zwei kahlrasierte Köpfe zum Vorschein, die sie enttarnten. Gerade als der falsche Apostel die Nachricht von Cyber empfing, kamen die echten Apostel auch an der Stelle im Untergrund an. So konnten sie beobachten, wie der falsche Apostel an dem Knopf in seinem Ohr herumfummelte und sich scheinbar mit sich selbst unterhielt. Sofort wurden sie enttarnt und abgeführt.

»Hier, wir haben die Ratten!«, sagt einer der Apostel und stößt die Gefangenen zu Boden, sodass sie jetzt vor Simon liegen.

Simon begreift noch nicht: »Aber wo ist das Kind?«

»Festo hat es!«, entgegnet ihm einer der Apostel.

Simon kennt Festo aus Erzählungen, gesehen hat er ihn noch nie, doch die Clique mit den drei Sechsen am Hals ist stadtbekannt und berüchtigt. Für Simon ist Festo der Antichrist in Person.

»Festo hat es?!«, schreit Simon. »Dann sind wir alle verloren! Dieser Satan wird es umbringen! Wie konnte das geschehen?«

Simon ringt nach Luft, sein Gesicht wird auf einmal

hochrot und er sinkt auf die Treppe. Er spürt deutlich, dass sein Herz den Aufregungen nicht mehr lange standhalten wird. Der eine Apostel versucht, umständlich zu erklären, wie sie die Kinder im Untergrund verloren hatten. Wie sie sich schließlich an Festos Fersen hefteten, er sie aber in dem unübersichtlichen Labyrinth abhängen konnte. Wie sie an dem Ort gelandet sind, wo Cyber den falschen Aposteln die Forderungen Festos überbrachte. Da haben sich die echten Apostel sofort auf die falschen gestürzt, diese überwältigt und gefangen genommen. Den falschen Aposteln wurden die Sender aus dem Ohr genommen und die Augen verbunden. Jetzt sind sie hier und liegen vor Simon.

Dem schwirrt der Schädel und er muss sich am Geländer festhalten, um nicht, noch im Sitzen, von der Treppe zu kippen. Wieso das Zehnfache, wovon? Simon greift sich an die Kehle, er hat wieder das Gefühl, zu ersticken und ringt um Luft. Freilich hat er Rother nie vertraut, aber dass dieser ihm falsche Apostel ins Netz gesetzt hat, das wird er ihm büßen. Er sinnt auf Rache. Rache, die gewaltiger sein wird, als jede Katastrophe! Verrat, Verrat hämmert es unentwegt in seinem Schädel und lässt ihn kaum einen klaren Gedanken fassen.

»Gibt es noch mehr von euch?«, fragt er die Agenten, die beide zu seinen Füßen auf dem harten Marmorboden liegen.

»Nein«, stammelt der eine.

Doch Simon glaubt nichts mehr! Mit drei tiefen Atemzügen und einem Stoßgebet, in dem er Gott um Hilfe anfleht, versucht er, seine grollende Wut zu bändigen, die kurz vor dem Ausbruch steht. Was ihm nur bedingt gelingt.

»Riegelt alles ab! Jeder, der hier auf dem Gelände ist, wird überprüft. Es kommt keiner mehr herein! Stellt mehr Grenzwachen auf.« Dann winkt er den Apostel zu sich herunter und versetzt ihm einen heftigen Schlag auf den Oberarm. »Das zehnfache wovon? Und wieso?«

»Soweit wir mitkriegen konnten, ist wohl Rother's Tochter verschwunden. Festo hielt sie gefangen und wollte dafür eine Million. Jetzt will er stattdessen das Zehnfache für das Kind«, versucht dieser zu erklären und vermeidet es, Simon anzusehen, aus Angst dieser könnte endgültig explodieren.

»Und wo ist Rother's Tochter jetzt?«

»Sie konnte wohl fliehen und ist irgendwo in der Stadt. Ich denke, dass sie bei Christian ist.«

»Bei Christian und Johann?«

»Der könnte auch dabei sein. Wir waren den Kindern die meiste Zeit auf den Fersen.«

Die meiste Zeit, denkt Simon verächtlich. Er hat das Gefühl, dass sich die Schlinge um seinen Hals immer enger zieht. Seine Stimme bricht. »Sperrt diese Mistkerle weg!«

Die Apostel, froh endlich gehen zu können, führen die Männer augenblicklich in den Keller unter die Marmortreppe.

»Maria!«, schreit Simon durch die Eingangshalle, doch dann fällt ihm wieder ein, dass Maria gestern das Gelände verlassen hat und vermutlich nie wieder zurückkehren wird. Er fühlt sich, als stünde er an einem Abgrund – wenn er jetzt nicht einen Schritt zurückmacht, wird er stürzen. »Ich brauche Ruhe, sonst überstehe ich die nächsten Tage nicht«, denkt er. Schwerfällig erhebt er sich und geht die Treppe zu seinen Privatgemächern hoch. Dort angekommen entledigt er sich, völlig allein, seiner Kleidung und legt sich mit seinem Untergewand ins herrschaftliche Bett. Er öffnet per Fernsteuerung ein Hologramm, worauf die Schaltzentrale mit seinem Sekretär zu sehen ist.

»Kommt hoch!« Kurze Zeit später erscheint dieser durch die geheime Tür in der Wand. »Setzt ein Kopfgeld aus. Derjenige, der mir diesen Festo bringt, bekommt eine Million. Und an Festo selbst schickt ihr eine Nachricht, dass ich das Doppelte zahle, sofern er mir das Kind unbeschadet zurückbringt.«

»Wird erledigt eure Eminenz«, dabei sieht er Simon besorgt an, der in seiner Nachtkästchenschublade nach einem Döschen Tabletten fingert.

»Sobald sich irgendetwas ereignet, weckt ihr mich! Um Rother kümmere ich mich später. Dieser Verräter, mir Agenten ins Nest zu setzen! Das wird er büßen... Und was zu essen!«, schreit er dem Sekretär noch hinterher, obwohl er sich gerade vor Magenschmerzen krümmen muss. »Und Wein«, entfährt es ihm als letztes, bevor er in einen tiefen Schlaf sinkt, ermattet von den Ereignissen des Tages. Im Traum sieht er sich in seiner schönsten Robe und heiligem Schein, mit dem Baby auf dem Arm, emporsteigen. Doch kurz bevor sich vor ihm die Himmelspforte öffnet, verliert er die Schwerelosigkeit und rast ungebremst zurück auf die Erde.

Es ist früh am Morgen, als Jo, Cyber, Johann, Luise und Annabell die Wohnung erreichen und heftig gegen die Tür klopfen. Dicht zusammen, als Gruppe, sind sie unbeschadet die Straßen entlanggelaufen. Es scheint sie niemand bemerkt zu haben. Außer den Blauen vielleicht, die vereinzelt auf der gegenüberliegenden Straßenseite tief geduckt in den Mauervorsprüngen herumlungern. Ritzi öffnet die Türe und bei Jo's Anblick verpasst sie ihm einen heftigen Faustenstoß gegen seine Schulter.

»Wo warst du solange, du Idiot. Ich habe mir Sorgen gemacht!«

»Jetzt lass uns erst mal herein, wir sind ewig gelaufen«, antwortet dieser mürrisch.

Jo schiebt sich an Ritzi vorbei in die Wohnung, gefolgt von Cyber, Johann und den beiden Mädchen. Auf dem Ofen kocht das schmutzige Wasser und es ist wohlig warm. Jake läuft Jo freudig in die Arme.

»Wo warst du so lange? Ich hab schon gedacht, dass du nie wieder kommst!«

Jo tätschelt dem Kleinen den Kopf. »Natürlich komme ich wieder«, schwindelt dieser, denn sicher war er sich ja nicht.

»Wo ist das Baby?«, fragt Jake weiter und tastet die »Fremden« mit seinen Blicken ab. Außer Cyber kennt er sonst keinen.

»Es ist weg«, antwortet Jo traurig und zwängt sich an ihm vorbei zu dem hintersten Stuhl in der Küche, wo er sich erschöpft niederlässt.

Luise und Annabell haben sich neugierig in der Wohnung umgesehen, dicht gefolgt von Ritzi. »Wo sind wir hier?«, fragt Annabell und sieht sich verunsichert um.

Ritzi mustert die Mädchen abfällig und hält es nicht für nötig, ihnen zu antworten. »Wer sind die denn?«, fragt sie Cyber stattdessen, der sich sofort über die, auf dem Herd stehenden, Töpfe hergemacht hat. Hungrig beißt er in ein Stück Huhn und hat den Mund schon voll.

»Reichenchics, haben sich verlaufen«, antwortet Jo statt ihm, ohne Ritzi anzublicken.

Irgendwie kann er ihr nicht mehr in die Augen sehen. Er fühlt sich sofort an seine Tat erinnert, die Schuld überkommt ihn. Dass er das Kind verloren hat, das ihm der Alte anvertraut hat, macht es nur noch schlimmer.

»Können wir auch ein bisschen was zu essen haben?«, fragt Annabell vorsichtig, die dicht neben Ritzi in der beengten Küche steht. Johann reicht es jetzt, er drängt sich an allen vorbei, schiebt Cyber zum Fenster und macht sich daran, nach Schüsselchen oder dergleichen zu suchen.

»Wir haben alle Hunger! Jeder bekommt was. Ihr geht jetzt alle da hinüber und setzt euch auf die Matratzen! Ich mach das!«, übernimmt er das Kommando.

Die Kinder haben sich auf die Matratzen gesetzt. Nur Jo ist in der Küche sitzen geblieben und dreht sich eine Zigarette von dem Tabak, den Cyber zuvor lose aus der Tasche gekrümelt hat. Johann verteilt fürsorglich an jeden einen Napf mit Essen. Vom Huhn ist noch reichlich übrig. Nur Jo will nichts. Statt zu essen, aalt er sich in schlechten, dunklen Gedanken, die seinen Hunger überschatten. Gerade als er überlegt, zur Türe raus zu rennen und einfach abzuhauen, kommt Johann zurück in die Küche. Er kniet sich neben ihn, streicht ihm liebevoll über den Rücken, fischt mit der anderen Hand etwas Huhn aus der Schüssel und steckt es Jo in den Mund. »Du musst was essen«, sagt er sanft auffordernd, doch Jo stößt ihn heftig von sich, sodass Johann zu Boden fällt und einen Stapel Gerümpel mit sich reißt.

Luise, die sich gleich nahe der Tür positioniert hat, ist von dem Knall nach oben geschnellt und aufgesprungen, direkt in die anliegende Küche.

»Beruhige dich, wir sitzen alle in einem Boot! Entweder wir werden alle untergehen oder keiner«, versucht Johann Jo weiter aufzumuntern, während er das Zeug vom Boden aufsammelt. Er ist ihm nicht böse.

»Immerhin hast du uns gerettet«, versucht es jetzt auch Luise, die tiefes Mitleid mit seiner gequälten Seele empfindet.

Jo drückt die Zigarette in einem Blumentopf aus und steht auf.

»Und wenn schon. Du hast doch keine Ahnung, Mädchen!«, sagt er immer noch verstimmt und zwängt sich an Luise vorbei ins Schlafzimmer.

Er denkt, dass er versagt hat. Er hat das Kind verloren und jemanden getötet. Dabei hatte er kurz die Hoffnung gehabt, ein gutes Kind Gottes zu werden. Eine Aufgabe zu haben. Noch nie hatte er eine richtige Aufgabe, denkt er. Auch wenn das so nicht stimmt. Sein ganzes Leben hat er sich welche geschaffen. Angefangen bei seiner Mutter, die er als Kind immer beschützen wollte. Und irgendwie hat er geglaubt, durch das Kind des Alten könne er wieder etwas gut machen.

Die anderen sind ihm gefolgt und so sitzen sie alle im Kreis, auf Matratze und Boden. »Jetzt erzählt schon! Was war los? Und wer sind die?«, platzt es aus Ritzi ungeduldig heraus. Cyber wischt sich mit dem Ärmel über den

Mund, ergreift das Wort und erzählt von Giovanni und dem Kind. Wie sie ihn befreit haben, die ganze Nacht durchs Labyrinth gejagt wurden und schließlich auf Jo, Luise und Annabell trafen. Und wie Festo Giovanni mit dem Baby zurück in den Abgrund gezogen hat.

»Und woher kam das Kind?«, fragt Luise vorsichtig und versucht, Jo's Blick zu aufzufangen, der mit seiner Kapuze über dem Kopf immer noch bockig vor sich hinstarrt.

»Jo hat es von einem alten Mann, der vorgestern hier in der Wohnung gestorben ist – der hatte das erste Zeichen auf der Stirn«, fährt Cyber fort, »Joshua ist der Retter.«

»Gesandter«, verbessert ihn Jo mürrisch.

Und als er die Worte so sagt, wiederholt er in Gedanken die Übersetzung: »Jemand der geschickt wurde, um eine Aufgabe zu erfüllen.« Ist dieses Kind wirklich seine Aufgabe, muss er es retten?

»Joshua?! Ist das dein eigentlicher Name?«, platzt es mit lautem Gelächter aus Ritzi heraus und holt ihn aus seinen Gedanken. Jo sieht sie strafend an.

»Auf jeden Fall wimmelt es von Aposteln, die alle das Kind suchen«, endet Cyber seine Geschichte.

»Und wo hat Festo euch aufgegabelt?«, fragt Ritzi weiter, während sie Luise und Annabell mit Geringschätzung betrachtet.

»Du musst uns gar nicht so herablassend behandeln, schließlich können wir nichts dafür, reich geboren zu sein. Wir sind seit Geburt eingesperrt, waren noch nie draußen und wollten eben mal die Stadt sehen«, antwortet Annabel ihr kämpferisch und wirft ihren Kopf in den Nacken.

»Wir müssen zurück«, schaltet sich jetzt auch Luise in

das Gespräch ein. »Unsere Eltern machen sich Sorgen.« Sie stupst Jo mit ihrem Schuh an. »Bringst du uns jetzt zurück, oder was?«

Jake ist zu Jo gekrabbelt, noch gebannt von der Geschichte. »Und Giovanni und das Baby? Du musst sie befreien«, sagt er zu Jo und nimmt ihm die Zigarette aus der Hand, um selbst daran zu ziehen.

Johann und Cyber tauschen einen langen Blick aus, der besagt, dass sie sich einig sind. Sie werden das Kind retten, denn wenn es der Wiedergeborene ist, haben sie eine Mission zu erfüllen. Die beiden kennen sich schon so lange und so gut, dass sie auch ohne große Worte kommunizieren können.

»Er hat Recht. Festo wird sonst beide töten. Und wer weiß, was dann unser aller Schicksal ist…«

»Dann gibt es keine Hoffnung mehr, für keinen!«, vervollständigt Johann Cyber's Worte.

Jo hat den beiden aufmerksam zugehört, schließlich gehörten sie einst zu den Aposteln und kennen die Geschichte besser als er. Er hat jetzt doch tierischen Hunger. Die gesamte Energie seines Körpers scheint auf einmal in sein Hirn zu rutschen. Er sieht plötzlich völlig klar. Er ist der Gesandte, der Auserwählte, er muss das Kind retten! Er ist Joshua und will ab jetzt nur noch so genannt werden. Noch nie hat sich Jo so klar gefühlt. Gar nicht so schlecht dieses Gefühl, denkt er und schon verziehen sich die dunklen Wolken in seinem Kopf und er rutscht in euphorische Planung. Er könnte das Kind retten, vielleicht würde das seine Schuld sühnen. Und wenn es das Letzte ist, was er auf Erden zu tun hat, er will diese Aufgabe erfüllen! Für Luise und Annabell würde er eine Belohnung kassieren und dann würde für ihn vielleicht auch ein neues Leben anfangen. Ein Leben in Reichtum, Ruhm und Ehre. Er wäre ein gemachter Mann und überleben würde er vielleicht auch, als Retter von Jesus. Das wäre die Himmelfahrt. Die Schärfe seiner Gedanken überrascht ihn selbst, fast muss er schmunzeln. Er sieht Licht am Ende des Tunnels. Sein Licht! Er hat einen Entschluss gefasst.

Liebevoll streicht er Jake über den Kopf, der sich an ihn gekuschelt hat und sagt: »Okay, wir befreien die beiden heute Nacht. Ich glaub, ich weiß auch wo Festo sie hingebracht haben könnte. Und ab heute heiße ich Joshua!«

Zum ersten Mal an diesem Tag sieht er alle an. Schließlich bleibt er mit seinem Blick bei Luise hängen, die immer noch im Türrahmen steht und ihn ebenfalls ansieht. Ein unerklärlicher Schauer durchströmt ihn, als er sich für einen Moment in ihren tiefschwarzen Augen verliert. Das Mädchen hat sich wacker geschlagen, denkt er. Sie hat nicht geheult, nicht gejammert, selbst über ihre mittlerweile doch sehr dreckige Kleidung hat sie sich nicht beklagt. Sie hat sich widerstandslos durch jeden Tunnel gezwängt und ihm blind vertraut. Nur die Fragerei hat genervt. Aber, dass sie einfach so abgehauen ist, um die Menschen in der Stadt zu sehen, imponiert ihm.

»Wir bleiben erst einmal hier. Heute Nacht befreien wir Giovanni und das Kind und morgen früh bring ich euch zurück«, sagt er überraschend männlich und bestimmt. Sein Lebensmut ist zurückgekehrt.

Luise und Annabell tauschen einen schnellen Blick aus und sind sich einig: Abenteuer! Und die gute Tat! Auf einen Tag mehr oder weniger kommt es jetzt auch nicht an. Luise ist alles im Kopf schnell durchgegangen. Der

Eintritt der Prophezeiung stimmt auch sie seltsam euphorisch. »Ich würde mit den anderen das Kind retten und dann meinem Vater bringen. Endlich könnte ich eine Heldin sein, wie in einem meiner Lieblingsfilme. Mein Vater wäre unglaublich stolz auf mich. Ich könnte vielleicht die Menschheit retten!«, denkt sie naiv.

»Okay!«, sagt sie und lächelt Joshua an, während sie sich wieder auf die Matratze setzt, nicht weit weg von ihm und Jake. »Erst das Kind und dann bringst du uns heim, okay?«

Joshua nickt einvernehmlich und springt auf. Die Nähe des Mädchens macht ihn unsicher.

»Gibt es hier eigentlich auch irgendwo Klamotten?«, sagt er zur Belustigung aller, denn er trägt immer noch die viel zu kleine Jacke von Luise.

»Ich bräuchte auch was anderes zum Anziehen«, stimmt Johann mit ein.

»Ich ebenso«, sagt Luise und hebt ihr total verdrecktes weißes Röckchen, woraufhin alle in unglaubliches, entladenes Gelächter ausbrechen.

Ritzi öffnet direkt hinter sich eine Truhe und fischt Pullover, Hosen und Klamotten heraus und wirft sie in die Mitte des Bettenlagers. Jo schmeißt sich schnell einen löchrigen, aber sehr angenehmen, dünnen, anthrazitfarbenen Strickpullover über, der seine blauen Augen noch mehr zur Geltung bringt. Er schoppt sich die Ärmel, steckt sich den vorderen Teil des zu großen Pullis locker in die Hose und ist sichtlich zufrieden mit seinem neuen Look. Die Haare streicht er sich zurück und betrachtet sich im Spiegel, der an einer Wand lehnt. Er fühlt sich auf einmal so anders, männlicher! Der Flaum in seinem Gesicht ist auch etwas dichter geworden.

Luise wählt ein ähnliches Outfit: leichter Strickpulli in schwarz, viel zu groß und an den Ärmel zerfetzt, sodass sie ihn bis zu den Oberarmen aufkrempelt. Unheimlich umständlich zieht sie darunter ihr Röckchen und ihr dreckiges T-Shirt aus. Die Unterwäsche behält sie an. Mit einer Schnur um die Hüfte bindet sie den Pulli zu einem Kleid zurecht und schoppt es bis über die Knie. Auch sie fühlt sich fraulicher, fast erwachsen oder möchte zumindest so wahrgenommen werden. Zu gerne hätte sie jetzt Schuhe mit Absätzen dazu gehabt, statt den dreckigen, nassen Turnschuhen, die sie sich auszieht, damit sie trocknen können.

»Sieht gar nicht so schlecht aus, Reichentussi! Fehlt nur noch der Kohlestrich, dann könntest du eine von uns sein«, neckt sie Ritzi.

Annabell verpasst Ritzi, die neben ihr sitzt, einen Hieb in die Seite und verteidigt ihre Freundin: »Sie ist keine Tussi!«

Verdutzt schaut Ritzi Annabell an – zum einen für den Mut, ihr einen Schlag zu verpassen, zum anderen wie sie für ihre Freundin einsteht. Das hat noch keiner für sie getan, denkt sie eifersüchtig und muss kurz schlucken. Wie automatisch greift sie zu ihrer leeren Messertasche.

»Suchst du das hier?«, Cyber greift in die Innenseite seines Mantels und hält Ritzi ihr Messer hin. Ohne ein Wort oder Cyber direkt anzusehen, greift sie danach und steckt es schnell ein. Sie ist immer noch sauer auf ihn.

Joshua ist mittlerweile in die Küche gegangen und hat sich über die Töpfe hergemacht, die er komplett ausschleckt. Natürlich hat auch er Hunger gehabt und seine Selbstbestrafung endlich abgelegt. Wenigstens für den Moment. Luise ist in seiner Nähe geblieben und betrachtet neugierig die Bücher im Flur. Noch nie in ihrem Leben hat sie ein echtes Buch in Händen gehalten, sie kennt nur die digitale Welt und so stöbert sie eifrig herum. Sie riecht sogar an den Büchern.

»Wer war dieser Mann und wo ist er?«, fragt sie Joshua noch einmal.

»Keine Ahnung, er meinte nur, dass ich der Gesandte sei. Dann war er plötzlich tot und auf seiner Stirn ist das Zeichen erschienen.«

»Dann ist es deine Aufgabe, das Baby zu befreien, Joshua. Vielleicht ist es unser aller Aufgabe, das Kind zu retten«, schließlich glaubt Luise nicht an Zufälle. Auch wenn sie nicht gläubig ist, erfüllt für sie alles seinen Sinn und einen Zweck. Da ist sie wie ihre Mutter und glaubt an Karma. Und in Joshua meint sie sofort einen Seelenverwandten erkannt zu haben.

»Meint ihr der Alte war Gott?«, wirft Johann in die Runde ein. Bei diesem großen Wort sehen sich alle für einen Moment ehrfürchtig an.

»Der Alte sah ganz normal aus. Alt halt, sehr alt, überall Falten und so«, meint Joshua. »Als ob Gott auf die Erde kommt! Wir wissen ja noch nicht einmal, ob es sich bei dem Baby tatsächlich um Jesus handelt. Es könnte ebenso gut jedes andere Kind sein«, gibt er zu bedenken, da er sich irgendwie nicht vorstellen kann, etwas Besonderes zu sein. Auf der anderen Seite ist er sich völlig sicher: Das Baby hat eine besondere Wirkung auf ihn und nicht umsonst seinen Lebensweg geschnitten.

»Aber warum war dann Simon so scharf darauf? Die Zahl, die erschienen ist, ist doch unbestritten?«, entgegnet ihm Johann.

Jake hat aufmerksam zugehört, blickt finster vor sich hin und fragt: »Aber warum ist Gott dann so gemein zu den Menschen? Und warum hat er meine Schwester mitgenommen und mich nicht? Ich will auch lieber in den Himmel!«

Luise, die neben Jake Platz genommen hat, legt ihren Arm um ihn. Dabei berührt sie zufällig die Hand von Joshua, der sie schnell wegzieht.

»Gott ist nicht gemein!«, sagt sie tröstend und sieht dabei ratsuchend zu Joshua, denn eigentlich ist auch ihr das ganze Leben ein Rätsel.

»Aber warum mich nicht?«

»Das wird er noch«, sagt Luise so sanft, dass es alle berührt und nachdenklich macht. Und obwohl jeder über sein Ende für sich nachdenkt, verbindet sie dieses gemeinsame Gefühl auf wohlige Weise.

Yan-Jie eilt in die Schaltzentrale. Sie sieht müde und verheult aus. Ihr Mann sitzt wie immer an seinen Monitoren. Noch im Gehen schreit sie ihn an: »Warum hast du mir nicht gesagt, dass man unser Kind entführt hat? Und warum hast du noch kein Lösegeld bezahlt? Die Kinder sind jetzt schon zwei Nächte lang weg!«

»Aber ich zahl doch«, stottert Rother und sieht seine Frau erschrocken an. Er hat sie noch nie so außer sich gesehen. Fast gleicht sie einer Furie, muss er zu seinem Entsetzen feststellen. Auch weil sie ihr Haar ungekämmt und offen trägt. Sie ist ungeschminkt, nur mit einem Bademantel bekleidet. Noch nie hat sie sich so gehen lassen.

»Ich will mein Kind zurück!«, schreit sie und steht jetzt direkt vor ihm. Mit ihren kleinen Fäusten hämmert sie auf ihn ein. »Bring mir sofort mein Kind zurück!« Und auch wenn sie es nicht wahrhaben will, die Prophezeiung und das nahe Ende macht auch ihr schwer zu schaffen.

»Ich tu was ich kann und wir werden zahlen.« Rother umgreift fest ihre Handgelenke und hält sie von sich weg.

»Aber dieser Festo hat sie doch gar nicht mehr, du Idiot!«

Kaum hat sie das Wort ausgesprochen, weiß sie schon, dass sie zu weit gegangen ist. Rother lässt von ihr ab und sieht sie verächtlich an. »Idiot« hat sie ihn noch nie genannt. Keiner darf ihn so nennen. Eine derartige Respektlosigkeit kann er eigentlich nicht dulden! Aber angesichts der Umstände übergeht er es.

»Woher weißt du das?«, fragt er stattdessen nüchtern.

»Teresa hat es mir erzählt, sie konnte die Mädchen gestern aus einem Käfig befreien. Ein Junge war auch dort eingesperrt und sie hat ihm gesagt, er solle die Kinder so schnell wie möglich in Sektor 1 bringen, aber sie sind immer noch nicht hier.«

»Was für ein Junge?«

»Das weiß ich auch nicht!«

»Ich habe dich nie geliebt«, schießt es ihr zeitgleich durch den Kopf und sie vergräbt ihr Gesicht in ihren Händen, aus Scham über diesen Gedanken.

»Wo ist Teresa jetzt?«, fragt Rother seine Frau, die er, aufgrund ihres Zustandes, kaum wagt anzusehen. Er fühlt sich angewidert von ihr.

Plötzlich stürmt der Vize, gefolgt von seiner Frau, in die Zentrale und ruft: »Kannst du mir mal sagen was hier läuft? Unsere Kinder wurden entführt?« Dem kleinen Mann steht der Schweiß auf der Stirn, so schnell muss er gelaufen sein. Seine Sätze stößt er kurzatmig hervor und wischt sich mit einem weißen Stofftaschentuch den Schweiß weg. »Wurde Lösegeld verlangt?«

Rother versucht, betont ruhig zu bleiben: »Ja, sie wurden entführt und ich habe ausrichten lassen, dass ich bereit bin, zu zahlen. Es ist alles unter Kontrolle.«

Jetzt reicht es seiner Frau, sie könnte immer noch platzen vor Wut: »Du hast gar nichts unter Kontrolle! Dieser Festo hat die Mädchen doch gar nicht mehr, irgendein Junge hat sie!«, schreit sie hysterisch.

Der Vize hat sich nun seinerseits in einen Sessel fallen lassen. Er versteht gar nichts mehr und versucht, krampfhaft seine Gedanken zu ordnen.

»Also, wo sind die Mädchen jetzt?«

Yan-Jie reißt, immer noch aufgebracht, das Wort an sich: »Hätte mein Mann bezahlt, wären sie schon längst hier, aber so wurden sie in einen Käfig gesperrt. Teresa war im Untergrund und konnte die Mädchen irgendwie befreien, aber nicht hierherbringen. Also hat sie den Jungen, der mit ihnen im Käfig war, gebeten, die Kinder nach Hause zu bringen. Sie sind aber nicht da! Teresa ist oben, aber auch sie weiß jetzt nicht, wo unsere Kinder sind!«

Rother fühlt sich zusehends unbehaglich. Nicht mal seine Frau scheint er noch unter Kontrolle zu haben. Unruhig rutscht er auf seinem Stuhl hin und her. Beschämt über ihren Zustand, wagt er es kaum sie anzusehen. Yan-Jie hat sich völlig in Rage geredet:

»... Aber meinem Mann ist ja dieses Kind, das angeblich Jesus sein soll, wichtiger als seine eigene Tochter! Das werde ich dir nie verzeihen!« Sie blickt Rother hasserfüllt an.

»Sie sind noch irgendwo in Sektor 3. Ich schicke meine Agenten«, versucht er die Situation zu entschärfen.

»Das hast du doch schon vor zwei Tagen gesagt.«

Yan-Jie verliert nun völlig die Nerven und bricht schluchzend zusammen. Sie scheint einem Nervenzusammenbruch nahe zu sein. Die Frau des Vizes, eine kleine, gutmütige Frau um die 40, ist zu ihr geeilt und versucht, sie zu trösten. Das weiße Kostüm umspannt ihre Brust bedenklich eng und sieht an ihr eher unvorteilhaft aus. Auch sie will ihr Kind zurück und macht ihrem Mann deswegen Vorwürfe. Aber die Hauptschuld trägt Rother, da ist sie sich mit Yan-Jie einig.

»Und wo ist jetzt das Kind?«, fragt der Vize, der nun wieder etwas mehr Luft bekommt.

»Dieser Festo hat es und ich bin bereit zu zahlen. Er will zehn Millionen.«

»Ihr sollt uns unsere Kinder zurückbringen! Was seid ihr nur für Männer! Das Baby interessiert uns erst einmal nicht! Habt ihr verstanden?! Und wer weiß schon, ob es überhaupt der ›Eine‹ ist?«, schreit nun auch die Frau des Vizes. »Ihr benehmt euch wie die Narren!« Dann wendet sie sich an Yan-Jie, die immer noch weinend an ihrer Schulter hängt: »Komm, ich bring dich nach oben.«

Rother will seine Frau aufhalten: »Bleibt auf der Basis, hier ist es sicherer!«

Doch seine Frau sieht ihn an und lässt keinen Zweifel an ihrer Entschlossenheit. Sie hasst die Basis, zumal sie an leichter Klaustrophobie leidet.

»Einen Teufel werden wir tun. Ihr bringt das hier in Ordnung«, sagt die Frau des Vizes bestimmt und sieht ihren Mann durchdringend an. »Sonst wirst du dein blaues Wunder erleben!« Sie schiebt Yan-Jie zur Türe raus, die beiden Frauen gehen zum Fahrstuhl und fahren nach oben in die Wohnung.

Kaum sind sie aus der Tür, drückt Rother wieder wie verrückt auf seine Knöpfe. Die Bildschirme öffnen sich. Der Vize starrt ernst vor sich hin. Auch ihn überfordert die ganze Situation. »Das wird alles in einer Katastrophe enden«, murmelt er abwesend vor sich hin. Doch Rother hört ihn nicht mehr, schon gibt er wieder Befehle in seinen Ärmel:

»Schickt alle in Sektor 3. Ich will, dass ihr jeden Winkel und jedes Haus nach unseren Töchtern durchsucht. Durchkämmt alles!«

»Allzu viele sind nicht mehr da! Viele sind bereits desertiert«, kommt es über die Lautsprecher zurück.

Auch etliche Männer des Militärs haben sich in den letzten Stunden für die Kirche entschieden und den Sektor einfach verlassen. Sie sind auf der Suche nach ihrem Seelenheil, haben ihre Gewehre abgelegt und in Richtung Kirchensektor gepilgert. Doch davon will Rother nichts hören, er klickt hastig weiter und es öffnet sich ein weiteres Hologramm. Zu sehen ist der Junge mit der roten Mütze, wie er eine dreckige Straße entlangläuft.

»Wo seid ihr?«

»Sektor 3«, antwortete einer der beiden Geheimagenten.

»Haltet Ausschau nach den Mädchen! Was macht er jetzt?«

Der Junge ist an einer Ecke stehengeblieben und sieht sich nach allen Seiten um.

»Er wartet wohl auf jemanden«, kommt es flüsternd zurück.

Rother und sein Vize blicken gebannt auf den Bildschirm. Plötzlich taucht ein zweiter Junge auf, mit einem merkwürdig aussehenden Verband um den Bauch. Es ist Krätze. »Geht näher ran, ich will hören, was sie sprechen«, faucht Rother in sein Mikrofon. Krätze nimmt die Nachricht, dass man gewillt ist zu zahlen, von dem Jungen entgegen. Die beiden falschen Bettler spielen betrunken und stützen sich ganz in der Nähe an einer Hauswand ab, um das Gespräch belauschen zu können.

»Gut! Geh zurück und sag Rother, die Geldübergabe findet morgen statt. Wie und wo wird er noch erfahren. Und sollte er irgendwelche Agenten schicken, stirbt das Kind«, lässt Krätze über den Jungen ausrichten. Die beiden verabschieden sich mit einer Ghettofaust und Krätze biegt um die nächste Ecke.

»Bleibt an dem dran!«, flüstert jetzt auch Rother über das Mikro und zwirbelt nervös an seinem Bärtchen. »Er wird zu Festo gehen!«

Die beiden Bettler folgen Krätze vorsichtig, der direkt auf das Pharaohaus zuläuft und schließlich darin verschwindet.

»Er ist da drin«, sagt Rother mehr zu sich selbst als zu seinem Vize, der ihm immer noch über die Schulter schaut. »Schickt Leute zum Pharaohaus, umstellt das ganze verdammte Gebäude. Wir haben ihn!«, triumphiert Rother in sein Mikro.

Der Vize blickt ihn ernst an. »Und die Mädchen?«

»Jetzt nicht, um die kümmern wir uns später. Wir haben das Kind!«

»Und dann? Was willst du mit dem Kind machen?«

Rother überlegt kurz, ob er den Vize in seine Pläne einweihen soll und entscheidet sich schließlich dafür: »Mit dem Blut Jesus wird die Menschheit von den Sünden befreit. Also wir! Verstehst du? Uns kann dann nichts mehr passieren. Die Prophezeiung kann kommen, sobald das Kind in unseren Händen ist.«

Der Vize, ein recht gläubiger Mensch, sieht ihn fassungslos an. Ihm ist klar geworden, dass Rother das Kind töten will. Er reißt sich sein umgekehrtes Dreieck von der weißen Anzugjacke und knallt es auf den Glastisch. »Ohne mich!«

Er dreht sich um und geht ohne ein weiteres Wort zur Tür hinaus. Auch er hat sich entschieden und wendet sich nun endgültig von den Schildbergern ab. Denn für ihn geht es auch um sein Seelenheil. Rother bleibt allein in seinem Büro zurück und starrt weiter, scheinbar emotionslos, auf das Hologramm. Wie immer rettet er sich in Arroganz, wenn ihm etwas wehtut. Und dass sein Vize ihn jetzt verlässt, tut ihm weh. Stur und erhobenen Hauptes wendet er sich wieder seinen Bildschirmen zu.

Die beiden Bettler folgen Krätze, dicht an die Wand gedrückt, bis zum obersten Stockwerk des Gebäudes. Dort angelangt ist Krätze plötzlich verschwunden. Die

Männer sehen sich verdutzt nach allen Seiten in dem leeren Stockwerk um.

»Er ist weg!«

»Aber er ist doch ganz nach oben gelaufen? Er muss hier irgendwo sein?« Fassungslos sehen sich die beiden Männer an.

»Aber es gibt keine Türen, sieh doch, nicht eine einzige Tür!«

Die Treppe endet im oberen Stockwerk, doch es ist keine Türe zu sehen, in der er hätte verschwinden können.

»Hab ich es denn nur mit Idioten zu tun?!«, schreit Rother so laut in das Mikro, dass einer der Männer den Stöpsel aus dem Ohr ziehen muss. »Dann seht auf dem Dach nach!«

»Aber hier endet die Treppe.«

»Dann habt ihr ihn auf einer anderen Etage verloren. Es werden gleich Leute da sein, durchsucht jede Wohnung!«

Die beiden Männer sehen sich immer noch ungläubig an. Beide konnten sehen, wie Krätze ganz nach oben lief. Und Rother hat es auch gesehen. Vor lauter Aufregung sucht er in seinen Taschen nach einer passenden Pille. Verärgert blickt er dabei auf das Abzeichen auf dem Tisch.

Festo sitzt mit fünf seiner engsten Vertrauten im Schneidersitz auf dem Betonboden. Mitten im Raum flackert ein kleines Lagerfeuer. In einer Ecke liegen dreckige Matratzen. In der Außenwand klafft ein riesiges Loch von einem Meteoriteneinschlag und gewährt freien Blick bis auf die hohen, gläsernen Gebäude in Sektor 1. Krätze hat sich ebenfalls dazu gesetzt.

»Ist dir jemand gefolgt?«

»Nein. Er wird zahlen«, sagt Krätze mit einem triumphierenden Grinsen.

Festo grinst diabolisch zurück und blickt zu dem Baby, das friedlich auf einer der Matratzen ruht. Daneben liegt, der an Händen und Füßen gefesselte, Giovanni.

»Ich frag mich nur, was Rother damit will?«, flüstert einer der Jungen einem anderen zu.

»Das, was alle wollen – sich einen Platz im Himmel erkaufen«, ist die nüchterne Antwort Festos. Er ist aufgestanden und geht zu dem Loch in der klaffenden Außenwand. Vorsichtig blickt er auf die Reihe kleiner Balkone unter sich, die wie große Stufen aussehen und so einen guten Einblick gewähren. Dann geht er zu dem Kind, kniet sich hin und sieht es an. »Was soll ich nur mit dir machen?«

Das Baby blickt ihn ruhig mit seinen blau schimmernden Augen an. Festos Halsschlagader pulsiert heftig und er bildet sich ein, dass sein Tattoo heiß wird. Schnell legt er seine Hand darüber und wendet den Blick ab.

»Und wenn ich es töte?«

»Ich glaube, dass du dann nicht zu den 144.000 gehören wirst. Keiner von uns«, antwortet Krätze höhnisch, »es heißt, dass alle Gottlosen umkommen werden.«

Festo sieht Krätze mit einem mörderischen Blick an. Der Satz hat ihn getroffen. Ja, er ist gottlos, aber umkommen will auch er nicht. Er spürt instinktiv, solange er bei dem Kind ist, hat er große Macht und die will er auskosten. Plötzlich beginnt das Baby zu weinen. Festo dreht sich zu der Gruppe um.

»Nehmt dem Italiener die Fesseln ab! Er soll das Kind beruhigen, sonst wird es uns noch verraten.«

Nachdem einer der Jungen Giovanni die Fesseln abgenommen hat, nimmt dieser das Kind sanft in seine Arme und füttert es mit dem kläglichen Rest Flüssigkeit aus dem Fläschchen, das er von Maria hat.

»Es hat kaum noch was zu trinken! Das Baby braucht Milch, Wasser, irgendwas!«, sagt Giovanni bestimmt. Und auch wenn Giovanni große Angst hat, was mit ihm geschehen wird, so hat er doch das Gefühl, dass solange das Baby lebt, sie ihn noch brauchen werden.

Festo ist wieder ans Loch getreten. Er winkt einen der Jungen zu sich und zeigt auf einen der Balkone unter sich. »Da, ihr holt mir heute Nacht die Ziege.« Fast jeder Balkon ist zugestellt mit Nutzpflanzen und sonstigem Kram, aber auf einem der Balkone steht eine weiße Ziege, die aus einem Blumentopf Gras frisst. Da bemerkt Festo, wie sich dem Pharaohaus mehrere, in Lumpen gekleidete Männer nähern und in das Gebäude dringen.

»Verdammt, sie sind dir doch gefolgt«, faucht er Krätze an. Dieser ist aufgestanden und blickt ebenfalls in die Tiefe. Festo hält ihn am Kragen und schubst dessen Oberkörper nach vorne, sodass dieser halb über dem Abgrund hängt. »Sie durchkämmen das ganze verdammte Gebäude. Du Idiot! Ich sollte dich umbringen!«

»Beruhig dich, hier oben werden sie uns nicht finden. Es gibt doch keine Tür«, winselt Krätze um sein Leben bettelnd.

Festo hatte sich schon vor einigen Jahren dieses Versteck gebaut, das nur seine engsten Vertrauten kennen. Er ließ eine Wand aus Spanplatten bauen, die er vor die eigentliche Tür schob, sodass von außen nur Wände zu erkennen sind und nirgends eine Tür zu sehen ist. Einer der Jungs schleicht durch die innere Tür, in den mit Wänden verkleideten Vorraum und legt sein Ohr an die dünne Wand.

»Leise, sie sind da. Ich kann sie hören.« Die Gruppe hält den Atem an. Dann gibt der Junge Entwarnung. »Sie gehen wieder nach unten.« Vorsichtig schließt er die Tür.

Festo lässt von Krätze ab und legt sich auf den Boden, den Kopf über den Abgrund und späht nach unten. Er sieht, wie die Männer jede Wohnung und jeden Balkon durchsuchen. Schließlich postieren sie sich rund um das Gebäude.

»Wenn es dunkel ist, verschwinden wir über das Dach.« Dann geht Festo zu Giovanni und tritt ihn mit seinem schweren Stiefel gegen das Schienbein: »Und du wirst uns sagen, wo deine Freunde hinwollten!«

Nachdem Simon aus seinem Traum erwachte, war an Schlaf nicht mehr zu denken. Seine Gedanken kreisten unentwegt um das Kind und um Rother, den Verräter! »Auge um Auge«, ist seine feste Überzeugung und danach wird er handeln. Hinzu kamen schlimme Magenschmerzen. Nach einigen Stunden Hin- und Hergewälze ist er aufgestanden und in seine Schaltzentrale gefahren. Dort sitzt er nun und starrt vor sich hin. Es ist bereits dunkel, nichts hat sich getan. Außer den zwei falschen Aposteln hat er nichts in der Hand. Er sieht elendig aus. Seit zwei Tagen hat er sich nicht rasiert, sein Gesicht sieht, trotz der

Fresserei, fahl und eingefallen aus. Unter den Augen hat er tiefe, schwarze Schatten. Vor Müdigkeit und Erschöpfung kann er kaum klar denken, geschweige denn gehen.

Sein Sekretär hat ihm Haferschleim zubereitet, den er mit zittrigen Händen widerwillig zu sich nimmt. Schmeckt lange nicht so gut wie bei Maria, stellt er abfällig fest.

»Auf wie viel steht die Zahl jetzt?«

»99.631, eure Eminenz«, antwortet dieser und sieht Simon noch besorgter als am Vormittag an, als er ihn zu Bett brachte.

Simon kann sich in seinem Stuhl kaum aufrecht halten.

»Das wird er mir büßen. Der wahrhaftige Teufel hat jetzt das Kind! Alle werden büßen!« So stark seine Worte, so schwach ist Simons Stimme. Er spürt, wie ihn seine Kräfte mehr und mehr verlassen. »Gib mir Bezirksapostel Gabriel! Sollte das Kind jemals in Sektor 1 auftauchen, muss er es mir bringen.«

Der Sekretär drückt einen Knopf und wählt den Bezirksapostel von Sektor 1 an, der kurz darauf auf einem der Bildschirme erscheint. Gabriel hat das gutmütige Gesicht eines Mannes, der keiner Fliege was zu Leide tut. Er ist ehrlich gläubig und handelt auch danach. Für einen Gebietsapostel ist er mit seinen 38 Jahren noch relativ jung, doch seine Ehrlichkeit und Sanftheit haben ihn schnell aufsteigen lassen. Von ihm geht keine Gefahr aus, weshalb Rother gegen ihn nie Veto einlegte und ihn als Gebietsapostel in seinem Sektor akzeptierte. Sein dichter, brauner Tonsur zieht sich über den ganzen Schädel. Sein stets ruhiges und bedächtiges Wesen verliert er auch in diesen äußerst verwirrenden Zeiten nicht.

»Wieso habt ihr mich nicht darüber unterrichtet, dass Rother falsche Apostel aussendet?«, herrscht Simon Gabriel an.

»Wie ihr wisst, ist es für mich unmöglich, die Basis zu betreten, Eminenz. Wie also hätte ich es wissen sollen?«

»Aber ihr habt doch einen Spitzel bei Rother?«

»Nun einen Spitzel würde ich es nicht nennen, eher eine gute Seele!«

»Und was sagt die gute Seele? Was wird Rother als nächstes tun?«

Auch der sarkastische, ja fast schon böse Unterton Simons kann Gabriel nicht aus der Ruhe bringen: »Wie soll man das in diesen Zeiten wissen?«, entgegnet er weise, sodass auch Simon ihm im Stillen beipflichten muss.

»Sollte das Kind jemals dort auftauchen, bringt ihr es mir doch?«, fragt Simon jetzt freundlich umschmeichelnd.

»Selbstverständlich!«

Die Antwort beruhigt Simon etwas. »Was wisst ihr von dem Gerücht einer Vernichtungsaktion?«, fragt er zum Schluss.

»Darüber ist mir nichts bekannt, Hochwürden, aber ich bin stets bemüht, an das Gute im Menschen zu Glauben und so etwas würde selbst Rother nicht wagen! Nicht in diesen Zeiten«, versucht Gabriel zu beruhigen, auch wenn ihm dieser Gedanke nicht allzu abwegig erscheint, dass Rother durchaus in der Lage dazu wäre.

»Ihr müsst mehr herausfinden, es bleibt keine Zeit. Halte mich auf dem Laufenden!«, beendet Simon das Gespräch verärgert.

Yan-Jie gleitet auf dem Rücken und zieht ihre Bahnen durch das Schwimmbecken. Über dem Glasdach ist der Abendhimmel mit schweren, grauen Wolken verhangen, die rasch vorüberziehen. Teresa sitzt, mit einem Handtuch in der Hand, auf einer weißen Liege und wartet. Große Schuldgefühle plagen sie. Hätte sie die Mädchen doch lieber selbst zurückgebracht! Jetzt ist sie seit Stunden hier und erwartet ungeduldig die Rückkehr von Luise und Annabell, für die sie sich natürlich verantwortlich fühlt. Sie hofft, dass sie jede Minute zurückkommen. »Pinche, hijo!«, denkt sie und will eigentlich nur zurück zu ihrem kranken Mann, um mit ihm dem Ende entgegenzusehen. »Dabei habe ich dem Jungen doch schon eine vorzeitige Belohnung gegeben und bei einer Übergabe noch eine weitere in Aussicht gestellt?! Sie müssten schon längst hier sein!« Unruhig rutscht sie auf der Liege hin und her. Auch sie spürt den Zeitdruck. Nur noch vier Tage nach heute!

Yan-Jie hat die letzte Bahn beendet und steigt aus dem Becken. Ihr mädchenhafter Körper steckt in einem engen silberfarbenen Ganzkörper Swimsuit. Sie war einst eine gute Schwimmerin und gewann etliche Preise. Wie gern hätte sie Luise auf einem Podest gesehen, aber diese hatte, zu ihrem tiefen Bedauern, nie den gleichen Ehrgeiz entwickelt. Ruppig reißt sie Teresa das Handtuch aus der Hand.

»Hol meine Sachen von der Basis und die von Luise gleich mit. Ich werde oben bleiben.«

Teresa ist sogleich aufgesprungen und sieht ihre Herrin besorgt an.

»Ist das nicht zu gefährlich?«

»Vor dem was kommt, wenn es denn kommt, kann sich niemand verstecken. Diese Macht dringt durch alle Mauern«, antwortet Yan-Jie mit sarkastischem Unterton und sieht Teresa vorwurfsvoll an.

Sie wird ihr nie verzeihen, dass sie die Mädchen nicht selbst hergebracht hat, denkt sie, auch wenn sie Verständnis für ihre Situation hat. Egal, wie das mit der Prophezeiung ausgeht, Yan-Jie hat eine Entscheidung getroffen und ihr Entschluss steht fest: Sie wird sich von ihrem Mann trennen, sobald diese Farce vorbei ist. Diesmal ist er zu weit gegangen. Wie konnte er sie nur dazu bringen, derart ihre Würde zu verlieren?! Sie wirft sich das Handtuch über die Schultern und verlässt das Schwimmbad, ohne Teresa noch eines einzigen Blickes zu würdigen.

Gedemütigt tritt Teresa an die Fensterfront, bekreuzigt sich, faltet ihre Hände und blickt in die Ferne, hinüber zum Pyramidenhaus. »Dios mio, vergib mir lieber Gott und vergib meinem Neffen. Vergib mir, dass ich die Mädchen nicht selbst gebracht habe und vergib mir all meine Sünden. Bring die Kinder gesund nach Hause, bitte! Und lass uns alle diese Tage überstehen. Amen.« Noch einmal bekreuzigt sie sich, dann verlässt auch sie das Schwimmbad.

Mittlerweile ist es schon stockdunkel. Kerzenstummel flackern und tauchen die Wohnung in sanftes, warmes Licht. Es ist wohlig warm und die Atmosphäre heimelig. Joshua ist schon in einen tiefen, ruhigen Schlaf gefallen, genau wie fast alle anderen. Noch nie war ihr Schlaf so tief und der Magen so voll. Joshua träumt von seiner Mutter, dass er sie wiedergefunden hat und sie sich beide in die Arme laufen. Ein selten glücklicher Traum. Nur Ritzi, Annabell und die Kleinen, Jake und Anna, sind wach geblieben. Annabell ist völlig fasziniert von dem wilden, taffen Mädchen, das sich so liebevoll um ihre kleine Schwester kümmert. Zu gern hätte auch sie eine Schwester gehabt, denkt sie. Vielleicht ist sie deshalb so eng mit Luise befreundet. Zusammen haben sie mit den Kindern aus dem Krempel ein Auto und eine Puppe gebastelt und die Kleinen sitzen am Boden in der Küche und spielen, so als hätten sie die Welt um sich vergessen. Und auch Ritzi und Annabell scheinen in eine friedliche Traumwelt eingetaucht zu sein. Sie haben Tomaten vom Dach geholt, die Küche so gut es ging saubergemacht und machen sich nun daran, die Tomaten, für eine weitere Mahlzeit zu schnippeln. Annabell assistiert, völlig fasziniert von den Lebensmitteln, so gut sie kann, da sie sonst nur fertige Nahrung aus Automaten kennt und noch nie in ihrem Leben gekocht, geschweige denn geentert hat, ganz zum Amüsement von Ritzi.

Ritzi und Annabell unterhalten sich leise, um die anderen nicht zu wecken. Nach der anfänglichen Ablehnung, die Ritzi gegenüber den Mädchen empfand, ist die Neugier und Faszination größer geworden. Annabell erzählt von ihrem Leben unter der Glasverkleidung, dem goldenen Käfig, dem sie nur zu gern entfliehen würde. Sagt sie zumindest. Ritzi nimmt es ihr nicht ganz ab, da sie sich nicht vorstellen kann, dass irgendjemand dieses Reichenleben eintauschen möchte gegen das der Straßenkinder. Also erzählt auch sie von dem harten Leben im Untergrund, dem Hunger und der ständigen Gefahr. Das mit ihrer Kindheit und dem Stiefvater erzählt sie nicht. Dafür schämt sie sich zu sehr, die Wunde klafft noch zu tief in ihrem Herzen. Die beiden fühlen sich immer mehr zueinander hingezogen, was sie durch zufällige Berührungen, in der engen Küche, immer wieder unterstreichen und es Ritzi, zu ihrem eigenen Erstaunen, nicht stört. Im Gegenteil sie genießt die Nähe, fast scheint es, sie würde sie sogar suchen. Es löst bei ihr ein aufregendes Kribbeln in der Magengegend aus und eine unbekannte Sehnsucht nach Liebe.

Joshua ist aufgewacht. Er hat gut geschlafen und fühlt sich gesund und kräftig. Er stülpt sich seine Springerstiefel über und springt voller Tatendrang auf. Am Ende dieser Tage wird er sterben, denkt er, aber davor hat er eine Aufgabe zu erfüllen. Er spürt plötzlich einen Sinn und das gibt ihm Kraft. Noch nie hatte sein Leben einen Sinn! Die dunklen Mächte des Vortags sind verschwunden und in ihm flackert etwas Hoffnung auf, doch noch etwas Gutes tun zu können und sich für die helle Seite seiner Seele zu entscheiden, quasi als Held in die Geschichte einzugehen. Selbst vor dem Tod hat er keine Angst mehr, meint er zumindest. Er hebt Luises Sweatshirt vom Boden und deckt sie behutsam damit zu. Luise liegt noch schlafend auf der Matratze. Kurz erschrickt er über die Selbstverständlichkeit, mit der er sie zudeckt und über seine Sanftheit. Auf dem Weg zur Küche stößt er Cyber mit dem Fuß an, der nahe der Türe liegt.

»Wir müssen los! Steh auf!« Cyber der immer einen leichten Schlaf hat und selbst beim Schlafen seinen Mantel nicht auszieht, ist sofort wach und folgt Joshua in die Küche, in der Ritzi und Annabell sitzen.

»Ich mach euch noch einen Tee«, kommt es ungewohnt vergnüglich und fürsorglich von Ritzi.

Durch die sanfte Berührung Joshuas ist Luise wach geworden, wollte sich aber erst nichts anmerken lassen und tat noch eine Weile so, als würde sie schlafen, um ihn heimlich zu beobachten. Als das Wasser kocht, steht sie auf.

»Wenn wir bis zum Morgen nicht zurück sind, bringt euch Ritzi in Sektor 1!«, begrüßt Joshua Luise, bevor er Ritzi ernst ansieht.

Ritzi gießt die dreckige Brühe in zwei Schüsseln und reicht ihm eine davon. Die Art wie sie nickt ist das einvernehmlichste, dass er je an ihr gesehen hat und er glaubt ihr, dass sie dieses Versprechen ernst nimmt.

»Ihr werdet zurückkommen. Morgen früh gehen wir alle gemeinsam!«, antwortet sie ermutigend und wirft Annabell einen kecken Blick zu.

Luise hat sich die Jacke über das Strickkleid gezogen und setzt sich, mit zerzausten Haaren, ebenfalls in die Küche. Joshua muss bei ihrem Anblick schmunzeln. Sie sieht aus wie ein zerzaustes, schwarzes Kätzchen.

»Der Pulli steht dir«, stellt Annabell fest und sieht ihre Freundin liebevoll an.

»Steht dir auch gut!«, sagt Luise und meint die mit Kohle geschminkten Augen, die sich Annabell mittlerweile von Ritzi schminken hat lassen. Sie ist kaum noch als ein reiches Kind zu erkennen und könnte genauso gut eine von ihnen sein.

Ritzi spürt sofort aufkommende Eifersucht, die sie aber versucht zu unterdrücken. Dennoch sieht sie Luise feindselig an, als ob diese ihr etwas wegnehmen könnte und kratzt sich über ihre juckenden Narben.

»Ihr bleibt in der Wohnung bis morgen früh!«, sagt Joshua bestimmt wie ein Vater, während er sich mit dem schlammigen Grund der ausgetrunkenen Schüssel die Haare zurückgelt.

»Weißt du denn wo Festo ist?«, fragt Luise und sieht Joshua direkt an.

»Im Pharaohaus. Wenn er nicht mehr im Untergrund ist, hält er sich dort versteckt. Er hat mich einmal dorthin mitgenommen.«

»Wie kommen wir da am besten rein?«, will Cyber jetzt genau wissen.

»Übers Dach. Wir gehen übers Dach! Das ist doch deine Spezialität?!«, zwinkert er ihm zu. Joshua stellt seine Tasse ab, er und Cyber brechen auf.

»Passt auf euch auf!«, ruft Luise ihnen wie eine liebende Ehefrau hinterher.

Krätze hat das Versteck verlassen und ist im Schutze der Dunkelheit über das Dach, unbemerkt von den Agenten, in Sektor 3 gelangt. Er hat den Auftrag, dem Jungen mit der Mütze, Ort und Zeit der Geldübergabe mitzuteilen, als ihn plötzlich ein Apostel anhält und ihn nach Festo befragt. Krätze verweigert jede Auskunft. Da erzählt ihm der Apostel von der Belohnung, die Simon auf Festos Kopf ausgesetzt hat und, dass er für das Kind das Doppelte zahlen würde als das, was Rother angeboten hatte. Krätze muss nicht lange überlegen. Das ist seine Gelegenheit! Jahrelang hatte er so getan, als würde er für Festo alles tun und ihm bedingungslos dienen. Er konnte ihn sogar überzeugen, keine drei Sechsen tragen zu müssen, damit er die anderen Cliquen ausspionieren konnte und spielte doch stets sein eigenes Spiel. Er wird Festo an die Apostel verraten, reich und selbst Chef einer Bande werden, denn das ist sein eigentliches Ziel. Und jetzt hat er die Gelegenheit dazu! An die Prophezeiung verschwendet er nicht einen Gedanken, wozu auch?! Er hat nichts zu verlieren und an Gott glaubt er auch nicht! Nach dem Hin und Her mit der Prophezeiung kann er das ganze Getue eh nicht mehr ernst nehmen. Gutgläubig verrät er das Versteck. Ein Apostel würde ihn schon nicht linken, denkt er und macht sich auf den Weg in Richtung Kirchensektor, um seine Belohnung zu empfangen.

Joshua und Cyber haben das letzte hohe Gebäude vor dem Pharaohaus erreicht und blicken in die Tiefe. Vor ihnen liegt der große Platz, schwach erleuchtet durch kleine Feuer am Rande, um die Menschen sitzen oder schlafen. Es weht ein eisiger Wind und es war eine gefährliche Aktion, bei Dunkelheit und Gegenwind über die Dächer zu springen.

»Hier müssen wir runter, dann über den Platz. Von dort aus können wir ganz leicht über die Balkone bis zum Dach hochklettern«, erklärt Cyber das weitere Vorgehen.

»Da, siehst du da oben, das Loch in der Wand?« Joshua zeigt auf ein schwarzes Loch, in dem ein kleines, wildes Feuer flackert und lebendige Schatten an die Wand wirft. »Das ist er!« Festos Konturen zeichnen sich deutlich im Lichtkegel ab.

»Wie viele werden da wohl noch sitzen«, fragt Cyber angespannt.

»Keine Ahnung, fünf, vielleicht sechs Mann?«

Joshua will schon los, doch Cyber hält ihn zurück: »Es ist noch zu früh, wir warten bis sie schlafen.« Er zieht einen Revolver aus seiner Mantelinnentasche und dreht an der Trommel.

»Ist der echt?«, Joshua kennt nur die Dinger aus den 3D-Druckern.

»Von Simon«, ist die knappe Antwort, während er Munition einfüllt.

»Wie viel Munition hast du noch?«

»Vier Kugeln. Damit müssen wir sie alle in Schach halten.«

Joshua blickt jetzt doch besorgt zum Pharaohaus. Das ganze Unterfangen könnte auch nach hinten losgehen und im totalen Chaos enden, denkt er. Cyber steckt den Revolver zurück in die Tasche.

»Kannst du sonst noch jemand erkennen?«

»Nein, es ist zu dunkel.«

Cyber und Joshua legen sich am Rand des Gebäudes auf die Lauer. Plötzlich bemerken sie, wie sich unter ihnen etwas tut. Jede Menge Apostel tauchen rund um das Gebäude auf und kreisen es ein.

»Die Apostel!«, entfährt es Cyber etwas zu laut, sodass er selbst erschrickt. Die beiden Jungs blicken gebannt auf das Loch. Jemand hat hastig das kleine Feuer gelöscht, sodass sie kaum noch etwas erkennen können. Unten dringen die Apostel in das Gebäude.

»Das Versteck wurde verraten«, flüstert Joshua.

»Was machen wir jetzt?«

Plötzlich bewegen sich drei Schatten oben aus dem

Loch und klettern auf den ersten Balkon. Dann folgen noch ein kleiner und dahinter wieder ein großer Schatten.

»Da, sie versuchen zu fliehen! Sie klettern die Balkone herunter. Der Kleine muss Giovanni sein, siehst du den Buckel am Rücken? Er trägt das Baby!«, kommentiert Joshua aufgeregt das Geschehen.

Während sich die kleine Gruppe, im Schutze der Dunkelheit, über die Balkone nach unten bewegt, sind die Apostel oben angelangt. Mit Knüppeln hauen sie gegen die Wände, bis sie schließlich die Pappwand entdecken und diese gewaltsam einschlagen. Cyber und Joshua können sehen, wie sie mit ihren Leuchtstäben das Versteck absuchen. Einer der Apostel tritt an den Rand des Loches und sieht die fliehenden Schatten. Er schreit: »Sie kommen über die Balkone herunter. Da!« Festo und seine Leute haben den letzten Balkon erreicht und springen jetzt auf den Platz. Sie rennen direkt auf das Gebäude zu, auf dem Joshua und Cyber lauern.

»Sie kommen hier hoch. Er will über die Dächer fliehen!« Joshua blickt sich suchend um. »Wir müssen uns verstecken und versuchen, Giovanni von der Gruppe zu trennen.«

Auch Cyber überlegt fieberhaft einen Plan: »Siehst du die Eisenstange da?« Joshua nickt. »Wenn sie heraufkommen, verbarrikadierst du die Tür mit der Stange, dann sind die Apostel erst einmal beschäftigt. Sie können nur hier rüber.« Cyber zeigt auf die schmalste Stelle der Häuserschlucht. »Ich spring rüber und versteck mich, dann werde ich versuchen, den letzten Mann zu überwältigen. Du kommst nach und versuchst, Giovanni zu trennen.«

Cyber nimmt Anlauf und springt über die dunkle Häuserschlucht. Auf der anderen Seite geht er in Deckung.

Joshua versteckt sich hinter dem Häuschen, in dem die Treppe endet und wartet gebannt auf Festo und seine Leute. Jemand schlägt laut krachend die Türe auf. »Hier rüber«, hört er Festo sagen. »Beeilt euch!« Festo springt über die Häuserschlucht, gefolgt von zwei seiner Männer.

Giovanni ist an der Reihe, doch er zögert: »Das schaffe ich nicht«, ängstlich blickt er in die Tiefe.

»Spring, sonst stoß ich dich mitsamt dem Baby hinunter«, zischt der Junge hinter ihm.

Giovanni nimmt seinen ganzen Mut zusammen, läuft an und springt. Der Junge folgt ihm. Da hört Joshua schon die Apostel kommen. Blitzschnell nimmt er die Stange und verbarrikadiert die Türe. Dann springt auch er. Während Festo unbeirrt über die nächste Häuserschlucht hechtet, ist es Cyber gelungen, den Jungen hinter Giovanni zu Boden zu reißen und ihm den Mund zuzuhalten. Joshua eilt ihm zur Hilfe und sie fesseln und knebeln ihn mit rausgerissenen Kabeln. Dann hasten sie Giovanni hinterher, der noch gar nicht bemerkt hat, dass sein »Wächter« fehlt. Giovanni setzt schon zum nächsten Sprung an, als ihn von hinten jemand packt und ihm den Mund zuhält. Erschrocken blickt er in Joshuas Gesicht, der ihm bedeutet, keinen Mucks zu machen.

Giovanni ist nach dem ersten Schreck mehr als erleichtert! Mal wieder wurde er befreit, denkt er. Vielleicht liegt es doch an dem Baby, das ihm vorkommt wie sein ureigener Glücksbringer. Cyber lotst die drei zu einer Dachluke und sie klettern unbemerkt hinein. Endlich ist es den Aposteln gelungen, die Türe aufzustoßen und sie folgen Festo weiter über die Dächer, der schon einigen Vorsprung hat. Plötzlich bleibt Festo stehen, vor ihm liegt eine sehr breite Schlucht. Er dreht sich um und bemerkt erst jetzt, dass einer seiner Männer und Giovanni mit dem Baby fehlen. »Verdammt, wo sind die hin?«, schreit er seine beiden verbliebenen Leute fassungslos an und versucht sie in der Dunkelheit auszumachen. Kurz überlegt er, ob er zurückspringen soll, doch da entdeckt er die Apostel, die bedrohlich aufholen. Festo sieht keinen anderen Ausweg, nimmt Anlauf und schafft es gerade noch so über die Häuserschlucht. Sein zweiter Mann hat nicht so viel Glück und stürzt schreiend in die Tiefe. Festo und sein dritter Mann sehen sich geschockt über die Häuserschlucht hinweg an, da erreichen den dritten Jungen die Apostel und reißen ihn, noch ehe dieser springen kann, zu Boden. Festo flieht allein weiter über die Dächer. Sein Schatten verschwindet schnell im Dunkel der Nacht. Die Apostel können ihm nicht weiter folgen. Keiner traut sich, über den gigantischen Abgrund zu springen. Ihnen bleibt nur der Weg über die Treppe nach unten.

Joshua, Cyber, Giovanni und das Baby drücken sich die Häuserwände entlang. Drohnen kreisen über der Stadt. Es ist längst Sperrstunde. »Wir müssen so schnell wie möglich runter von der Straße! Hier lang!«, übernimmt Joshua die Führung und führt die Gruppe in eine kleine Gasse. Er öffnet einen Kanaldeckel und sie klettern in den Untergrund. Nahe der Wohnung tauchen sie wieder auf. Vorsichtig schleichen sie zu der Hofeinfahrt. Keiner spricht ein Wort. Da fallen ihnen ca. 15 Jungs von den Blauen auf, die sich auf der anderen Straßenseite sammeln. »Sie haben uns entdeckt. Lasst uns schnell reingehen und dann abhauen.«

Schnell verschwinden sie im Haus und hasten die Treppen hoch. Joshua klopft heftig gegen die Tür. Als ihm Ritzi endlich öffnet, scheucht er alle auf: »Packt alles zusammen, wir müssen weg! Los, los, los!«

»Was ist?«, fragt Johann, der auf der Matratze liegt und sich genüsslich räkelt.

»Die Blauen, sie sind da draußen und es wird nicht lange dauern, dann stürmen sie das Haus!«

»Und wie kommen wir jetzt in Sektor 1?«, fragt Luise einerseits besorgt, anderseits froh, Joshua so schnell und unversehrt wieder zu sehen.

»Übers Dach, zieht euch dunkle Sachen an«, befiehlt Joshua und kramt schon in der Klamottenkiste.

Angewidert, aber dennoch folgend, zieht sich Johann eine dunkle Hose und einen dunklen, löchrigen Pullover an. Luise ist zu Giovanni gegangen und streichelt den Rücken des Babys.

»Ist das das Kind?«

Joshua unterbricht sie: »Dafür ist jetzt keine Zeit. Los rauf!«

Die Kinder laufen die Treppe nach oben. Auf dem Dach schleichen sie geduckt bis zum Rand. Die erste Schlucht ist nur einen Meter breit. Das sollten sie alle schaffen. Leise springt ein jeder auf die andere Seite. Dann schleichen sie weiter zur nächsten Dachkante. Die Schlucht ist schon etwas breiter. Jake und Anna haben Angst, es nicht zu schaffen, schließlich sind sie die Kleinsten, aber Cyber nimmt Anna kurzerhand auf den Arm und überspringt mit ihr die Häuserschlucht. Joshua nimmt den kleinen

Jake auf den Arm und tut es ihm nach. Die anderen folgen ihnen.

»Und ich?«, jammert Giovanni, doch dann setzt er an und springt auch.

»Wir müssen runter, das wird zu schwierig für die Kleinen«, flüstert Cyber Joshua zu.

Dieser nickt einvernehmlich. Die nächste Schlucht würden die Kleinen nicht schaffen und bei den Mädchen ist er sich auch nicht sicher. Luise und Annabell hatten riesen Angst, doch tapfer wie sie sind, haben sie nichts gesagt und sind mutig gesprungen.

»Wir versuchen es im Untergrund.« Joshua steuert auf eine Dachluke zu und öffnet sie. »Rein mit euch!« Er hält die Luke offen, bis ein jedes Kind sicher hinabgestiegen ist.

Gerade als er einsteigen will, fällt ihn von hinten Festo an, der Joshua und den anderen schon eine ganze Weile unbemerkt gefolgt ist. Joshua knallt mit dem Rücken auf den Boden. Sofort stürzt sich Festo auf ihn und drückt ihm die Kehle zu. Festos Tattoo beginnt zu leuchten, seine Halsschlagader quillt bedrohlich hervor. Merkwürdigerweise hat Joshua nur einen Gedanken, er muss das Kind retten! Sein Leben ist ihm eigentlich egal und kurz bevor er sich den weißen Blitzen in seinem Kopf hingibt, mobilisiert er seine letzten Kräfte, sodass es ihm gelingt, den Griff zu lösen und Festo mit einem Tritt weit von sich zu stoßen. Festo nutzt die Gelegenheit, zieht einen weißen Revolver aus seinem Hosenbund und zielt auf Joshuas Kopf. Auch wenn die Dinger aus Plastik sind, ihre Kugeln sind echt und tödlich. Joshua reißt die Hände nach oben. Er weiß, dass Festo keine Sekunde zögern und ihn töten würde.

»Aufstehen!«, befiehlt er Joshua, während er sich selber hochrappelt. »Schritt zurück, noch einen! Weiter!« Joshua kommt der Dachkante bedrohlich nah.

Nach einem Ausweg suchend, blickt er in die Tiefe hinter sich. Da bemerkt er aus dem Augenwinkel die Blauen, wie sie sich von rechts und links hinter Festo anschleichen. Längst haben sie Festo auf den Dächern entdeckt sowie auch Joshua und das Treiben gegenüber ihrer Hauptzentrale bemerkt und sich formiert, um zu stürmen. »Jetzt!«, gibt einer von ihnen das Zeichen und von beiden Seiten stürzen sie sich auf Festo und begraben ihren Erzfeind und Rivalen unter sich. Joshua nutzt die Gelegenheit und springt vom Dach auf die gegenüberliegende Häuserfront zu. Gerade noch so bekommt er das untere Ende einer Feuerleiter zu fassen, die halb an der Wand hängt. Die Leiter löst sich und kippt mit ihm zurück. Er springt durch ein offenes Fenster, fällt fast auf die dort schlafenden Bewohner, die kreuz und quer auf dem Boden liegen und stürmt zur Tür hinaus ins Treppenhaus. Dort stößt er mit den anderen zusammen, die noch gar nicht bemerkt hatten, dass er fehlte. Außer Luise, die gerade wieder nach oben wollte, um nach ihm zu sehen.

Joshua schreit durchs Treppenhaus: »Los schnell, wir müssen weg! Lauft! Die Blauen!« Mittlerweile hat der Krach einige Bewohner aufgeschreckt, die nun neugierig das Treppenhaus bevölkern und wie Zombies aus ihren Verschlägen und unter ihren Decken hervorkommen. Luise stürzt die Treppe hinunter, dicht gefolgt von vier Blauen, die mittlerweile über die Dachluke ins Treppenhaus gekommen sind. Da sich aber immer mehr Schaulustige versammeln und den Weg hinter ihr blockieren, gewinnt sie einigen Abstand und erreicht schnell die anderen. Die Kinder rennen auf die Straße und biegen in die nächste Seitengasse. An der Gabelung sehen sie, wie dutzende Apostel vorbeiziehen und ebenfalls direkt auf die Hofeinfahrt zu dem Haus des Alten zusteuern. »Woher wissen die, wo wir waren?«, fragt sich nicht nur Joshua.

Er und Cyber sehen sich an. Nur noch ein kurzes Stück und sie können unter dem nächsten Kanaldeckel verschwinden. Vorsichtig lugt Cyber um die Ecke. Die Apostel sind in der Hofeinfahrt verschwunden und stürmen bereits das Haus. Gerade als die Kinder loslaufen wollen, schlägt Festo hart auf dem Bürgersteig auf und bleibt leblos vor ihnen liegen. Blut rinnt aus seinem Schädel auf den Bürgersteig. Das Tattoo leuchtet feuerrot. Alle starren auf die drei Sechsen auf seinem Hals, die immer noch zu pulsieren scheinen. Joshua muss sich unwillkürlich an seinen eigenen Hals fassen. Er spürt wie seine Narbe pocht. Der Anblick ist auch für ihn erschreckend und wird sich wohl unwiderruflich in sein Gedächtnis einbrennen. Luise und Annabell werden dieses Bild auch nie wieder vergessen, das wissen sie. So etwas Schreckliches haben sie noch nie gesehen! Im Reichenghetto sieht man keinen Tod. Nur Menschen, die plötzlich weg sind und als Diamant an irgendeiner Kette landen. Aber dieser Anblick ist für beide Mädchen verstörend. Ritzi hat Anna hochgenommen und ihr schnell die Augen zugehalten. Auf Ritzi wirkt die Szenerie wie eine schlechte Vorahnung. Und zum ersten Mal spürt auch sie diese unbestimmte Angst, dass etwas weitaus Schrecklicheres passieren könnte. Jake ist relativ teilnahmslos und starrt auf den Leichnam. Er hat schon viel Schlimmes gesehen und es scheint ihn wenig zu berühren. Er hat die Teilnahmslosigkeit Jakes bemerkt und sie befremdet ihn zunehmend. »Der Junge scheint manchmal nur noch eine leblose Hülle zu ein«, denkt er.

»Los, los, lauft!«, treibt Cyber die Kinder an, die immer noch in Schockstarre stehen. Zögernd steigen sie über den Leichnam, aus Angst, er könnte aufwachen und sie doch noch an den Füßen packen. Doch Festo bleibt leblos liegen. Endlich sind sie wieder im Untergrund, in dem sich Joshua deutlich sicherer fühlt. Hier und da ist ein Bewohner zurückgekehrt und sitzt an einem kleinen Feuer, in Erwartung der Dinge, die kommen mögen. Im Untergrund herrscht eine eigenartige Stimmung, besinnlich bis unberechenbar, fast bis zum Anschlag gespannt, auf jeden Fall aber unerträglich ruhig.

Keines der Kinder kennt den genauen Weg, auch Joshua war noch nie bis Sektor 1 vorgedrungen, aber er weiß, sie sind jetzt unter Sektor 2. Plötzlich stoppt Annabell die Gruppe. »Da!« Sie zeigt auf eine unscheinbare, graue Stahltür in einer Mauervertiefung. »Siehst du den Schlitz?«, sagt sie zu Luise und zeigt auf einen kaum sichtbaren Schlitz in der Wand. »Versuch es!« Luise versteht sofort und steckt den Generalschein hinein. Und wie von Zauberhand öffnet sich die Türe zu einem hell erleuchteten Schacht. Luise und Annabell atmen auf, jetzt sind sie gleich zu Hause und in Sicherheit. Das vertraute Gefühl des sauberen Schachtes zieht sie hinein. Doch die anderen Kinder stehen zögernd vor der Schwelle. Joshua hat ein ungutes Gefühl.

»Was ist los? Jetzt kommt schon. Hier sind wir sicher«, versucht Luise die Kinder zu überzeugen.

»Ihr vielleicht«, antwortet Ritzi. »Aber wir?«

Die Kinder sehen sich skeptisch und abwägend an. Joshua hat das Gefühl, in eine Falle zu tappen, genau wie Cyber und Johann, das sieht er an ihren Blicken, die sich kreuzen. Da tauchen am dunklen Ende des Tunnels Lichtkegel auf, die immer näherkommen. Die Apostel! Sie wissen jetzt, dass sie keine andere Wahl haben. »Los, jetzt kommt, es wird euch nichts passieren. Ich verspreche es!«, beteuert Luise und nimmt Joshua einfach an der Hand und zieht ihn in den hellen Schacht. Die anderen folgen ihnen. Die schwere Stahltür schließt sich, bevor die Apostel sie erreichen.

Vor den Kindern liegt ein langer, hell erleuchteter Gang, der direkt zur Arche führt. Nach einer Weile haben sie die große Halle, die einem riesigen Hangar gleicht, erreicht. Ein Magnetzug, Tunnel, die weit irgendwo hineinführen, Wagen und Menschen in Militär-Overalls laufen oder fahren hektisch herum und sie befinden sich in einer futuristischen Welt, die ihre Münder offen stehen lässt.

»Wow, was ist das hier?«, fragt Giovanni, der genau wie die anderen Kinder so etwas noch nie gesehen hat und als erster die Sprache wiederfindet.

»Das ist die Arche, mein Vater baut schon seit Jahren daran. Irgendwann kann man unterirdisch von einem Kontinent zum anderen fahren. Seht ihr den Zug? Der funktioniert vollautomatisch, man muss nur einen Startknopf drücken und schon schwebt man durch den Tunnel«, sagt Luise, als sei es das normalste von der Welt.

Die Kinder sehen sich ehrfürchtig um. So etwas Gigantisches haben sie noch nie gesehen! Da spricht sie ein Arbeiter an: »He, was macht ihr hier? Wie seid ihr hier reingekommen?«

»Ich bin Rother's Tochter«, antwortet Luise aufmüpfig und stellt sich schützend vor die anderen Kinder. »Wir wollen zu meinem Vater.«

Der Mann ruft andere Arbeiter heran: »Bringt sie in die Schleuse. Das ist angeblich Rother's Tochter. Ich informiere ihn.«

Sofort sind die Kinder von Männern in blauen Overalls mit umgekehrtem Dreieck auf der Brust eingekreist und werden, mit vorgehaltenen Revolvern, zu einer Schleuse geführt.

»Was machen die mit uns?«, fragt Joshua Luise, dem das alles zunehmend unbehaglicher wird. Allein die Geruchlosigkeit wirkt verstörend.

»Keine Angst, sie bringen uns zur Schleuse und desinfizieren uns«, versucht Luise ihn zu beruhigen. »Macht einfach was euch gesagt wird, dann wird euch nichts passieren. Wir sehen uns gleich wieder.«

Die Gruppe hält vor zwei Türen, rechts müssen die Mädchen hinein und links die Jungs. Die Kinder müssen sich ganz ausziehen. Ihre Sachen werden ihnen sofort weggenommen und vernichtet. Während sich die Jungs unwohl und ausgeliefert fühlen, beäugen sich die Mädchen neugierig. Vor allem Ritzi und Annabell betrachten sich gegenseitig ausgiebig und mit bewundernden Blicken. Sie werden abgeduscht, desinfiziert, gegen alles Mögliche geimpft und anschließend in saubere, weiße Overalls gesteckt. Die Kinder sind kaum wiederzuerkennen, so geschleckt wie sie aussehen. Joshua kann sich nicht erinnern, wann er zuletzt so sauber war und er fühlt sich, als hätte man ihm seinen ganzen Schutz abgewaschen. Kindlich, rein und sehr verletzlich. Und auch Ritzi wirkt ohne ihre ganzen Pearcings wie ein sauberes, unbescholtenes Blatt Papier.

Sie werden zum Fahrstuhl gebracht, wo sie der Kommandant bereits neugierig in Empfang nimmt. Er kann sich ein Schmunzeln über die Truppe, die ihm da gegenübersteht, nicht verkneifen. Luise nimmt Giovanni vorsichtig das saubere Baby ab und betritt stolz, mit dem Kind auf dem Arm, die Schaltzentrale ihres Vaters, der sie im Morgenmantel, noch verschlafen, empfängt. Er sieht müde und welk aus, denkt Luise bei seinem Anblick und hält ihm freudig das Kind hin, als präsentiere sie einen Schatz. Doch Rother ignoriert sie, seine ersten Worte richten sich an den Kommandanten:

»Wo habt ihr sie gefunden?«

»Sie sind über die Arche gekommen«, antwortet ihm der Kommandant.

»Ist das das Kind?«, fragt er ihn weiter, über Luises Kopf hinweg, so als wäre sie gar nicht anwesend.

»Angeblich«, antwortet dieser knapp und betrachtet das Baby dabei eingehend und mit viel Sympathie. Er ist froh, das Kind in Sektor 1 zu haben und schmiedet bereits seine ganz eigenen Pläne.

Rother nimmt Luise ungeschickt, das Kind ab, bevor sie schallend eine Ohrfeige erhält. »Hab ich dir nicht tausendmal gesagt, dass ihr den Sektor niemals verlassen dürft?! Ihr könntet uns alle möglichen Krankheiten einschleusen! Wo ist mein Generalschein?«

Luise übergibt ihm, mit gesenktem Kopf, gedemütigt,

den Generalschein. Sie hatte sich eine andere Reaktion erhofft. Er hat sie noch nie geschlagen! Das war das erste Mal und noch dazu in aller Öffentlichkeit. Sie könnte im Erdboden versinken vor lauter Scham.

»Und wer sind die?«, fährt er barsch fort. Rother sieht Joshua, Cyber, Johann, Ritzi, Jake, Anna und Giovanni abfällig von Kopf bis Fuß an. Und auch, wenn sie in ihren lupenreinen Overalls wie unschuldige Kinder aussehen, erkennt er doch ihre Herkunft.

Luise, die immer noch nicht fassen kann, was ihr gerade widerfahren ist, antwortet trotzig: »Das sind meine Freunde. Ohne sie wäre ich nicht hier und das Baby auch nicht.«

»Woher habt ihr das Kind überhaupt?«, fragt Rother streng weiter und scannt die Kinder mit seinen geschulten Augen.

»Von Simon!«, antwortet jetzt Joshua, der das Gefühl hat, eingreifen zu müssen. Rother ist ihm von Anfang an unsympathisch. Dieser kann sich ein triumphales Grinsen nicht verkneifen. Im Geiste sieht er Simon mit hochrotem Kopf toben.

Yan-Jie kommt, dicht gefolgt von Teresa, in die Schaltzentrale gestürmt und fällt ihrer Tochter zum ersten Mal im Leben um den Hals. »Gott sei Dank, dir ist nichts passiert?! Lass dich ansehen. Wie konntest du mir nur so viel Kummer bereiten?«, folgt die Rüge auf dem Fuße.

»Tut mir leid Mutter«, antwortet Luise schuldbewusst und gleichzeitig berührt von der Zuneigung, die ihr ihre Mutter in diesem Augenblick entgegenbringt.

Teresa ist auf Joshua zugegangen und bedankt sich bei ihm mit einer herzlichen Umarmung. »Gott sei Dank, der

Junge hat Wort gehalten«, denkt sie und ihr fällt ein Stein von der Seele. Sie mochte den Jungen von Anfang an und erkannte in ihm sein gutes Herz. Doch Joshua und die anderen Kinder fühlen sich alles andere als wohl. Irgendwie scheint ein jedes seiner Identität beraubt, so wie sie hier dastehen, alle in den gleichen weißen Overalls. In einer fremden Welt voller Erwachsener fühlen sie sich wie Fremdkörper. Plötzlich beginnt das Baby zu weinen. Rother, der das Kind bis dahin ausgiebig gemustert hat, streckt es Teresa hilflos hin, die es ihm abnimmt.

»Das Baby braucht Milch und ihr seid bestimmt auch hungrig?«, sagt sie freundlich.

»Wir wollen nur etwas Geld und dann hauen wir ab«, fordert Joshua und sieht Rother unverwandt an. Für ihn ist die Mission beendet, er hat seine Aufgabe erfüllt, das Kind ist in Sicherheit. Er wähnt es am richtigen Ort, als Teresa es entgegennimmt und will nur noch weg hier.

»Warte mal, erst will ich wissen, was er mit dem Kind vor hat«, schaltet sich Giovanni ein. Und auch Cyber und Johann möchten wissen, was jetzt aus dem Baby wird: »Genau, was wird damit?«

»Dem Kind wird es hier an nichts fehlen«, antwortet Rother diplomatisch. »Seht euch doch um. Hier ist es in Sicherheit.«

Und auch wenn Rother leise und bedächtig spricht, in ihm brodelt es. Ein sich weit ausbreitendes Gefühl von Allmacht und Euphorie. Vergeistigt blickt er vor sich hin, während sich seine Gedanken überschlagen. Jetzt ist er der unangefochtene Herrscher über die Welt und das Schicksal der Menschheit liegt in seinen Händen. Fast hat er das Gefühl abzuheben und sich in göttlichen Gefilden zu bewegen, doch der Seitenhieb seiner Frau holt ihn auf die Erde zurück.

»Jetzt informier doch endlich Annabells Eltern, dass ihre Tochter wieder da ist. Und ihr kommt mit mir mit!«

»Jetzt bekommt ihr erst einmal zu Essen und dann ruht ihr euch aus«, sagt Teresa mütterlich.

Joshua blickt Rother noch einmal prüfend an. Ihm ist das triumphale Grinsen nicht entgangen und plötzlich hat er das Gefühl, dass seine Mission hier vielleicht doch noch nicht zu Ende ist und wägt seine Optionen ab: »In der Stadt wäre es ohnehin viel zu gefährlich für mich und die anderen. Und vielleicht sollte ich doch noch ein Auge auf das Kind haben. Und Hunger hat er auch!«

Als Teresa mit dem Baby den Fahrstuhl betritt, folgen ihr alle. Rother will seiner Frau noch etwas hinterherrufen, doch dann besinnt er sich eines Besseren. Morgen früh wird er die Kinder des Sektors verbannen, sollen sie sich erst einmal alle in Sicherheit wiegen. Kaum haben alle die Schaltzentrale verlassen, gibt er wieder Befehle in seinen Ärmel: »Ich brauche zwei Agenten, sie sollen das Baby nicht mehr aus den Augen lassen. Schickt sie nach oben zur Wohnung. Im Augenblick ist es bei Teresa. Alle Agenten, die noch in der Stadt sind, sollen zurückkommen. Und sagt allen morgen, dass um 12.00 Uhr die Basis geschlossen wird. Wer dann nicht da ist, kommt nicht mehr rein. Wir machen alles dicht, bis der siebte Tag vorüber ist!«

Wie eine gigantische Kapsel würde sich dann noch einmal eine Schutzschicht, aus einem Material, dem, selbst wenn es im inneren eines Vulkans läge, nichts geschehen würde, über die Basis legen. Nur die Arche umschließt sie nicht. Aber jeder, der sich oberhalb oder außerhalb der Basis befindet, würde nicht mehr hineinkommen, nicht einmal eine Maus.

TAG 4

Gebietsapostel Gabriel ist gleich am nächsten Morgen zu Simon geeilt. Man hat ihn des Sektors verwiesen. So etwas gab es noch nie! Eine derartige Missachtung der Kirche kann er nicht einfach hinnehmen! Noch in der Nacht musste er den Sektor mit ein paar Habseligkeiten verlassen. Simon hat ihn sofort empfangen, auch wenn es ihm gesundheitlich noch einmal deutlich schlechter geht und er das Bett heute nicht verlassen kann. Mühsam rappelt er sich auf, um sich hinzusetzen. Der Sekretär hilft ihm dabei, klopft die üppigen Kissen zurecht und legt sie ihm stützend hinter den Rücken.

»Eure Eminenz, verzeiht die frühe Störung, aber die Angelegenheit ist äußerst dringlich. Rother hat mich des Sektors verwiesen. Er hat das Kind und nur Gott weiß, was er damit vorhat«, sagt Gabriel völlig aufgelöst.

Simon verschlägt es die Sprache. Er japst nach Luft, sein Gesicht läuft schon wieder bedenklich rot an. Er winkt Gabriel näher heran und hustet ihn an. »Ist das sicher?«, röchelt er und umklammert dessen Kutte.

»Heute Nacht kam seine Tochter zurück, zusammen mit anderen Kindern. Unter ihnen sind auch Christian und Johann. Ich weiß es aus zuverlässiger Quelle.«

Teresa ist äußerst gläubig und als Gabriel sie eines Tages gebeten hatte, sie stets über alles im Hause Rother zu informieren, willigte sie sofort ein. Natürlich erhält auch sie immer einen kleinen Obolus dafür, den sie dankbar annimmt. Deswegen nahm sie auch sogleich das Kind an sich, da sie befürchtete Rother würde nichts Gutes damit vorhaben. Nach ihrem Rechtsempfinden gehört das Kind der Kirche, also informierte sie sofort Gabriel, als die Kinder eintrafen.

»Das darf er nicht, das Kind gehört der Kirche. Es gehört mir!«, heult Simon jetzt hysterisch, wie ein kleines Kind, das sein Spielzeug wiederhaben will. »Es ist meines!«, schreit er, lässt von Gabriel ab und sackt zurück.

Der Sekretär und Gabriel sehen sich erschrocken an. Der Zustand von Simon ist doch äußerst bedenklich und lässt langsam an seinem Verstand zweifeln. »Ich weiß, eure Eminenz, das habe ich ihm auch gesagt. Beruhigt euch!«, versucht er, den nach Luft japsenden Simon zu beschwichtigen.

»Jetzt ist er zu weit gegangen. Schaltet mir eine Leitung zu ihm, ich will mit ihm sprechen. Sofort!«, tobt dieser weiter. Simons Worte enden in einem heftigen Hustenanfall. Der Sekretär klopft ihm hilflos auf den Rücken.

»Eminenz, ihr solltet euch ausruhen! Ihr dürft euch nicht so aufregen«, versucht er ihn zu beruhigen. Doch Simon wuchtet schon seinen massigen Körper aus dem Bett.

»Meine Pillen, bringt mir meine verdammten Pillen. Und macht endlich die Leitung auf!« Der Sekretär macht sich auf den Weg in die Schaltzentrale, da schreit ihm Simon noch hinterher: »Meine Robe, ich will nicht, dass er mich so sieht. Gebt mir meine Robe!«

Der Sekretär verschwindet und kommt kurze Zeit später mit zwei Aposteln zurück, die ihm helfen, Simon anzukleiden. Nachdem er seine Pillen geschluckt hat, fährt er, gestützt von seinem Sekretär, in seine Schaltzentrale. Gabriel folgt ihnen dicht hinterher. Der Sekretär betätigt die Knöpfe und die Bildschirme öffnen sich. Es kostet Simon viel Kraft, sich seine Schwäche nicht anmerken zu lassen, als er ruhig und ernst das Gespräch mit Rother beginnt.

»Ihr habt also das Kind?! Ihr müsst es der Kirche zurückgeben. Ihr wisst nicht, was damit zu tun ist!«

Rother lehnt sich zurück und kostet seine Überlegenheit ausgiebig aus, indem er eine Pause macht und den kränkelnden Simon betrachtet. »Nun, aber ihr wisst es?«, fragt er nach einer Weile mit unüberhörbarem, zynischem Unterton.

»Es ist das Kind Gottes, sein zu Hause ist die Kirche, also bringt es zurück.«

Rother zwirbelt genüsslich an seinem Bärtchen, mittlerweile trägt er wieder seinen akkuraten, weißen Anzug und nach ein paar Stunden Schlaf sieht er jetzt, im Gegensatz zu Simon, ganz erholt aus.

»Werde ich in den Himmel fahren, wenn ich es euch gebe?«, fragt er süffisant weiter.

»Ich sagte euch bereits, niemand kann etwas für seine Erlösung tun. Es ist ein Geschenk Gottes. Deshalb ist jeder, der die Versöhnung mit Jesus annimmt, erkauft aus der Erde. Ihr könnt euch versöhnen, indem ihr das einzig Richtige tut und mir das Kind bringt. Jetzt habt ihr den Beweis, die Prophezeiung ist eingetreten. In dreieinhalb Tagen ist alles vorbei. Am siebten Tag wird das Endgericht entscheiden, noch habt ihr also Zeit, euch für das Gute zu entscheiden!« So ruhig er dies auch versucht zu sagen, merkt er doch deutlich, wie sein Blutdruck, laut pochend, nach oben rauscht.

»Habt ihr nicht noch etwas vergessen? Sagtet ihr nicht auch, der Kaufpreis sei das Blut Jeus?«, insistiert Rother weiter.

»Jesus ist kein Opferlamm, es geht um Versöhnung und um die Entscheidung für oder gegen Gott! Das ist doch nur eine Metapher! Kommt zur Vernunft und bringt mir das Kind!«

Simon hat sich jetzt doch hinreißen lassen, sich aufzuregen und schlägt mit der Faust auf die Tischplatte. Wieder muss er husten und klopft sich dabei heftig gegen die Brust. Rother sieht ihm dabei ruhig und gelassen zu, ja fast schadenfroh.

»Ich werde darüber nachdenken«, sagt er übertrieben genüsslich, bei dem Gedanken, Simon könnte einfach so sterben, ohne in den Himmel aufzusteigen.

»Ihr versündigt euch«, stößt Simon die Worte aus. »Lasst mich das Kind wenigstens sehen. Gewährt mir einen letzten Blick. Es braucht Segnung! Ihr werdet ihm doch nichts antun? Wenn ihr das tut, endet ihr in der Hölle!«

»Dem Kind geht es gut. Es ist hier in Sicherheit.«

»Ihr bringt mir bis morgen früh das Kind, sonst wird sich die gesamte Kirche gegen euch stellen!«, droht Simon und krümmt sich merkwürdig dabei.

Doch Rother antwortet nicht mehr, lächelnd hat er den Bildschirm einfach abgestellt. Simon ist außer sich. Er spürt, dass es mit ihm zu Ende geht. Die letzte Hoffnung auf Erlösung hat ihm sein Erzfeind genommen. Er braucht dieses Kind! Es bedeutet ihm alles. Erschöpft sinkt er zurück auf den Stuhl.

»Beruft alle Bezirksapostel ein und macht eine Schaltung zu den anderen Kontinenten«, befiehlt er Gabriel und seinem Sekretär. »Und ruft meinen Arzt!«, haucht er jetzt nur noch, sich vor Schmerzen windend. Der Krebs scheint sich wie ein Wurm durch seine Gedärme zu fressen. Er spürt es deutlich und greift sich an den fetten Bauch, bevor er kraftlos zurücksackt. Da kommt auch schon sein Arzt.

Der Arzt, ebenfalls Apostel, ist ein kleiner, dünner Mann um die 60. Das Haupthaar trägt auch er zu einer Tonsur rasiert, nur der Kranz ist deutlich fülliger, aber ebenso grau. Er behandelt Simon schon seit über 20 Jahren, mit mäßigem Erfolg. Aber was soll er schon gegen Beratungsresistenz für ein Mittel geben?! Kaum hat er seinen Arztkoffer abgestellt, herrscht Simon ihn schon an: »Päppel mich auf!« Der Arzt mustert ihn ausgiebig, während er den Blutdruck misst.

»Ihr solltet euch ausruhen, eure Eminenz. Absolute Bettruhe!«

»Papperlapapp, dafür ist jetzt keine Zeit.« Da schiebt sich Simon schon selbst den Ärmel hoch. »Wie lange habe ich noch, was meint ihr?« Der Arzt weiß, was Simon von ihm erwartet und zieht eine Spritze auf.

»Vielleicht noch ein paar Wochen, aber wenn ihr so weitermacht, vielleicht auch nur noch ein paar Tage«, versucht er ihn zu warnen.

»Ein paar Tage reichen mir«, antwortet Simon trotzig, während der Arzt versucht, in den fetten Armen eine Vene zu finden. Endlich sticht er zu.

Das Morphium breitet sich augenblicklich wohlig in Simons Körper aus. Seine Schmerzen schwellen ab. »Macht die Leitung fertig und geht mir aus dem Bild«, sagt er nach einem kurzen Moment der Rast und schlägt den Arzt lieblos zur Seite, der vor den Bildschirmen steht und ihm die Sicht nimmt. Der Sekretär öffnet alle sieben Bildschirme, einen für jeden Kontinent und die jeweiligen Stammapostel erscheinen.

»Rother hat das Kind. Ich habe ihm ein Ultimatum gestellt. Bis morgen früh um 10.00 Uhr muss er es zurückbringen«, eröffnet er die Schaltung ohne Umschweife.

»Seid ihr denn sicher, dass es sich um Jesus handelt?«, fragt einer der Apostel zweifelnd.

Wieso sollte das Kind ausgerechnet auf Simons Kontinent sein? Schließlich könnte es überall runtergekommen sein! Also auf jedem Kontinent. Und ob es wirklich ein Kind ist, darüber herrscht auch noch immer Unklarheit.

»Wie soll man da sicher sein? Es deutet alles darauf hin! Ein kleiner Junge hat es mir gebracht und meinte, er sei der Gesandte. Und außerdem hat das Kind eine ganz besondere Ausstrahlung. Nein, da gibt es keinen Zweifel«, antwortet Simon gereizt.

»Rother stellt sich also tatsächlich gegen die Kirche? Er weiß wohl nicht, mit welcher Macht er sich da anlegt«, kommt es über einen anderen Bildschirm zurück.

»Wir werden für morgen eine Predigt vorbereiten. Wenn er das Kind bis 10.00 Uhr nicht gebracht hat, beruft ihr einen Gottesdienst ein. Sendet ihn über alle Lautsprecher!«

»Haben wir denn sonst nichts gegen ihn in der Hand?«, fragt Simon, dem die Maßnahme zu wenig erscheint. »Ich hab zwei Agenten im Keller«, fällt es ihm da wieder ein. »Das Kind wird er uns für die zwei nicht geben, aber vielleicht können wir verhindern, dass er die Basis schließt, denn wenn das passiert, sehen wir das Kind nie wieder!«

»Wir haben jemanden bei Rother, der das verhindern wird. Genauso wie den geplanten Giftgasanschlag auf die Stadt, den er vorhat. Macht euch keine Gedanken! Wenn das Kind bei Rother ist, holen wir es!«, versucht ihn ein anderer Stammapostel zu beruhigen.

Simon grübelt kurz, wer das sein könnte, traut sich aber nicht zu fragen. Er weiß nur, dass es jemand in Rother's unmittelbarer Umgebung sein muss. »Schickt zwei Apostel, getarnt als Agenten, in den Sektor. Unser Mann wird sie dann reinlassen«, lautet der Befehl, bevor sich die Bildschirme abschalten. Simon verspürt wieder etwas Hoffnung und kommt langsam zu Kräften, dennoch befiehlt er seinem Arzt, ihm nicht mehr von der Seite zu weichen.

»Sind die Bezirksapostel da?«, wendet er sich an seinen Sekretär und betrachtet diesen plötzlich skeptisch, als könnte auch er ein Spitzel sein.

»Ja«, antwortet der Sekretär. »Sie erwarten euch im großen Saal.«

Giovanni liegt auf einer Sonnenliege und schaut fasziniert durch das Glasdach. Unter dem Kopf hat er die Arme verschränkt und sieht den Wolken dabei zu, wie sie vorbeiziehen. Giovanni wähnt sich im Glück. Ihm gefällt es hier und da er, genau wie die anderen Kinder, noch nie Hoffnung im Leben hatte, ist er sehr froh, zumindest jetzt ein wenig davon zu versprühen. Hoffnung auf ein besseres Leben, in einer anderen Welt als der seinen. Er würde am liebsten für immer hier bleiben.

Die Kinder haben sich gestern Nacht die Mägen mit Zeug aus Automaten vollgeschlagen, das sie noch nie gesehen haben, aber was ihnen schmeckte. Luise machte danach eine kleine Führung und zeigte den Kindern die Wohnung. Frech fassten sie alles an, obwohl ihnen Yan-Jie das strikt untersagte, aus Angst, sie würden etwas klauen oder kaputt machen. Im Badezimmer fielen Joshua sofort die vielen Pillen auf, nachdem er neugierig eine Schranktüre nach der anderen öffnete. In einem günstigen Augenblick steckte er sich, aus alter Gewohnheit, wahllos irgendein Döschen ein. Schließlich landeten alle in Luises Zimmer, zum Missfallen ihrer Mutter, die die Kinder gerne woanders untergebracht hätte. Yan-Jie hatte die Kinder nicht eine Sekunde aus den Augen gelassen und folgte ihnen, zum Missmut von Luise, auf Schritt und Tritt. Und das reichte ihr irgendwann. »Klopf an, wenn du was willst«, sagte sie barsch und warf ihrer Mutter die Türe vor der Nase zu. Und auch als Yan-Jie am frühen Abend die Jungs verlagern wollte kam es zum Streit, in dem sich Luise durchsetzte und Yan-Jie schließlich nachgab, auch aus Angst, sie könnte ihr Kind noch einmal verlieren. Und so schliefen alle kreuz und quer auf dem Boden in Luises Zimmer. Jake und Anna durften sogar in Luises Bett schlafen. Decken und Kissen hatte Teresa allen gebracht und so erschöpft wie sie waren, fielen in einen tiefen, erholsamen Schlaf.

Nach dem späten Frühstück sind sie hoch aufs Dach ins Schwimmbad gefahren. Jo, Cyber und Giovanni waren von dem Ausblick über die Stadt am meisten fasziniert. Man hat von hier oben das Gefühl, noch weit über ihre Grenzen hinaus zu sehen. Sogar das »Abschaumdorf« jenseits der Mauer ist zu erkennen.

»Meint ihr, es gibt es noch was anderes da draußen?«, fragt Giovanni naiv, der außer der Stadt noch nie etwas anderes gesehen hat und dreht sich zu Joshua um.

»Klar gibt es das, Verräter!«, ärgert er ihn.

»Hey, du weißt doch wie das ist?! Jeder muss schauen, wo er bleibt«, antwortet Giovanni frech.

Und Joshua weiß wie es ist. Man muss tricksen, gemein sein, hintergehen, um in der Stadt überleben zu können. Er kennt keinen, der nicht so denkt und fragt sich gleichzeitig, ob das hier anders ist. Ihm ist klar, warum Luise seit gestern so distanziert zu ihm war und auch immer noch ist. Sie glaubt, dass es ihm nur um das Lösegeld geht. Dabei geht es ihm gar nicht mehr darum. Er hat eine neue Sicht und die ist, seine Mission zu erfüllen und das Abenteuer, dass er gerade erleben darf. Vielleicht ist es auch der Anflug von Hoffnung auf ein besseres Leben, den er längst begraben glaubte. Er hatte nie ein glückliches Leben. Schon seine Kindheit war hart und grausam. In ihm keimt dennoch der Gedanke, dass es vielleicht noch etwas anderes geben könnte als Elend und Gewalt. Und wer bekommt schon die Gelegenheit im Reichensektor auch nur einen Tag zu verbringen?

Nachdem er gestern Abend, zu seiner eigenen Verwunderung, ein leises Stoßgebet aussprach, in dem er Gott um Führung und ein Zeichen bat, beschloss, er das Baby nicht mehr aus der Hand zu geben. So ließ er es sich von Teresa bringen und wiegt es seitdem in seinen Armen.

Dabei sieht er Luise zu, wie sie geschmeidig durch das Wasser gleitet. Er kann nicht schwimmen, woher auch?

»Nicht schlecht die Kleine?!«, bemerkt Giovanni und zwinkert Joshua herausfordernd zu, was ihm sofort einen ordentlichen Schlag gegen den Oberarm einfängt.

»Halts Maul«, sagt Joshua und kann sich dennoch ein kleines Grinsen nicht verkneifen.

Johann ist von seiner Liege, die neben Cyber's steht, aufgestanden und zu den beiden gegangen. Den oberen Teil seines weißen Overalls hat er aufgemacht und lässig um den Bauch gebunden, sodass sein Oberkörper nackt ist.

»Was wollen wir jetzt machen?«, fragt er ernst und schüttelt sich sein langes, lockiges Haar, das er seit der Schleuse offen trägt. Denn selbst seine Haare wurden gründlich durchsucht und mit irgendeinem Mittel besprüht, was sie flockig aufgebauscht hat.

»Keine Ahnung, irgendwie müssen wir hier weg! Vielleicht war es doch keine gute Idee, das Kind hierher zu bringen«, entgegnet Joshua. Auch wenn er fasziniert von der Umgebung ist, fühlt er sich doch gefangen.

»Das denken Cyber und ich auch.«

Cyber nickt, er fühlt sich hier einfach nicht frei.

Annabell steht mit Ritzi an der flachen Seite des Pools. Jake und Anna planschen ausgelassen in dem seichten Wasser herum und zum ersten Mal seit Jill gestorben ist, kann Jake wieder lachen. Die vier sehen immer mehr aus wie eine kleine Familie. Anna und Jake sind aus dem Wasser gestiegen und Ritzi und Annabell trocknen die beiden ab, als wären es ihre eigenen Kinder. Ritzi ist wie ausgewechselt. Jegliche Schminke ist aus ihrem Gesicht verschwunden, sie trägt keine Ohrringe und keine Piercings mehr. Das nasse blonde Haar ist zurückgestrichen und ihr schönes Gesicht kommt nun voll zur Geltung. Dies lässt sie weich und weiblich wirken. Ihr Körper steckt in einem silberfarbenen, enganliegenden Swimsuit, der ihre schöne Figur betont. Sie lacht und albert ausgelassen mit Annabell herum.

Luise ist mittlerweile aus dem Becken gestiegen und gesellt sich zu den Jungs. »Über was redet ihr?«

»Darüber wie schön es hier ist«, antwortet Johann schnell.

»Ja und wie ungerecht. Die einen haben alles, die anderen nichts«, sagt Joshua unfreundlich und weiß auch nicht, warum er immer so abweisend zu ihr ist.

»Ich kann auch nichts dafür, dass ich hier hineingeboren wurde, oder meinst du, das war immer lustig?!«

Das denkt er nicht. Joshua hat längst begriffen, dass auch dieses Leben seine Opfer mit sich bringt. Immer eingesperrt zu sein kann auch er sich nicht vorstellen.

»Warum hat dir dein Vater eigentlich eine gescheuert?«, fragt er weiter und trifft zielsicher den nächsten wunden Punkt.

»Weil ich nicht gehorcht habe und weil ich ihm seinen Ausweis geklaut habe! So läuft das nun mal bei ihm.«

»Und was hat er mit dem Baby vor?«

Luise ist jetzt richtig in Fahrt, sie fühlt sich unverstanden und verletzt, hatte sie doch gehofft, so etwas wie Dankbarkeit von ihrem Vater zu bekommen. Und auch von Joshua fühlt sie sich verraten. Sie ist sich selbst nicht mehr sicher, das Richtige getan zu haben.

»Was soll er schon damit vorhaben?! Hauptsache er

hat es und es ist hier sicher! Warum interessiert es dich überhaupt? Du denkst doch nur an das Lösegeld! Keine Angst, er wird dir schon was geben. Du bist doch frei und kannst gehen wann du willst«, sagt sie bitter.

Luise ist völlig überfordert von ihren Gefühlen, vielleicht auch überwältigt von den Eindrücken und dem Elend in der Stadt, das sie nun so hautnah mitbekommen hat und für das sie sich irgendwie verantwortlich fühlt. Und dann noch die Ohrfeige, die Prophezeiung, Joshua... Das alles ist zu viel für sie!

»Ich hab keine Angst«, antwortet Joshua ruhig und sieht sie direkt und abwägend an. Er glaubt nicht mehr daran, dass Rother ihm was geben wird, wozu auch? Seine Tochter ist in Sicherheit und das Kind auch. Rother kann in und die anderen jederzeit aus dem Sektor werfen lassen. Und je länger er darüber nachdenkt, hat er mehr und mehr das Gefühl, in einer Falle zu sitzen.

»Wir haben das Kind direkt in die Höhle des Löwen gebracht«, murmelt er vor sich hin. Plötzlich fällt ihm der Alte wieder ein und Gott. »Warum sollte ich der Gesandte sein? So ein Unsinn! Und wenn ich es bin, warum schickt mir Gott dann nicht ein Zeichen, das richtige zu tun? Und was ist das Richtige? Habe ich meine Chance nicht vertan, als ich auf den Stiefvater einschlug? Ich würde nie Kinder in eine solche Welt setzen«, dabei betrachtet er das Baby und ein wohliger Schauer durchströmt seinen Körper. »Ich muss etwas unternehmen, das ist sicher!«

Yan-Jie kommt, gewohnt laut, in die Schwimmhalle, im Schlepptau den Vize und seine Frau. Annabell muss sich nun endgültig und schweren Herzens von den anderen verabschieden.

»Ich muss jetzt gehen, aber wir sehen uns später«, sagt sie bestimmt und blickt Ritzi tief in die Augen.

»Versprochen?«, fragt Ritzi und hält ihr die Ghettofaust hin.

»Ja, sicher. Versprochen!«

Annabell ignoriert die Faust, weiß auch gar nicht was sie damit machen soll und drückt Ritzi ein Küsschen auf die Backe, was diese erröten lässt. Noch nie hat sich Ritzi mit einem anderen Mädchen so gut verstanden und sich so verbunden gefühlt. Unwillkürlich streicht sie sich über die Backe. Sie fühlt sich glücklich. Und für einen kurzen Augenblick hat sie alles um sich herum ausgeblendet, um diesen kleinen Moment für immer in ihrem Herzen einzuschließen.

Annabell wird von ihren Eltern herzlich in Empfang genommen. Sie bekommt keine Ohrfeige. Und auch wenn der Vize immer streng zu seiner Tochter gewesen ist und lieber einen Sohn gehabt hätte, so liebt er sie doch abgöttisch. Sie ist seine kleine Prinzessin. Luise bemerkt es, nicht ohne Neid, zumal ihre beste Freundin ganz vergessen hatte, sich von ihr zu verabschieden. Sie weiß nun auch nicht mehr, ob es richtig war, alle hierher zu bringen, irgendwie fühlt sie sich einsamer denn je.

Yan-Jie ist zu den Kindern gegangen. »So und euch nehme ich jetzt mit, ihr könnt ja nicht den ganzen Tag in Overalls rumlaufen«, sagt sie erstaunlich freundlich und die Aussicht auf eigene Klamotten überzeugt alle. Das bringt sie hoffentlich näher zur Freiheit.

Vergeltung lässt Simon aufbäumen und seine letzten Kräfte mobilisieren. Gefolgt von Gabriel und seinem Sekretär ist er in den großen Saal geeilt. An der riesigen Tafel haben bereits die restlichen Sektorenapostel Platz genommen und diskutieren eifrig durcheinander. Simon setzt sich wie immer an die Stirnseite, Gabriel zu seiner Rechten. Der Sekretär bleibt hinter Simon stehen, genau wie der Arzt. Augenblicklich verstummen die Apostel. Simon ergreift das Wort:

»Die Prophezeiung ist eingetreten, das ist unbestritten. Ein jeder von euch hat die Zahl gesehen. Auch auf den anderen Kontinenten gab es Versiegelte, wie man mir berichtete. Eine Zahl auf der Stirn der Toten, die dann wieder verschwand, genau wie die Toten selbst.«

»Auch ich habe diese Zahl gesehen«, unterbricht ihn der Bezirksapostel aus Sektor 5. Und obwohl ihn Simon, für die Unterbrechung strafend anschaut, fährt er fort: »Eine Frau kam zu mir, sie war krank und wollte Buße tun. Sie starb noch in der Kirche. Plötzlich erschien das Zeichen JWHW, das für ›der/die Ewige‹ steht und eine Zahl auf ihrer Stirn, 83.921, die sogleich wieder verschwunden ist.«

»Wann war das?«

»Heute Morgen, eure Eminenz, vor wenigen Stunden. Und kurz später war sie einfach weg.«

»Auf wie viel steht die Zahl jetzt?«, fragt Simon in die Runde.

Die Apostel werfen verschieden Zahlen ein, die kleinste zu ermittelnde ist 69.872.

»Weniger als die Hälfte also«, raunt Simon mehr zu sich als zu den anderen. Und in Gedanken ist er sich nicht mehr ganz so sicher, zu den Versiegelten zu gehören. Diesen Zweifel wischt er aber sofort beiseite, er macht ihm

Angst. »Nun gut, das Kind war heimgekehrt in Gottes Haus, in mein Haus und man hat es mir gestohlen. Rother hat das Kind und gibt es nicht mehr heraus.«

Ein Raunen geht durch die Runde. Ein jeder redet durcheinander: »Das darf er nicht.« »Es ist ein Kind der Kirche!« »Er versündigt sich!« »Was will er damit?«

»Ruhe!«, schreit Simon und haut mit der Faust auf den Tisch, sodass sie ihm weh tut. »Das ist noch nicht alles. Er hat Agenten in den Kirchensektor geschleust, verkleidet als Apostel.«

»Aufhängen sollte man diesen Verräter!«, fordert ein Apostel.

Simon fährt fort: »Nach Absprache mit den Oberhäuptern der anderen Kontinente haben wir ihm ein Ultimatum bis morgen früh um 10.00 Uhr gestellt. Wenn er das Kind bis dahin nicht der Kirche ausgehändigt hat, bekommt ein jeder von euch eine Predigt, die er dann Punkt 10.00 Uhr in seiner Kirche abhält. Stellt alle Lautsprecher an. Die ganze Stadt soll es hören. Alle sind aufgefordert, dann in Richtung Sektor 1 zu pilgern und diesen zu belagern.« Damit beendet Simon die Sitzung, erhebt sich und verlässt schnell den Saal mit den aufgebrachten Aposteln.

Simon ist mit Gabriel, seinem Sekretär und dem Arzt in den Keller unter der Marmortreppe geeilt. Er öffnet mit einem großen Schlüssel eine schwere Eisentür, dahinter befinden sich Zellen, die durch Gitterstäbe unterteilt sind. In einer davon sitzt Krätze. Statt einer Belohnung haben die Apostel ihn einfach mitgenommen und weggesperrt, nachdem er ihnen verraten hatte, wo Festos Versteck ist. In den beiden Zellen daneben sitzen die zwei falschen Apostel in ihren blauen Militär Overalls mit umgedrehtem Dreieck, die sie unter den falschen Kutten trugen.

An einem kleinen Tisch sitzt ein Wächter, die Kapuze tief ins Gesicht gezogen, sodass es immer im Schatten liegt. Sein beleibter Körper erhebt sich schwer, als Simon mit seinem Gefolge eintritt und wäre es eine andere Zeit, könnte er auch leicht ein Henker sein.

»Was hatten sie bei sich?«, fragt Simon.

Der Wächter tritt zurück, zeigt auf eine kleine Schachtel und sagt: »Ein Ausweis, Stöpsel fürs Ohr, Pistolen und Kontaktlinsen mit Kamera. Sonst nichts… Ah und die Kutten natürlich! Haben keinen Chip.«

»Hmhm.« Simon betrachtet eingehend die Ausrüstung, dann tritt er nah an die Gitterstäbe heran und mustert die beiden Männer. »Das Kind ist in Sektor 1. Ich nehme an, mit dem Ausweis kommt ihr da wieder herein, oder?«, dabei dreht er die Karte zwischen seinen Fingern.

Die Agenten nicken eingeschüchtert, denn sie haben, so in Gefangenschaft, das Gefühl, die Kirchenmacht könnte siegen. Simon lässt sich auf dem Stuhl des Wächters nieder. Und als er so sitzt, spürt er die Wirkung des Morphiums auf seinem Höhepunkt.

»Das Kind gehört der Kirche und ihr werdet für den Verrat in der Hölle landen«, droht Simon ruhig. Er macht eine lange Pause und mustert die beiden durchdringend, dabei klopfen seine dicken, mit Ringen behangenen Finger ungeduldig auf die Tischplatte. »Ihr könnt eure Seelen noch retten, indem ihr euch für Gott entscheidet«, versucht er sie auf seine Seite zu locken.

»Wie meint ihr das?«, fragt der Kleinere und blickt Simon interessiert an, ganz in der Erwartung eines Deals. Wieder macht Simon eine Pause.

»Tut Buße und entscheidet euch, das Richtige zu tun, dann wird Gott es euch danken und ich auch! Helft mir, das Kind aus den Fängen Rother's zu befreien und bringt es mir! In drei Tagen sitzen wir alle vor dem Endgericht, also entscheidet euch!« Seine Worte klingen endgültig und hallen in dem dunklen Gewölbe leise nach.

Die beiden Agenten sehen sich an, dann beraten sie sich flüsternd. Auch sie sind, angesichts der Prophezeiung, stark hin- und hergerissen. Das Damoklesschwert hängt spürbar über allem und jedem und die Uhr tickt erbarmungslos. Nach dem Abwägen der Optionen, eigentlich sind es nur zwei, entscheiden sie sich für Simon. Was haben sie auch zu verlieren? Es ist wohl die einzige Chance, hier herauszukommen und auf Erlösung zu hoffen.

»Wir werden alle in der Hölle landen, auch du!«, wirft Krätze plötzlich sarkastisch in die Runde und sieht Simon herausfordernd an.

»Halt deinen Mund!«, faucht Simon zurück, »für dich gibt es keine Erlösung, dein Weg ist hier zu Ende! Du befindest dich bereits beim jüngsten Gericht!«

Krätze verstummt augenblicklich. Schlagartig ist ihm klargeworden, dass, wenn nicht ein Wunder geschieht, er in diesem Loch verrecken wird.

»Es geht nur einer und der nimmt einen meiner Apostel mit. Der andere bleibt hier. Du!«, befiehlt Simon und zeigt auf den größeren und kräftigeren der beiden. Da dieser bisher noch nichts gesagt hat, kommt er Simon ehrlicher vor. »Du kommst mit. Vielleicht kannst du dir durch deine Tat einen Platz im Himmel erkaufen. Und solltest du nicht wiederkommen, stirbt dein Kamerad. Das wäre dann deine Schuld und macht die Himmelfahrt damit ausgeschlossen!«, prophezeit er.

Der Wächter zieht den größeren Agenten aus der Zelle und verschließt sie wieder. Dem anderen reicht Simon eine Kutte durch die Stäbe. »Hier, zieh das an und gib uns deinen Overall.« Der Agent macht, wie ihm befohlen wurde. Er hat in dem Moment resigniert, als er nicht ausgewählt wurde. Was, wenn der andere nicht zurückkommt? Drei Tage sind wenig Zeit und es könnte viel passieren auf dem Weg. Als er umgezogen ist, übergibt er Simon seinen Overall. Sein Schicksal scheint besiegelt, denkt er.

»Was ist mit der Kamera auf der Linse? Kann man die so umprogrammieren, dass auch ich sie auf den Bildschirmen verfolgen kann?«, fragt Simon beim Hinausgehen seinen Sekretär, der die Schachtel mitgenommen hat. Simon marschiert, schnellen Schrittes, in die Schaltzentrale. Er hat keine Zeit mehr zu verlieren und macht sich sofort daran, hastig Befehle zu erteilen. Ein kleiner Teil von ihm freut sich auch, denn er liebt es, Stratege zu sein. Während der Sekretär, mit Hilfe des Agenten, die Linsen und die Ohrenstöpsel umprogrammiert, lässt Simon nach einem kräftigen Jungapostel schicken. Als dieser endlich erscheint, wird er in seine Mission eingewiesen. Danach wird ihm kurzerhand der Tonsur zu einer Vollglatze rasiert.

»Ihr seid jetzt Spion im Dienste der Kirche! Wie gefällt euch das?« Der junge Mann ist den Tränen nahe. Er fühlt sich, als hätte man ihn seines Glaubens beraubt, als er seine Glatze in dem Spiegel betrachtet, den ihm der Arzt hinhält. »Ihr tut es für eine gute Sache«, versucht Simon ihn zu beruhigen und hat es sich nicht nehmen lassen, die Aktion selbst auszuführen.

Der junge Mann ist ausgebildeter Kämpfer. Er gehört zu einer speziellen Eliteeinheit von Aposteln, die rund um das Herrenhaus postiert sind und Simons persönlichem Schutz dienen. Alles wohlgeformte, durchtrainierte Männer. Simon drückt dem Apostel einen Revolver in die Hand, den dieser in dem Militäroverall, den er mittlerweile trägt, verschwinden lässt und sagt: »Wenn er fliehen will oder auch nur ein falsches Wort sagt, tust du, was getan werden muss. Das Kind ist unser aller Schicksal!« Der Apostel hat sich wieder etwas gefangen, nickt und legt sich seine Kutte um die Schultern. Dann fummelt er sich die Kontaktlinse ins Auge und steckt sich den Sender ins Ohr. Sofort sieht Simon auf seinem Bildschirm was der junge Kämpfer sieht. Er triumphiert innerlich. »Auge um Auge«, geht es ihm durch den Kopf. »Ich werde es Rother heimzahlen!«

Anerkennend klopft er seinem Sekretär auf die Schulter: »Nehmt meinen Wagen und bringt sie bis kurz vor den Zugang zum Aufzug. Rechts ist eine Stahltür, da sollten sie mit dem Ausweis reinkommen.« Soweit Simon weiß, gibt es nur drei Türen im gesamten Untergrund, die mit einem Ausweis funktionieren. Alle anderen Türen in Sektor 1 sind per Augenscanner, Fingerabdruck oder Chip zu öffnen. Eine Art Vorsichtsmaßnahme und da Rother, genau wie die Obersten des Militärs, aus Sicherheitsgründen keinen Chip trägt – denn den Präsidenten sollte man natürlich nicht orten können –, hielt man diese doch etwas altertümliche Variante für eine gute Lösung.

»Und beeilt euch! Jede Minute zählt«, ruft Simon dem Apostel noch hinterher.

Gabriel begleitet die beiden bis ins Geschoß zu einem der Hybridwagen, der sie direkt in Sektor 1 bringt. Dort angekommen, stecken sie den Ausweis in den Schlitz neben der unscheinbaren Stahltür und treten in einen hell erleuchtenden Gang. Am Ende erwartet sie bereits der Kommandant an der offenen Fahrstuhltür. »Gerade noch rechtzeitig, meine Herren!«, begrüßt er den Agenten, den er flüchtig kennt und zwinkert dem Apostel verschwörerisch zu, was dieser nicht einzuschätzen vermag. »Die Basis schließt in knapp zwei Stunden. Ich bringe euch erst mal zu den Mannschaftsräumen. Folgt mir!«

Der Mannschaftsraum, der sich auf Ebene 1 befindet, ist voller Agenten und Männern mit Glatze und Militäroveralls. Die meisten tragen blaue Overalls mit umgekehrtem Dreieck in Orange, die sie als Agenten kennzeichnen, andere wiederum tragen graue Overalls mit dem Dreieck in Rot für normales Militär. An Haken an der Wand hängen etliche falsche Apostelkutten, die sie sich gerade ausgezogen haben bzw. dabei sind, sie auszuziehen. Auf der Seite sitzen die beiden Agenten in Bettlerkostümen, derer sie sich ebenfalls gerade entledigen. Auch sie tragen Glatzen unter ihren Mützen. Tische und Stühle aus Metall, die in der Mitte des Raumes stehen, sind fest im Boden verankert.

Etwas auffällig sieht sich der junge Apostel, angesichts der fremden Umgebung, um, die er sich niemals so klinisch sauber und steril hätte vorstellen können und die eine beklemmende Wirkung auf ihn hat. »Dieser Bastard!«, kommt es so laut über den Ohrstöpsel, sodass der

Apostel vor Schreck zusammenzuckt. »Er hat hunderte von falschen Aposteln losgeschickt. Wir sind komplett infiltriert!«, wettert Simon weiter über den Knopf im Ohr. Ganz so viele sind es nicht, vielleicht achtzig, aber auf seinen Bildschirmen schaut es doch recht komprimiert aus.

Der Apostel senkt, wie gewohnt, seinen Blick, während sie auf die andere Seite des Raumes gehen. Er ist der einzige echte Apostel hier, kommt es ihm in den Sinn, als ihn der Kommandant zur Seite zieht und flüstert:

»Verhaltet euch nicht so auffällig. Wenn sie uns entdecken, dann sind wir tot«, weist dieser ihn zurecht.

Verblüfft sieht er ihn an. »Ihr seid ein Apostel?!«

Der Kommandant nickt kaum merklich. »Ich werde rausfinden, wo das Kind jetzt ist. Wartet hier, bis ich zurück bin und lasst ihn nicht aus den Augen!«, flüstert er weiter und deutet dabei unauffällig auf den Agenten. »Und seht die Leute an! Hier sieht man sich nämlich an. Verhaltet euch aber trotzdem unauffällig...« Sofort schaltet der Apostel um und hängt lässig die Kutte an einen Haken. Er ist es gewohnt, Befehle entgegenzunehmen, das liegt ihm und so hat er sich schnell wieder im Griff. »Willkommen auf der Basis, meine Herren!«, sagt der Kommandant laut zum Abschied und kehrt zurück zum Fahrstuhl.

Plötzlich öffnet sich ein Hologramm in der Mitte des Raumes und erstrahlt über den Tischen. Rother erscheint in Großaufnahme, ausgeleuchtet wie eine göttliche Erscheinung. Er liebt, es sein Antlitz in diesem Licht zu sehen und startet seinen Livestream: »Soweit ich informiert bin, sind fast alle Agenten zurück. Um Punkt 12.00 Uhr schließt die Basis für die nächsten drei Tage. Hier unten kann uns nichts passieren, also schlage ich vor, ruhig zu bleiben und abzuwarten. Ich wünsche allen einen angenehmen Aufenthalt, viel Glück und möge Gott mit uns sein!« Dass er das Kind hat, hält er noch unter Verschluss. Das Bild von Rother verschwindet und während man applaudiert, ertönt eine tiefe, beruhigende Frauenstimme über die Lautsprecher: »Noch 58 Minuten und 32 Sekunden bis zum Verschluss.«

Der Kommandant ist in die Schaltzentrale Rother‘s geeilt. Basis bedeutet ständige Bereitschaft und das heißt für ihn, er darf Rother eigentlich nicht mehr von der Seite weichen. »Wo wart ihr so lange?«, fragt dieser ihn deshalb beim Eintreten und beäugt ihn misstrauisch.

Der Kommandant ignoriert die Frage, indem er eine Gegenfrage stellt: »Sind schon alle auf der Basis? Das Kind auch? Seid ihr euch sicher, dass ihr der Kirche nicht erlauben wollt, das Kind nochmal zu sehen?«

Rother sieht ihn scharf an. Ihm ist das Ausweichen auf seine Frage nicht entgangen. Doch das vergisst er gleich wieder.

»Oder wenigstens der Bevölkerung hier. Es wird sich herumsprechen und dann könnte auf der Basis eine Meuterei ausbrechen, das wisst ihr?!«

»Wie viele wissen schon davon?«

»Die Kinder, Teresa, die Gang in der Stadt, Simon, einfach zu viele!«

Rother sieht ihn nachdenklich an und zwirbelt wie immer an seinem Bärtchen. Er weiß um das Ausmaß seiner Entscheidung. Wenn er die Kapsel schließt und zeitlich auf den achten Tag programmiert, kann sie niemand mehr von außen öffnen. Die Gläubigen unter den Reichen würden es nicht dulden, dass er die Kirche betrügt und auch alle anderen würden wohl das Kind gerne ehren wollen, wägt er weiter ab und fühlt sich in einer Zwickmühle gefangen.

»Vielleicht ist es auch einfach noch zu früh, die Basis zu schließen. Wartet den morgigen Tag noch ab und überlegt es euch gut, wenigstens bis zum Ultimatum«, rät ihm der Kommandant eindringlich, um irgendwie Zeit zu schinden.

Rother schätzt ihn und seine Meinung sehr. Der Kommandant war stets ein guter Diplomat und begleitet ihn jetzt schon seit fast zehn Jahren.

»So oder so solltet ihr schon mal eure Familie und das Kind auf die Basis beordern. Sicher ist sicher!«, insistiert der Kommandant weiter.

Es ist relativ einfach für ihn, das Kind über die Arche zu einem geheimen Tunnel zu bringen, der direkt unter Sektor 7 anfängt und parallel zu Simons Sektor verläuft. Doch er braucht mehr Zeit… Rother überlegt fieberhaft, was das Richtige sei und wägt ab. Die Kinder verbannen oder wegsperren, das Kind töten und sein Blut trinken oder zeigen und behalten? Giftgasangriff auf die Stadt? Den wollte er eigentlich am liebsten heute schon machen. Doch vielleicht ist es nicht der richtige Zeitpunkt. Er spürt, wie ihn die Angelegenheit überfordert und misst ungeduldig seinen Puls – seine Watch zeigt fast normale Werte an. Etwas beruhigt drückt er auf einen Knopf und die Scheinwerfer gehen augenblicklich an. Geblendet blickt er in die Kameras, die wie Drohnen über dem Fußboden schweben und gegenüber von seinem Schreibtisch Stellung bezogen haben.

»Der Verschluss ist auf unbestimmte Zeit aufgehoben! Wir raten allen, trotzdem auf die Basis zu kommen, da wir eventuell überstürzt schließen müssen. Dies ist keine Entwarnung, spätestens an Tag sechs machen wir dicht!« Er mag eigentlich ein solches hin und her nicht, aber in diesem Fall will er sich alle Optionen noch offenhalten. Wer weiß, wie das Volk und die Kirche reagieren, wenn sie von dem Verschluss Wind bekämen? Dann wendet er sich wieder an den Kommandanten: »Was läuft vor dem Kirchensektor?«

»Das Volk belagert ihn. Alle wollen das Kind sehen! Spätestens morgen wird Simon verkünden, dass ihr es habt, wenn ihr es ihm nicht übergebt. Noch ist Zeit«, mahnt der Kommandant weiter.

Angesichts des größten Schatzes, den Rother je in Händen gehalten hat, blickt er den Kommandanten skeptisch an. Er spürt instinktiv, dass dieser Zeit schinden will. Ein jeder könnte jetzt das Kind haben wollen, um seine Haut zu retten. Rother weiß, was Gier aus Menschen macht. Er selbst ist dieser Sucht nachgegangen und tut es noch immer. Und nun hat er eben den größten Schatz, den die Menschheit je gesehen hat. Ein Gefühl höchster Euphorie macht sich in ihm breit, wobei sich schwer sagen lässt, ob es nicht doch von den vielen Schmerzmitteln, Uppern und Downern kommt, die er jetzt schon seit Tagen zu sich nimmt. Prüfend sieht er seinen Kommandanten an, als er fragt:

»Sind die beiden Agenten zurück, die bei Simon waren?«

Der Kommandant schüttelt den Kopf und weicht seinem Blick geschickt aus, indem er geschäftig auf seine

Watch sieht. »Noch haben wir nichts von ihnen gehört!«, antwortete dieser schnell. »Aber wenn ihr es wünscht, werde ich nachforschen lassen.«

Die Kinder flacken auf den Designersofas in der oberen Wohnung und warten auf ihre Kleidung. Joshua hält immer noch das Baby auf dem Arm, als er plötzlich aufsteht und verkündet: »Ich geh jetzt, wer kommt mit?« Er sieht in die erschrockenen Gesichter und muss fast lachen. Das kam für alle unerwartet. Auch für ihn selbst! Aber er traut Rother nicht und auch Yan-Jie ist ihm jetzt schon zu lange weg. Er fühlt deutlich, dass es für das Baby nicht das Richtige hier ist. Er meint sogar, das Baby hätte es ihm übermittelt.

Cyber ist ebenfalls aufgestanden. »Ich bin dabei!« Auch er kann deutlich spüren, dass hier etwas nicht stimmt. Er fühlt sich eingesperrt und trotz der Größe der Räume, erdrückt ihn der Glasbau. Wenn er zwischen Reichtum oder freiem Himmel entscheiden müsste, er würde immer den Himmel nehmen.

»Dann müsstet ihr erst einmal die beiden Gorillas vor der Tür ausschalten«, sagt Luise trocken. Dass Joshua gehen will, trifft sie wie ein Pfeil mitten ins Herz. Sie zeigt mit dem Finger auf die beiden bewaffneten Männer, die auf einer Seite des Wohnzimmers den Ausgang blockieren. Joshua will es jetzt wissen und steuert direkt auf einen der Männer zu, der den Weg zum Fahrstuhl versperrt. Sofort legt der Mann sein Gewehr an und hält ihn auf.

»Keiner geht ohne Erlaubnis!«

»Lass mich durch, Wichser!«, rempelt Joshua ihn an und wird von dem Gegenstoß zu Boden geworfen.

»Pass doch auf, ich hab das Kind im Arm«, raunzt er ihn an.

»Lasst ihn gehen! Das sind Freunde von mir!«, stellt sich Luise vor ihn. Obwohl sie sich nichts sehnlicher wünscht, als dass Joshua und die anderen bei ihr bleiben, möchte sie doch für ihre Freiheit kämpfen.

»Wir haben unsere Befehle!«

»Dann frag doch meinen Vater!«, entgegnet sie und zieht Joshua hoch.

»Keiner geht und schon gar nicht das Kind!«, antwortet der Mann bestimmt und spricht in seine Watch: »Es gibt Ärger. Der Junge will mit dem Kind gehen.« Dann wendet sich der Mann an seinen Kollegen: »Wir bringen sie auf die Basis.«

Trotz heftiger Proteste und mit dem Gewehr im Anschlag treiben sie die Kinder in den Fahrstuhl. Selbst Luise fühlt sich jetzt wie eine Gefangene ihres Vaters. Ihr ist klarer denn je, dass sie eine Geisel von Macht und Gier ist und niemals ein selbstbestimmtes Leben wird führen können. Der Aufzug hält lautlos und sie blicken in einen hell erleuchteten Gang. An der Decke schwebt eine 360 Grad Kamera.

»Wo sind wir jetzt«, fragt Joshua flüsternd Luise.

»Auf Ebene 2. Labor und Krankenstation... Warum halten wir hier?«, fragt sie einen der beiden Wachmänner. »Fahr weiter!«

Doch die Männer treiben die Kinder gewaltsam aus dem Fahrstuhl. Da kommt ihnen schon der Kommandant mit eiligen Schritten entgegen. »Mitkommen, ich habe den Befehl, euch chippen zu lassen.«

Bei den Kindern schrillen die Alarmglocken! Chip bedeutet »nachverfolgbar« zu sein und außerdem will keiner von ihnen diese Prozedur über sich ergehen lassen. Nur Ritzi folgt dem Kommandanten ungerührt. Sie hat Anna auf dem Arm und kann eigentlich nur daran denken, dass sie Annabell noch einmal vor dem siebten Tag sieht. Sie hat sich damit abgefunden, dass dies ihre letzten Tage sein würden und sie befindet sich in einem Zustand merkwürdigen Friedens und Glücks. Sie streicht sich den blonden Haarschopf zurück. Joshua bemerkt die Veränderung an ihr, es umgibt sie auf einmal eine weiche, liebevolle, fast schon verletzliche Aura. Ungeschminkt und in dem makellosen weißen Overall, den sie wie alle noch anhat, sieht sie aus wie ein wunderschönes Wesen von einem anderen Planeten, denkt er. Aber es ist nicht die Kleidung – es ist die Furchtlosigkeit, die ihn ins Innere trifft und auch er muss daran denken, ob es nicht doch egal ist, wo sie ihre letzten Tage verbringen. Und wäre es nicht einfacher sich, dem Schicksal zu fügen?! Da drängt ihn der Mann hinter ihm weiter den Gang runter.

»Sperren die uns jetzt ein?«, fragt Giovanni ängstlich, als sie vor einer Stahltüre ankommen.

»Ihr werdet gechippt«, antwortet Luise ruhig, »keine Angst, das tut nicht weh.«

»Ich will mich aber nicht chippen lassen«, rebelliert Giovanni und verschränkt demonstrativ seine Arme. Auf der Suche nach Verbündeten sieht er Jake an. »Und die anderen auch nicht!«, behauptet er einfach.

»Da kommt ihr wohl nicht drum rum. Los mitkommen!«

Der Kommandant lässt keine Widerrede zu und führt die Kinder in eine Art Arztzimmer, wo sie bereits ein anderer Mann in Weiß und mit einer aufgezogenen Spritze in der Hand erwartet. Luise hält ihren Arm bereitwillig hin. Auch wenn sie Spritzen eigentlich hasst, möchte sie doch ein mutiges Vorbild sein. Cyber scheint ebenfalls gelangweilt von der Prozedur und hält auch seinen Arm bereitwillig hin. Ist ja nicht sein erster Chip, den er sich wieder rausholen wird! Johann stellt sich am meisten an, fast noch schlimmer als Giovanni und Jake, die panische Angst vor der Spritze haben und immer wieder ihren Arm wegziehen, bis der Kommandant einschreitet und sie festhält. Ritzi tippt Joshua an, kurz bevor dieser an der Reihe ist und flüstert ihm ins Ohr: »Keine Angst ich habe vorgesorgt.« Sie zieht einige Rasierklingen aus der Tasche ihres Overalls, die sie ebenfalls dem Medizinschränkchen entnommen hat und zeigt sie heimlich Joshua.

Da reißt ihm einer der Aufpasser das Baby aus der Hand und überreicht es dem Arzt. War es die ganze Zeit ruhig, scheint es sich jetzt die Seele aus dem Leib zu schreien. Alle starren auf den Mann im weißen Kittel, der dem Baby den Reiskorngroßen RFID-Chip direkt unter die Haut, zwischen Daumen und Zeigefinger, schießt und es dann ausgiebig untersucht. Das Baby schreit und schreit. »Lass es in Ruhe! Das ist mein Baby!« Joshua will es vom Tisch klauen, doch der Wärter kommt ihm zuvor und umklammert ihn von hinten. Er reißt ihm den Ärmel hoch und mithilfe des Kommandanten wird auch er gleich gechippt. Zu seiner Verwunderung bekommt er das Baby danach, anstandslos, zurück in seine Arme gelegt. Augenblicklich ist es still. Anna macht es ganz nach dem Vorbild ihrer Schwester und hält ihre Hand mutig hin, doch im Nachhinein schießen ihr doch Tränen in die Augen. Als alle die Prozedur überstanden haben, begleiten die Wachen die Kinder auf die Basis in die Wohnung der Rother‘s zurück, in der sie Teresa bereits empfängt. Die Wachen beziehen außerhalb der Wohnung, vor der Türe, Stellung, das lässt alle kurz aufatmen.

Luise führt sie herum. Völlig fasziniert von dem luxuriösen Ambiente sehen sie sich um und fassen die Gegenstände neugierig an. Es gibt alles hier! Eine voll ausgestattet, futuristische Küche, ein riesiges Wohnzimmer mit einer großen weißen Couch, genau wie oben, Kunst an den Wänden und ein riesiges Aquarium, das in der Mitte des Raumes steht und in dem kleine bunte Zierfische schwimmen. Joshua versucht, nach außen nicht allzu beeindruckt zu wirken und sieht sich betont cool um, obwohl er sich gerade ausmalt, wie es wohl sein mag, selbst so eine Wohnung in der Stadt zu haben. Drei Gästezimmer, ein Kinderzimmer, das dem vom oben sehr ähnelt und das Hauptschlafzimmer der Eltern, sogar mit Bad en-suite. Ein Büro für den Vater, das immer verschlossen ist und das er Luise nicht zeigt. Nur Fenster gibt es keine.

Als die Führung vorbei ist und sie alles von der Klospülung bis hin zu den goldenen Armaturen bestaunt haben, lassen sie sich auf der Couch nieder. Johann hat Cyber während der ganzen Führung versucht einzureden, dass es vielleicht doch sicherer hier ist. Zumindest kennt er, im Augenblick, keinen besseren Ort in der Stadt. Hier würden die Apostel nie eindringen, darüber sind sie sich einig und vor denen hat er im Augenblick am meisten Angst. Außerdem gefällt ihm der Luxus und er würde ihn gerne noch ein bisschen länger genießen.

Teresa nimmt Joshua das Kind ab. »Dame el hijo! Vamos a limpiar«, trällert sie, riecht am Po des Kleinen und verschwindet mit ihm im Bad. Sie hat eine Mission, denkt sie und wird alles Nötige dafür tun, dieses Kind der Kirche zurückzugeben. Doch auch Teresa ist es untersagt, die Basis zu verlassen und einen richtigen Plan hat sie auch noch nicht. Dennoch überlegt sie fieberhaft, wie sie und das Baby hier herauskommen könnten, während sie es wickelt. Wie selbstverständlich bringt sie es zurück und legt es Joshua in die Arme. Dankbar sieht er sie an. Er mag die herzliche Frau. In ihren Armen ist das Baby immer ruhig und glücklich. Außerdem nennt sie es beim Namen und sagt immer Jesus zu ihm, was im Spanischen nicht so bedeutungsschwanger klingt, findet er. In seiner Sprache hätte er den Namen nie in den Mund genommen, weil er so heilig klingt und er sich gar nicht sicher ist, ob es nicht einfach doch nur ein Kind ist, das wie so viele auf der Müllkippe gelandet ist. Da würde ihm das dann irgendwie falsch vorkommen. Aber auf Spanisch will auch er es künftig beim Namen nennen, denkt er, als Luise die Stille unterbricht:

»Wenn ihr wollt können wir Filme gucken«, sagt sie aufmunternd. Ihre Gedanken kreisen darum, es den Kindern so behaglich wie möglich machen, damit sie nicht wieder auf die Idee kommen, zu gehen. Und irgendwie ist es ja auch ihre Schuld, dass alle hier eingesperrt sind. Die Kleinen, Anna und Jake sind sofort dabei. Luise drückt auf einen Knopf und ein Hologramm öffnet sich gegenüber dem Sofa. Sie wählt einen Zeichentrickfilm und die Kinder blicken fasziniert auf den Bildschirm. Jake hat sich neben Joshua gekuschelt und Anna neben Ritzi. Ritzi streichelt ihr stolz über die Hand. Ohne jeden Mucks hat sich das kleine Mädchen den Chip einsetzen lassen.

»Wo ist eigentlich dein Vater?«, fragt Joshua und blickt Luise hinterher, die sich jetzt in der offenen Küche an den Automaten zu schaffen macht, um für die Kinder Knabbereien zu ziehen.

»Ich weiß es nicht, irgendwo hier unten nehme ich an«, antwortet sie und stellt lauter bunte Süßigkeiten auf den Tisch. »Wir können ja mal schauen!«, sagt sie und switched den Film weg.

Unter Protest der Kleinen, die lieber den Film gucken wollten, öffnen sich auf dem Hologramm die verschiedenen Einstellungen der Überwachungskameras. Auf den meisten sind gespenstisch leere Gänge zu sehen, mit den Türen zu den verschiedenen Labors, auf einer der Mannschaftsraum der Agenten, die Fahrstühle und sogar der unterirdische See und die Plantagen.

»Was ist das alles?«, staunen die Kinder und Luise erklärt die einzelnen Ebenen: »Hier sind wir reingekommen, wisst ihr noch? Das ist die Arche.« Luise zeigt mit einem Cursor auf das jeweilige Bild. »Darüber sind die geheimen Labore, da können wir nur die Gänge sehen. In den Laboren selber sind keine Kameras. Der See hier ist auf Ebene 4, den kann ich euch mal zeigen, wenn ihr wollt. Hier«, wieder zeigt sie auf ein Bild, »das ist Ebene 3, da liegt das Büro meines Vaters, genau unter uns. Im Büro selber ist natürlich auch keine Überwachungskamera. Und hier sind wir.« Sie zeigt auf einen Gang mit dem

Zugang zu der Wohnung mit den zwei Wachposten vor der Türe, die sich mittlerweile Stühle organisiert haben, ziemlich gelangweilt darauf sitzen und scheinbar die Zeit totschlagen.

»Das ist ja cool!«, äußert Ritzi begeistert. »Weiß dein Vater, dass du das alles sehen kannst?«, fragt sie.

»Nein, natürlich nicht! Aber er ist nicht besonders einfallsreich was seine Passwörter anbelangt«, lacht sie schelmisch und verspürt ein wenig Stolz.

»Wir wollen aber lieber den Film gucken«, quengelt Anna und Jake pflichtet ihr schmollend bei.

»Kein Problem, ihr könnt ihn auch in meinem Zimmer gucken«.

Ritzi und Luise bringen Jake und Anna ins Kinderzimmer, die es sich dort sofort in ihrem Bett gemütlich machen. Luise schaltet das Hologramm ein und sucht den Film, während Ritzi die Gelegenheit nutzt, um kurz mit ihr zu reden. Neugierig wie sie ist, brennt ihr schon lange eine Frage auf der Zunge:

»Stehst du auf Joshua?« Ritzi hat sofort gespürt, dass Luise Joshua mag und war erst eifersüchtig. Aber seit sie ihre, scheinbar immer größer werdende Zuneigung zu Annabell entdeckt hat, will sie großzügig sein. Es würde sie sogar freuen.

»Ich glaube schon«, gibt Luise ehrlich zu und es ist deutlich zu sehen, dass sie rot wird. Sie kennt Liebe nur aus Filmen! Aber das Bauchkribbeln, das sie jedes Mal hat, wenn er sie ansieht oder anspricht, kann auch sie nicht leugnen. »Hatte er schon einmal eine Freundin?«, fragt sie neugierig zurück.

»Nicht, dass ich wüsste, aber ich kenne ihn auch erst seit einem Jahr.«

»Und du? Habt ihr euch mal geküsst oder so?«

»Bähhh… nein! Der ist wie ein Bruder für mich, eigentlich kümmert er sich immer nur um die Kleinen«, tut sie die Frage heftig ab, obwohl sie schon einmal darüber nachgedacht hatte, wie Joshua als Freund so wäre.

»Sag ihm aber bitte nicht, dass ich ihn mag.«

Ritzi legt ihren Arm kameradschaftlich um Luise. Sie mag sie mittlerweile und es imponiert ihr, wie sie ihren Vater austrickst. »Nein, mache ich nicht und im Übrigen tut es mir leid. Ich meine die Geschichte mit deinem Vater.« Ritzi hat verstanden, dass Luise auch nur ein Opfer ist. Ein Opfer ihrer Familiengeschichte, gefangen in einer Welt aus der auch sie entfliehen will.

»Vergiss es, er ist ein Arsch.« Luise wundert sich selbst über ihre Ausdrucksweise, die ihr aber gefällt und die Mädchen betreten lachend das Wohnzimmer.

Cyber, Johann, Giovanni und Joshua beobachten immer noch die Gänge und Ebenen auf den Bildschirmen, während sie die Süßigkeiten mampfen. Den Fluchtgedanken tragen Cyber und Joshua weiter in sich und so sind sie trotz des sicheren Platzes hier eifrig dabei, Pläne zu schmieden, wie sie hier herauskommen könnten.

Rother hat nun doch beschlossen, offensiv vorzugehen. Den ganzen Vormittag riefen Bekannte, Minister, Adelige etc. aus Sektor 1 an und fragten, ob es wahr sei, dass er das Kind hat und wenn ja, wann sie es zu Gesicht bekämen. Selbst die Machthaber der anderen Kontinente wussten bereits davon und drängten ihn zu einer Präsentation. Die Neuigkeit hatte sich wie ein Lauffeuer ausgebreitet und der Wind schien die Nachricht sogar über die Ozeane zu tragen. Also hat Rother alle in Sektor 1 lebenden Menschen per Lautsprecher informiert und für heute Abend eine Präsentation angekündigt, zu der natürlich nur die Elite geladen ist. Dann ist er hinauf in die Wohnung gefahren, um seine Frau zu beauftragen, sich um den Rest zu kümmern. Doch wie immer in letzter Zeit, kommt es erneut zu einem heftigen Streit. Anfänglich weigert sich Yan-Jie das Theater weiter mitzumachen.

»Gib doch einfach der Kirche das Kind«, sagt sie trotzig.

»Das Kind bleibt hier! Mach die Kinder zurecht, bestell das Catering und lass den großen Saal herrichten«, befiehlt er seiner Frau und sein Blick lässt keine Widerrede zu.

Yan-Jie hat den Verrat an ihrem Kind immer noch nicht überwunden und keift ihn an. Irgendwie scheinen beide nicht mehr Herr ihrer Sinne zu sein. Der Ausnahmezustand macht sich auch bei ihnen in unkontrollierten Ausbrüchen bemerkbar: »Das Jesus-Kind war dir doch von vornherein wichtiger als deine eigene Tochter! Warum sonst hast du nicht gleich das Lösegeld bezahlt? Und ich bin dir anscheinend auch nicht wichtig! Ich werde mich von dir trennen, sobald der siebte Tag vorüber ist, nur damit du es weißt...«

Yan-Jie hält die ganze Prophezeiung immer noch für eine Farce. Und genau dafür empfängt sie jetzt eine schallende Ohrfeige. Mit Rother gehen langsam die Nerven durch, er kann keine weiteren Aufregungen mehr vertragen. Yan-Jie bleibt wie versteinert vor ihm stehen und verzieht keine Miene. Für eine gefühlte Minute spiegelt sich ihre ganze Wut in den Augen. Rother flüchtet in sein Umkleidezimmer und zieht sich einen frischen, weißen Anzug mit goldenem umgekehrtem Dreieck auf der Brust an, was ihn als Oberbefehlshaber auszeichnet. Die Hose sowie das Sakko haben goldene Streifen an den Seiten. Gold für besondere Anlässe und zum Schutz, da der Anzug natürlich kugelsicher ist. Dann heftet er sich seinen Generalschein an, schluckt ein paar Tabletten und kommt gestärkt und etwas ruhiger wieder aus dem Ankleidezimmer zurück. Yan-Jie steht immer noch im Flur und betrachtet sich selbst im Spiegel über dem Sideboard. »Ich gefalle mir nicht mehr«, stellt sie verächtlich fest.

»Ich erwarte euch alle heute Abend geschniegelt und gestriegelt. Mach die Kinder fertig!« Rother sieht seine Frau streng, aber versöhnlich an. Dass sie sich trennen will, hat er einfach übergangen oder mit der Pille hinuntergeschluckt. Vielleicht auch vergessen?

Yan-Jie verliert kein weiteres Wort. Sie hält ihre Hand an die glühende Backe und geht bereits durch, was jetzt alles zu tun ist. Froh, eine Ablenkung zu haben, von der deutlich spürbar aufkommenden Depression, die sie in letzter Zeit immer öfter heimsucht und die ihre Welt zunehmend verdunkelt.

»Was denkst du, was passieren wird am siebten Tag?«, fragt sie förmlich, zurückhaltend wie eine Angestellte. Denn auch wenn sie nicht an die Prophezeiung glaubt, prägt diese doch auch sie unbewusst in ihrem Denken und Handeln und sie weiß nicht, ob sie diese Strafe, die sie heimsuchen würde, überstehen könnte.

»Was weiß ich? Vielleicht fällt die Sonne auf die Erde

und wir werden alle zur Hölle fahren«, antwortet ihr Mann barsch und lenkt sogleich ein. »Es wird gar nichts passieren«, süßelt er, wobei sein geneigter Kopf verrät, dass er nicht wirklich davon überzeugt ist. »Kuss!«, sagt er auf dem Weg zum Fahrstuhl und hält ihr seine breiten Lippen hin, die gespitzt wie ein Schlabbermund von einem Hund aussehen.

Sie dreht schnell ihren Kopf weg. Sie mochte es noch nie, wenn er sie küsst und ist froh, dass bei ihm untenrum nichts mehr los ist und er sie seit langem schon komplett in Ruhe lässt. Körperlich fand sie ihn ohnehin nie anziehend. Die Ohrfeige, die immer noch in ihrer Seele brennt, versucht sie zu verdrängen. Sie spürt deutlich, der Abgrund wäre sonst zu tief. Geschäftig und wie ausgewechselt gibt sie Befehle in ihre Watch. Ein großes Fest in der Kürze der Zeit zu organisieren, ist ja keine Kleinigkeit, doch sie wird es schaffen, da ist sie sich sicher und wenn es das Letzte ist, was sie auf Erden zu tun hat. Sie wird auch diese Aufgabe mit Perfektion meistern, rückt sie ihre Gedanken zurecht und zitiert das gesamte Personal zur Besprechung in den Festsaal.

Der Kommandant betritt die Mannschaftsräume und steuert direkt auf den Apostel zu, der neben dem Agenten an einem Tisch sitzt. Beide haben ein Tablett vor sich mit Superfood zur mentalen und körperlichen Stärkung. Der Apostel sieht sich schon etwas sicherer um, während er unter dem Tisch, mit einer Hand, immer noch den Revolver dem Agenten gegen die Rippen presst. Das macht ihm viel mehr Sorgen! Die Ausbildung zum Wächter, wie sie sich nannten, hatte ihm Spaß gemacht und er war immer ein guter und mutiger Kämpfer. Aber das hier ist etwas anderes. Und angesichts der Gesamtsituation könnte auch alles eskalieren.

»Kommt mit!«, befiehlt der Kommandant ganz offiziell und verlässt mit den beiden den Raum. Sie gehen einen langen Gang hinunter, der rechts und links von Stahltüren mit LED-Nummern gesäumt ist. Der Kommandant öffnet die Tür zu seiner Kabine und bittet den Agenten freundlich hinein. Kaum betritt dieser den Raum, überwältigt er ihn von hinten und drückt ihn auf das im Boden verankerte Metallbett.

»Schnell, schließt die Türe!«, sagt er zu dem verdutzten Apostel hinter sich. »Und gebt mir was zum Fesseln und Knebeln!«

Der Apostel sieht sich in dem quadratischen, mit Stahl ausgekleideten Raum um. Er fühlt sich wie im Inneren eines Eiswürfels. Außer dem Bett und einem metallenen, verankerten Tisch und Stühlen gibt es nichts in diesem Raum. Also geht er zum Bett, zieht das Laken und die Wolldecke unter dem Agenten hervor und zerreißt es in Streifen. Gekonnt fesselt er ihn, dabei sieht er den Kommandanten bewundernd an. »Ein Superspion!«, denkt er, völlig fasziniert und kindlich. »Jahrelang ein solches Doppelleben?!«, geht es ihm durch den Kopf, das könnte er nicht.

»Habt ihr das Auge drin?«, fragt der Kommandant und zieht den Apostel auf die andere Seite des Raums. Der Apostel nickt. Der Kommandant steht jetzt genau vor dem Apostel und sieht ihm direkt in die Augen. Mit gedämpfter Stimme, sodass ihn der gefesselte Agent nicht hören kann, spricht er direkt in die Linse. »Er wird noch nicht verschließen. Heute Abend präsentiert er Auserwählten das Kind. Vielleicht überlegt er es sich ja?!« Über den Ohrenstöpsel des Apostels kommt eine Nachricht von Simon zurück, die dieser dem Kommandanten vorsagt. Dabei verstellt er eigentümlich seine Stimme, sodass dieser fast grinsen muss.

»Ihr versucht es trotzdem noch heute Nacht, gleich nach der Präsentation! Ich traue ihm nicht. Freiwillig wird er mir das Kind nie geben!«, beendet Simon das Gespräch.

»Ihr bleibt hier! Nach der Präsentation, hol ich euch«, befiehlt der Kommandant dem Apostel. Dann schneidet er dem Gefangenen gekonnt den Chip aus dessen Arm, so, als hätte er das schon tausendmal getan und verschwindet damit.

Der Apostel hört, wie er von außen die Tür verriegelt. Unbehaglich in der kühlen Umgebung, setzt er sich zögerlich auf den Stuhl. Auch für ihn ist es hier eine völlig andere Welt und er kommt nicht umhin, sich selbst wie ein Gefangener zu fühlen. »Was, wenn ich hier meine letzten Tage verbringen muss? Wahrscheinlich würde ich es nicht einmal mitbekommen, so ohne Uhr«, denkt er und entschließt sich, zu beten.

»Fahr runter, deine Mutter kommt!«, schreit Joshua in die friedliche Stille, die gerade herrscht. Auf dem Bildschirm ist Yan-Jie zu sehen, wie sie bereits auf die Wohnungstür in ihrem typischen Militärstil zusteuert.

»Was hat sie vor?« Luise ist aufgesprungen und fährt in Windeseile das Hologramm herunter. Dann schmeißt sie sich zurück auf die Couch, so als wäre nichts gewesen. Yan-Jie betritt das Wohnzimmer, gefolgt von einer Armada aus acht Schichterinnen, die Kleiderständer neben sich herschieben. Sie hat sich sogleich eifrig in die Vorbereitungen gestürzt und aus den Shoppingmalls eine ganze Kollektion Kinderklamotten und Männerkleidung bringen lassen, plus einer Reihe von Taufkleidern für das Baby. Rother gab ihr zu verstehen, dass er die ganze Truppe präsentieren wolle, als wären es die heiligen drei Könige, die ihm Jesus gebracht haben. Herausgeputzt!

»Zieht euch schön an, wir bereiten einen Empfang für euch vor und präsentieren das Baby der Gemeinde«, sagt sie festlich. »Hier sind Anzüge für euch und Kleider für die Mädchen!«

»Was ist ein Empfang?«, fragt Giovanni, obwohl alle anderen, bis auf Luise und Annabell natürlich, auch keine Ahnung haben.

»Wir machen euch zu Ehren ein Fest. Die drei Damen helfen euch«, sagt sie und geht, ohne ein persönliches Wort oder einen Blick an ihre Tochter zu richten. Zu sehr sitzt noch der Stachel des letzten Streits in ihrem Herzen, als ihre Tochter sagte, dass sie sie hassen würde! Doch Yan-Jie lässt sich nichts anmerken und geht, unversöhnlich wie ein General, weiter ihren Vorbereitungen nach.

Luise zieht die Mädchen mit ins elterliche Schlafzimmer. »Das wird euch gefallen!«, ruft sie euphorisch. Schnell verwandeln die Schichterinnen das riesige Bad daneben in einen Kosmetiksalon. Sie bekommen das ganze Programm: Baden, Pediküre, Maniküre, Haare, Make-Up, Zupfen, Peeling usw. Jede der Schichterinnen nimmt sich eines der Mädchen vor, die mit großem Gekicher alles über sich ergehen lassen. Während es für Luise ganz normal ist, findet Ritzi es äußerst seltsam, dass andere an ihr herumhantieren und kann das nur bedingt ertragen. Ständig funkt sie dazwischen und neugierig, wie sie ist, steckt sie ihre Finger in all die Döschen, leckt oder riecht daran. Schließlich nimmt sie ihrer Schichterin die Quaste aus der Hand und legt selbst Hand an. Anna hingegen genießt es. Ihre Haare werden geschnitten, aufgerollt und geföhnt. Soviel Aufmerksamkeit ist auch sie nicht gewohnt und sie fühlt sich wie eine kleine Prinzessin im Märchenland. Fröhlich und ausgelassen quasselt sie mit dem Personal:

»Ich will auch mal Schichterin werden«, sagt sie und hält hilfreich einen weiteren Wickel hin.

»Das wirst du nicht!«, schreitet Ritzi energisch ein. Die Art wie sie es sagt, lässt für einen Augenblick die Schichterinnen innehalten. »Du kannst was Besseres werden«, versucht sie alle zu versöhnen, doch der Schuss geht nach hinten los.

»Und was?« Die Frauen sehen Ritzi über die Spiegel hinweg an, wie sie verzweifelt nach einer Antwort sucht. Niemand kann was Besseres werden, der in dem Müllhaufen »Stadt« lebt. Und als auch Ritzi das einsieht, müssen, zum Unverständnis von Anna, plötzlich alle lachen.

Im Wohnzimmer ist binnen kürzester Zeit das Chaos ausgebrochen. Obwohl die Kleidung größenmäßig geordnet war, reißen die Jungs sie nach Farbe und Gefallen vom Ständer. Sie probieren alles, mixen und schließlich schneiden sie sich die Kleidung einfach zurecht, ganz zum Missfallen der Schichterinnen, doch selbst Teresa kann dem Chaos keinen Einhalt gebieten und so lassen sie die Kinder gewähren.

Giovanni entscheidet sich relativ schnell für einen

schwarzen Anzug mit schlichtem weißem Hemd, den es in seiner Größe so nicht gibt und den er an den Ärmeln und unten ein bisschen abschneiden muss, was für ihn überhaupt kein Problem darstellt. Er hat sich schon immer seine Kleidung zurecht geschnitten und so sieht es sehr professionell aus. Die Fliege bindet er sich um die Stirn, er hätte auch nicht gewusst, für was er sie sonst hätte nehmen sollen. Stolz betrachtet er sich im Spiegel. Am meisten aber freut er sich über die neuen, sauberen Schuhe. Ein Mittelding zwischen Halbschuh und Sneakers und ohne jede Schnürung, das sich dem Fuß genau anpasst. Noch nie hat er so bequeme und schicke Schuhe gehabt. Liebevoll putzt er mit seinem Ärmel darüber. Dann stolziert er wie ein kleiner Pfau durchs Wohnzimmer, hält an einem Sims und öffnet, zielsicher, eine antike Holzschachtel, in der er Zigarren vermutet. Zu seinem Erstaunen entzündet sich die Zigarre von selbst. Hustend bietet er Cyber und Joshua eine an. Joshua ist heilfroh, endlich aus dem weißen Overall zu sein, entscheidet sich aber dennoch für eine weiße Anzughose, ganz so wie die Reichen sie tragen und vielleicht auch, um Luise zu gefallen. Er streift sich, wie alle anderen, ein langärmeliges Unterhemd aus Nanomaterial in Schwarz über. Es passt wie angegossen! Dazu wählt er ähnliche Schuhe wie Giovanni, nur in Rot. Er sieht aus wie ein Mann, findet er. Ein Hemd darüber hätte den Look nur kaputt gemacht. Also bleibt er so wie er ist, nur mit dem schwarzen Nano-Shirt. Auch wenn die Schichterinnen ihm noch sooft ein Hemd und ein Sakko anbieten. Er will so bleiben. Das Haar hat er sich wieder aufgestellt und die Augen schwarz geschminkt. Das bisschen Rebellion muss sein, findet er und zu sehr anpassen will er sich dann doch nicht. Außerdem fühlt er sich geschminkt wieder etwas sicherer. Er nimmt einen tiefen Zug und die Zigarre benebelt sein Hirn. Ihm wird ein wenig schwindelig und er setzt sich auf die Couch. Amüsiert sieht er Jake, Cyber und Johann weiter beim Umkleiden zu. Dass Rother allen das Kind zeigen will, entspannt ihn und auch die anderen sehen dem Abend vorfreudig entgegen. Ein Fest zu ihren Ehren, wer hätte das gedacht? Vielleicht könnten sie ja danach einfach abhauen!

Johann hat Gefallen an dieser Mode gefunden und führt die unmöglichsten Kreationen vor. Obwohl die Farbauswahl sehr begrenzt ist, mixt er alles durcheinander. Schließlich entscheidet er sich für eine rosafarbene Anzughose mit silbernen Streifen an den Seiten. Eigentlich ein Anzug für ein Mädchen, deshalb hing er auch bei den Kleidern und war für Ritzi gedacht, aber das weiß er natürlich nicht und selbst wenn, wäre es ihm ziemlich egal. Er nimmt das ärmellose Unterhemd aus Nanomaterial in Weiß und darüber ein Hemd in Rot, das er sich lässig am Bauch zuknotet. Eine hellblaue Krawatte hängt er sich lose um den Kragen, dazu schwarze, glänzende Schuhe. Die Haare will er offen lassen und so schüttelt er das vom Shampoo ganz flockige Haar schon eine ganze Weile. »Du siehst aus wie ein Mädchen«, scherzt Jake und alle müssen lachen. Doch Johann bleibt unbeeindruckt. Seit Jahren ist es das erste Mal, dass er keine Kutte trägt. Er fühlt, im Gegensatz zu den anderen, sich selbst näher als jemals zuvor. Ihm gefällt, was er da im Spiegel sieht. Er entdeckt sich gerade völlig neu.

»Stimmt, wie eine bunte Ratte«, neckt ihn Cyber.

Johann wird augenblicklich sehr ernst: »Nenn mich nie wieder Ratte. Ratte ist vorbei, klar?!«

»Okay, okay, hab dich nicht so«, antwortet Cyber, bemerkt aber die Ernsthaftigkeit dahinter und nimmt sich vor, es auch wirklich nicht mehr zu sagen.

Cyber ist der Farbe Schwarz treu geblieben. Er trägt ein schwarzes Nanohemd, darüber einen langen Frack, schwarze Hose und schwarze Schuhe. Auch Cyber kann einem Hemd nichts abgewinnen und so ist er schnell mit der Wahl seines Outfits fertig.

»Ist Apostel auch vorbei?«, die Frage konnte er sich jetzt nicht verkneifen und schaut Johann herausfordernd an.

Johann antwortet nicht. Er weiß es selbst nicht so genau. Die Frage nagt an ihm schon lange. »Du brauchst noch irgendeine Farbe«, sagt er stattdessen und bindet Cyber eine rote Krawatte um die Stirn, was ihn wie Zorro aussehen lässt.

Jake hat mittlerweile auch sein Outfit gefunden: Nano-Shirt in der passenden Größe in Schwarz, das ihn besonders stolz macht. Er fühlt sich unbesiegbar damit und sieht gesünder aus als jemals zuvor. Allen Kindern geht es gesundheitlich besser. Vielleicht wegen der Impfungen und dem Essen. Giovanni verzichtet, genau wie Joshua, auf eine Jacke oder Hemd und wählt zu seinem Shirt eine schwarze, enganliegende Leggings vom Mädchenständer. Er sieht damit aus wie ein kleiner Batman. Und so fühlt er sich auch. Ohne die Vorlage zu kennen, macht er die gleiche typische Geste wie er und reißt seinen Arm nach oben, so als wollte er abheben.

»Hoffentlich gibt's Alkohol«, denkt Joshua laut und vernebelt weiter den Raum.

In dem Moment kommt Teresa mit dem Baby auf dem Arm zurück. »No fumen aqui, nicht rauchen!«, schimpft sie, sammelt die Zigarren von Cyber und Joshua ein und legt sie zurück in die Schachtel. »Es malo por el bebe! Schlecht für das Baby!«

Auch sie fühlt sich etwas beruhigter. »Vielleicht ist Rother doch noch zur Vernunft gekommen und übergibt es der Kirche«, denkt sie und präsentiert stolz das Baby. Es sieht nun wirklich aus wie ein kleiner Heiliger, in seinem weißen, überlangen Taufgewand mit Spitzen. Dazu ein weißes Häubchen. Sie liebt Kinder und dieses ist ihr sofort ans Herz gewachsen. Sie ist dankbar für jeden Augenblick, den sie mit dem Baby verbringen kann, dennoch quält sie der Gedanke ihren Mann jetzt schon solange allein gelassen zu haben. »Sieht auch aus wie ein Mädchen!«, findet Jake und amüsiert sich köstlich darüber.

Luise, Ritzi und Anna kommen, frisch geschminkt, in ihren weißen Bademänteln aus dem Bad und stürzen sich auf die Klamotten. Ritzi wählt eine rote Anzughose aus der Herrenabteilung, dazu ein schwarzes Shirt ohne Ärmel und weiße lange Handschuhe aus Seide, an denen sie die Finger abschneidet und als Stulpen über ihre vernarbten Arme zieht. Bei den Schuhen landete sie wieder in der Herrenabteilung, da sie ohnehin große Füße hat und greift zu schwarzen Lackschuhen ohne Schnürung. Als sie umgezogen, aus dem Bad kommt, ist ihr Look perfekt, wie alle finden! Die Haare hat sie sich an den Seiten abrasiert und ihren Pony zu einem Knoten am Oberkopf gebunden. Kurzentschlossen hat sie sich in die Seiten noch drei Blitze einrasiert und sieht damit einfach cool aus. Die Augen dunkel geschminkt und die Lippen knallrot, dazu die enganliegenden Klamotten, unter denen sich ihre Brüste abzeichnen, selbst Cyber kann sich einen Kommentar nicht verkneifen: »Wow, nicht schlecht!«

Ritzi errötet leicht und übergeht das Kompliment, aber sie muss zugeben, sie fühlt sich gut! Stolz hebt sie ihre kleine Schwester hoch und dreht sie in der Luft. Anna hat sich ein weißes Tüllkleidchen ausgesucht, dazu weiße Schühchen und ein Diadem im Haar, womit sie nun vollkommen aussieht wie eine kleine Prinzessin. Ritzi geht das Herz auf. Hat sie doch das Gefühl, ihrer Schwester einen Traum zu erfüllen, etwas bieten zu können, was diese noch nie hatte und was sie selbst auch noch nie hatte. Ein Mädchentraum! So schöne Kleidung! Ritzi stellt Anna zurück auf den Teppich. Selbstverliebt dreht sich diese immer wieder im Kreis und lässt ihren weiten Rock tanzen. »Ich bin eine Prinzessin, ich bin eine Prinzessin!«, singt sie und kann selbst nicht glauben, in welch schöner Traumwelt sie sich befindet.

Luise hat sich in ihrem Zimmer umgezogen und kommt in einem atemberaubenden, bodenlangen und enganliegenden, silbernen Kleid mit Pailletten zurück. Dazu trägt sie hochhackige, silberne Schuhe, beides aus dem Schrank ihrer Mutter. Ihr schwarzer Bob-Haarschnitt umrandet ihr Gesicht perfekt. Sie hat sich ebenfalls die Augen schwarz geschminkt, was ihnen noch mehr geheimnisvolle Tiefe verleiht. Ihre Lippen sind knallrot bemalt und sie weiß jetzt schon, dass das Ärger geben wird.

Joshua kommt nicht umhin, sie anzuschauen. Sie sieht fraulicher aus und wunderschön! Ihm schlägt das Herz bis zum Hals – ein derartiges Gefühl hat er noch nie erlebt und fasst sich an seine pochende Narbe. »Beängstigend!«, denkt er und sieht schnell weg. Wie ein Luchs scannt er die anderen Kinder ab; ob sie bemerkt haben was in ihm vorgeht? Alle schauen scheinheilig weg. Außer Giovanni: »Bella!«, platzt es auf Italienisch aus ihm heraus, einer der Brocken, die er kann und macht eine auffällige und unschöne Geste zu Joshua. Schnell steht dieser auf und flüchtet ins Gästebadezimmer, in dem sich Cyber und Johann gerade die Augen bemalen.

Cyber zieht sich gekonnt einen schwarzen Lidstrich und ist fertig, während Johann sich die Augenlider grün bemalt und die Wimpern rosa tuscht. Er schminkt sich zum ersten Mal und so sieht es noch recht experimentell und unbeholfen aus. Das ganze Aposteltum verschwindet mehr und mehr hinter dieser neuen Kostümierung. Er weiß selbst nicht mehr, wer er ist. »Irgendetwas zwischen Mann und Frau«, denkt er, während er sich noch etwas Rouge aufträgt.

»Schau mal, wir passen richtig geil zusammen!«, sagt Ritzi zu Johann, als die Jungs aus dem Bad zurückkommen und stellt sich neben ihn. Sie mag den feinsinnigen Johann. Er ist ihr in der Kürze der Zeit irgendwie ans Herz gewachsen und sie fühlt eine tiefe Verbundenheit zu ihm. Fast so, als hätten sie ein Geheimnis zusammen.

Yan-Jie kommt zurück in die Wohnung und kann nicht glauben, was sie da sieht. So hatte sie sich das nicht vorgestellt! »Wie seht ihr denn aus! Wascht euch sofort die Schminke aus dem Gesicht!«, schreit sie entrüstet und mit hektischem Blick auf die Uhr. Ihre ganze Inszenierung sieht sie schon der Peinlichkeit ausgesetzt. Panisch steuert sie auf die Kleiderständer zu. »Los wascht euch, sofort!«

»Wir gehen so oder gar nicht!«, stellt sich Joshua ihr

in den Weg. Die anderen tun es ihm gleich. Auch Luise stellt sich zu den Kindern. Mit verschränkten Armen stehen sie vor ihr wie eine undurchdringbare Wand.

»Nein, mein Fräulein, du schminkst dich ab«, Yan-Jie zieht Luise aus der Gruppe.

»Werde ich nicht, ich geh so oder gar nicht«, entgegnet sie kompromisslos und reißt sich los.

Joshua sieht sie stolz an, damit hat sie die Demütigung, die sie durch ihren Vater heute Morgen erlitt, wieder ein bisschen wettgemacht, findet er und stellt sich verteidigend neben sie. Yan-Jie weiß der »Revolte« nichts entgegenzusetzen und muss die Kinder so mitnehmen, wie sie sind.

»Na, du wirst ja sehen was du davon hast. Dein Vater wird nicht begeistert sein.«

Luise nimmt den Ärger in Kauf. Sie ist mittlerweile zu weit mehr bereit, denkt sie.

»Wird Annabell auch kommen?«, fragt Ritzi neugierig. Sie war genau wie die anderen noch nie auf einem Fest, hat sich noch nie so schön gefühlt und zu ihrem Erstaunen gefällt ihr dieses Gefühl – sich selbst schön zu finden!

Yan-Jie nickt und sieht sie abfällig an: »Ihr seht furchtbar aus!«, sagt sie verzweifelt und schlägt die Hände über dem Kopf zusammen. Resigniert verlässt sie mit der bunten Truppe die Wohnung. Für sie ist der Abend eigentlich jetzt schon gelaufen, dabei hat sie sich so viel Mühe gegeben.

Die Gruppe betritt den Festsaal wie eine Pop-Band. Ihr Erscheinen erregt sofort allgemeine Aufmerksamkeit. Trotz der neuen Kleidung sehen sie erschreckend exotisch aus und stechen aus der feinen Gesellschaft deutlich hervor. Siegessicher schreiten sie durch die Menge, die ehrfürchtig eine Schneise bildet. Allen voran Yan-Jie, dicht gefolgt von Joshua und Luise, dahinter die anderen. Alle Blicke sind auf sie gerichtet. Der Saal ist brechend voll. Jeder Einwohner des Reichenghettos scheint gekommen zu sein. Selbst in der Vorhalle drängen sich die Menschen. Jedem ist klar, dass es das letzte Fest ihres Lebens sein könnte. Und natürlich möchte ein jeder einen Blick auf das sagenumwobene Kind werfen und eine Antwort auf die Frage erhalten, wer nun zu den 144.000 gehören wird. Yan-Jie trägt ein schwarzes Abendkleid mit weit ausladenden Schultern, das vorne bis zum Hals geschlossen ist, dafür aber hinten einen, für sie, relativ langen Rückenausschnitt hat. Ihr schwarzes Haar ist streng zusammengebunden und ihre Schminke sehr dezent. »Dagegen wirken die Kinder so, als seien sie in Farbtöpfe gefallen«, denkt sie, während sie mit der Gruppe auf die Bühne zusteuert.

Der lange Saal, der allein durch seine Höhe imponiert, ist für den Anlass in kirchliches, lila Licht getaucht. Dazu spielt klassische Musik im Hintergrund. Zu beiden Seiten erheben sich große Glasfronten, die einen Blick auf einen klinisch sauberen Garten gewähren. Der Marmorfußboden ist reich mit Ornamenten verziert und Giovanni tänzelt so leichtfüßig darüber, als wollte er keinen Fußabdruck hinterlassen. An den Seiten gibt es Stehtische mit weißen Hussen, um die Schichter in schwarzen Fracks, Getränke und Häppchen durch das Gedränge balancieren. Weit oben schweben Hologramme, die die Bühne zeigen, die Rother gerade betritt. Feierlich mit einem betont zufriedenen, fast schon heiligen Lächeln, hält er das Baby in seinem überlangen Kleidchen vor sich. Geblendet von den Scheinwerfern meint er sogar, einen Heiligenschein zu sehen. Teresa folgt ihm im gebührlichen Abstand in weißer, schlichter Schichterrobe, mit einem Tüchlein in der einen Hand und einem Fläschchen in der anderen. An ihrer Seite die beiden Agenten, die sie und das Kind nicht aus den Augen lassen. Erhobenen Hauptes, wie eine Königin, steigt Yan-Jie eine der Treppen, die rechts und links zur Bühne führen, hinauf. Giovanni rennt an ihr vorbei und stellt sich frech neben Rother, der die bunte Gruppe mit missbilligenden Blicken empfängt.

»Was für ein Abschaum«, denkt er und ist verärgert über seine Frau, die die Kinder offensichtlich nicht im Griff hat. Trotzdem begrüßt er sie mit einem hoheitsvollen Handkuss und dreht sie stolz, damit ein jeder ihre schöne Aufmachung bewundern kann. »Die Kinder sind immer noch ein Unsicherheitsfaktor«, denkt Rother. Dann geht er ans Mikrofon. Die Menge verstummt augenblicklich und blickt ihn erwartungsvoll an.

»Liebe Freunde! Wir haben euch heute Abend hier versammelt, um euch das größte Geschenk zu präsentieren, das die Menschheit je besessen hat!« Er macht eine theatralische Pause und hebt das Baby hoch über seinen Kopf, wie eine Trophäe. »Der Herr hat uns seinen Sohn geschickt, um uns aus dieser dunklen Zeit zu führen. Solange das Kind bei uns ist, wird uns kein Leid widerfahren. Blicket ohne Angst dem siebten Tag entgegen und…«, dabei drückt er das Baby zu fest zusammen, sodass es wach wird und fürchterlich zu weinen beginnt. Irritiert lässt er es wieder herunter und blickt es hilflos an. »Nun, auch dieses Kind hat menschliche Bedürfnisse«, versucht er zu scherzen und winkt schnell Teresa heran.

Die Kinder hinter ihm können sich ein Lachen nicht verkneifen. Es ist eher ein Auslachen, als ein Lachen und noch ehe ihm Teresa das Kind aus dem Arm nehmen kann, hat es Joshua geschnappt und an sich gedrückt. Spätestens bei dem Wort »besessen« wurde ihm klar, dass er noch mehr auf das Kind achten muss und, dass sie vielleicht wirklich in einer Falle sitzen. Noch sind sie nicht in Sicherheit! »Heuchler«, zischt er Rother zu. Das Baby hat sich in seinen Armen augenblicklich beruhigt und strahlt Joshua an, als würde es ihn erkennen. Ein Lächeln, das sein Herz zutiefst berührt und ihn mit Stolz erfüllt. »Kein Kind kommt böse zur Welt«, denkt er bei dessen Anblick und fast wäre ihm eine Träne der Rührung gekommen.

Rother muss sich kurz fangen, dann fährt er unbeirrt fort: »Diesen jungen Helden«, dabei zeigt er auf die Kinder, »haben wir es zu verdanken, dass das Kind bei uns ist.« Die Menge applaudiert ekstatisch. Giovanni ist der einzige, der sich dankend verneigt, so als wäre er der Hauptdarsteller eines Bühnenstückes. Die anderen wollen schon von der Bühne gehen, da hebt Rother seine Hände und bittet um Ruhe. »Dennoch hat die Regierung«, damit meint er selbstverständlich sich, »Vorkehrungen getroffen und wir werden morgen um 12.00 Uhr die Basis schließen. Wer dann nicht da ist, kommt nicht mehr rein. Ich bitte euch und eure Familien also, dort Quartier zu beziehen und die letzten zweieinhalb Tage ruhig und in Frieden mit mir und meiner Familie zu verbringen. Dieses Kind wird unser aller Retter sein! Solange es bei uns ist, wird uns kein Leid geschehen«, verspricht er großzügig. »Und es wird bei uns bleiben!«, dabei sieht er Joshua scharf an.

Dann winkt er Yan-Jie und seine Tochter zu sich, umarmt beide so, als wären sie eine Einheit, dabei hätte er seine Tochter am liebsten gerügt, so wie sie aussieht. Nuttig! Doch er verkneift sich jeden Kommentar und lächelt weiter in die Kameras. Yan-Jie, auch wenn sie fest entschlossen ist, sich von ihrem Mann zu trennen und keinesfalls auf die Basis zu gehen, spielt die perfekte Präsidentengattin und lächelt ihn, scheinbar verliebt und stolz, an. Dabei spürt sie mehr und mehr den sich in ihr ausbreitenden Hass. »Und nun lasst uns feiern!«, beendet Rother seine Rede, die ihm, dafür, dass er sie improvisieren musste, perfekt gelungen ist, wie er findet. Wieder applaudiert die Menge als könnte es noch eine Zugabe geben. Als die allgemeine Aufregung sich etwas beruhigt, wird die Musik wieder angestellt und man unterhält sich angeregt. Auch wenn vielen das Kind Hoffnung gibt, werden plötzlich auch Zweifel laut: »Ob es nicht vielleicht doch besser wäre, es der Kirche zu übergeben?«, flüstert man sich hinter vorgehaltener Hand zu.

Auch der Vize, seine Frau und Annabell sind gekommen und haben die Rede vom Publikum aus verfolgt. Sie waren spät dran und so konnten sie nicht mehr auf die Bühne, also stellten sie sich in die erste Reihe und Ritzi konnte vor Aufregung den Blick nicht mehr von Annabell wenden. »Sie sieht bezaubernd aus«, dachte Ritzi während der ganzen Rede Rother's, der sie nur halbherzig folgte. Annabell trägt ein feuerrotes, enges, bodenlanges Kleid, dazu offene, lockige Haare, die sie wie ein Leuchtfeuer wirken lassen. Auch sie hat sich ihre Augen mangagroß geschminkt und sticht aus dem Publikum hervor wie eine Blume! Das findet zumindest Ritzi. Und wie sie so in Gedanken ist, zieht Ritzi zum ersten Mal in Erwägung, dass sie vielleicht auf Frauen stehen und sogar verliebt sein könnte, Ritzi ist sofort nach der Rede von der Bühne gesprungen und zu Annabell geeilt. Diese harmoniert perfekt mit ihrem Look und sie sehen fast aus wie ein Pärchen.

Joshua hält immer noch das Kind im Arm, das ihn selig anblickt und wieder fühlt er deutlich seinen Auftrag, sich darum zu kümmern. Nur wohin damit? Sich auf der Basis einsperren zu lassen, gefällt ihm überhaupt nicht!

»Gib mir jetzt das Kind«, befiehlt ihm Rother streng.

»Das werde ich nicht«, antwortet Joshua frech. Cyber und Johann haben sich an seine Seite gestellt. »Sag uns erst, was du damit vorhast!«

Rother, dem schon allein das »duzen« missfällt, will keinen Skandal und antwortet so ruhig, wie es ihm nur möglich ist: »Es kommt mit uns auf die Basis, da ist es sicher.«

»Und was wird aus uns?«, fragt Joshua weiter und sieht Rother an, wie einst seinen verhassten Vater.

»Was soll schon mit euch werden? Ihr geht zurück in die Stadt, sobald die Party hier vorbei ist«, sagt er gleichgültig. »Ihr könnt jederzeit gehen!«

Luise, die die Unterhaltung verfolgt hat, mischt sich ein: »Das können sie nicht! Sie bleiben bei uns, bis alles vorbei ist.«

Rother sieht Luise fast schon feindselig an. Die Frau, die er auf einmal in ihr sieht, macht ihm Angst. Fürs erste gibt er klein bei: »Also gut, dann kommt ihr eben mit auf die Basis.«

»Und das Kind bleibt bei mir!«, fordert Joshua. Hauptsache er ist nah bei dem Kind.

»Willst du nicht ein bisschen feiern gehen?«, fragt Rother insistierend zurück. »Du kannst es ja Teresa geben und die bleibt bei euch. Wäre das ein Angebot? Aber vorher möchten es viele Menschen sehen und in der Welt begrüßen.«

Joshua überlegt kurz. Heute Nacht will er auf jeden Fall noch hier bleiben. So hat er bis morgen Mittag Zeit zu überlegen, wie sie hier mit dem Baby unbemerkt rauskommen. Also willigt er ein. Außerdem hat er Alkohol gesehen und die Aussicht auf einen Rausch macht ihn leichtgläubig und auch leichtsinnig.

»Und jetzt gib es Teresa!«, befiehlt Rother freundlich und klopft ihm kameradschaftlich auf die Schulter. Teresa nimmt Joshua vorsichtig das Kind aus den Armen und setzt sich damit auf einen bereitgestellten Stuhl. Bei ihr ist es in guten Händen, das weiß er. Vor der Bühne hat sich bereits eine lange Schlange gebildet, denn ein jeder will einen Blick auf das Kind werfen. Rother stellt sich neben Teresa und der Reihe nach steigen die Menschen die Treppe hinauf, begrüßen und bekreuzigen ehrfürchtig das Baby. Rother hebt seine Hände schützend über sie, so als könnte er sie segnen, bevor sie auf der anderen Seite wieder die Bühne verlassen. Als der Vize und seine Frau an der Reihe sind, würdigt Rother sie keines Blickes. Absichtlich und für alle sichtbar wendet er sein Gesicht ab. Der Vize tätschelt liebevoll Teresas Wange, dann neigt er sich über das Kind und blickt es lange an. Fast hat man den Eindruck, er würde sich von allen und jedem für immer verabschieden, denn selbst Rother sieht er lange und bedächtig an, obwohl dieser seinen Blick immer noch meidet. Der Vize spürt eine tiefe Abneigung, gepaart mit Mitleid gegenüber diesem Mann, dem er jahrelang gedient hat. Ein tiefes Bedauern macht sich in ihm breit für alles, was sie an der Menschheit verbrochen haben und im Stillen bittet er Gott um Vergebung. Seit er sein Amt niedergelegt hat, fühlt er sich zwar einerseits befreit, aber anderseits auch unwohl in Rother's Gegenwart. Er beschließt, das Fest so schnell wie möglich wieder zu verlassen. Auch er grübelt über seine letzten Tage nach, was wohl das Beste für ihn und seine Familie ist und arbeitet insgeheim bereits an einem Fluchtplan, denn er weiß wie unberechenbar Rother sein kann. Mit seiner Frau an der Hand sucht er den Saal nach seiner Tochter ab, um zu gehen. Als sie Annabell und Ritzi endlich finden, leistet ihm seine Tochter heftigen Widerstand. So heftig wie noch nie und so erlaubt er ihr, etwas länger zu bleiben. Er gönnt ihr schließlich dieses erste und vielleicht letztes Fest. »Auch ich war einmal jung«, denkt er, während ihm die Schönheit seiner Kleinen auffällt, die ihm plötzlich so erwachsen erscheint. Mit seiner Frau verlässt er alsdann die Feier.

Die Kinder haben sich unter die Gäste gemischt und sich auf das Buffet, vor allem aber auf die Bar gestürzt. Endlich Alkohol, war auch Joshuas erster Gedanke, und dann auch noch umsonst! Doch alle wurden sie heftig abgeschmettert, selbst Luise, die versuchte, das Personal zu überzeugen und als Trumpf die Präsidenten-Tochter-Karte zog, wurde der Alkohol verweigert. Die Schichter hatten diese strikte Anweisung bekommen, denn Yan-Jie wusste um die Versuchung der Kinder. Umso mehr hatte sie dem Personal eingebläut, auf keinen Fall etwas an Kinder oder Jugendliche auszuschenken. Giovanni hat es gar nicht erst an der Bar versucht, sondern ist gleich dahinter gekrochen, nachdem er dort einige Kisten erspäht hatte. In seinem schwarzen Kostüm fällt er nicht auf und schon kommt er, zwei Kisten Champagner vor sich herschiebend, wieder hervor. So krabbelt er weiter in Richtung seitlichem Fahrstuhl, postiert die Kisten hinter einer Säule und macht sich bei den anderen Kindern, die immer noch um die Bar schleichen, mit Eiswürfeln, die er auf ihre Beine wirft, bemerkbar. Alle haben sofort verstanden und so ist die Clique unauffällig, einer nach dem anderen, im Fahrstuhl verschwunden, während die Gäste selbst nach Stunden noch nicht bemerken, dass die Kinder nicht mehr da sind. Mittlerweile denkt ein jeder, sie wurden längst zu Bett geschickt.

Endlich haben auch die letzten Gäste einen Blick auf das Kind geworfen, manche ließen sich lange Zeit und das Baby ertrug es geduldig. Doch jetzt wird es dem Kind langsam zu viel und auch Teresa will nur noch ihre Ruhe und ist froh, endlich in Begleitung der zwei Agenten auf die Basis zurückkehren zu können: Der sicherste Ort im gesamten Komplex, abgesehen von Rother‘s Schaltzentrale natürlich! Die Türen der Wohnung sind kugelsicher und selbst mit kleinen Raketen nicht zu durchsprengen. Die Präsidentenwohnung verfügt noch einmal extra über eine eigene Strom-, Wasser- und Luftversorgung, die sich komplett abkapseln lässt. Mithilfe eines Codes und des Augenscans des Präsidenten schließt sich dann noch eine zweite Schale, für den Fall, dass es innerhalb der Basis zu einem Aufstand kommen sollte.

Ohne sich zu fragen, wer wann wohin gegangen ist, verlässt Rother müde als einer der Letzten das Fest. Seit er den Schatz der Menschheit in Händen hat, leidet er noch mehr an Verfolgungswahn als ohnehin schon und würde am liebsten gar nicht zu Bett gehen. »Vielleicht auch eine Nebenwirkung der Pillen?«, denkt er und wirft sich, auf dem Weg zur Schaltzentrale, eine weitere ein. Der Kommandant muss ihn begleiten. Ihm traut er noch am ehesten. Vielleicht auch aus Angst? Denn jedes Mal beim Verschluss befällt Rother ein mulmiges Gefühl. Was, wenn die Technik einmal doch versagt und sich die Schale nicht mehr öffnen ließe? Eingesperrt tief unter der Erde, wie in einem Massengrab. Schnell wischt er den Gedanken beiseite. Der Kommandant folgt ihm schweigend. Noch hofft er inständig, Rother zu überzeugen, das Kind freiwillig herauszugeben – eigentlich ihm zu übergeben. Auch er hat seine Träume. Doch auch ihm läuft die Zeit davon.

Yan-Jie hat das Fest als Allerletzte verlassen. Keiner hat ihr gedankt, wie sie alles so schnell auf die Beine gestellt hat. Im Gegenteil, sie musste sich noch eine ordentliche Rüge ihres Mannes einfangen, wie sie zulassen konnte, dass die Kinder aussahen wie verrückte Paradiesvögel. Spätnachts ist sie alleine, erschöpft und traurig in die obere Wohnung gefahren und blickt nun verloren in das tiefe Dunkel der Stadt. Hier und da flackern kleine Lichter wild im Wind, ansonsten sieht alles friedlich aus. Ihren Mann und die Kinder wähnt sie sicher auf der Basis und in ihrer spürbar versinkenden Depression, stellt sie sich ganz andere Fragen. Sie fühlt plötzlich drohende Schuld auf sich zurollen, wie eine Lawine und sieht sich schon darunter begraben. Kurz vor Sonnenaufgang kommt noch eine Welle aus Angstgefühlen hinzu. Übermannt geht sie in das Bad ihres Mannes. Wahllos greift sie nach verschiedenen Döschen und schmeißt sich eine bunte Mischung Pillen ein, die sie mit Champagner herunterspült. Nebenbei lässt sie sich in die goldene Badewanne ein heißes Bad ein. Gerade als sie das Wasser abdrehen will, rutscht sie mit ihrem langen Abendkleid in die Wanne und stößt sich dabei so hart den Kopf an der goldenen Armatur, dass sie ohnmächtig wird. Die Champagnerflasche knallt auf den Marmorboden und zersplittert in tausend Teile.

TAG 5

Die Kinder sind, mit reichlich Alkohol ausgestattet, immer noch im Schwimmbad. Es läuft Musik, leise und sanft im Hintergrund. In der Nacht hatten sie sie aber laut aufgedreht und wild getanzt. Jeder so gut er konnte, und Luise und Annabell konnten es am besten! Der Morgenhimmel erhellt den Raum in kürzester Zeit. Ritzi und Annabell liegen dicht beieinander auf einer der Liegen. Sie unterhalten sich müde, aber immer noch berauscht voneinander. Keine Minute wollten sie mit Schlafen verbringen. Annabell streicht Ritzi zärtlich über die Wange. »Du bist wunderschön«, flüstert sie und Ritzi schaut sie selig an. Auch wenn Ritzi nach außen taffer wirkt als Annabell, ist sie doch schüchterner als sie. Annabell scheint keine Angst vor ihren Gefühlen zu haben und zeigt sie offen. Anna und Jake liegen, in weiche Handtücher gewickelt, auf der Liege daneben. Sie schlafen, als einzige, seit Stunden.

Cyber, Johann und Giovanni sitzen am Beckenrand. Ihre Füße hängen in dem klaren, blauen Wasser und baumeln zwischen leeren Flaschen und Zigarrenstummeln. »Ich könnte für immer hier bleiben«, schwärmt Giovanni und versucht sich zu erheben. Hätte Cyber ihn nicht abgefangen, wäre er in den Pool gefallen. Torkelnd steuert er auf eine der Liegen zu und schmeißt sich darauf.

»Vielleicht sollten wir jetzt abhauen, bevor er die Basis schließt! Dann kommen wir gar nicht mehr hier raus. Wie spät? Was schätzt du?«, fragt Cyber Johann, der mittlerweile aussieht wie ein derangierter Vogel: Haare, Hemd und Hose kleben nass an seinem Körper und seine Schminke ist völlig zerlaufen.

»Ach, du machst dir immer viel zu viele Sorgen... Ist doch gar nicht so schlecht hier«, antwortet dieser endgültig müde und steuert ebenfalls auf eine der Liegen zu, die ihn gemütlich anlächelt.

An der seichten Seite des Pools stehen Joshua und Luise und albern herum. Fast könnte man meinen, sie flirten miteinander. Luise versucht Joshua das Schwimmen beizubringen. Irgendwann im Morgengrauen hat er dann doch den Mut gefunden, auf sie zuzugehen und sie zu bitten, ihm das Schwimmen beizubringen. Joshua, bekleidet nur mit seiner nassen, weißen langen Hose, steht im Pool. Es ist das erste Mal seit jener Flut, dass er bis zu den Knien im Wasser steht. Er sah zu viele Menschen ertrinken und es kostet ihn einige Überwindung, den Boden zu verlassen und ein paar Schwimmzüge zu versuchen. Aber ein besserer Grund, um Luise anzusprechen, ist ihm nicht eingefallen. Also versucht er seine Würde nicht zu verlieren und den Kopf über Wasser zu behalten. Er möchte auch nicht aussehen wie Johann, dem seine langen, lockigen Haare jetzt nass am Kopf klatschen. Langsam wird er mutiger und lässt sich sogar von Luises Händen durch das Wasser tragen.

Der Kommandant stürmt, in Begleitung zweier Männer der Miliz, ins Schwimmbad. Gleich nach dem Aufstehen hat ihn Rother in die Wohnung geschickt, um nach den Kindern zu sehen. Aber Teresa war nur mit dem

Baby und den zwei Wachen dort. Gezielt überprüfte Rother die Überwachungskamera des Schwimmbades und Treffer! Er kennt seine Tochter doch ein wenig und weiß, wie sehr sie diesen Platz liebt.

»Abmarsch. Die Party ist vorbei!«, befiehlt der Kommandant genervt. Luise ist aus dem Becken geklettert.

»Wieso, was soll das?«, fragt sie und fängt im Gehen das Handtuch, das dieser ihr zuwirft.

»Ich habe den Befehl, euch auf die Basis zu bringen, wir verschließen in knapp vier Stunden!« Dann wendet er sich an Annabell: »Und du gehst sofort nach Hause, deine Eltern suchen dich überall!«

Annabell ist aufgestanden. Sie drückt Ritzi ein Küsschen auf den Mund. »Ich muss gehen, wir sehen uns später auf der Basis, oder?«, fragt sie in die Runde.

Doch keiner antwortet, außer Ritzi, die ganz verliebt nickt. »Bis dann«, sagt sie und sieht Annabell hinterher, bis sie im Fahrstuhl verschwunden ist.

»Wir bleiben, oder?«, fragt sie Joshua und hilft ihm aus dem Becken.

»Haben wir jetzt noch eine Wahl?«, fragt er und baut sich vor dem Kommandanten auf. »Wo ist mein Baby?«, fragt er lallend und merkt plötzlich, wie besoffen er noch ist.

»Unten in der Wohnung, da bring ich euch jetzt auch hin.«

»Na dann, lasst uns gehen!«, sagt Giovanni und springt etwas zu schnell auf, sodass ihm schwindelig wird. Er freut sich jetzt auf ein Bett. Und wo hätte er sonst auch hingehen sollen?

Cyber stellt sich neben Joshua und sieht den Kommandanten direkt an: »Können wir auch einfach gehen?«

»Nicht mit dem Baby!«, antwortet dieser ehrlich.

Doch Cyber will es jetzt genau wissen und steuert direkt auf den Aufzug zu.

»Ich glaube nicht, dass ihr eine große Wahl habt. Befehl ist Befehl!«, sagt der Kommandant energisch. Rother entschied, seine Feinde lieber um sich zu haben und machte unmissverständliche Ansagen. »Und eigentlich ist es doch zu eurem Besten«, denkt der Kommandant, denn er kennt die Gefahren, die in der Stadt lauern und hier haben die Kinder Essen und ein Dach über dem Kopf. Auf ein kleines Zeichen von ihm halten die beiden Männer Cyber mit gezogenen Waffen auf.

»Was meinst du, Alter? Ein paar Tage Luxusurlaub und nach dem siebten Tag hauen wir ab?!«, versucht Giovanni die Situation zu lockern und legt brüderlich den Arm um Cyber.

Luise, der zwar ein Stein vom Herzen fällt, dass die Kinder bleiben, kämpft dennoch für deren Freiheit und Gerechtigkeit: »Das sind keine Gefangenen, sondern unsere Gäste. Sie können gehen wann und wohin sie wollen!«, sagt sie und drückt dem einen Wächter, ohne jede Angst, die Waffe runter.

»Da irrt ihr euch, Fräulein!«, sagt der Kommandant, packt Luise rabiat am Arm und zieht sie in den wartenden Fahrstuhl. Sie schreit, strampelt und ist außer sich, wie er plötzlich mit ihr umgeht! Eigentlich war er immer nett zu ihr, doch auch ihm scheint die Prophezeiung auf die Nerven zu gehen.

Die anderen Kinder werden von den zwei anderen

Männern mit ihren Gewehren hineingetrieben. Johann, Cyber und Joshua sehen sich an und ohne, dass sie es aussprechen, ist bei allen dreien die Botschaft klar angekommen: Sie sind Gefangene! Das ist jetzt ganz klar. Nur noch vier Stunden bis zum Verschluss. Eine Ebene unter dem Schwimmbad stoppt der Kommandant den Fahrstuhl und geht in die Wohnung. Da er den Befehl hat, auch Yan-Jie auf die Basis zu bringen, sucht er nach ihr. Als er zurückkommt, hat er einen merkwürdigen, traurigen Gesichtsausdruck. »Sie will oben bleiben«, lügt er und verschweigt Luise, was er wirklich gesehen hat: Yan-Jie liegt tot in der Badewanne. Ein Zeichen an ihr hat er nicht gesehen.

Seit Sonnenaufgang belagern immer mehr Menschen die Mauern rund um den Kirchensektor. Mit Stöcken schlagen sie gegen die Tore und fordern ihr Recht ein, das Kind zu sehen. Mittlerweile gibt es Gerüchte darüber, dass das Kind gar nicht mehr da ist, was die Stimmung umso aufgeheizter macht. Ein jeder fürchtet, um sein Seelenheil betrogen zu werden. Man möchte jetzt eine Stellungnahme seitens der Kirche. Der Sekretär versucht über Lautsprecher die Menge zu beruhigen und auf 10.00 Uhr zu vertrösten. Dann werde Simon sich ans Volk richten. Man möge sich bis dahin gedulden und beten.

Simon hat sich bis kurz vor 10.00 Uhr in seiner Schaltzentrale verschanzt. Er konnte gar nicht fassen, was sich ihm durch das Auge des Apostels alles offenbart hat. »Drecksäcke!«, denkt er angesichts der vielen falschen Apostel, die er gesehen hat! Er hat sich so sehr darüber aufgeregt, dass er nicht einschlafen konnte. »Verrat! Verrat«, hämmerte es unentwegt gegen das Innere seiner Schädelwand, sodass er dachte, diese könnte platzen. Nach einer gefühlten Unendlichkeit schloss er endlich die Augen, dabei fiel sein Kopf so schwer auf die Schreibtischplatte, dass es knallte. Doch auch das konnte ihn nicht mehr wachhalten und er fiel in einen komatösen Schlaf.

Nach drei Stunden war er wieder wach und starrt seither auf die Bildschirme. Doch außer dem viereckigen Raum, in dem der Apostel eingeschlossen ist, gibt es nichts zu sehen und es tut sich auch nichts. Nebenbei stopft sich Simon, viel zu schnell, Gebäck zum Frühstück rein. Was ein lautes Aufstoßen zur Folge hat. Alt und elendig fühlt er sich. Das Leben kommt ihm auf einmal sinnlos vor. »Welches Leben?«, denkt er zynisch. »Zwei Tage!« Und ganz tief in seinem Inneren, wenn er sich trauen würde hinabzusteigen, weiß er, er wird niemals zu den Auserwählten gehören wird. Für ihn gibt es keine Himmelfahrt.

Zum wiederholten Male versucht er, eine Schaltung zu Rother zu starten, jedoch ohne Erfolg. »Fünf vor zehn. Er hat ihn nicht gebracht«, murmelt er resigniert. Der Sekretär kommt in die Schaltzentrale und überreicht ihm die Predigt, die soeben an jeden Bezirksapostel gesendet wurde. Auch er fühlt sich müde und kraftlos, trotzdem hievt er Simon hoch. Endlich sind auch Gabriel und der Arzt da und gemeinsam schleppen sie Simon zum Fahrstuhl. Während der ganzen Fahrt sagt keiner ein Wort, nur der laute Atem Simons ist zu hören, der bedenklich stockend, wie eine kaputte Maschine klingt. Noch im Aufzug zieht der Arzt eine Spritze auf.

Die Kirche ist wieder randvoll und auch davor drängen sich viele, um zu hören, was Simon zu sagen hat. Draußen weht ein eisiger Wind und die Menschen stehen so dicht zusammen, dass man glauben könnte, sie könnten die dicken Mauern zur Seite schieben. Simon betritt die Kanzel wie ein übergewichtiger Sumoringer. Rechts und links nehmen seine Amtsträger Platz. Auf den Säulen leuchtet immer noch die Zahl und zählt weiter nach unten. Jetzt sind es nur noch 23.155 und mit jeder weiteren Zahl, wächst die Unruhe in der Gemeinde. Simon richtet sich mit seinen kurzen Armen das Mikrofon zurecht und beginnt ohne Umschweife mit der Predigt. Er will alles möglichst schnell hinter sich bringen.

»Uns wurde unsägliche Ungerechtigkeit angetan. Verrat im größten Ausmaß! Rother hat das ›Gotteskind‹ gestohlen und wenn wir es nicht retten, wird großes Unheil über uns kommen!« Er stößt die Sätze so seltsam hervor, dass selbst die in der ersten Reihe Schwierigkeiten haben, ihn zu verstehen, doch die Essenz kam an. Rother hat das Kind! Ein aufgeregtes Raunen geht durch die Menge und trägt die Message durch die offene Kirchentür hinaus.

(2. Thessalonicher 2:8) »Und alsdann wird der Boshafte offenbart werden, welchen der HERR umbringen wird mit dem Geist seines Mundes und durch die Erscheinung seiner Zukunft ihm ein Ende machen«

Zitiert Simon mit theatralischer Gebärde. Seine Worte fegen wie ein Donner über die Gemeinde hinweg. Fast könnte man meinen, man müsste den Kopf einziehen. Mit hochrotem Kopf redet er sich weiter in Rage:

(Offenbarung 19:15,21) »Und aus seinem Munde ging ein scharfes Schwert, dass er damit die Heiden schlüge; und er wird regieren mit eisernem Stabe; und er tritt die Kelter des Weines des grimmigen Zorns Gottes, des Allmächtige… (Jesaja 11:4) und wird mit dem Stab seines Mundes die Erde schlagen und mit dem Odem seiner Lippen den Gottlosen töten.«

Simon schwankt und, noch bevor er sich am Mikrofonständer festhalten kann, fällt er laut krachend zu Boden. Eingehüllt in eine Staubwolke bleibt er, lang ausgestreckt, liegen. Sein Arzt ist sofort herbeigeeilt und versucht, ihn wiederzubeleben. Doch es ist zu spät: Simon ist tot! Es ist kein Zeichen auf seiner Stirn zu sehen.

Die Gemeinde ist erschrocken aufgesprungen und drängt zur Kanzel. Einer der Amtsträger übernimmt das Wort: »Er ist von uns gegangen. Gehet hin und richtet den Gottlosen! Befreit das Kind aus den Fängen des Bösen!« Letzteres schreit er dem kräftigen Windstoß entgegen, der durch die offenen Türen fegt. »War ein Zeichen zu sehen?«, will die Gemeinde wissen. »Welche Zahl?« Der Amtsträger sieht sich hilfesuchend zum Arzt um, der gerade eine Decke über Simon zieht. Er bekreuzigt ihn und geht zum Mikro. Wahllos greift er eine Zahl für die ratende Menge heraus: »23.000!«, ruft er und blickt sich nach Gabriel um, der ihm durch ein leichtes Nicken bestätigt, richtig gehandelt zu haben. Denn auch Gabriel hat kein Zeichen gesehen. Die Amtsträger tragen Simon schnell hinter die Bühne.

Ein schriller Ton ertönt im gesamten Sektor 1, gefolgt von einer wohl klingenden Computerfrauenstimme: »Achtung, Achtung! Noch 30 Sekunden bis zum Verschluss!« Darauf folgen wieder eindringliche Piep-Töne, die die Sekunden herunterzählen. Annabell rennt den Gang hinunter. An der Wohnungstür fordert einer der Agenten sie auf, ihre Hand in den Scanner zu stecken und sich zusätzlich auszuweisen. Sie zieht ihren Ausweis und hält ihn ihm genervt unter die Nase. »Ich bin die Tochter vom Vize, Idiot! Das weißt du doch genau!«, sagt sie im Tonfall eines stark pubertierenden Teenagers. Doch bei höchster Sicherheitsstufe haben nur wenige Zugang zur Wohnung. Den Vize ließ Rother bereits überall sperren, aber Annabell hat noch eine Erlaubnis. Was wohl seiner Vergesslichkeit zuzuschreiben ist, also lässt man sie passieren.

Annabell betritt die Wohnung und in dem Moment ertönt überall im Gebäude ein langer Ton, der die Kinder weckt, die endlich für ein paar Stunden ihren Rausch ausschlafen konnten. Die Basis ist verschlossen. Ritzi ist beim Anblick ihrer Freundin freudig aufgesprungen und ihr in die Arme gelaufen. Doch Annabell schiebt sie sanft beiseite und geht direkt zu Luise. »Was ist passiert?«, fragt diese besorgt beim Anblick ihrer völlig verstörten Freundin. Annabell ringt darum, die richtigen Worte zu finden und setzt sich neben sie. Fast kommen ihr die Tränen und sie weiß nicht, wie sie ihrer besten Freundin die Hiobsbotschaft überbringen soll.

»Jetzt sag schon was ist!«, insistiert Luise weiter.

»Dein Vater…«, beginnt sie zögerlich.

»Was ist mit meinem Vater?«

»Er will das Baby töten«, platzt es aus Annabell heraus.

»Er will was?! Woher hast du das? Das glaube ich nicht!« Luise ist aufgesprungen und schaut ihre Freundin ungläubig an. »So böse kann er doch nicht sein«, sagt sie verzweifelt, ahnend, dass es nur allzu wahr sein könnte.

Teresa, die zugehört hat, ist gerade beunruhigt aus der Küche zurückgekommen. Auch sie haben Annabells Worte ins Mark getroffen. »Heilige Madonna«, bekreuzigt sie sich und lässt sich dabei schwer aufs Sofa fallen.

»Woher weißt du das?«, fragt Joshua nach.

Er hat es gewusst: Sie haben das Baby an den vermutlich schlimmsten Ort gebracht! Johann und Cyber scheinen das Gleiche zu denken! Alle drei sind gleichzeitig aufgesprungen, so als wollten sie sofort loslaufen.

»Von meinem Vater. Ich habe gehört, wie er es meiner Mutter erzählt hat«, fährt Annabell fort. »Dein Vater denkt, er kann sich das ›Heil im Himmel‹ durch das Blut Jesus erkaufen.«

Für einen Moment ist es still, nur das Baby quiekt auf Giovannis Arm fröhlich vor sich hin. Für einen Augenblick ist alle Aufmerksamkeit bei ihm. Luise setzt sich zurück auf die Couch neben Teresa, die mütterlich ihren Arm um sie legt.

»Aber das ist noch nicht alles«, fährt Annabell fort. »Er plant einen Giftgasanschlag und will die Bevölkerung vernichten, um seine Chancen so noch einmal zu erhöhen.«

»Ay, dios mio!« Teresa ist ganz weiß um die Nasenspitze geworden und bricht in Weinen aus.

Luise versucht, sie zu beruhigen, indem sie fest ihre Hand drückt. Vielleicht auch, um ihren eigenen Schmerz abzuleiten. Wie kann ihr Vater nur so ein Schwein sein?! Scham, Wut und abgrundtiefer Hass steigen in ihr auf. Fast fühlt sie sich gelähmt von der Wucht der Gefühle. Er kann doch nicht diese ganzen Menschen töten?! Das kann sie nicht zulassen! »Das müssen wir verhindern!«, sagt sie deshalb nach einer Weile eigentümlich ruhig und drückt noch fester zu.

»Au, au!« Teresa zieht ihre Hand aus der Umklammerung. Sie kann nur an eines denken, ihren Mann! Sie will zu ihrem geliebten Mann. Bittend sieht sie Luise an. »Tengo que ir. Ich muss hier raus, mi hija. Ich muss ihn warnen. Mi esposo! Mein Mann!«, wimmert sie.

In Luise brodelt es wie in einem Vulkan kurz vor dem Ausbruch. Sie kann kaum einen klaren Gedanken fassen. Plötzlich hat sie sich nicht mehr unter Kontrolle und schreit Teresa an: »Meinst du, du kannst hier einfach so rausmarschieren?! Die Basis ist zu, geschlossen, dicht! Cerrado! Kapierst du? Keiner kommt mehr raus oder rein, nicht einmal meine Mutter! Du hast doch den Alarm gehört!« Noch nie hat sie Teresa so angeschrien und das hat deren Geheule nur noch schlimmer gemacht. Luise ist aufgestanden und geht ziellos durch das Zimmer.

»Wo ist deine Mutter eigentlich«, fragt Annabell vorsichtig dazwischen.

»Sie hat die Basis verlassen und ist nach oben in die Wohnung gefahren! Wenn wir das nicht verhindern, wird auch sie sterben. Was sollen wir denn jetzt machen?«, fragt sie verzweifelt, als ihr klar wird, dass ihr Vater auch ihre Mutter töten wird. Das Gas könnte außerhalb der Basis überall eindringen. Das weiß sie!

Luise kann nun ihre Tränen nicht mehr zurückhalten

und bricht ebenfalls weinend zusammen. Ihr kindliches Schluchzen ist ergreifend und übertrifft das von Teresa in puncto Mitleid bei weitem. Ein Dammbruch der Gefühle lässt ihren Körper bitterlich beben und erzittern. Ritzi und Annabell sehen sich überfordert an. Joshua geht zu ihr, umgreift fest ihren Oberkörper mit beiden Armen und drückt sie an seine Brust. So kennt er es noch von seiner Mutter, als er selbst solche Anfälle hatte, damals, als er klein war. Er weiß genau, wie es sich anfühlt, wenn man erkennt, dass der eigene Vater ein Schwein ist und man ihm den Tod wünscht.

Doch plötzlich wird Joshua die Nähe unangenehm, denn er spürt plötzlich Liebe und das nicht nur im Herzen. Schnell löst er sich. Er starrt eine Weile die Fische im Aquarium an, wie sie friedlich hin und her schwimmen. Dann dreht er sich um und sagt entschieden: »Wir brauchen einen Plan!« Cyber, Johann und Giovanni sehen sich betroffen an und nicken einvernehmlich.

Teresa ist auch aufgestanden und geht zu Joshua. »Ich muss zu meiner Familie. Ich muss nach Hause!«, sagt sie bittend, damit auch er sie in seine Pläne einschließt. Dann wischt sie sich die Tränen ab, geht in die Küche und macht sich an den Automaten zu schaffen. Dass Luise sie so angeschrien hat, nimmt sie dem armen Kind nicht weiter übel.

»Meinst du, dein Vater kommt hierher?« Joshua hat sich wieder auf die Couch gesetzt und hält Luise auffordernd die Fernsteuerung hin.

»Irgendwann muss er ja kommen und das Baby holen«, antwortet sie und wischt sich mit dem Ärmel ihres pinken Jogginganzuges, den sie mittlerweile trägt, über das von

Schminke verschmierte Gesicht. Sie erkennt den Trumpf, den sie in ihren Händen haben und nicht kampflos rausgeben werden.

Giovanni hat sich eine Decke als Tragetuch um den Bauch gewickelt und das Baby hineingelegt. »Das bekommt er nur über meine Leiche. Gell, mein Kleiner?« Er hat die ganze Situation noch gar nicht so umrissen. Genauso wenig wie Anna und Jake, die, seit sie auf der Basis sind, nichts anderes getan haben, als in Luises Zimmer Zeichentrickfilme zu gucken. Nur zum Pipi machen und zum Essen kamen sie raus.

»Das könnte nur allzu wahr werden«, denkt Joshua nüchtern, der sich über die Lage auch noch nicht so recht im Klaren ist.

»Habt ihr Waffen im Haus?«, fragt Ritzi unvermittelt in die Runde.

»Ich weiß nicht, vielleicht in seinem Büro?«

»Kann er uns sehen?«, fragt Johann.

»Nein, hallo?! Das ist die Präsidentenwohnung, hier drin gibt es keine Kameras!«, antwortet Luise zur Erleichterung aller.

»Wir müssen die Gänge rund um die Uhr beobachten. Für wann ist der Anschlag geplant?«, fragt Joshua Annabell.

»Für morgen Abend.«

Er atmet auf, ihnen bleibt also noch etwas Zeit. »Wo ist das Büro?« Joshua ist aufgestanden. Jedes Mal, wenn er seiner Mission folgt, spürt er diese unbändige Kraft in sich und den festen Glauben, das Richtige zu tun. »Ich werde das Kind bis aufs Blut verteidigen und wenn es das

Letzte ist, was ich in diesem Leben tue!«, redet er sich selbst heroisch ein, bereit, in die Schlacht zu ziehen.

Luise bringt die Kinder vor die fest verschlossene Bürotür ihres Vaters, das sich weiter hinten in der Wohnung befindet. Während sie in ihr Zimmer eilt, suchen die Jungs in der Küche nach geeignetem Werkzeug. Mit einem Messer versucht Joshua, das Schloss zu knacken, als Luise zurückkommt. Sie hat eine Daumenkappe geholt und streift sie sich über.

»Lass mich, das geht ganz einfach«, schiebt sie ihn belustigt zur Seite. Neben der Tür hält sie ihren Daumen auf eine Schaltfläche.

»Was ist das?«, fragt Joshua verwundert, als sich die Türe lautlos öffnet.

»Der Daumenabdruck meines Vaters, habe ich mir vor längerer Zeit mit einem 3D-Drucker gemacht«, lächelt sie ihn an und wieder einmal überrascht sie Joshua mit ihrer Finesse. Er bewundert das Mädchen zunehmend für ihre Stärke und ihren Mut.

Die Jungs durchstöbern rabiat das Büro und öffnen alle Schränke, während Luise sich an den gläsernen Schreibtisch ihres Vaters setzt und die Bildschirme hochfährt. Wieder legt sie die Daumenkappe auf das dafür vorgesehene Feld. Auf der Glasplatte erscheinen verschiedene Kameraeinstellungen. Hier kann sie in die einzelnen Labore und sogar auf die Arche sehen. Nur in die Schaltzentrale ihres Vaters sieht sie nicht. Der Raum ist nämlich ohne Kameras ausgestattet und absolut abhörsicher. Sie kann auch die Kameras aufrufen, die rund um Sektor 1 an der Mauer angebracht sind und so sieht sie, wie sich immer mehr Menschen rund um die Mauer versammeln.

»Was machen die da?« Joshua hat sich hinter sie gestellt und schaut auf die Platte.

Luise zieht mit ihren Fingern die Bilder größer.

»Sie versammeln sich an der Mauer, aber warum? Kannst du keinen Ton machen?«, fragt Cyber, der jetzt ebenfalls hinter ihr steht.

Luise versucht, den Ton einzustellen, doch der Wind ist zu stark. Es ist nur ein Rauschen zu hören.

»Wahrscheinlich wissen sie mittlerweile, dass dein Vater das Kind hat«, wirft Johann in die Runde ein. »Ich glaube sie wollen stürmen!«

Ritzi hat unterdessen die Zeit genutzt und Annabell im Wohnzimmer zurückgehalten, um kurz mit ihr allein zu sein. »Du hast mich noch gar nicht richtig begrüßt«, sagt sie schelmisch und drückt Annabell ein Küsschen auf die Lippen. Ritzi ist gerade alles egal; solange sie mit Annabell zusammen sein kann, fühlt sie sich glücklich. Sie sieht wieder mal umwerfend aus, wie Ritzi findet. Sie hat sich ihre Augen puppen-ähnlich-groß geschminkt, trägt eine schwarze Leggings, dazu ein rot-schwarz kariertes Röckchen, ein enganliegendes T-Shirt in schwarz und dazu klobige Armee-Schuhe. Die Haare sind offen und wild. »Annabell muss es ähnlich gehen, sonst hätte sie sich nicht so für mich angezogen. Das ist sonst nicht so ihr Stil!«, stellt Ritzi nicht ohne Stolz fest.

»Mal angenommen wir können die Basis verlassen, kommst du dann mit?«, fragt sie Annabell und bereut es auch schon. Eigentlich wollte sie diese Frage nicht stellen. Ihr Herz schlägt bis zum Hals aus Angst vor der Antwort.

Annabell hatte schon den Verdacht, dass sie lesbisch ist, als sie elf Jahre alt wurde. Sie spielten Wahrheit oder

Pflicht und Annabell sollte Luise küssen. Und so sehr sie das auch gereizt hätte, das kam für sie nicht in Frage und sie verweigerte sich, da sie auf keinen Fall die Freundschaft gefährden wollte. Dazu liebt sie Luise zu sehr und so hat sie sich auch nie vor ihr geoutet oder ihre Gefühle offenbart. Bei Ritzi ist es etwas anderes, die reizt sie regelrecht, zieht sie enorm an und sie löst in ihr sogar sexuelle Fantasien aus. Von Anfang an hätte sie Ritzi gerne geküsst und für sie würde sie auch keinen Hehl mehr aus ihren sexuellen Neigungen machen.

»Die letzten zwei Tage werden wir gemeinsam verbringen, das verspreche ich dir«, antwortet sie und zeigt zwei Finger ihrer rechten Hand als Zeichen eines Schwurs. Ritzi entgegnet den Schwur. Annabell drückt ihr verwegen einen Kuss auf den Mund. Ritzi läuft rot an. Das reicht ihr als Antwort! Mehr wollte sie gar nicht, als mit ihrer ersten großen Liebe gemeinsam in den Tod gehen. Sie ist mehr als glücklich und im völligen Rausch der Verliebtheit. Hand in Hand gehen sie ins Büro zu den anderen Kindern.

Luise versucht fieberhaft, einen Plan auszuarbeiten: »Wir müssen in die Schaltzentrale, nur dort können wir die Basis öffnen und die Drohnen stoppen!« Sie deutet mit dem Finger auf einen Bildschirm, der den Gang vor der Schaltzentrale zeigt.

»Aber dein Vater, er ist ständig da drin und vor der Türe sind Wachen postiert«, gibt Joshua zu bedenken.

»Und selbst dann bräuchten wir noch einen Generalschein«, schaltet sich jetzt auch Annabell ein.

Luise sieht ihre Freundin dankbar an. Sie ist froh, Annabell an ihrer Seite zu wissen.

»Was ist mit deinem Vater?«

Annabell schüttelt den Kopf. »Man hat ihm den Ausweis abgenommen, kurz nachdem er sich das Dreieck von der Brust gerissen hat. Er steht nicht mehr hinter deinem Vater und hat sich abgewandt. Er findet, dass er sich versündigt.«

Luise, die sich gerade wieder etwas beruhigt hatte, treffen diese Worte ins Mark. Sie schämt sich und kann dem nur zustimmen, denn ihr jugendliches Herz sagt ihr, dass er das tut. Und in all dem Schmerz, den sie gerade empfindet, spürt auch sie diesen Drang, die Menschheit zu retten und den Stachel der Ahnenschuld aus ihrem Herz herauszuziehen.

»Denn Gott selbst ist Richter«, fällt dem Kommandanten das Ende eines Psalms (Psalm 50,3-6) ein, während er, in Begleitung der beiden Wachen, die Schaltzentrale betritt.

»Simon ist tot«, empfängt ihn Rother und dreht seinen Stuhl in dessen Richtung, um seine Reaktion zu beobachten.

Der Kommandant hält seinen kahlköpfigen Schädel gesenkt. Auch wenn ihn die Nachricht wie ein Donnerschlag trifft, versucht er sich nichts anmerken zu lassen. »Wie ist er gestorben? Hat man ein Zeichen gesehen?«, fragt er so ungerührt, wie er nur kann.

»Soweit ich hören konnte, gibt es Zweifel darüber. Die einen meine ›ja‘, die anderen ‚nein‹.«

In der Stadt verbreitete sich das Gerücht, Simons Leichnam läge noch hinter der Bühne. Er ist also nicht aufgestiegen... Wie mit einem Sensor tastet Rother die Reaktion des Kommandanten ab. Man kann keinem mehr trauen und er weiß, wie gläubig der Kommandant ist.

»Auf wie viel steht die Zahl jetzt?«, fragt dieser und sieht Rother direkt an.

»Es sind nur noch knapp 10.000.«

»Was habt ihr jetzt vor?«

»Sind die Drohnen bereit?«

»Alles bereit. Seid ihr sicher, dass ihr das tun wollt?«, fragt der Kommandant vorsichtig.

Rother sieht ihn durchdringend an: »Seit wann hinterfragst du meine Befehle?« Immer wenn er Verachtung empfindet, duzt er sein Gegenüber, das weiß auch der Kommandant, der ihn schließlich seit Jahren kennt und der dieses Duzen schon öfter über sich ergehen hat lassen. Rother sieht ihn streng an: »Du gehst jetzt und bringst mir das Kind in mein Labor!«

Kurz überlegt der Kommandant, ihm den Rat zu geben, er könne stattdessen Gott um Vergebung bitten und so hoffen »Heil« zu erfahren, lässt es aber lieber und fragt: »Was soll mit den anderen Kindern geschehen?«

»Diese verdammten Kinder! Um die kümmern wir uns später. Die Wachen sollen vor der Wohnung bleiben.«

»Und Teresa?«

»Bleibt auch dort. Bring mir nur das Kind! Sind meine Frau und Luise auf der Basis?«

Erschrocken blickt ihn der Kommandant an. Das hatte er total vergessen! Ihn beschäftigt etwas ganz anderes: Er kann nur noch daran denken, ob er Rother umbringen soll. Er ist eigentlich ein »Schläfer« der Apostel. Deswegen wurde er einst eingeschleust, um im Notfall und in

Gottes Namen Rother zu töten, sollte dieser einen Anschlag auf die Menschheit ausüben wollen.

»Wo ist meine Frau?«, hakt Rother ungeduldig nach und unterbricht ihn in seinen Gedanken.

Der Kommandant ringt um Worte: »Sie, sie… ist tot.«

»Sie ist was?!«, schreit Rother ungläubig und verschluckt sich dabei heftig. »Wie ist sie gestorben?«, röchelt er, während er sich gegen die Brust klopft.

»Tabletten und Alkohol vermutlich. Sie lag tot in der Badewanne. Wahrscheinlich letztendlich ertrunken«, mutmaßt der Kommandant.

Rother greift hektisch nach ein paar Pillen und wartet ungeduldig auf die Wirkung. Er zeigt sonst keine Reaktion, keine Trauer, keinen Schock, außer in diesem einen kleinen Moment zwischen Bewusstsein und Betäubung, als die Nachricht glasklar vor ihm steht und ihn kurz ins Straucheln bringt, bevor sie rational verdrängt werden kann.

»Zu keinem ein Wort!«, ermahnt er den Kommandanten und schickt ihn, das Kind zu holen.

Mittlerweile sind Cyber und Johann fündig geworden und breiten ihre Beute auf dem Wohnzimmerboden aus. In einem Schrank befand sich ein wahres Waffenarsenal aus alten Pistolen, Gewehren und sogar Handgranaten, aber auch Laserwaffen waren dabei. Die Kinder haben derartige Waffen noch nie gesehen, geschweige denn in Händen gehalten.

»Hier gibt es keinen Abzug, sondern nur Knöpfe«, stellt Cyber fest und fuchtelt bedenklich mit einem der Lasergewehre herum.

»Vorsichtig«, mahnt Luise und nimmt ihm die Waffe übervorsichtig aus der Hand. Sie mag keine Waffen, ganz im Gegenteil, sie sind ihr zuwider. »Die sind geladen und können ganz schnell losgehen!«, sagt sie fast schon angeekelt und legt sie zurück in den Koffer.

Im Wohnzimmer ist das Hologramm jetzt permanent hochgefahren und so können sie den Eingang zur Wohnung ständig im Auge behalten. Sollte Rother kommen, um das Kind zu holen, würden sie sich ihm, bis an die Zähne bewaffnet, entgegenstellen. Da sehen sie auf dem Bildschirm plötzlich den Kommandanten in Begleitung von zwei anderen Männern, eiligen Schrittes den Gang zur Wohnung hinuntergehen. Luise ist so schnell aufgesprungen, sodass der Drehstuhl an die rückwärtige Wand knallt. »Sie kommen!«

Die Jungs greifen sofort nach den Waffen, doch Luise hält sie zurück. »Wartet, ich versiegle die Wohnung.«

»Was heißt das?«, fragt Joshua.

Doch Luise ist schon an der Türe angelangt, gibt einen Code ein und hält ein Silikon-Auge, das sie aus ihrer Hosentasche holt, vor den Scanner. Ein deutliches Einrasten ist zu hören. »So, jetzt lässt sie sich nur noch von innen öffnen. Hier kommt jetzt keiner mehr rein, nicht einmal mein Vater. Seine eigene Vorsichtsmaßnahme, falls mal auf der Basis eine Revolte ausbricht oder so«, triumphiert sie und blickt stolz in die Runde, wie eine kleine Kämpferin, die gerade einen Sieg errungen hat.

»Genial!« Joshua hält ihr seine Faust hin und Luise schlägt, dankbar über die Anerkennung, ihre dagegen. Amüsiert sehen sie, wie der Kommandant verzweifelt seinen Code immer wieder neu eingibt, doch die Türe lässt sich nicht mehr öffnen. Schließlich tritt er mit seinem Fuß heftig dagegen.

»Macht auf, sofort aufmachen!«, schreit er. Dann spricht er in seine Watch: »Sie haben die Türe versiegelt. Wir kommen nicht mehr rein.«

Luise starrt gebannt auf das Hologramm. »Er hat bestimmt meinem Vater Bescheid gesagt«, dämmert es ihr jetzt und ihr Herz beginnt heftig zu klopfen. Die Reaktion ihres Vaters möchte sie sich gar nicht ausmalen. Beistand suchend blickt sie zu Annabell. »Was machen wir jetzt?«, fragt sie kleinlaut. Doch Annabell zuckt nur mit den Schultern, sie hat auch keinen Plan.

»Wir bleiben hier, bis der siebte Tag vorbei ist«, schaltet sich Giovanni ein. »Ist doch cool! Für wie lange gibt's Vorräte?«

»Weiß nicht, bestimmt für ein Jahr oder so«, antwortet Luise abwesend.

»Und der Anschlag?«, fragt Joshua nachdenklich.

Da hämmert es erneut heftig gegen die Stahltür. Rother ist inzwischen zur Wohnung geeilt. Er steht vor der Sprechanlage neben dem Scanner und drückt einen Knopf. Seine Stimme ertönt im Inneren: »Luise, mach sofort auf! Wie hast du sie überhaupt zu bekommen? Mach auf!«, dabei hämmert er mit seinen Fäusten gegen die Stahltüre, bis ihm die Hände wehtun. Er ist außer sich vor Wut und muss erschrocken feststellen, dass er keine Kontrolle mehr über sich hat.

»Könnt ihr sie nicht irgendwie aufbekommen?!«, schreit er den Kommandanten an, doch eigentlich weiß er, dass das unmöglich ist. Das war ja der Sinn! Er hat schließlich den Bau begleitet und genauestens darauf geachtet, dass die Wohnung wie eine Schutzkapsel verschließbar ist – unmöglich einzudringen. Worauf er einst so stolz war, kommt ihm jetzt wie ein schlechter Scherz vor.

»Ihr macht jetzt die Türe auf und gebt mir das Kind… sonst… sonst…«, kommt es bedrohlich über die Sprechanlage.

»Sonst was? Und wie es mir geht, interessiert dich wohl überhaupt nicht?«, sagt Luise beleidigt wie ein kleines Kind in die Gegensprechanlage. Noch hatte sie gehofft, ihr Vater würde doch etwas für sie empfinden und irgendwie einlenken. Sie sollte für ihn doch, ihrem Empfinden nach, das Wichtigste sein?! Und die Erkenntnis, dass sie das nicht ist und ihre Mutter auch nicht, trifft sie zutiefst.

»Engelchen«, säuselt Rother jetzt süßlich, als er merkt, sich im Tonfall vergriffen zu haben. »Engelchen, macht auf und alles ist gut. Sonst weiß ich nicht, ob mein altes Herz das mitmacht.«

Luise sagt für eine Weile nichts. Sie macht sich schon seit einiger Zeit Sorgen, dass ihr Vater bald sterben wird. Er ist alt! Und so sehr sie ihn auch hasst, es bekümmert sie. Und das hier könnte sein Ende bedeuten, dessen ist sie sich bewusst. Obwohl seine Tage gezählt sind, genau wie ihre, möchte sie ihn nicht auf dem Gewissen haben.

»Nun mach schon auf. Es ist das Beste für uns alle«, versucht er weiter auf sie einzureden.

»Stimmt es, dass du einen Giftgasanschlag geplant hast?«, fragt Luise völlig unvermittelt. Sie will nur eines wissen, nämlich die Wahrheit!

Rother lässt den Knopf los, sodass sie ihn nicht hören kann und befragt die beiden Wachen: »Wer ist da alles drin?« Einer der Wachmänner zeigt ihm auf seiner Watch die erfassten Fotos der Kinder und das von Teresa. Und gerissen wie Rother ist, weiß er jetzt um einen Pfand: »Wenn ihr das Kind nicht herausgebt, mache ich den Anschlag, sonst nicht! Und das willst du doch nicht, oder? Verantwortlich für den Tod von so vielen Menschen zu sein?«, erpresst er sie eiskalt.

»Aber du schon?! Ich hasse dich! Was bist du nur für ein abgrundtief schlechter Mensch?!«, platzt es, tief verbittert, aus ihr heraus. Dann stellt sie den Ton ab.

Teresa, die mit einem weiteren Fläschchen für das Baby aus der Küche gekommen ist, sieht Luise angsterfüllt an. Die drohende Katastrophe rückt näher und näher und die Zahl zählt immer schneller herunter. Sie will nur noch weg hier! »Y mi esposo? Mein Mann?!«, denkt Teresa laut und erntet sogleich einen strafenden Blick von Luise.

»Was sollen wir denn jetzt machen?«, fragt diese mehr zu sich selbst und lässt sich erschöpft aufs Sofa neben Giovanni fallen. »Ich weiß gar nicht was ihr habt! Ist doch ganz gechillt hier. Und am achten Tag lässt du uns einfach raus«, sagt Giovanni und tätschelt Luises Bein.

»Wir dürfen nicht nur an uns denken«, tadelt ihn Johann. »Wir müssen etwas tun und zwar jetzt!«

»Es tut mir so leid!«, sagt Luise, in einem Tonfall, als ob das Schicksal der Menschheit tatsächlich auf ihren schmalen Schultern lasten würde. Außerdem macht sie sich Sorgen um ihre Mutter, die sie alleine oben in der anderen Wohnung wähnt. Sie blickt kraftlos auf das Hologramm. Darauf ist Rother zu sehen, wie er mit dem Kommandanten und dessen Wachen den Gang zum Fahrstuhl hinuntergeht, aus dem ein Sonderkommando steigt und sich direkt mit allem möglichen Gerät und Technik an der Stahltüre zu schaffen macht.

»Wir brauchen schnell einen Plan. Sie stürmen uns sonst!«, mischt sich jetzt Cyber ein.

»Nochmal, hier kommen sie nicht rein und die Basis lässt sich auch nur noch in der Schaltzentrale öffnen. Dort müssen wir den Timer stoppen, das habe ich allerdings noch nie gemacht«, sagt Luise und klingt dabei seltsam resigniert, als wäre sie gescheitert und das Leben jetzt schon vorbei.

Annabell geht zu ihr und legt, kameradschaftlich, den Arm um ihre Freundin. »Sieh mich an, schlaues Mädchen. Wir müssen in die Schaltzentrale, also denk nach! Wenn wir mit dem Kind hier rauskommen und in die Stadt gelangen, kann er nichts machen. Oder? Dann wird er es vielleicht nicht wagen...«

Zwar nicken alle, aber recht überzeugt ist niemand, denn keiner weiß, wie weit Rother noch gehen würde. Und wen er noch alles opfern würde?!

»Gibt es keinen anderen Weg hier raus, als durch die Wohnungstür?«, fragt Johann naiv und blickt sich im Raum um, als müsste es hier noch geheime Türen geben.

»Wir können nicht zulassen, dass er alle in der Stadt tötet!«, sagt Joshua entschlossen und muss dabei an seine Mutter denken, die sich in irgendeinem Sektor aufhalten könnte. Seit er das Baby hat, denkt er immer öfter an seine Mutter.

Während sich draußen das Spezialkommando weiter an der Türe zu schaffen macht, ist es drinnen plötzlich ganz still geworden. Die Luft ist zum Zerschneiden. Ein jeder hofft auf einen Einfall, eine zündende Idee, eine

Eingebung, irgendetwas... Alle Blicke sind auf das friedlich schlafende Baby gerichtet. Nur Teresa weint weiter vor sich hin.

Gabriel sitzt in der Schaltzentrale von Simon. Er ist nun der direkte Nachfolger von ihm und nimmt ab sofort die Rolle des Stammapostels ein. Auf dem Bildschirm ist der Kommandant zu sehen. In seiner Kabine spricht er in die Linse des Apostels:

»Die Kinder haben das Baby. Die Wohnung ist versiegelt. Sie lässt sich nur noch von innen öffnen. Rother lässt mich nicht mehr aus den Augen. Er droht, morgen Mittag den Anschlag zu verüben.«

Gabriel starrt auf den Bildschirm. Das betrifft auch ihn, das betrifft alle. Nur die Menschen auf der Basis nicht.

»Was schlagt ihr vor?«, fragt Gabriel unsicher. Der Geistliche scheint angesichts der neuen Situation völlig überfordert. Er ist eigentlich ein Gutmensch und das Taktieren liegt ihm überhaupt nicht. Am liebsten würde er sich nur seinem Gebet hingeben, denn insgeheim hofft auch er, zu den 144.000 zu gehören und möchte sich keinerlei Schuld aufladen.

Der Kommandant merkt dies sofort und übernimmt die Führung: »Ihr unterrichtet die Stammapostel der anderen Kontinente. Morgen früh werde ich versuchen, die Basis und den Sektor zu öffnen und das System zu blockieren. Dann kann er den Anschlag nicht riskieren!«

»Wie wollt ihr das anstellen?«

»Seine Frau liegt tot oben in der anderen Wohnung. Ich werde versuchen, ihn davon zu überzeugen, sie holen zu lassen. Schließlich würden sonst alle denken, er hätte sie vergiftet. Das Risiko kann er nicht eingehen. Es dauert einige Zeit bis sich die Basis vollständig öffnet und das Verschließen nimmt auch ordentlich Zeit ein. Wir haben also ein gewisses Fenster. Hatte Simon das Zeichen auf der Stirn?«, will der Kommandant jetzt aus erster Hand wissen.

»Nein, sein Leichnam liegt immer noch in der Kirche. Er ist nicht aufgestiegen.«

Kurz muss der Kommandant überlegen, wie damit am besten weiter zu verfahren ist. »Lasst die Leiche verschwinden und bleibt dabei, dass er ein Zeichen trug. Rother darf davon nichts erfahren, es würde ihn nur bestätigen und die Bevölkerung würde es nur noch mehr verunsichern.«

»Wenn es darauf ankommt, ist euer Auftrag ihn zu töten, das wisst ihr?«, gibt Gabriel zu bedenken und für einen Moment herrscht Stille.

»Das werde ich nicht tun«, entgegnet ihm der Kommandant nach einer Weile und Gabriel kann es verstehen. Er macht keinerlei Einwände und wird es auch nicht von ihm fordern. Keiner möchte in den letzten Stunden diese Sünde begehen. »Aber ich werde alles dafür geben, das Kind zu retten!«, sagt der Kommandant entschlossen. Töten wird er niemanden.

»Das werde ich auch!«, antwortet Gabriel und schaltet den Kommandanten ab. Er ruft den Sekretär zu sich, befiehlt ihm, alle Gefangenen frei zu lassen und entlässt ihn auch aus seinem Dienst.

»Was habt ihr jetzt vor?«, fragt dieser erstaunt.

»Beten.«

Gabriel ist aufgestanden und ruft den Fahrstuhl, um in

die opulenten Gemächer zu fahren. Der Sekretär ist dabei stets an seiner Seite. Dort angelangt, zieht er sich eine einfache Kutte an, lässt sich Fahnen und Fackeln bringen und pilgert in Richtung Sektor 1. Noch bevor er das Gelände verlässt, haben sich ihm bereits über hundert Apostel angeschlossen.

Der Kommandant nimmt sich den Stöpsel aus dem Ohr und wendet sich an den Apostel: »Ihr müsst noch hierbleiben. Bis auf Ebene 3 bekomme ich euch nicht. Aber seht her!« Er öffnet die Türe und zeigt auf das Stahltor am Ende des Ganges, über dem ein rotes Licht aufleuchtet. »Schaut morgen immer wieder nach. Wenn es grün leuchtet, ist die Basis auf und ihr könnt gehen. Ich lasse die Türe offen.«

»Und das Kind?«

»In die Wohnung selbst komme auch ich nicht, aber ich werde versuchen, die Kinder auf unsere Seite zu ziehen.« Dann eilt er zurück in den Mannschaftsraum zu seinen Wachen. »Schlafzeug«, sagt er und hält ein kleines Säckchen hoch. »Jetzt können wir gehen.«

TAG 6

Rother erwacht erst am späten Morgen. Noch müde und ausgemergelt geht er ins Badezimmer und wirft sich ein paar Pillen ein, die ihn wieder fit machen sollen. Die letzten Tage haben deutliche Spuren hinterlassen und er fühlt sich um zehn Jahre gealtert. Er wirft einen Blick auf seinen Ärmel mit integrierter Uhr und stellt erschrocken fest, dass es bereits 10.00 Uhr ist. »Verdammt!«, wie konnte er nur so lange schlafen und warum ließ man ihn überhaupt so lange schlafen?! Wo doch jede Sekunde wertvoll geworden ist! Schon schöpft er Verdacht und riecht skeptisch an der Tasse, die noch vom Vorabend auf seinem Schreibtisch steht. Ohne jede Vorwarnung öffnet er die Tür zu dem Zimmer, in dem der Kommandant schläft. Er weckt ihn ruppig, indem er ihm rabiat die Decke wegreißt, dann eilt er zu seinen Bildschirmen. Nervös zupft er an seinem Bärtchen, während er Kamera für Kamera checkt. Er hat Angst, etwas verpasst zu haben. Im Gebäude ist alles ruhig. Doch als er die Kameras aufruft, die sich rund um Sektor 1 ziehen, stockt ihm der Atem. Eine unfassbar große Menge von Menschen und Aposteln hat sich in der Nacht rund um die Mauer postiert. Allen voran Gabriel, der mit einer Schar an Aposteln direkt vor dem Haupttor, mit weißer Fahne steht.

Die Nachricht von Simons Tod und dessen Botschaft, den »Gottlosen« zu töten, hat sich wie ein Lauffeuer in der Stadt verbreitet und wird von einigen wörtlich genommen. Ein jeder ist Richtung Sektor 1 gepilgert, jedoch aus unterschiedlichsten Motiven: Manche wollen Rache und Krieg, andere suchen Frieden und das gemeinsame Gebet. Einige haben bereits die Gärten gestürmt und versuchen, die Scheiben einzuwerfen, ja sogar einzuschießen! Noch konnten sie nichts erreichen. Aber Langzeit-Tests gibt es auch keine, schon gar nicht mit so massiven Einwirkungen. Rother hört und kann teilweise sogar die Geschosse fühlen, die auf das Gebäude prallen. Von Brandbomben bis Maschinengewehren und kleineren, selbstgebauten Raketen ist alles dabei. »Diese armen Narren! Simon hat sie gegen mich aufgehetzt und sein Tod hat es noch schlimmer gemacht«, stellt er mit bösem Grinsen fest. In die Basis werden sie niemals kommen, die ist versiegelt wie ein Tresor, so hofft er zumindest.

Als der Kommandant endlich neben ihm auftaucht, drückt Rother dessen Gesicht mit einem fiesen Nackengriff fest gegen die Tischplatte. »Was soll diese lächerliche Belagerung?«, donnert er los. Der Kommandant löst sich reflexartig mit einer schnellen und gekonnten Drehung. Wie ein Kampfkünstler steht er jetzt, schlagbereit, Rother gegenüber. Und für einen kurzen Augenblick denkt der Kommandant daran, ihn vielleicht doch einfach zu töten und als Märtyrer in die Geschichte einzugehen. Rother sieht das Gift in seinen Augen und es trifft ihn sehr. Schnell wendet er seinen Blick ab.

»Sie belagern uns«, sagt der Kommandant lapidarer als gewollt.

»Das sehe ich selbst!«, schreit Rother ihn an.

»Auf wie viel steht die Zahl jetzt?«, versucht der Kommandant abzulenken. Auch er ist überfordert von der Gesamtsituation und noch nicht ganz wach.

Rother ruft den Bildschirm auf, der das Innere der Gebietskirche im Reichensektor zeigt. Die Kirche ist menschenleer. An den Säulen leuchtet die Zahl »3.789« und zählt bedenklich weiter runter. Weltweit gesehen ist das nichts mehr! Nach kurzem Überlegen gibt er einen Befehl ein und es startet ein Countdown, der rechts unten am Bildschirm aufleuchtet. Rother spürt das Böse und das Schlechte seiner Tat deutlich. Ein schauriges-schönes Gefühl überkommt ihn und lässt ihn frösteln. Dann legt sich ein kalter Schal aus Angst um seinen Hals. Gleich ist es 10.30 Uhr, um 12.00 Uhr werden die Drohnen starten. Er wird das Volk vernichten und so dem ganzen Spuk ein Ende setzen!

»Verstärkt die Wachen an jedem Ein- und Ausgang! Schießt auf jeden, der versucht, in den Sektor hineinzukommen!«, befiehlt Rother dem geschockten Kommandanten. Der kann gar nicht fassen, dass Rother vor seinen Augen den Befehl zur Massenvernichtung eingegeben hat.

»Es sind keine Leute oben! Stoppt den Countdown, ihr müsst ohnehin noch einmal öffnen!«

»Warum sollte ich das tun?«, fragt Rother jetzt mehr als misstrauisch.

»Eure Frau! Wenn sie doch in das Gebäude dringen und sie finden?«

»Und was für eine Rolle spielt das jetzt noch?«, will Rother wissen und da dem Kommandanten keine Antwort einfällt, zitiert dieser in Gedanken:

»Tue Buße; wenn aber nicht, so werde ich bald über dich kommen und gegen sie streiten mit dem Schwert…« (Offenbarung 2,16).

»Gebt mir euren Ausweis!«, befiehlt ihm Rother und hält fordernd seine Hand hin.

»Sie werden denken, ihr habt sie getötet, das würde alles noch schlimmer machen.«

Kurz überlegt Rother, was er tun soll, beharrt aber weiter auf der Herausgabe des Ausweises. Sicher ist sicher denkt er, so kann er sich allein mit dem Baby in der Zentrale verschanzen, bis der Spuk ein Ende hat. Widerwillig gibt ihm der Kommandant den Zutrittsschein zur Schaltzentrale. Jetzt kann auch er die Basis nicht mehr öffnen.

»Geht zur Wohnung und holt mir jetzt endlich das Kind!«

»Sie werden es nicht so einfach rausgeben.«

Rother platzt jetzt endgültig der Kragen: »Ihr werdet ja wohl mit ein paar Kindern fertig werden! Lockt sie da irgendwie raus!«, herrscht er ihn an.

Der Kommandant verlässt die Schaltzentrale. »Hätte er Rother doch erschießen sollen?«, denkt er auf dem Weg zu den Fahrstühlen, doch sein Gewissen hat sich längst dagegen entschieden.

Rother schaut wieder auf seine Bildschirme, auf denen die Präsidenten der anderen Kontinente erscheinen. Auch sie sind ungeduldig und genervt von der unübersichtlichen Lage: »Nun zeigt uns endlich das Kind!« »Wo ist es? Oder habt ihr es gar nicht?« »Was ist da los? Wollt ihr uns das Kind vorenthalten?«

Verzweifelt blickt Rother von einem zum anderen. Ihm

fällt keine Antwort ein, er kann ihnen ja schlecht sagen, dass seine rebellische Teenagertochter es hat. Aber lange würden sie sich nicht mehr hinhalten lassen. »Heute Mittag werde ich es euch präsentieren«, sagt er schließlich und schaltet die Bildschirme ab. Ratlos und völlig alleine sitzt er vor seinem Schreibtisch und blickt auf die teuren Gemälde an den Wänden. Er verspürt keinerlei Freude. Er fühlt sich auf einmal unbeschreiblich alt und muss sich selbst eingestehen, dass er komplett die Kontrolle verloren hat. Dass er den Tod seiner Frau vergessen hat, erschüttert ihn nachhaltig. Er hatte sie tatsächlich vergessen, bis der Kommandant sie erwähnte. Sie ist tot. Düster blickt er in den Abgrund, der sich vor ihm auftut, und am Ende ist kein Licht zu sehen. Jetzt ist es nur noch ein Tag, dann kommt der siebte und alles Entscheidende! Für alle! Und das wird für die meisten wohl den Tod bedeuten.

»Hier, er hat die Schaltzentrale verlassen!« Ritzi tippt nervös mit dem Zeigefinger auf den entsprechenden Bildschirm. »Endlich!« »Lass ihn nicht aus den Augen! Ich wecke die anderen«, sagt Annabell und eilt ins Wohnzimmer, in dem die anderen kreuz und quer auf der Couch liegen.

Luise, die vor dem Computer sitzt und schon seit Stunden an einem Plan tüftelt, hat sich in die Technik des Gebäudes eingehackt und versucht nun, die Lüftungsschächte über eine Hintertür zu öffnen. Dazu simuliert sie einen Brand auf der Basis, der nun die Luftzufuhr zu den oberen Systemen öffnet. Dann gibt sie Koordinaten in ihre Watch ein, als Joshua und Cyber startklar ins Büro kommen.

»Geschafft?«, fragt er Luise.

»Geschafft«, antwortet diese und zeigt auf ein Diagramm, auf dem sich Verbindungen von Rot zu Grün verändern und so kennzeichnen, dass sich die Schleusen öffnen.

Joshua ist mehr und mehr von Luise beeindruckt. Ein cleveres Mädchen! Aber wie weit würde sie gehen? Was, wenn sie Rother gegenüberstehen und es um Leben oder Tod geht?! Insgeheim stellt er sich die Frage, ob Luise sich für ihn oder Rother entscheiden würde. Er schiebt sich einen Revolver in den Hosenbund und klettert auf den Schreibtisch. Dann öffnet er eine Deckenklappe, die in die Lüftungsschächte führt und schwingt sich gekonnt nach oben. Cyber folgt ihm und gemeinsam ziehen sie die federleichte Luise hoch.

Hastig krabbeln die drei durch die schmalen und weit vergabelten Schächte, klettern wie in einem Kamin nach unten, kriechen weiter, bis Luise plötzlich stoppt. Sie schaut auf ihr GPS. Sie sind am Zielpunkt angelangt. Laut Plan müssten sie jetzt genau über der Schaltzentrale sein. Joshua öffnet leise die Deckenplatte und versichert sich, dass keiner im Raum ist, dann lässt er Luise vorsichtig nach unten. »Beeil dich!«

Luise macht sich sofort an den Bildschirmen zu schaffen und öffnet mit einem Code sowie dem Daumenabdruck ihres Vaters die Systeme. Schnell findet sie den entsprechenden Befehl und öffnet die Basis. »So, geschafft!«, verkündet sie stolz. Schon seit einiger Zeit hackt sie ihren Vater und ist ihm in Sachen Computerkenntnis weit, weit voraus. Gerade will sie herunterfahren, da fällt ihr Blick auf den Countdown rechts unten an einem Bildschirmrand.

»Verdammt, er hat die Drohnen jetzt schon aktiviert!«, ruft sie panisch nach oben.

Joshua steckt seinen Kopf durch die Luke und fragt: »Wie lange noch?«

»48 Minuten«, antwortet Luise und sucht nach dem Befehl, den Countdown anzuhalten. »Dieser Mistkerl!«, denkt sie verzweifelt, »schon wieder hat er mich betrogen, dieser Lügner!« Doch für Wut und Trauer ist keine Zeit, hastig sucht sie weiter nach dem richtigen Befehl, aber sie findet ihn nicht. »Ich kann nur einen ›Shutdown‹ machen!«

»Was soll das sein?«, ruft Joshua und hüpft nach unten.

»Ich fahr alles runter, dann öffnet sich nach und nach jede Sicherheitstür. Dann ist alles offen. Die Basis, der Sektor, die Wohnung, einfach jede Tür. Die Wohnung als letztes.«

Jetzt steckt auch Cyber seinen Kopf durch die Luke, der mitgehört hat: »Tu es und dann holen wir die anderen und hauen über die Schächte ab!«

»Beeil dich, sobald die merken, dass alles offen ist, wimmelt es hier von Menschen, die alle das Baby wollen«, stimmt auch Joshua zu.

Mit einem mulmigen Gefühl gibt Luise den Befehl für einen »Shutdown« ein und sofort stoppt der Countdown. »Gut gemacht«, Joshua klopft ihr anerkennend auf die Schulter und allein die Tatsache, dass er sie von sich aus berührt hat, bedeutet ihr viel. Joshua hilft Luise zurück in den Schacht, dann springt auch er hoch, zieht sich gekonnt nach oben und verschließt die Luke. Schnell krabbeln sie durch die Schächte zurück zur Wohnung.

»Los, macht euch fertig! Sobald sie merken, dass alles offen ist, werden die Massen reinkommen!«, schreit Luise aufgeregt und scheucht alle auf. Ritzi schneidet, so wie sie es besprochen hatten, den Kindern den Chip raus, und Annabell assistiert ihr und verbindet sie. Dabei fällt Ritzi auf, dass sie sich seit Tagen nicht geritzt hat, als plötzlich die Stimme Rother‘s über die Sprechanlage ertönt:

»Luise, Kind, nun ist aber Schluss mit den Faxen! Mach auf!« Barsch schiebt er den Kommandanten zur Seite, der es offensichtlich noch nicht einmal mit Hilfe der Spezialeinheit geschafft hat, die Türe zu öffnen.

»Hol meine Mutter, ich will das sie hier ist!«, antwortet Luise, um zu sehen, wie weit er gehen wird.

»Sie will nicht herunterkommen, das weißt du doch.«

»Hol sie! Und verrat mir nur eines: Hast du den Befehl gegeben, die Drohnen zu starten?«

Joshua blickt sie erschrocken an. Er weiß sofort, dass die Frage ein Fehler war und auch Johann und Cyber erkennen die Gefahr.

»Nein, ich habe es dir doch versprochen!«, züngelt Rother.

»Du bist so ein Lügner!!! Ich schäme mich für dich! Ich wollte, du wärst nicht mein Vater!«, schreit Luise außer sich vor Wut und schlägt mit ihren Fäusten gegen die Wände, sodass es wehtut. Ihre Verzweiflung steht ihr ins Gesicht geschrieben und ihre Wut entlädt sich unkontrolliert, sie selbst erschrickt darüber. Die Kinder sehen sich betroffen an.

Ratlos sieht Rother zu dem Kommandanten. »Woher

weiß sie das?« Rother zieht den Kommandanten zur Seite und flüstert ihm zu: »Zieht mit der Spezialeinheit ab. Sie sollen es über die Luftschächte versuchen. Irgendetwas stimmt hier nicht!« Dann drückt er wieder auf den Knopf, sodass Luise ihn hören kann.

»Siehst du, ich hab alle weggeschickt. Ich lass die Basis öffnen und deine Mutter holen.«

Luise hat ebenfalls den Knopf losgelassen und dreht sich zu den anderen. »Was machen wir jetzt?«, fragt sie überfordert. Cyber schaut sie fest und ruhig an.

»Er weiß jetzt, dass wir in der Schaltzentrale waren. Er wird versuchen, uns Leute hereinzuschicken. Was, wenn sie über die Schächte kommen?«

In dem Moment ist ein lautes Geräusch von einer Entriegelung zu hören. Der Shutdown hat die Wohnung erreicht und die Wohnungstür schiebt sich zur Seite. Schnell greifen die Kinder zu ihren Waffen und so sieht sich Rother allein einer Horde von bis an die Zähne bewaffneten Kindern gegenüber. Selbst Luise nahm sich einen kleinen, handlichen Revolver. Nur Jake und Anna sind unbewaffnet. »Da hinüber!«, befiehlt ihm Luise im scharfen Ton und mit gezogener Waffe, die mit zittrigen Händen direkt auf seinen Schädel zielt. Rother sieht seine Tochter fassungslos an. Sein eigenes Fleisch und Blut richtet sich gegen ihn! Er geht zum Sofa, auf das Giovanni das Baby gelegt hat und wittert seine Chance: Blitzschnell schnappt er sich das Baby und hält es sich vor den Körper, sodass es zwischen ihm und den Kindern liegt.

»Waffen runter oder ich töte das Baby!«, schreit er und umklammert mit einer Hand den Hals des Babys.

»Dieser Mistkerl«, zischt Joshua und lässt seine Waffe als erster sinken. Dann folgen die anderen und legen ebenfalls ihre Waffen, einer nach dem anderen, nieder.

Rückwärts, mit dem Kind vor dem Bauch wie eine feige Ratte, verlässt Rother die Wohnung. Fast ist er schon bei den Aufzügen da schreit Joshua: »Hinterher!« Als sich Rother umdreht und in den Fahrstuhl steigt, hebt Cyber blitzschnell seine Waffe auf und zielt auf ihn. Er will schon schießen, doch Luise reißt im letzten Moment seinen Arm nach unten. Der Schuss geht in den Boden. Sie blickt in die Augen ihres Vaters, der bereits im Fahrstuhl steht und kurz bevor sich die Türen vollends schließen, hat sie, in all ihrer Wut und Trauer, für einen kleinen Augenblick Mitleid mit ihm, denn seine Augen waren voller Angst.

»Verdammt!«, reißt Joshua die Kinder aus der allgemeinen Schockstarre. »Und jetzt?« Alles ging so schnell, dass keiner richtig reagieren konnte.

»Zu den Bildschirmen, da können wir sehen, wo er hingeht«, schlägt Annabell vor und erntet ein anerkennendes Lächeln von Ritzi, die ihr sogleich folgt.

»Er will zu den Laboren!« Luise zeigt auf den entsprechenden Bildschirm.

»Er wird es doch nicht töten, oder?«, fragt Giovanni besorgt in die Runde, aber keiner will das äußern, was alle denken, nämlich dass er es vielleicht doch tun könnte.

Giovanni senkt betrübt seinen Kopf. Er denkt, er sei schuld daran, dass Rother das Kind klauen konnte. Hätte er es bloß nicht auf das Sofa gelegt! Joshua schiebt sich die Waffe zurück in die Hose und streicht ihm über den Kopf.

»Ist nicht deine Schuld, Kleiner!«, sagt er liebevoll, als hätte er dessen Gedanken gelesen.

»Wir müssen es sofort befreien!«, sagt Luise entschlossener denn je, »und dann hauen wir ab, bevor er aus dem Labor kommt und wieder alles schließen lässt.«

»Ya me voy, hija. Ich geh jetzt!«, sagt Teresa sichtlich erleichtert, als auch ihr klar wird, dass die Basis offen ist und sie gehen kann. Sie legt ihre Schürze ab, umarmt Annabell und Luise herzlich, bekreuzigt alle Kinder und gibt ihnen einen Kuss auf die Stirn. »Ich werde für euch beten.« Dann wendet sie sich an Joshua: »Pass auf sie auf und holt euch das Kind! Viel Glück, hijo! Bist ein guter Junge!« Den Tränen nahe, denn auch für sie fühlt es sich wie ein Abschied für immer an, drückt sie Luise ein letztes Mal an ihr Herz, dann verlässt sie die Wohnung so schnell sie kann, ohne sich noch einmal umzudrehen.

»Sie stürmen!«, schreit Giovanni, als er im Wohnzimmer auf die Hologramme sieht. Das Volk hatte zuerst noch gar nicht bemerkt, dass die Türen offen sind, doch jetzt drängen sie gnadenlos durch jedes Schlupfloch in das Gebäude und durchkämmen alles auf der Suche nach dem Kind. »Tötet den Gottlosen«, hört man sie auf ihrem Weg der Verwüstung schreien. Hastig packen die Kinder einige Sachen zusammen und versammeln sich rund um Luise im Büro.

»Ich will noch meine Mutter holen«, sagt Luise laut, die schon wieder an den Bildschirmen sitzt. »Wir müssen uns aufteilen! Am besten, ihr versteckt euch mit den Kleinen in der Plantage, der Eingang ist nur schwer zu finden und ist nahe der Arche. Wir treffen uns dort!«, sagt sie zu

Annabell und Ritzi. »Ich geh mit Cyber und Joshua das Kind holen und dann meine Mutter.«

»Wie kommen wir zu den Laboren?«, fragt Joshua.

»Wir gehen über die Schächte«, antwortet Luise. »Wir treffen uns dann alle auf Ebene 4.«

Die Kinder verschwinden eines nach dem anderen im Lüftungsschacht. Joshua schließt die Klappe und schnell krabbeln sie bis zu einer Abzweigung. Annabell führt Ritzi, Johann, Anna, Jake und Giovanni in den linken Schacht, während Luise, Joshua und Cyber in den rechten abbiegen.

Der Kommandant ist auf dem Weg zu seiner Kabine. Seine beiden Wachen ließ er, unter einem Vorwand etwas holen zu müssen, im Mannschaftsraum. Er hat keine Ahnung was er tun soll. Das Baby ist noch eingesperrt in der Wohnung, so glaubt er. Rother würde es auch nicht herausbekommen, da ist er sich sicher. Er kennt Luise gut und weiß, wie störrisch sie sein kann.

Als er so in Gedanken den Gang hinunterläuft, fällt ihm auf, dass das Alarmlicht grün ist! Irgendjemand hat die Basis geöffnet?! Seine Schritte werden schneller und er reißt die Tür zu seiner Kabine auf. »Los, los, die Basis ist auf, ihr könnt gehen!«, ruft er dem Apostel zu. Der lässt sich das nicht zweimal sagen. Froh, endlich den Raum verlassen zu können, läuft er in Richtung Ausgang. Das war der schlimmste und kälteste Ort, an dem er jemals war! Der Kommandant schneidet dem Agenten die Fesseln auf und lässt auch ihn gehen. Unter dem Bett zieht er eine silberne Box hervor, öffnet sie mit einem Code und entnimmt ihr eine Apostelkutte. Bevor er sie anzieht, riecht er sehnsüchtig daran, als könne er ein vergangenes Leben zurückholen. »Endlich kann ich wieder ich selbst sein«, denkt er, ohne zu wissen, wer das überhaupt sein soll, nach zehn Jahren als Kommandant. Dann fährt er direkt auf Ebene 0 in die Eingangshalle des Gebäudes. Er geht durch die Schleusen, an denen niemand mehr steht und die auch deaktiviert sind, zu den großen Glastüren, die zum Garten führen und öffnet sie per Knopfdruck. Es geht weder ein Alarm los noch muss er irgendwo seinen Ausweis scannen. Es ist alles offen! Als er in seiner Kutte zur Tür hinausschreitet, begrüßt ihn die in die Gärten sich drängende Menge klatschend. Gabriel steht mit einer Schar Aposteln vor dem Tor, da stürmen schon die ersten Menschen an ihnen vorbei in das Gebäude, wie bei einem Ausverkauf. Der »Kommandant« geht Gabriel entgegen.

»Was ist passiert?«, fragt ihn dieser.

»Es ist alles offen. Ich denke, es war Rother's Tochter!«

»Wo ist das Kind jetzt?«

»Noch in der Wohnung bei den Kindern, denke ich«, sagt er unsicher. Denn wenn alles offen ist, ist die Wohnung vielleicht auch offen und wer weiß, wo die Kinder dann hingehen.

»Bringt mich hin!«, befiehlt ihm Gabriel.

Der Kommandant führt die Gruppe in das Innere des Gebäudes geradewegs auf die Basis zu. Die Wohnungstür steht offen.

»Es ist tatsächlich alles entriegelt«, sagt er und die Apostel durchforsten die Wohnung nach den Kindern. Nichts!

»Wo wird Rother jetzt sein?«, fragt ihn Gabriel.

»Vermutlich in der Schaltzentrale. Wenn jetzt alles offen ist, sollten wir da auch reinkommen.«

»Dann nichts wie hin!«

Eilig macht sich die Gruppe auf den Weg zur Zentrale.

Cyber tritt mit seinem Schuh eine Klappe auf und springt nach unten. Er landet direkt vor Rother, der an einem Metalltisch, auf dem allerlei Messer, Spritzen und sonstiges medizinisches Gerät liegt, sitzt. Vor ihm liegt das schreiende Kind, dem er gerade Blut abnehmen will. Cyber zieht seine Waffe. »Weg von dem Kind!«, schreit er und fuchtelt mit dem Revolver vor Rother's Gesicht rum. Er ist nicht gerade geschult im Umgang mit Waffen und dementsprechend ungelenk sieht es aus. Wieder gelingt es Rother, das Kind als erster an sich zu reißen. Er drückt es gegen seine Brust und das Baby beginnt herzzerreißend zu weinen. Luise und Joshua sind nun ebenfalls aus dem Schacht gesprungen.

»Luise! Ihr macht einen Fehler! Nur mit dem Blut Jesus ist die Menschheit noch zu retten. Versteh doch!« Rother hatte nur einen Gedanken, als er die Wohnung verließ und endlich das Kind in Händen hielt: Eine Blutreserve von dem Baby nehmen und sich dann in die Schaltzentrale sperren, bis alles vorüber ist.

»Ich verstehe gar nichts. Wie immer, oder? Aber vorher wolltest du alle Menschen umbringen, nicht wahr?! Ich hab den Countdown gesehen!«

»Was hast du getan?«, fragt Rother in sich zusammengesunken.

»Das einzig Richtige! Ich habe ihn abgestellt und nun ist alles offen. Sie stürmen bereits.«

»Was bist du nur für ein dummes Kind«, haucht Rother kraftlos und sieht dabei seine Tochter vernichtend an, so, als wäre sie schuld an seinem Untergang. »Sie werden uns alle umbringen!«, haucht er wie ein Ertrinkender. Kurz läuft sein glorreiches Leben vor seinem Auge ab und endet mit seinem Lynchmord.

Joshua nutzt den Moment: Blitzschnell springt er auf ihn und greift sich das Baby. Cyber hält Rother weiter die Waffe vors Gesicht. »Und jetzt raus hier!«, fordert er ihn auf. Hilfesuchend blickt Rother seine Tochter an.

»Wenn ich hier rausgehe, werden sie mich töten«, sagt er um sein Leben winselnd.

»Was sollen wir nur machen?«, fragt Luise unsicher in die Runde.

Sie ringt mit ihren Gefühlen. Einerseits empfindet sie so viel Hass und Wut, dass sie ihren Vater umbringen könnte, anderseits tut er ihr unendlich leid, wie er da gerade in seiner Erbärmlichkeit vor ihr steht. Und sie kann ihn doch nicht einfach so der Meute zum Fraß vorwerfen! Joshua ist zur Türe gegangen und verriegelt sie mechanisch von innen. Er kann Luises Gewissenskonflikte nachvollziehen und spürt, was in ihr vorgeht.

»Wir lassen ihn hier! Nach morgen wird sich die Lage schon wieder irgendwie beruhigen, dann kann er gehen. Oder er ist tot, so wie wir alle.«

Luise findet irgendwie Trost in seinen Worten und willigt ein. Hier drin wird ihrem Vater schon nichts passieren. Joshua wickelt das Kind in die Pilotenjacke, die er aus Rother's Schrank mitgenommen hat und bindet es sich damit auf den Rücken. »Los, lasst uns abhauen!«

»Wir bringen das Kind erst einmal weg von hier. Nach

morgen komme ich wieder. Es wird alles gut werden«, versucht Luise ihren sichtlich verzweifelten Vater zu beruhigen und sich selbst gleich mit.

»Wenn du jetzt gehst und das Kind mitnimmst, bist du nicht mehr meine Tochter!«, sagt dieser trocken und unversöhnlich. Mit zittrigen Händen fingert er in seiner Tasche nach einer Tablette.

Luise tut so, als hätte sie den letzten Satz nicht gehört, obwohl der Tonfall sie sehr verletzt hat. Kühl und voll Verachtung. »Ich war nie deine Tochter!«, denkt sie trotzig.

»Ich hole Mutter und wir verstecken uns in der Stadt bis alles vorbei ist.«

Rother sinkt auf einen metallenen Drehstuhl, mit dem Gesicht zur Wand. »Deine Mutter ist tot. Sie hat sich umgebracht«, sagt er, ohne sie anzusehen.

»Du lügst! Du bist ein verdammter Lügner!«, schreit Luise verzweifelt und dreht ihn zu sich. »Ich hasse dich!«

Rother blickt seine Tochter immer noch nicht an, was sie nur noch wütender macht und sie schlägt wie wild auf ihn ein. Er wehrt sich nicht. Joshua und Cyber ziehen Luise mit Gewalt von ihrem Vater weg. »Sie ist nicht tot! Sag, dass sie nicht tot ist!«, schreit sie und strampelt mit den Füßen. Cyber umklammert Luise nun fester, dabei hält er immer noch die Waffe in der Hand. Plötzlich löst sich ein Schuss und trifft Joshua ins Bein. Augenblicklich sackt dieser zusammen. Luise löst sich von Cyber und beugt sich über Joshua, reißt seine Hose ein Stück auf und betrachtet die Verletzung.

»Das ist alles deine Schuld!«, sagt sie jetzt in ähnlich

kaltem Tonfall, wie ihr Vater, und sieht ihn ebenso vernichtend an.

Cyber hält wieder die Waffe auf Rother gerichtet. »Raus hier!«, befiehlt er ihm und deutet auf die Türe.

»Das könnt ihr nicht machen. Der Mob wird mich umbringen. Luise?!«

Doch auch Luise empfindet kein Mitleid mehr mit ihrem Vater. »Du und deine Schildberger, ihr habt die Welt zerstört. Ihr seid an allem schuld!«, sagt sie. »Gier und Macht werden dich umbringen. Ich schäme mich, deine Tochter zu sein. Ich schäme mich, eine Rother zu sein!« Endlich spricht sie aus, was ihr schon seit langem auf der Zunge liegt und sie fühlt sich seltsam dabei, irgendwie elternlos. »Mach, dass du wegkommst.«

Cyber drängt Rother ohne Erbarmen zur Tür, öffnet sie und stößt ihn in den noch leeren Gang. Luise setzt dem nichts entgegen und überlässt ihren Vater seinem Schicksal. Rother steht allein, verwirrt und ängstlich da. Er weiß überhaupt nicht, was er jetzt tun soll, geschweige denn wohin er noch gehen soll.

Luise reißt sich ein Stück von ihrem Nano-Hemd ab und legt es Joshua auf die blutende Schusswunde. »Sie hat sich doch für mich entschieden!«, denkt Joshua nicht ohne Stolz und beißt, trotz heftiger Schmerzen, die Zähne zusammen.

»Wird es gehen?«, fragt sie fürsorglich. Joshua nickt tapfer.

»Tut mir leid Mann!«, sagt Cyber und hilft ihm hoch.

Joshua hat nach dem anfänglichen Schock schon wieder seinen schwarzen Humor gefunden hat: »Endlich mal eine richtige Kugel im Bein. Irgendwann musste das ja passieren. Gibt es keine Hosen aus Nanomaterial?«, scherzt er.

»Annabell kann dir die Kugel sicher rausschneiden«, sagt Luise und packt das medizinische Gerät ein. »Aber jetzt müssen wir schnell weg von hier!«

Cyber nimmt Joshua das Baby ab und schnallt es Luise auf den Rücken. Gemeinsam hieven sie Joshua nach oben, zurück in den Lüftungsschacht und beschließen, sogleich die anderen Kinder zu treffen, um so schnell wie möglich das Gebäude und den Sektor zu verlassen.

Rother schleicht den Gang entlang wie ein Dieb. Noch ist der Mob nicht bis zur Basis gelangt. Die meisten toben sich oben in den Malls und Wohnungen aus. Auf dem Weg zum Fahrstuhl beschließt er, sich in seiner Schaltzentrale zu verschanzen, bis der siebte Tag vorüber ist. Als sich der Aufzug öffnet, stehen der Kommandant in Kutte, Gabriel, der Sekretär und eine Handvoll Apostel vor ihm.

»Wo ist das Kind? Was habt ihr damit gemacht?«, fragt ihn der Kommandant, so, als wäre er der Oberbefehlshaber.

Rother sieht ihn mit all seiner Verachtung an. »Verräter«, zischt er. »Alles Verräter!« Und er fühlt sich wie ein Machthaber ohne Macht. Leer und wehrlos. Rother deutet auf die Labortüre am Ende des Ganges. »Da drin«, sagt er verzweifelt, angesichts der immer schlimmer werdenden Lage. Vom Regen in die Traufe, denkt er.

Zwei Apostel verschränken ihm die Arme hinter dem Rücken und treiben Rother zurück den Gang hinunter. Auch diese Tür lässt sich nur per Knopfdruck öffnen, da sie Cyber nicht mechanisch verschlossen hat, doch der Raum ist leer!

»Wo ist es?«

»Eben war es noch da«, versichert Rother, doch er verheimlicht, dass die Kinder über die Schächte geflüchtet sind. Immer noch hofft er auf seine Spezialeinheit, die ebenfalls in den Schächten unterwegs sein sollte. Den Aposteln will er das Kind auf keinen Fall überlassen.

Entgeistert sehen sich die Männer an. »Er lügt! Sag uns sofort, wo das Kind ist!«

»Ich weiß es nicht, eben war es noch hier.«

»Wir müssen in seine Schaltzentrale!«, sagt der Kommandant zu Gabriel.

»Bring uns hin!«, befiehlt dieser. Unwirsch schubsen die Apostel Rother vor sich her, hin zum Aufzug.

»Lasst ihn los!«, sagt Gabriel in der Kabine, da er sieht, wie Rother um Luft ringt. Schweißgebadet denkt dieser über einen Ausweg nach.

Die Gruppe betritt die Zentrale und sofort macht sich der Kommandant daran, die Systeme hochzufahren. »Hübsch habt ihr es hier«, bemerkt Gabriel, während er durch den Raum schreitet und die Kunst an den Wänden betrachtet. Auf den Bildschirmen ist nur noch der Mob zu sehen, der immer weiter ins Gebäude vordringt und alle Gänge bevölkert. Mittlerweile haben sie auch die Basis erreicht.

»Es werden immer mehr!«, entfährt es Rother ängstlich. »Ihr müsst wieder verschließen, solange das Kind noch im Gebäude ist!«

»Was denkt ihr, wo die Kinder sich verstecken?«, fragt der Kommandant, während er Kamera für Kamera checkt.

»Macht erst einmal wieder alles dicht!«, erwidert Rother ausweichend und abfällig.

Die Menschenmenge, die er da auf den Bildschirmen sieht und die in sein Gebäude dringt, bereitet ihm Panik. Doch solange seine Tochter das Kind hat, gibt es vielleicht noch Hoffnung. »Sie wird zurückkommen«, denkt er im versinkenden Chaos.

Luise, die vor Joshua und Cyber durch die Schächte krabbelt, hört ein Geräusch und sieht sich panisch nach den beiden um. »Beeilt euch, sie verschließen wieder! Da seht ihr, die Schleusen gehen zu! Schneller!«

Joshua blickt sich um und erkennt, wie hinter ihm die Wände herunterfahren und die einzelnen Abschnitte wieder unterteilen. Es hat ewig gedauert, durch die Schächte zu kommen. Cyber musste ihn immer wieder ziehen und stützen. Teilweise mussten sie, wie durch Kamine, die Schächte nach unten klettern, was mit dem verletzten Joshua kein leichtes Unterfangen war.

»Wie lange haben wir noch?«, will Joshua wissen und beißt bei jeder Bewegung die Zähne zusammen. Sein Bein schmerzt höllisch!

»Ich hab keine Ahnung, aber wir müssen so schnell wie möglich raus aus dem Sektor. Normalerweise zwei Stunden bis zum vollständigen Verschluss und sie sind schon ziemlich weit. Öffnen geht schneller!«

Endlich haben sie die Stelle erreicht und Luise stößt eine Klappe auf. Gemeinsam mit Cyber lassen sie den verletzten Joshua nach unten. Er landet direkt hinter einem See, am Rande eines Gemüsebeets, in einer Halle so groß wie hundert Fußballfelder. Erstaunt blickt er sich um. Es gibt einen unterirdischen See mit Fischen, dahinter Bäume mit Äpfeln und Orangen, die mit künstlichem Licht versorgt werden. Es sieht aus wie ein kleines Paradies. Cyber und Luise sind ebenfalls nach unten gesprungen. Vorsichtig rufen sie nach den anderen Kindern. Die tauchen schließlich aus einem Maisfeld auf, in dem sie sich versteckt hatten. Giovanni beißt genüsslich in einen Kolben, während er ihnen entgegenkommt.

»Da staunst du was«, sagt er begeistert zu Joshua, »wie im Schlaraffenland. Die haben echt alles hier!« Giovanni macht eine weit ausladende Geste, als präsentiere er sein eigenes Königreich.

»Dafür ist jetzt keine Zeit. Sie schließen! Los schnell, noch ist alles auf, lasst uns zur Arche gehen«, fordert Luise die Kinder auf. Da kommen schon fünf Männer der Spezialeinheit aus einem anderen Schacht gesprungen und eröffnen, ohne Vorwarnung, das Feuer auf die Kinder.

»Lauft!«, schreit Luise. Cyber und Johann nehmen sich an den Händen, setzten den verletzten Joshua darauf und laufen los, kreuz und quer durch die Felder. Im letzten Augenblick erreichen die Kinder die Türe und können sie hinter sich zuwerfen.

Auf dem Gang zur Arche wimmelt es von Menschen. Der ganze Untergrund scheint ins Gebäude gedrungen zu sein. Die einen versuchen, schnell die Basis zu verlassen, während andere wiederum versuchen, hineinzukommen. »Noch 30 Minuten bis zum vollständigen Verschluss«, ertönt es über die Lautsprecher. Schnell mischen sich die Kinder unter die Menschen und laufen zum großen Tor am Ende des Ganges, über dem der Schriftzug »Arche«

leuchtet. Auch die riesige Halle ist voller Menschen. Die ganze Stadt scheint zu wissen, dass der Sektor offen ist.

»Und jetzt?«, fragt Joshua. »Wir müssen raus aus der Stadt, soweit es nur geht! Rother kann den Countdown jederzeit wieder starten«, entgegnet Luise und steuert den Gehweg Richtung Tunnel an.

Joshua wirft einen Blick auf das Kind, das friedlich auf ihrem Rücken schlummert und von dem ganzen Chaos nichts mitbekommt. Es gibt ihm Kraft. »Dann lasst uns gehen!«, sagt er und humpelt los. Doch Annabell zögert.

»Was wird aus meinen Eltern?«, fragt sie und bleibt unsicher stehen.

»Wir kommen zurück, wenn alles vorbei ist«, sagt Luise und hat selbst das Gefühl, ihre Mutter im Stich zu lassen. Aber was können sie auch tun?

Ritzi und Johann nehmen Annabell rechts und links unter den Arm und gehen mit ihr weiter. »Am achten Tag kommst du zurück. Ihnen wird nichts passieren«, sagt Ritzi, die ihre erste große Liebe nicht verlassen will. Außerdem hat sie versprochen, die letzten Tage mit ihr zu verbringen. Denn Ritzi ist sich sicher, dass sie alle sterben werden und das will sie in den Armen ihrer Freundin tun. Annabell willigt, wenn auch mit ungutem Gefühl, ein. Da ertönt Gabriels Stimme über die Lautsprecher, sodass es die ganze Halle erfüllt:

»An alle auf der Arche, hier spricht Stammapostel Gabriel. Nahe dem Tor zur Basis laufen 9neun Kinder in Richtung Ausgang. Im Namen Gottes, haltet sie auf, sie haben Jesus! Rother's Tochter trägt es auf dem Rücken!« Für einen Augenblick scheint das Getümmel auf der Arche wie eingefroren. Ein jeder ist stehengeblieben und hält inne. Auch die Kinder sind wie erstarrt, als sie die Stimme hören und ihnen klar wird, dass sie damit gemeint sind.

»Da, da sind sie!«, schreit Krätze von der anderen Seite der Halle und löst sich aus der Menge. »Schnappt sie euch!« Auch Krätze hat nach seiner Freilassung von dem offenen Sektor gehört und sich direkt mit ein paar Roten auf den Weg gemacht. Selbst die geheimen Türen im Untergrund waren offen und so konnten sie einfach eindringen. Er hat Joshua sofort erkannt und zeigt immer noch mit dem Finger auf ihn. Dann rennt er los.

Von allen Seiten her kommen Menschen auf sie zu. Auch die Spezialeinheit hat mittlerweile die Halle erreicht. Eingekreist und enttarnt weichen die Kinder zurück zur Wand. Cyber zieht seine Waffe aus dem Hosenbund. »Zurück, alle zurück!«, schreit er und zielt dabei abwechselnd auf die Schichter, den Mob, die Miliz und die Roten, die einen immer engeren Kreis um die Kinder ziehen. Da gibt Cyber einen Warnschuss ab. Wieder ertönt die Stimme Gabriels:

»Lasst von ihnen ab! Keiner soll zu Schaden kommen! Kinder, tut das Richtige, gebt der Kirche das Kind zurück. Es ist das Kind Gottes! Sein zu Hause ist die Kirche.«

»Sie sollen uns gehen lassen, sonst töte ich das Kind!«, schreit Cyber gegen die Decke der Halle und zielt jetzt auf Luises Rücken. Der Mob, die Schichter, die Miliz und selbst die Spezialeinheit weichen zurück.

Krätze und die Roten lassen sich jedoch nicht einschüchtern. Krätze wäre es auch völlig egal, ob das Kind stirbt. Bedrohlich, mit gezogenen Plastikrevolvern, steuern sie unbeirrt auf die Gruppe zu. »Lauft«, schreit Luise. Ritzi hebt blitzschnell ihre Schwester auf den Arm und zusammen mit Johann, Jake rennen sie Luise hinterher. »Zum Zug, schnell zum Zug!«

Während Cyber und Johann ihnen Deckung geben, läuft auch Joshua, gestützt von Annabell, los. Da die Roten immer näher kommen, gibt Cyber gezielt eine Salve von Schüssen ab, dadurch sind diese gezwungen, in Deckung zu gehen und ins Gleisbett zu springen. Dann laufen auch Cyber und Johann los. Noch ehe die Meute die Kinder erreichen kann, schaffen sie es in den Zug. Schnell läuft Luise ins Führerhaus und drückt auf einen roten Knopf. Da verschließen sich die Türen und der Zug setzt sich augenblicklich in Bewegung. Lautlos verschwindet er auf Magnetschienen im Dunkel des Tunnels, während der aufgebrachte Mob am Bahnsteig zurückbleibt und ihnen hinterherschreit.

Der Kommandant, Gabriel, ein paar Apostel und Rother haben sich in der Schaltzentrale verschanzt und mussten machtlos zusehen, wie die Kinder mit dem Baby davonfuhren. Stammapostel Gabriel lässt sich wieder die Lautsprecher anmachen, sodass er im gesamten Sektor zu hören ist: »Das Kind ist weg, es hat die Stadt verlassen! Kehret heim und betet für euer Heil, das Gleiche werde ich auch tun«, sagt er erschöpft von den Ereignissen und irgendwie entmutigt. Dann lässt er die Basis wieder öffnen.

»Was machen wir mit ihm?«, fragt der Kommandant und zeigt auf Rother, der kalkweiß hinter ihm steht und sein Reich dem Untergang geweiht sieht. Gabriel überlegt.

»Wir nehmen ihn mit!«, sagt er nach einer Weile. »Habt ihr noch irgendwo eine Kutte?«

»Im Mannschaftsraum. Ich hol sie«, sagt der Kommandant und eilt davon.

Als er wieder zurück kommt, stülpen sie Rother die Kutte über und verlassen mit ihm Sektor 1 über den Haupteingang. Die Nacht legt sich bereits wie ein böser Schatten über die Stadt. Es weht ein eisiger Wind. Rother geht gesenkten Hauptes hinter Gabriel her und versucht, aufgrund des Gestankes nicht zu atmen. Dankbar eine Tarnung zu haben, fragt er sich trotzdem, was er hier eigentlich macht. Viele Menschen schließen sich ihnen an und gehen zurück zum Kirchensektor. Es ist ein Marsch der Stille und Ungewissheit. Waren die Menschen vorher aufgewühlt, scheinen jetzt alle in sich gekehrt und ruhig zu sein. Es gibt nichts mehr, worum sie kämpfen müssten. Sie können nur noch hoffen und beten.

Auch im »Abschaumdorf« vor der Stadt legten die meisten Wärter die Waffen nieder und kehrten zu einem längst verschütteten Glauben zurück. Die anderen hielten den Ausbruchsversuchen der Insassen nicht stand und gaben schließlich auf. Trotz des Ausnahmezustands blieben alle ruhig und es wurde auf keinen geschossen. Es gab auch niemand einen Befehl dazu. Und so mischen sich jetzt auch die »Aussätzigen« unter die Pilgernden, genauso wie Liebe und Demut, und verweben sich zu einem Strom. Unter ihnen ist auch Isabel, Joshuas Mutter. Abgemagert aber glücklich, endlich diesen Ort verlassen zu können und am Leben zu sein, schließt sie sich dem Zug an und geht mit in Richtung Kirchensektor. Auf dem ganzen Weg hält sie Ausschau nach ihrem Jungen und malt sich aus, wie er jetzt wohl aussehen könnte und wie es ihm ergangen ist in all der Zeit. In jedem Teenager sieht sie ihn. Sie erinnert sich an jenen Tag, als der Freier sie missbraucht und verletzt auf die Straße warf und ihr Kind weg war. In der Stadt war Chaos ausgebrochen, aufgrund des geplanten Sektorenbaus und sie konnte ihr Kind nirgendwo mehr finden. Und da sie so jämmerlich und hysterisch wirkte, warf man sie ins »Abschaumdorf«. Und jetzt endlich, nach sechs Jahren, kann sie nach ihm suchen. Dass sie nur noch einen Tag zu leben hat, nimmt ihr nicht die Hoffnung, ihn wieder zu sehen.

Teresa ist direkt in ihre kleine Schichterwohnung gegangen. Sie hat sich die Arbeitskleidung ausgezogen, Kerzen angezündet und sitzt im Morgenmantel auf der Bettkante und füttert liebevoll ihren kranken Mann. Seit einem Schlaganfall ist er halbseitig gelähmt, auch das Sprechen fällt ihm schwer.

»Welcher Tag ist heute?«, stammelt er fragend.

»Der Sechste«, sagt Teresa, obwohl er den Wochentag meinte.

Von der eingetretenen Prophezeiung hat sie ihm nichts erzählt. Wozu sollte sie ihn unnötig aufregen. Sie stellt den Teller auf das Nachtkästchen und legt sich zu ihm ins Bett, nimmt seinen gelähmten Arm, bekreuzigt sich und ihn mit seiner lahmen Hand. Dann pustet sie die Kerze aus und blickt noch lange in den wolkenverhangenen Abendhimmel. Sie ist genau da, wo sie sein will, denkt sie und kuschelt sich eng an ihren Mann. Hier wird sie bleiben bis sie stirbt oder der siebte Tag vorüber ist.

Als der Vize und seine Frau erfuhren, dass ihre Tochter mit den anderen Kindern mit dem Zug aus der Stadt gefahren ist, beschließen auch sie den Sektor zu verlassen. Sie packen ein paar Wertsachen ein, die Frau ihren Schmuck, der Mann aktualisiert seinen Chip mit sämtlichen Zugangsdaten zu seinen Kryptokonten, den er sich sogleich unter die Haut implantiert. Dann fahren sie mit dem Privatfahrstuhl hinunter auf die Ebene der Arche. Doch statt der normalen Aufzugstür öffnet der Vize mit einem Code die rückwärtige Wand. Seine Frau blickt ihn anerkennend an. Er ist doch immer wieder für eine Überraschung gut!

»Wo sind wir hier?«, fragt sie.

Der Vize hilft seiner Frau in ein Hybridauto, das vor ihnen steht. »Im Fluchttunnel des Präsidenten«, antwortet er und startet den Wagen. »Wohin genau der geht, weiß ich auch nicht. Auf jeden Fall raus aus der Stadt.«

Seine Frau sieht ihn besorgt an.

»Wir kommen übermorgen zurück und ich bin sicher, auch Annabell wird das so machen!«, versucht der Vize sie zur Fahrt ins Ungewisse zu ermutigen.

Der gläserne Zug ähnelt einem luxuriösen Railway Apartment. Es gibt Schlafräume und einen großen Lounge-Bereich, eine Küche und mehrere Vorratswägen, ebenso wie ein perfekt ausgestattetes Büro. »Wie gut, dass ich immer so neugierig war«, denkt Luise triumphierend auf dem Weg zurück zur Lounge, in der die anderen Kinder sitzen und erinnert sich an den Moment, als ihr Vater ihr einst voller Stolz den Zug gezeigt hatte, der irgendwann die Kontinente miteinander verbinden sollte. Es war ein schöner Moment.

»Wohin geht der Zug?«, fragt Joshua, doch Luise weiß keine Antwort darauf und zuckt nur mit den Achseln. Und plötzlich müssen alle lachen. Ein hysterisches Lachen, in das sie sich hineinsteigern. Die ganze Anspannung entlädt sich und sie sind froh, entkommen zu sein. Sie haben es tatsächlich geschafft, sie sind raus aus der Stadt!

»Was wird nur mit uns allen geschehen«, fragt Annabell nachdenklich in die Runde, die als einzige nicht lachen musste und jetzt schon ihre Eltern vermisst. Doch keines der Kinder mag das aussprechen, was alle denken, nämlich, dass es vielleicht kein Zurück mehr gibt.

»Nichts wird passieren«, sagt Luise beruhigend zu ihrer Freundin und ist sich gleichzeitig sicher, dass es für ihren Vater kein gutes Ende geben wird.

Neugierig durchforsten die Kinder den Zug. Giovanni und Johann kommen mit Vorräten zurück, die sie hinter dem Speisewagen gefunden haben und auf dem Boden vor sich ausbreiten. »Lasst uns erst mal was essen!«, trällert Giovanni fröhlich, so, als sei nichts gewesen und packt die Sachen aus. Während sie essen, schneidet Annabell Joshua die Kugel aus dem Oberschenkel. Gekonnt näht sie die Wunde wieder zu und verbindet sie. Ritzi assistiert und sieht ihr dabei bewundernd zu. Dass Annabel mitgekommen ist, berührt sie zutiefst. Sie hat ihre Eltern für sie verlassen, denkt sie, um mit ihr zusammen zu sein.

»Wir werden am achten Tag zurückkehren«, verspricht auch sie liebevoll und drückt Annabells Hand.

»So und jetzt beten wir alle zusammen«, verkündet Giovanni, nachdem er sich vollgestopft hat und kniet sich schon auf den Boden.

Jake und Anna tun es ihm gleich. Anna zieht ihre Schwester in die Knie und nach und nach folgen die anderen Kinder. Selbst Cyber, der seit seinem Weggang von der Kirche jedes Gebet verweigert hat, kniet sich hin. Und so ist jeder in diesem Moment der Stille mit seinen eigenen Gedanken beschäftigt.

Luise betet vor allem für ihre Mutter und hofft inständig, dass sie noch am Leben ist. Auch für ihren Vater bittet sie um Hilfe. Er möge Einsicht haben und ein guter Mensch werden. Gott, oder wer auch immer, möge ihr die Kraft geben, ihm zu verzeihen. Denn das erscheint ihr als die größte Aufgabe: Ihrem Vater irgendwann zu verzeihen. Und, dass sie noch viel Zeit mit Joshua und den anderen Kindern verbringen kann, vielleicht in einer besseren Welt. In diesem Moment blinzelt sie kurz und sieht die anderen Kinder an.

Annabell hat die Augen fest geschlossen, nur ihre Lippen bewegen sich leicht, so als murmele sie ihr Gebet. Für sie ist Beten nichts Ungewöhnliches, sie war mit ihren Eltern jeden Sonntag in der Kirche. Und so bittet sie Gott darum, ihre Eltern zu beschützen und, dass alle wieder am achten Tag vereint wären. Auch für die anderen Kinder bittet sie um Schutz, insbesondere für Ritzi, die sie als Freundin nicht mehr verlieren will und, dass sie für immer zusammen bleiben können.

Ritzi, die noch nie in ihrem Leben gebetet hat, hält auf

der einen Seite Anna und an der anderen Annabell und möchte nirgends anders sein. Sie ist völlig im Hier und Jetzt. Und wenn sie es sich recht überlegt, gibt es für sie keinen Grund zurückzukehren, selbst wenn sie den siebten Tag überstehen. Sie möchte am liebsten für immer in diesem Moment verharren.

Jake betet für seine Schwester und, dass sie sich eines Tages wiedersehen. Er bedankt sich bei Gott, dass er ihm eine neue Schwester geschickt hat. Kurz öffnete er die Augen und blinzelt Anna an.

Cyber betet nicht, er tut nur so, um Giovanni nicht zu enttäuschen. Stattdessen mustert er die anderen Kinder und fragt sich, was sein Platz in dieser kleinen Gesellschaft ist und was morgen passieren wird. Kurz muss er lächeln, als sein Blick auf das Baby fällt, das in einem der Sessel liegt und ihn so ansieht, als könnte es seine Gedanken lesen. Haben sie das Richtige getan?! Kurz muss er an seine Mutter denken und daran, wie er deutlich den Schlüssel hörte und sie so Simon aufgehalten hatte. Sie hat sich endlich auf seine Seite gestellt und dafür ist er ihr dankbar. Sein Blick schweift zu Johann und ertappt stellt er fest, dass auch dieser seine Augen offen hat.

Johann traut sich kaum noch zu beten. Irgendwie kommt er sich dabei sündig vor. Er hat sich von den Aposteln abgewendet, das weiß er jetzt. Aber wer er ist und was sein Sinn ist, das weiß er nicht. Und so möchte er nichts falsch machen und betet vorläufig nicht. Cyber blickt ihn direkt an und Johann lächelt zurück. »Mein Bruder«, denkt Johann und schließt schnell seine Augen. »Wir werden für immer zusammen sein!«

Joshua hält Luises Hand. Und vor lauter Energieaustausch zwischen den beiden, kann er kaum einen richtigen Gedanken fassen. Schließlich versucht er doch zu beten. Er bittet darum, ein Mann zu werden, sich um das Kind kümmern zu können und nie mehr in die Stadt zurück zu müssen. Ganz tief in seinem Herzen hofft er, den morgigen Tag zu überstehen. Und für einen kurzen Moment betet er auch für seine Mutter und, dass Gott sie beschützen möge. Dass sie sich vielleicht eines Tages wieder sehen und er ihr verzeihen kann.

Bei Giovanni verläuft die Sache etwas länger. Er hat eine lange Wunschliste und träumt vom Einzug in ein neues Königreich und bittet um allerlei. So mögen seine neuen Brüder und Schwestern bei ihm bleiben. Mögen sie alle in einem Paradies landen und ein glückliches, langes Leben führen.

Keiner von ihnen legt sich in die Schlafabteile zu Bett. Da hätten sie sich aufteilen müssen und ohne, dass es einer gesagt hätte, legen sich alle wie selbstverständlich auf den Boden, die Couch oder die Sessel und bleiben die ganze Nacht zusammen. Leise schwatzen sie noch über alles Mögliche, bis sie die sanfte Bewegung des Zuges in den Schlaf wiegt.

DER SIEBTE TAG

Maria ist auf das Kirchengelände zurückgekehrt und übertrifft sich selbst in der Zubereitung des Frühstücks, als sei es das letzte Abendmahl. Gabriel, der Kommandant, der Sekretär und der Arzt sitzen am Tisch und genießen ausgiebig die üppigen Speisen.

»Das beste Frühstück seit langem!«, lobt sie der Kommandant, der die Speisen aus den Automaten schon lange satt hat und beißt in ein frisches Croissant aus der Hostienbäckerei.

Der Sekretär sieht nervös auf seine Uhr. Schon 10.00 Uhr. »Wann wird die Zahl wohl stoppen?«, fragt er in die Runde.

»Auf wieviel steht sie denn?«, fragt Gabriel den Kommandanten.

»Heute Morgen waren es 1.138. Es wird nicht mehr allzu lange dauern«, antwortet der Kommandant, der immer noch nicht so recht zu seinem alten Aposteltum zurückgefunden hat und sich immer noch als ausführenden Strategen einer Großmacht sieht. »Wie geht es Rother?«, erkundigt er sich deshalb bei dem Arzt. Gabriel brachte es nicht fertig, Rother in den Keller zu sperren und so ließ er ihn oben in eines der Schlafzimmer sperren und unter ärztliche Aufsicht stellen.

»Der arme Mann hat völlig die Orientierung verloren. Er weiß weder wo er ist oder warum noch was vor sich geht. Durch die neue Umgebung ist seine Demenz schlimmer geworden, aber er leidet nicht«, antwortet der Arzt.

»Die glücklichen Unwissenden«, sagt der Sekretär und für einen Moment müssen alle lachen.

Ja, vielleicht ist es besser, nicht zu wissen, was vor sich geht. Da hat Rother eigentlich Glück, denkt er und blickt dem Tag mit großer Besorgnis entgegen. Nachdenklich geht er zum Fenster und schaut auf den Platz mit dem Garten, in dem sich tausende Menschen versammelt haben. Gabriel gewährte allen Einlass, ob Apostel oder nicht und ließ die Tore offen. Nur ins Herrenhaus lässt er keinen. Alle sind merkwürdig friedlich. Manche beten, manche singen und andere hoffen einfach nur.

»Es ist Zeit«, sagt Gabriel schließlich und erhebt sich. »Für vielleicht meine letzte Predigt«, scherzt er, aber keiner kann lachen. Gemeinsam gehen sie über die Vordertür die Steintreppen hinunter und über den Platz. Gabriel hat sich geweigert, irgendeinen geheimen Gang und den Wagen zu nehmen. Er geht direkt über den Platz zur Kirche und viele schließen sich ihm und seinem Gefolge an. Als er die Kirche betritt, ist diese bereits randvoll und die Zahl steht auf 953. Jetzt überkommt auch ihn ein mulmiges Gefühl, als er die Kanzel betritt. Seine Amtsträger setzen sich wieder rechts und links an die Seiten, während er das Mikrofon richtet. Sofort ist es mucksmäuschenstill und ein jeder wartet gebannt auf seine Predigt.

»(Offenbarung 21, Lutherbibel 1912) 1 Und ich sah einen neuen Himmel und eine neue Erde; denn der erste Himmel und die erste Erde verging, und das Meer

ist nicht mehr. ² Und ich, Johannes, sah die Heilige Stadt, das neue Jerusalem, von Gott aus dem Himmel herabfahren, bereitet als eine geschmückte Braut ihrem Mann. ³ Und ich hörte eine große Stimme von dem Stuhl, die sprach: Siehe da, die Hütte Gottes bei den Menschen! Und er wird bei ihnen wohnen, und sie werden sein Volk sein, und er selbst, Gott mit ihnen, wird ihr Gott sein; ⁴ und Gott wird abwischen alle Tränen von ihren Augen, und der Tod wird nicht mehr sein, noch Leid noch Geschrei noch Schmerz wird mehr sein; denn das Erste ist vergangen.«

Während es in der Stadt friedlich ist, ja geradezu eine feierliche Atmosphäre herrscht, ist in Sektor 1 Anarchie, Chaos und Verwüstung ausgebrochen. Die Gangs haben bereits erste Wohnungen in Besitz genommen, während andere klauen und rauben, was auch immer sie finden können. Einige der Reichen, die hiergeblieben sind, verschanzen sich in ihren letzten Bastionen, den geheimen Panikräumen und verharren dort ängstlich. Andere versuchen, sich zu tarnen und scheinheilig unter das Volk zu mischen. Auch die Wohnung von Rother wurde von den Blauen in Beschlag genommen und natürlich fand man Yan-Jie‘s Leiche. Sie haben sie einfach in den Fahrstuhl gelegt. Und so verbreitet sich schnell das Gerücht, Rother habe seine Frau ermordet und man fordert, er soll die Todesstrafe dafür erhalten. Aber er ist nicht zu finden, so sehr sie auch den gesamten Komplex nach ihm absuchen. Rother bleibt verschwunden.

Der Zug stoppt abrupt. Anna ist die erste, die durch das Fehlen der ruhigen Bewegung aufgewacht ist. »Wir sind stehengeblieben, schau doch, wir stehen!«, rüttelt sie an ihrer Schwester, die neben ihr auf der Couch liegt und drückt ihr Gesicht an die Scheibe. Ritzi sieht aus dem Fenster, doch außer einem dunklen Schacht kann sie nichts erkennen.

»Wir sind stehengeblieben!«, weckt sie Annabell sanft, die an ihrem Kopfende liegt, indem sie ihre roten Haare wuschelt.

»Wie spät ist es?«, fragt Annabel schläfrig und sieht auf ihre Watch. Doch das Display ist tot.

Einer nach dem anderen schält sich aus dem Schlaf und sieht in die Dunkelheit. »Meint ihr es ist schon Tag?«, fragt Joshua in die Runde. Luise sieht auf ihre Uhr, doch auch die ist stehen geblieben. Keine der Funktionen geht mehr. Ratlos sehen sich die Kinder an.

»Soll ich öffnen?«, fragt Luise und der erste Blick des Tages gilt Joshua, mit dem sie auf dem Boden geschlafen hat, das Baby selig zwischen ihnen. Luise öffnet die Türen und Joshua springt als erster in den dunklen Schacht. In einiger Entfernung erkennt er einen Lichtkegel, der von der Decke kommt und dahinter das Ende des Tunnels.

»Hier geht es nicht mehr weiter! Lasst uns versuchen, hier raus zu kommen!«, ruft er den anderen zu.

Einer nach dem anderen folgt seinem Vorschlag und springt aus dem Zug. Nur Annabel zögert.

»Lasst uns lieber hier bleiben und bis morgen warten. Hier sind wir doch sicher«, sagt sie besorgt. »Dann fahren wir morgen einfach zurück! Das geht doch, oder?«, fragt sie Luise, die schon im Gleisbett steht.

»Ich denke schon.«

»Aber woher willst du wissen, wann morgen ist? Hier ist alles dunkel«, wendet Johann ein und nimmt Anna auf den Arm, um sie aus dem Zug zu heben.

Ritzi, die gerade auf ein Gleis hüpfen wollte, hält inne und dreht sich zu ihr um. »Wenn du hierbleiben willst, bleib ich auch hier!«, sagt sie bestimmt und will Anna zurück in den Zug heben, doch die weigert sich von Johanns Arm zu gehen.

»Ich will nach oben«, sagt sie und vergräbt ihr Gesicht in seiner Schulter. »Hier ist es so dunkel!«

»Wir können doch jeder Zeit zurück«, redet jetzt auch Luise auf Annabell ein, »wir müssen wenigstens sehen, ob es Tag oder Nacht ist. Wie sollen wir sonst wissen, wann der siebte Tag vorüber ist?!«

Das leuchtet ein! Annabell willigt schließlich ein und springt ebenfalls aus dem Zug. Rechts an der Felswand, neben dem Lichtkegel, führt eine Stahlleiter nach oben. Einer nach dem anderen klettert hinauf. Joshua öffnet eine grün überwucherte Glaskuppel und sie klettern aus dem Schacht.

Sie stehen mitten auf einer, von Gras überwucherten, grünen Anhöhe. Es ist vollkommen windstill und die Sonne wärmt ihre von der Klimaanlage ausgekühlten Körper. Es ist nur Vogelgezwitscher zu hören. Geblendet von dem grellen Licht versuchen sie, in dem vor ihnen liegenden Tal, etwas zu erkennen. Unten zeichnet sich die Silhouette einer Stadt ab. Grün überwuchert, ragen riesige Türme, die einst Hochhäuser waren, in den Himmel. Häuser, Straßen, Ampeln, einfach alles hat sich die Natur zurückerobert und so bietet sich ihnen ein bizarres Bild.

Dahinter am Horizont, weit in der Ferne, ist das blaue Meer zu erkennen. Alles sieht vollkommen friedlich aus. Erstaunt und ergriffen sehen sie sich die wunderschöne Landschaft an.

»Sind wir jetzt im Himmel?«, fragt Jake und unterbricht die Stille. Noch nie hat er so viel Grün gesehen, dazu die gute Luft. Er kennt nur die Stadt und den Dreck. Doch keiner weiß so recht eine Antwort. Joshua sieht das Baby an, das er um den Bauch trägt, so, als hätte es vielleicht eine Antwort darauf. Er ist stolz und gerührt. Er hat es geschafft. Sie alle haben es geschafft! Das Kind ist gerettet! Ein heroisches Gefühl erfüllt ihn. Vielleicht würden sie diesen Tag doch überleben?!

»Lasst uns nachsehen«, sagt er, während er nach einem Stock sucht, um mit seinem humpelnden Bein besser laufen zu können.

Ritzi nimmt ihre Schwester auf den Arm, mit der anderen Hand ergreift sie die Hand von Annabell. »Ob es da unten noch Menschen gibt?«

Doch Annabel löst ihre Hand. »Wir sollten hierbleiben«, gibt sie noch einmal zu bedenken.

»Wie spät wird es wohl sein?«, fragt Joshua.

Alle sehen in den wunderbar klaren, blauen Himmel und betrachten die Sonne, die schon ziemlich hoch steht. »Vielleicht 11.00 Uhr«, sagt Cyber ziemlich treffsicher.

»Wir gehen runter und sehen nach, was es da gibt«, sagt Joshua und läuft schon los. Er möchte nicht zurück in die Stadt, für ihn offenbart sich hier vielleicht eine neue Welt. Jake, Cyber, Johann und Giovanni folgen ihm abenteuerlustig.

»Wir gehen erstmal mit. Heute Abend kehren wir

zurück und dann fahren wir morgen nach Hause«, sagt Luise euphorisch und angetan von der wundervollen Landschaft und den herrlich, nach Pflanzen riechenden Düften. Aber vor allem zieht sie das Meer, in weiter Ferne, an und insgeheim hofft sie, es eines Tages doch noch zu sehen und darin schwimmen zu können.

»Wir fahren zurück, oder?«, hakt Annabell, noch einmal besorgt nach.

»Wir kommen spätestens morgen zurück und fahren heim!«

Als Luise es ihr schwört, ist auch sie überzeugt und so laufen sie den Hügel nach unten, auf in die grüne Geisterstadt zu, die ihnen näher erscheint als sie in Wirklichkeit ist.

Krätze öffnet vorsichtig die Glaskuppel und späht hinaus. »Sie sind weg«, sagt er zu dem Roten hinter ihm und die beiden steigen aus dem Schacht. Als sie vor den Schüssen in Deckung gingen, liefen auch sie zum Zug und sprangen hinein. Da die anderen Kinder schwer bewaffnet waren, verharrten sie die ganze Nacht dort versteckt. Als der Zug endlich hielt und sich die Türen öffneten, sahen sie wie die Kinder nach oben stiegen. Mit einigem Abstand folgten sie ihnen. Völlig durchgefroren liegen sie jetzt auf der Anhöhe in der wärmenden Sonne und beobachten die kleine Gruppe, die schon ziemlich weit entfernt scheint und den Hügel hinabsteigt. Krätze dreht seinen weißen Plastikrevolver in der Hand und simuliert, er würde einen nach dem anderen abschießen.

»Der Zug gehört uns!«, sagt er fett grinsend zu seinem Kumpan. »Die kommen nicht mehr zurück in die Stadt«, dabei lacht er ähnlich diabolisch wie einst Festo. Er klettert mit seinem Kumpanen zurück in den Schacht und verschließt die Glaskuppel von innen.

Teresa will gerade das Mittagessen zubereiten, als sie ein seltsames Gefühl heimsucht. Schnell eilt sie ins Schlafzimmer und sieht ein Zeichen auf der Stirn ihres Mannes. JHWH 144.000. Dankbar faltet sie die Hände und sieht gen Himmel. Das ist alles, was sie wollte. Ihr Mann hat »Heil« erfahren und nun wird er aufsteigen. Ein letztes Mal legt sie sich neben ihn und hält seine Hand, bis er auf einmal weg ist.

Es ist Punkt 12.00 Uhr Mittag als, in allen Kirchen die Zahl bei 0 stoppt und die gesamte Stadt den Atem anhält. Dann verschwindet die Zahl für immer in jeder Kirche und auf jedem Kontinent. Obwohl man davon ausgeht, dass alles überstanden ist, verharren die meisten in den Kirchen oder auf den Plätzen davor, aus Angst, es könnte doch noch etwas Schlimmes passieren. Sie singen Lieder, beten, preisen den Herren, liegen sich gemeinsam in den Armen und warten quälend lange Stunden, bis es Mitternacht ist. Als es endlich 24.00 Uhr schlägt und der Tag vorüber ist, jubeln sie ausgelassen und tanzen auf den Straßen. Eine Welle der Erleichterung geht durch die windstille Nacht und erlöst alle von der unerträglichen Anspannung der letzten Tage. Es ist nichts weiter geschehen. Die Erlösung ist überall und bei jedem zu spüren, man begegnet sich voller Liebe und Gutmütigkeit.

ENDE

DER ACHTE TAG

Die Kinder sind ein paar Stunden den Berg hinabgelaufen, bis sie an einer Lichtung erschöpft anhielten. Für Annabell war mit jedem Schritt klarer, dass, je weiter sie sich von der Kuppel entfernten, die Gefahr, dass sie sie nicht mehr wiederfinden würden, größer wurde. Sie weigerte sich weiterzugehen und so beschlossen sie die Nacht hier zu verbringen und am morgigen Tag wieder aufzusteigen. Die Nacht war sternenklar. Keines der Kinder hatte je einen so schönen Nachthimmel gesehen... Und alle sind sie am Morgen lebend aufgewacht!

Sie hatten sich gar nicht um Vorräte bemüht, schon allein deswegen müssen sie zurück, darüber sind sich alle einig. Freudig und guten Mutes machen sie sich auf den Rückweg. Es scheint alles überstanden! Cyber kommt als erster an der Kuppel an und versucht, sie anzuheben. »Das geht nicht! Verdammt, die klemmt!« Johann eilt ihm zur Hilfe, doch auch mit vereinten Kräften schaffen sie es nicht, die Glaskuppel zu öffnen.

»Geh zur Seite!«, sagt Cyber und schiebt Johann weg. Dann zielt er mit dem Gewehr auf das Schloss, doch die Kugel scheint einfach abzuprallen und hinterlässt nur einen kleinen Kratzer. Joshua schlägt mit seinem Stock auf die Panzerglaskuppel ein, doch auch das zeigt keine Wirkung.

»Und jetzt? Ich wusste es! Wir hätten im Zug bleiben

sollen!«, klagt Annabell und sinkt resigniert in die Wiese. Sie weint. Ritzi legt ihr zärtlich ihren Arm um die Schulter. Doch Annabell schüttelt sie ab.

»Wir leben noch! Das ist doch das Wichtigste!«, sagt Ritzi versöhnlich, auch wenn sie spürt, dass Annabell ihr insgeheim die Schuld gibt, dass sie jetzt nicht zurück können.

Joshua und Luise haben sich ebenfalls in die Wiese gesetzt und blicken in die Ferne. »Irgendwann werden wir die Kuppel schon aufkriegen«, sagt Luise in die Runde. »Wie schön es hier ist«, fügt sie feierlich und gleichzeitig von tiefer Trauer erfüllt zu. Sie blickt sehnsüchtig auf den kleinen Streifen Meer, aus dem sich die Sonne rosa erhebt. Joshua wickelt das Baby aus seinem Tragetuch und sieht es liebevoll an. Er hat es geschafft, denkt er. Er hat das Kind gerettet und das zählt für ihn im Augenblick mehr als alles andere. Und obendrein haben sie alle überlebt! Vielleicht ist er doch der Gesandte, denkt er nicht ohne Stolz und fühlt sich selig.

»Dort unten finden wir vielleicht irgendetwas, um die Kuppel zu öffnen!«, sagt Joshua laut und zeigt auf die bizarre Landschaft, die sich unten im Tal erstreckt. Für ihn ist es das gelobte Land.